Christine Lehmann ganz anders: Dies ist kein Lisa-Nerz-Abenteuer, wo die schlagfertige Heldin den Bürokratenschurken und Strippenziehern kräftig einheizt und mit den Vorurteilen in unser aller Köpfen Domino spielt. Es ist vielmehr die Story einer mutmaßlichen Täterin, die ihre Unschuld beteuert, während sie im Knast sitzt. Camilla Feh ist eine normale junge Frau, kühl, zurückhaltend, klug, ein wenig konfliktscheu. Eine vorsichtige, aber nicht besonders argwöhnische moderne Bürgerin. »Bisher habe ich mich sicher gefühlt in meinem Staat«, sagt sie zu der Vollzugsbeamtin, die sie filzt. Und dann beginnt die Einförmigkeit der Haft. Woran hält man sich fest, wenn die bürgerlichen Gewissheiten bröckeln?

Im Wechselspiel aus Erinnerungsarbeit und Gefängnistagebuch erscheint der Weg einer Frau, die mit Legenden und Vorurteilen ringt: Als Forscherin beobachtet Camilla im Zoo die im Matriarchat lebenden Bonobos. Sie sucht den Mythos von der Wirklichkeit zu trennen, stößt jedoch auf Widerstand – und weicht dem Konflikt aus. Als Gefangene in U-Haft kann sie nicht ausweichen. Eingesperrt wie die Menschenaffen, die sie aus sicherem Abstand studiert hat, bleibt ihr nur das Schreiben. Beharrlich seziert sie ihre Vergangenheit auf der Suche nach einem Puzzleteil, das ihre Entlastung zur Folge haben könnte. Camillas Haftbuch und ihre Erzählung der Vorgeschichte enthüllen nach und nach die Geschehnisse und gewähren Einblicke in diverse Arten von Gefangenschaft, in Sozialstrukturen von Affen und Menschen und in patriarchale Mythen über Mutter Natur. Wie ein anderer schreibender Häftling einst notierte: »Viele Handlungen, die unserem Bewußtsein widernatürlich erscheinen, sind für andere natürlich, weil die Tiere sie vollziehen, und sind nicht die Tiere die ›natürlichsten Wesen der Welt‹? (…) Indes sind auch diese Behauptungen über die Tiere nicht immer zutreffend, weil die Beobachtungen an Tieren gemacht sind, die vom Menschen zu einer Lebensform gezwungen sind, die für sie nicht natürlich ist. (…) Das Wesen {natura} des Menschen ist das Ensemble der gesellschaftlichen Verhältnisse, das ein historisch definiertes Bewußtsein bestimmt, und dieses Bewußtsein zeigt an, was ›natürlich‹ ist oder nicht.« (Gramsci: Gefängnishefte, H. 8, §151).

Mit *Die Affen von Cannstatt* hat Christine Lehmann mich erneut überrascht: ein nüchterner und doch stürmischer Kriminalroman mit mehrfachem Nachhall im Kopf.

Else Laudan

Christine Lehmann

Die Affen von Cannstatt

Ariadne Krimi 1195
Argument Verlag

Christine Lehmann bei Ariadne:

Vergeltung am Degerloch (Ariadne Krimi 1165)
Gaisburger Schlachthof (Ariadne Krimi 1167)
Pferdekuss (Ariadne Krimi 1171)
Harte Schule (Ariadne Krimi 1157)
Höhlenangst (Ariadne Krimi 1161)
Allmachtsdackel (Ariadne Krimi 1169)
Nachtkrater (Ariadne Krimi 1173)
Mit Teufelsg'walt (Ariadne Krimi 1179)
Notorisch Nerz – Storys (Ariadne Krimi 1181)
Malefizkrott (Ariadne Krimi 1185)
Totensteige (Ariadne Krimi 1189)
Die Affen von Cannstatt (Ariadne Krimi 1195)

Zusammen mit Manfred Büttner:
Von Arsen bis Zielfahndung – Das aktuelle Handbuch
für Krimiautorinnen und Neugierige

Christine Lehmann lebt in Stuttgart und Wangen (Allgäu), ist als Nachrichten- und Aktuellredakteurin beim SWR tätig und schreibt Romane, Kurzkrimis, Kriminalhörspiele (Radio Tatort) und Glossen.

Deutsche Originalausgabe

Glashüttenstraße 28, 20357 Hamburg
Telefon 040/4018000 – Fax 040/40180020
www.argument.de
Umschlag: Martin Grundmann, Hamburg
Umschlaggrafik: imprisoned © giagahnar.deviantart.com
Lektorat: Else Laudan und Iris Konopik
Satz: Iris Konopik
Druck und Bindung: CPI Moravia Books, Pohorelice
Printed in Czech Republic
Gedruckt auf säure- und chlorfreiem Papier
ISBN 978-3-86754-195-4
Erste Auflage 2013

Ähnlichkeiten mit lebenden oder toten Personen
sind nicht beabsichtigt und rein zufällig.
Christine Lehmann

Haftbuch, 29. Januar

Den Computer verdanke ich wahrscheinlich der Intervention von Oberstaatsanwalt Dr. Weber. Er scheint mir ein rechtschaffener Mensch zu sein, obwohl ausgerechnet seine Freundin, diese Hyäne, dafür verantwortlich ist, dass ich seit Dezember hier in U-Haft sitze, in der JVA Schwäbisch Gmünd, auch Gotteszell genannt.

Verteidigung Camilla Feh

Ich bin die Tochter einer Kindsmörderin. Seit meiner Schulzeit höre ich Geflüster hinter mir. Oder bilde es mir ein. Das abartige Verbrechen meiner Mutter ist Teil meiner Identität, obwohl ich mich an sie nicht erinnere. Sie ist aus meinem Leben verschwunden, ehe ich sie bewusst wahrnehmen konnte. Nicht einmal an den Moment ihres Verschwindens erinnere ich mich. Ich weiß, dass ich mit drei zu meiner Pflegefamilie kam. Mit den Jahren reifte die Erkenntnis, dass ich nicht die leibliche Tochter meiner Eltern bin. Man hat es mir nicht eines schönen Tages eröffnet. Ich wusste es immer. Denn da ist eine Person, die ständig neben oder hinter mir steht, wenn Erwachsene sich für mich, die süße Kleine, interessieren und meine Eltern mich als ihr Pflegekind vorstellen. Es ist ein Beiwort, dessen Sinn sich allmählich in mir verzweigt. Begleitet von einem Geraune hinter meinem Rücken, mit dem die Erwachsenen sich über den Grund meiner Existenz verständigen. Ich weiß, dass es der Schulrektor wusste. Mein Pflegevater hat es ihm mitgeteilt, um Auffälligkeiten zu erklären, die ich vielleicht an den Tag legen würde: störrisches Verhalten, Lernschwächen, Empfindlichkeiten, meine übergroße Stillheit.

Ich kann auch keinen Moment benennen, in dem mir eröffnet worden oder schlagartig bewusst geworden wäre, dass ich die Tochter der Kindsmörderin Josefine Tanner bin, von der man in der Zeitung lesen konnte, dass sie in den achtziger Jahren vier Neugeborene getötet und in der Kleingartenanlage Muckensturm an der Grenze zum Hauptfriedhof Cannstatt vergraben hat. Am 6. Mai 1991 wird dort von einem Friedhofsgärtner ein winziger Schädel ausgehoben. Die Polizei sucht tagelang und findet drei weitere Skelette.

Als ich vierzehn bin, drehe ich mich zu meinem Schatten um, will wissen, wer meine Mutter ist und was sie getan hat. »Sie hat schlimme Dinge getan, aber wir haben dich trotzdem lieb«, sagt meine Pflegemutter. Sie kann darüber nicht reden. Auch mein

Pflegevater gerät in Stress. Er trägt einen Ordner mit Zeitungsartikeln, staatsanwaltschaftlichen Mitteilungen und Polizeiakten herbei. Wir setzen uns damit an den Esstisch. Er schwitzt, als müsse er sich persönlich vor mir rechtfertigen, er setzt sich die Brille auf und wieder ab. Es ist mir unangenehm zu sehen, wie aufgeregt er ist und wie sehr sich der Schuld bewusst – wenn auch nicht seiner. Ich will die Not für ihn und mich verkürzen, frage nur wenig, beeile mich, alles zu erfassen. Ein Pressefoto zeigt Polizisten und in Lappen geschlagene Haufen halb unter Gebüsch. Das sind die Leichen. Auf einem anderen sehe ich ein langgestrecktes Reihenhaus mit Birken, das sich laut Bildunterschrift in der Zuckerbergstraße befindet. Ein weiteres Foto zeigt ein verschrecktes kleines Kind. Das soll ich sein.

Vermutlich wäre die Polizei der Kindsmörderin nie auf die Spur gekommen, erzählt mein Pflegevater, hätten nicht besorgte Nachbarn einige Tage nach dem Zeitungsbericht über den schrecklichen Fund die Behörden alarmiert, weil in einer der Wohnungen in der Zuckerbergstraße ein Kind weinte und niemand öffnete. Ein Foto zeigt den Hausflur einer ärmlichen Wohnung, an die ich mich nicht erinnere. Kein Teppich auf dem Linoleum, eine alte Kommode, eine halbnackte Puppe auf dem Boden. Das Kind hat sich von Keksen und Wasser aus dem Wasserhahn ernährt. Es wurde zunächst in ein Kinderheim verbracht.

Die Suche nach der Frau, die sechs Jahre lang in dieser Wohnung gelebt und in den letzten drei Monaten keine Miete mehr bezahlt hat, verläuft ergebnislos. Von ihr gibt es kein Foto. Sie ist in einem Kinderheim in Bremen aufgewachsen, wie die Polizei herausgefunden hat. Über ihre Eltern, meine Großeltern, ist nichts bekannt. Über meinen Vater auch nicht. Die Nachbarn schildern dem Zeitungsreporter meine Mutter als freundlich. Es ist von wechselnden Männerbekanntschaften die Rede. Sie habe davon gesprochen, nach Spanien zu gehen. Seitdem ist sie verschwunden. Deshalb habe ich auch keinen Geburtstag. Niemand kennt den Tag, an dem ich auf die Welt gekommen bin. Vermutlich im Oktober. Das Datum ist willkürlich.

Die Verbindung von mir zu den Neugeborenenleichen wird zunächst nicht hergestellt. Erst die Angaben einer Nachbarin, die Vermisste sei nach ihrer Einschätzung einmal schwanger gewesen und habe es, von ihr darauf angesprochen, erst abgestritten, dann aber erklärt, das Baby sei tot geboren worden, führen dazu, dass der zuständige Staatsanwalt einen Genabgleich anordnet. Es stellt sich heraus, dass ich die Schwester der toten Babys vom Muckensturm bin, schwer zu sagen, ob das fünfte oder vierte. Zeitung und Öffentlichkeit entrüsten sich erneut. Meine Mutter wird seitdem mit internationalem Haftbefehl gesucht. »Nicht mal stehen hat sie zu ihren Taten können«, habe ich hinter mir wispern gehört. Das ist unsere fast noch größere Schande: die Feigheit meiner Mutter.

Allmählich kann ich die heftigen Gefühle einordnen, die über mich herfallen. Vor allem, wenn Bekannte meiner Pflegeeltern sich erst mir zu- und dann wieder von mir abwenden und ihnen Sätze von den Lippen rutschen wie: »Das arme Kind!« oder »Wie kann eine Mutter so etwas tun?« Ich löse Mitleid aus, für das ich keinen Grund finde, und zugleich Abscheu und Verachtung, die sich über meinen Kopf hinweg gegen eine mir unbekannte Person richten, die mich anscheinend immer begleitet. Sie klebt an mir. Ich kann sie weder abschütteln, noch den Gefühlen entkommen, die ich auslöse.

Haftbuch, Freitag, 11. Januar

Meine Pflegemutter war zum ersten Mal hier. Es ist kompliziert für sie. Sie fährt nicht Auto, und mein Pflegevater kann nicht aus dem Geschäft weg, um sie zu fahren. Auch dürfte er nicht mit ihr zusammen zu mir herein. Mich darf immer nur eine Person besuchen, und das nur alle zwei Wochen für eine halbe Stunde. Dafür muss sie extra Wochen vorher einen Antrag bei der für mich zuständigen Staatsanwältin stellen, jedes Mal. Und sie muss zuvor in der Verwaltung der Anstalt anrufen und sagen, dass sie an diesem Freitag kommt. Das hat sie nicht gewusst, erzählt mir meine Pflegemutter, deshalb ist sie vor vierzehn Tagen abgewiesen worden. Und auch heute hätte man sie beinahe wieder heimgeschickt, weil sie sich eine halbe Stunde vor dem Termin am Tor hätte melden müssen, aber erst eine Viertelstunde vorher da war. Man hat sie dann aber doch reingelassen. Nur geht das jetzt von der halben Stunde Besuchszeit ab. Und mitbringen darf sie auch nichts von daheim. Keinen Kuchen, kein Obst. Das muss sie an den Automaten ziehen. Und dafür braucht sie die passenden Münzen. Man ist sehr streng, sie muss alle Taschen zeigen und sich durchsuchen lassen. Wäsche und Kleidung für mich hat sie aber am Tor abgeben dürfen. Ich bekomme sie dann später. Sie hofft, sie habe meine Größe getroffen, in meinen Schränken ist ja nichts mehr.

Die Polizei hat alles beschlagnahmt, um es auf Blutspuren und Bonobohaare zu untersuchen, erkläre ich ihr.

Bitte nicht über das Verfahren sprechen, sagt die Beamtin, die uns akustisch überwacht.

Meine Pflegemutter schluckt und ergreift meine Hand. Kind, das ist ja alles ganz furchtbar.

Und berühren dürfen wir uns auch nicht. Sie könnte mir ja was zustecken. Worüber sollen wir reden? Wenn jemand zuhört, wird der Kopf leer. Zum Glück ist die Besuchszeit schnell rum. Schon während ich zurückgeführt werde, schmerzt der Verlust und wirft sich meine ganze Hoffnung vierzehn Tage voraus auf die nächste Besuchszeit.

Fortsetzung Verteidigung Camilla Feh

Die öffentliche Erinnerung an die Kindsmörderin vom Muckensturm verblasst im Lauf der Jahre. Ich merke, dass ich mich wohler fühle, wenn mich niemand beachtet. Ich werde unsichtbar. Meine ersten Jahre auf dem Kepler-Gymnasium in Cannstatt sind angenehm. Ich bin unauffällig gut in Mathe und Deutsch. Es fällt mir leicht zu lernen. Ich kann dem Schatten meiner Mutter ein Stück davonlaufen.

Er holt mich nur ein, wenn meine Mitschüler mich fragen, warum ich anders heiße als mein Bruder Lukas und meine Eltern. Dann antworte ich, weil ich ein Pflegekind bin. Das hat so lange funktioniert, bis jemand sagt: Aber dann könnten sie dich doch adoptieren. Ja, warum haben sie mich nicht adoptiert? Muss man vorsichtig sein mit einer wie mir?

Die Sexualaufklärung, die wir Mädchen getrennt von den Jungs erhalten, bringt mir die Erkenntnis, dass die Taten meiner Mutter eine Folge der menschlichen Sexualität sind, die allgemein da ist und mit der auch ich selbst eines Tages zu tun haben werde. Der biologischen Brutalität der Sexualität entgeht niemand. Die Lehrerin spricht von Zyklus, Eisprung und Verhütung. Wieso hat meine Mutter nicht gewusst, dass man nicht schwanger werden muss, wenn man es nicht will? Hat es früher keine Pille gegeben?, frage ich meine Mutter.

Sie lacht selten, aber jetzt lacht sie. »Die Pille gibt es schon seit der Jugend meiner Mutter. Allerdings verträgt sie nicht jede. Und wenn man sie öfter vergisst, dann kann auch etwas passieren.«

»Aber«, sage ich, »dann kann man es doch wegmachen lassen.«

»Das ist keine leichte Entscheidung, Kind«, antwortet sie.

Aber immer noch besser, denke ich, als neun Monate lang schwanger sein und das Neugeborene dann töten.

Meine Pflegemutter merkt, warum ich frage. »Was deine Mutter getan hat, werden wir nie verstehen«, sagt sie.

Das Phänomen der nicht wahrgenommenen Schwangerschaft kommt recht häufig vor, lese ich. Eine von knapp fünfhundert Schwangerschaften wird bis weit über den fünften Monat hinaus nicht bemerkt. Etliche Geburtshelfer haben schon Frauen entbunden, die nicht wussten, dass sie schwanger waren. Frauen mit mangelnder Körperwahrnehmung. Sie halten die Tritte des Embryos für Blähungen. Sie denken sich nichts, wenn die Tage ausbleiben, und manchmal gibt es Blutungen auch während der Schwangerschaft. Die Gewichtszunahme wird anders erklärt. Neben denen, die es nicht merken, gibt es Frauen, die ihre Schwangerschaft ignorieren, weiter trinken und rauchen und mit großer Unbefangenheit leugnen, falls jemand sie fragt. Sie fallen aus allen Wolken, wenn die Geburt einsetzt. Können sich das Geschehen nicht erklären, sind verwirrt und geschockt. Verleugnete Schwangerschaften, lese ich, können zum Neonatizid führen. Vor allem wenn die Persönlichkeit der Mutter Unreife und fehlende Krisenbewältigungsmechanismen aufweist.

Hat meine Mutter gelebt wie eine Frau im Mittelalter, wo man die Schande der Wollust unter weiten Gewändern verbarg und im Wald niederkam? Ich schäme mich meiner dummen, gewissenlosen und feigen Mutter. Warum hat sie mich am Leben gelassen? Warum muss ich mit Abscheu und Scham leben?

Einmal, mit fünfzehn oder sechzehn, bin ich oben in der Zuckerbergstraße gewesen, wo sie gewohnt hat. Man sieht die Häuser von unten, vom Neckar aus, über den Weinberg ragen, wo das Cannstatter Zuckerle angebaut wird. Ich weiß nicht, was ich erwartet habe. Ständig warte ich auf Erlösung. Zu Hause habe ich behauptet, ich ginge mit Freundinnen in die Stadt. Aber ich bin mit der Straßenbahn in die Gegenrichtung gefahren. Ein Tunnel spuckt einen plötzlich oben aus. Ich muss raus, die Steinhaldenstraße hinunter. Hastig und mit Herzklopfen husche ich dann die Zuckerbergstraße entlang. Eine alte Frau kommt mir entgegen, vor der ich mein Gesicht verstecke. Denn womöglich erinnert sie sich an meine Mutter und ruft: »Dich kenn i doch. Du bisch die Tochter von dere mörderische Schlampe. Schämsch di net, hier zum auftauche?«

Ich bleibe nicht stehen. Ohnehin weiß ich keine Hausnummer. Es sind vier langgestreckte Wohnblocks, die senkrecht zur Straße stehen. Waren auf dem Zeitungsfoto nicht Birken? Es gibt nur eine Garagenzeile, vor der Birken stehen. Dort also bin ich vermutlich geboren worden. Aus unbekannten Gründen habe ich überlebt.

Auf der anderen Straßenseite liegt die Kleingartenanlage mit einem Zugangstor. Hier hat meine Mutter nachts ihre Bündel hineingetragen, diesen Weg, bis hinunter zum Hauptfriedhof.

Ich kenne die genaue Stelle nicht, wo sie meine Geschwister vergraben hat. Ich würde sie nicht finden. Plötzlich habe ich auch keine Kraft mehr. Ich bin lahm wie meine Mutter. Ist es das, was jemanden zu solchen Taten bringt? Eine unüberwindliche innere Kraftlosigkeit? Die Unfähigkeit, die letzte Konsequenz in Augenschein zu nehmen?

Meiner Pflegemutter fällt auf, dass ich mich abends am Esstisch kaum gerade halten kann. Sie fragt nicht. Sie haben nie gefragt. Sie rühren nicht gern an das Monstrum, das mich begleitet. Sie werfen mir nur besorgte Blicke zu. Als ob sie darauf warten, dass meine Mutter in mir ausbricht wie eine Krankheit, wie die Pest, die ganze Familien ins Grab bringt. Ich fühle mich an dem Abend, als wäre ich die Mörderin selbst, die es an den Ort des Verbrechens zurückgezogen hat. Indem ich meine Tat vom Nachmittag verheimliche, verheimliche ich das Verbrechen meiner Mutter und mache mich mit ihr gemein.

In der Nacht überfällt mich Panik, wenn ich mir vorstelle, es hätte mich jemand erkennen können oder wissen wollen, wonach ich Ausschau halte, warum ich die Wohnungen mustere, ob ich sie ausspähe für einen Einbruch. Und dann hätte womöglich jemand die Polizei gerufen, und die hätte mich nach meinem Namen gefragt, den ich hätte nennen müssen.

Wenn ich doch nur meinen Namen ändern könnte. Dann müsste ich nicht mehr fürchten, dass jemand in seinem Gedächtnis kramt, wenn er den Namen Tanner hört. »War da nicht mal was mit einer Kindsmörderin? Anfang der Neunziger?« Ja, wenn ich einen anderen Namen hätte, könnte meine Mutter nicht mitkommen in meine Zukunft.

Solange ich minderjährig bin, kann ich allein und heimlich nichts ausrichten. Ich muss meinen Wunsch meinen Pflegeeltern anvertrauen. Mein Pflegevater eröffnet mir, dass sie miteinander besprochen haben, mir die Adoption anzubieten, sobald ich volljährig bin. Dann brauchen wir die Einwilligung meiner Mutter nicht mehr. Es gibt ja keinen Hinweis, dass sie nicht mehr am Leben ist.

Im Oktober 2005 vollzieht das Amtsgericht meine Adoption. Ich bin frei und ich schreibe mich nach dem Abitur an der Uni Tübingen für ein Studium der Soziologie mit dem Nebenfach Erziehungswissenschaft ein. Aufgabe der Soziologie ist die methodisch kontrollierte Beobachtung und Analyse zwischenmenschlichen Verhaltens und Handelns. Am Institut für Soziologie der Universität Tübingen wird schwerpunktmäßig in den Bereichen Methoden der empirischen Sozialforschung und Sozialstrukturanalyse, Arbeits- und Wirtschaftssoziologie, Wissenschafts- und Techniksoziologie sowie Soziologie der Geschlechterverhältnisse gelehrt und geforscht.

Prof. Schmaleisen (Grundlagen der Soziologie) rät uns, ein Lerntagebuch zu führen. Das Schreiben trage zu einer Vertiefung des Lernstoffs bei, indem man sich regelmäßig damit beschäftigt und seine eigenen Rollen und Standpunkte reflektiert.

Also fange ich an zu schreiben.

Das Studium überfordert mich nicht. Doch ich gehe auf brüchigem Eis. Ich fürchte Entlarvung. Manchmal fantasiere ich mitten im Seminar oder Kolloquium, gleich werde einer aufstehen und auf mich deuten: »Das ist Camilla Feh. Sie hat ihren Namen geändert, weil ihre Mutter in den achtziger Jahren vierfachen Neonatizid begangen hat. Wie fühlt man sich denn als Tochter einer Kindsmörderin?«

Auch Professor Schmaleisen schaut mich manchmal so an, als werde er im nächsten Augenblick die zweite Person ansprechen, die hinter mir steht. Ich spiele mit dem Gedanken, ihm alles zu gestehen. Dann müsste ich nicht mehr fortwährend fürchten, dass meine Geschichte herauskommt. Aber meine Neigung zur Schweigsamkeit ist größer als die Versuchung. Ich weiß auch gar nicht, wie man über sich selbst redet. Ich mag die Gewalt der Gefühle nicht, die ich auslöse: Abscheu, Verachtung, Entsetzen, Mitleid. Sobald meine Mutter aus ihrem Schatten tritt und sich neben mich stellt, bin ich als Person nicht mehr da. Oder ein Monstrum.

Aus meinem Lerntagebuch wird ein Tagebuch.

Die Tötung von Kindern durch elterliche Hand hat es in allen Epochen der Menschheitsgeschichte gegeben, lese ich in *Mutter Natur* von Sarah Blaffer Hrdy. Das ist unser tierisches Erbe. Schon bei den Schimpansen wird ein Drittel der Kinder gleich nach der Geburt getötet. In China und Indien bringt man heute noch Mädchen nach der Geburt um. In China, weil dort nur ein Kind erlaubt ist und die Eltern einen Sohn brauchen, der Geld verdient und sie im Alter versorgen kann. In Indien, weil die Mitgift für Mädchen viel Geld kostet. Doch die Gesellschaft entgleist. Denn junge Männer ohne Aussicht auf Heirat und Familie schließen sich zu gewalttätigen Banden zusammen und vergewaltigen und entführen fremde Frauen. In Deutschland gibt es keinen materiellen oder sozialen Grund, Neugeborene zu töten. Es geschieht auch selten aus materieller Not, lese ich. Ungefähr dreißig Neugeborene werden dennoch jedes Jahr umgebracht, meist von ihren Müttern.

In der Antike bestimmte der Vater, ob er ein Kind annehmen oder töten lassen wollte. Das Christentum führte Strafen für

Abtreibung, Kindstötung und Aussetzung von Kindern ein. Im Mittelalter mussten ledige Frauen ihre Schwangerschaft den Stadtoberen melden, sonst standen sie im Verdacht, ihr Kind töten zu wollen. Auch heute hält es eine Frau davon ab, ihr Kind zu töten, wenn andere wissen, dass sie schwanger ist. Bis Ende des 18. Jahrhunderts wurden Kindsmörderinnen mit dem Tod bestraft. Erst im Sturm und Drang änderte sich die Einstellung. Man erkannte, dass Frauen wie Goethes Gretchen im *Faust* Opfer von Verführung und Gewalt werden konnten und aus Not handelten. Es wurden Häuser eingerichtet, in denen Frauen anonym entbinden konnten. Im 19. Jahrhundert entstand dann die Ideologie der Mutterliebe, und bis heute werden Frauen als Verbrecherinnen verfemt, die ihre Kinder nicht wollen.

Ich habe Till nichts von meiner Mutter erzählt, die hinter mir steht mit ihrer Feigheit und Dummheit. Es ist ein früher, warmer Sommer. Wir liegen auf den Neckarwiesen, wir lieben uns auf dem Teppich vor dem Sofa, in der Küche, nachts im Bett. Ich fühle mich unbeschwert.

Er studiert Germanistik und im Nebenfach Politik und Soziologie. Er ist Punk und Veganer. Ich habe ihn in der Mensa zum ersten Mal gesehen. Ein zierlicher Mann im knöchellangen Schottenrock verteilt Broschüren mit dem, was er der Gesellschaft vorzuwerfen hat. Spöttische Blicke folgen ihm. Die Broschüren bleiben auf den Tabletts und Tischen liegen. Ich lese aus Langeweile, was mich nicht interessiert, aber plötzlich weckt.

»Beinahe jeder Krimi gibt heute vor, einen Antihelden zu haben, und täuscht so darüber hinweg, dass die inhärente Behauptung, die aus der Bahn geworfene Welt wieder ins Gleis heben zu können, reaktionär und schamlos ist. Der Krimi tut so, als bedürfe es nur einer engagierten Person, um die Welt vom Verbrechen zu reinigen und den Schuldigen anzuklagen. Der wahre Krimi müsste die großen historischen Versprechen und ihr Scheitern zeigen. Wo der Ermittler aber von einem

Verbrechen zum nächsten eilt, wird nur herausgestellt, dass alles weitergeht und Abweichungen nicht geduldet werden.«

Vor der Tür der Mensa treffe ich ihn rauchend, schaue ihm ins Gesicht, das er mit Piercings vielfach verletzt hat. Seine Haare sind blond unter der roten Farbe, seine Augen leuchtend blau. Sein Lächeln ist höflich. Es fällt mir leicht, ihn anzusprechen. »Ich lese keine Krimis. Ich schau mir auch kaum noch welche im Fernsehen an. Sie erzeugen eine perverse Spannung. Man fiebert mit, obgleich alles unecht und unwahr ist. Dann hat man nur Zeit totgeschlagen.«

Wir reden zwei Stunden im Stehen, nicken, lachen, stimmen uns gegenseitig zu, weben ein Geflecht von Gemeinsamkeiten, die uns verbinden und gegen die in Irrtümern verhaftete Gesellschaft, die unsere ist, abgrenzen, und verabreden uns. Von Till lerne ich, dass ich begehrenswert bin, eine schöne Frau mit langen blonden Haaren und guter Figur. Mit seinen die Lust erforschenden Händen bildet er in meinem Kopf meinen Körper ab, legt Hüften, Hintern und volle Brüste in mir an, gibt mir einen Schwanenhals, süße Lippen.

Ich werde ihm niemals von meiner Mutter erzählen. Keiner eignet sich besser, die Geheimnisse, mit denen wir durchs Leben gehen wollen, zu etablieren, als der Geliebte. Die Liebe ist Gegenwart und schaut in die Zukunft. Till sieht nur meinen Körper. Täglich lieben wir uns und schwingen unsere Gefühle und Gedanken auf Gemeinsamkeiten ein. Wir besprechen die sozialen Rollen, die wir spielen wollen. Die Liebe ist ein Glück, das aus der Zukunft zu uns kommt. Eines Tages werden wir Kinder haben. Eines Tages werden wir alt sein und sterben.

Haftbuch, Donnerstag, 14. Februar

Ich habe von der Staatsanwaltschaft beim Landgericht Stuttgart die Anklageschrift bekommen. Sie ist an die Große Strafkammer adressiert.

Frau Camilla Feh,
geboren am 15. Oktober 1987 in Stuttgart,
ledig,
Staatsangehörigkeit: deutsch,
wohnhaft Hagelschieß 36, Stuttgart Bad Cannstatt,

Wahlverteidiger: RA Gerald Feh,
Silberburgstraße 189, Stuttgart,

wird angeklagt,

am 08.12.2012 in Stuttgart Bad Cannstatt, Wilhelma,

den Tod von Herrn Till Deutschbein,
geboren am 10. September 1985,
wohnhaft Wartbergstraße 134, Stuttgart,
absichtlich und willentlich herbeigeführt zu haben.

Der Angeschuldigten wird Folgendes zur Last gelegt: ...

Es folgen die Einzelheiten. Nach Ansicht der Staatsanwaltschaft habe ich Till nach einer Nikolausfeier des Nachts auf illegalen Wegen - nämlich durch Übersteigen eines Tors - verleitet oder ihm dazu verholfen, in die Wilhelma einzusteigen. Gemeinsam sind wir anschließend über ein Fenster ins Menschenaffenhaus eingedrungen. In der Folge habe ich Till mit Hilfe eines illegal beschafften Schlüssels Zugang zu den Gehegen der Bonobo-Affen verschafft, ihn mit einem Pfefferspray handlungsunfähig gemacht, zugesperrt und ihn seinem Schicksal überlassen.

Der Text ist lang, die Liste der Zeugen und Beweismittel ebenfalls.

Jetzt muss das Gericht entscheiden, ob es die Anklage zur Hauptverhandlung zulässt, erklärt mir Onkel Gerald.

Fortsetzung Verteidigung Camilla Feh

Es ist nicht möglich, die Wilhelma nicht betreten zu haben, wenn man in Cannstatt aufgewachsen ist. Bis ins Erwachsenenalter hat mich Ungeduld erfasst, wenn ich an der Ziegelfriesmauer mit ihren Rosetten und Akanthusblattornamenten entlang zum Eingangspavillon der Wilhelma ging. Als ich Kind war und die Oma mit Lukas und mir in den Zoo ging, erschien mir der Weg endlos. Für die bröselnde Pracht hinter der Mauer mit Badhaus, Gewächshäusern, maurischem Landhaus und Theater habe ich nie Augen gehabt. Ich will Tiere sehen, nicht den König. Aber ohne König Wilhelm keine Wilhelma. Er ließ sich unterm Rosensteinschloss ein privates Kurbad mit Teichen und Wandelgängen bauen. Der Schrei der Pfauen schwebt bis heute über der Anlage.

Während die Oma am Pavillon Karten kauft, spicke ich durch die Schranke und sehe die Flamingos. Doch vor die Tiere haben Wilhelma und Oma das Gewächshaus gesetzt. Dicke stachelige Kakteen, Blüten und Blumen ohne Zahl, in denen Oma schwelgt. Auf halber Strecke gibt es in Guckkästen atmende Fellhaufen: der Große Tanrek, Langschwanzchinchilla, Flachlandviscacha und Mattheys Knirpsmaus. Dann kommen die Kamelien. Der Zoo lässt sich bitten. Am Ende des Gewächshauses geht es an den Seerosenteichen entlang ins Aquarium. Fische sind bewegte Blumen. Lukas liebt den Zitteraal. Er verteilt Stromschläge, die über dem Aquarium angezeigt werden. Dann will er die Krokodile sehen. Wir schauen in die betonierten Wasserbecken hinab. Immer ist ein weißes darunter, das nicht wirklich weiß ist. In meiner Kindheit ist der Wilhelmabesuch ein Tauschhandel mit der Oma. Magnolienblüte für sie, Kea, Jägerlies und Kaka für mich, die Löwen für Lukas. Sie bekommt ihr maurisches Landhaus mit den Bromelien, Lukas die Seelöwenfütterung um elf oder fünfzehn Uhr. Die Affen findet die Oma unanständig. Sie lockt uns mit einem Eis weg und belohnt sich mit Kaffee und Kuchen.

Im August 2008 bin ich dann fast jeden Tag in der Wilhelma. Mit einer Sondergenehmigung gehe ich ums Parkhaus herum, am Verwaltungsgebäude vorbei und über den Betriebshof durchs Tor am Ende des Gewächshauses hinein, eile den Wandelgang an den Seerosenteichen und Magnolienbäumen entlang, passiere das Becken der Seelöwen und wende mich nach links zum Menschenaffenhaus.

Insgesamt dreihundert Stunden beobachte ich die Bonobos und protokolliere minutiös ihre Aktionen. »Die Friedensstrukturen des Matriarchats bei den Bonobos«, so lautet der Titel meiner Arbeit im vierten Semester meines Soziologiestudiums für Professor Dr. Norbert Schmaleisen.

Es gibt den Beobachter erster und zweiter Ordnung. Über den Beobachter, der auf die Realität schaut, gibt es nur dann etwas zu sagen, wenn man den Beobachter zweiter Ordnung einsetzt, der beobachtet, wie der Beobachter seinen Gegenstand der Beobachtung wahrnimmt. Er kann die blinden Flecken erkennen, die der Beobachter erster Ordnung aufweist. Im Grunde ist alles Lesen von Texten oder Betrachten von Bildern ein Beobachten zweiter Ordnung. Wir leben in einer Zeit, in der Beobachter erster Ordnung fast vollständig von Beobachtern zweiter Ordnung abgelöst worden sind. Wir beziehen so gut wie alle unsere Kenntnisse aus dem Internet, aus dem Fernsehen, aus Büchern.

Haftbuch, 15. Februar

Eine in meiner Abteilung schreit in die Nacht hinaus. Immer wieder. Mal um Mal ein Brüllen aus tiefstem Schmerz. Kindisch ungehemmt. Es zerrt an den Nerven. Niemand will sich darum kümmern. In den Nächten kann ich am wenigsten ignorieren, wo ich bin. Es ist nie still. Eine Disko wummert draußen. Hierinnen kracht irgendwo eine schwere Tür. Irgendjemand ruft. Manchmal eilen Schritte, ich höre das Klack-Klack des Schlüssels.

Fortsetzung Verteidigung Camilla Feh

Bonobos leben im Matriarchat. Sie sind die einzigen Menschenaffen, die das tun. In Freiheit umfasst ihr Clan über hundert Tiere. Sie bilden Kleingruppen, in denen die ältesten Weibchen das größte Ansehen genießen. Die männlichen Tiere sind im Rang den Frauen nachgeordnet. Sie bleiben ihr Leben lang bei der Gruppe ihrer Mutter. Die jungen Frauen dagegen verlassen die Gruppe, wenn sie geschlechtsreif geworden sind, und gliedern sich in eine neue Frauengruppe ein. Es hat sich gezeigt, dass das Matriarchat für das Überleben der Art nützlich ist. Bonobos bringen in freier Wildbahn mehr Babys durch als Schimpansen oder Gorillas. Denn bei den Bonobos sind nicht die starken Männer, sondern die Mütter die Ersten am Futter. Sie können ihre Babys besser ernähren als Mütter in patriarchalen Gesellschaften.

»Wären Bonobos nicht erst vor achtzig Jahren entdeckt worden«, schwärmt Till, »hätten Soziologen und Evolutionsbiologen die Entwicklung der Menschheit vielleicht anders beurteilt. Nicht als Erfolgsgeschichte der Werkzeug- und Kriegsintelligenz, sondern als Entartung, die letztlich selbstzerstörerisch ist, weil sie den Nachwuchs zwar erzeugt, aber nach der Geburt vernachlässigt.«

Er macht mein Projekt zu einem Erkenntnisvehikel in unserem Kampf um eine gerechtere Welt. Neun Millionen Kinder sterben jährlich vor ihrem fünften Lebensjahr. Zugleich basiert das Überleben der Menschheit auf genau dieser hohen Kindersterblichkeit, erklärt er uns in anarchoveganen Arbeitskreisen, denn andernfalls würde die Weltbevölkerung noch schneller wachsen und wir würden einander noch wütender zerfleischen als jetzt schon. Wenn man den Frauen in der sogenannten Dritten Welt die Kontrolle über Geburten und Nahrungsmittel überlassen würde, erklärt er, würden zwar weniger Kinder geboren, aber sie hätten eine reelle Chance, groß zu werden.

»Wenn aber das friedliche Matriarchat ein taugliches Konzept wäre, dann wären die Bonobos heute nicht vom Aussterben bedroht«, wende ich ein, als wir wieder allein sind.

»Aber das sind die Gorillas, Orang-Utans und Schimpansen doch auch«, erwidert er. »Und wir sind Menschen, wir können reflektieren und uns entweder für Brutalität oder Frieden entscheiden. Dennoch leben wir immer noch auf dem Niveau einer Pavianhorde.«

»Wahrscheinlich wollen wir es so«, sage ich. »Der Mann wird niemals seine Macht abgeben. Nirgendwo auf der Welt gibt es noch Matriarchate. Sie sind überall vor langer Zeit von primitiven kriegerischen Horden unterworfen worden. Nur wer sich wehren kann, wird nicht beherrscht. Und Frauen sind den Männern körperlich unterlegen.«

Stellt sich die Frage, warum bei den Bonobos zwar die Männer körperlich schwerer und stärker sind, aber trotzdem nicht herrschen. Schaut man sich die Schimpansen an, so sieht man, dass zur Körperkraft noch die Fähigkeit kommen muss, Freundschaften zu schließen und gemeinsam anzugreifen. Bei den Schimpansen können die Männer das, aber die Frauen nicht. Sie sind darum die Vergewaltigten und Gebissenen.

Eindeutig hat bei den Hominiden das soziale Konzept überlebt, das auf der Fähigkeit der Männer basiert, im Kampf um die Macht Allianzen zu schmieden, und auf der Unfähigkeit der Frauen, dies ebenfalls zu tun.

Haftbuch, 16. Februar

Ich zittere noch. Gerade eben beim Hofgang sind zwei Frauen mit Fäusten und Krallen aufeinander losgegangen. Wie im schlechten Film. Aber wenn es in Wirklichkeit passiert, kann man nicht amüsiert zugucken. Der Stress springt über. Die Geräusche der Gewalt stellen den Organismus auf Kampf. Ein unerträglicher und törichter Zwang einzugreifen entsteht. Als ob ich verantwortlich wäre, es zu beenden. Weil ich vernünftig bin, aus einer Welt mit Deeskalationsstrategien, Mediationen und Konfliktbewältigungstechniken komme. Alles Käse. Ich bin vor Schreck gelähmt. Ich habe mich nie geprügelt, ich kenne die Regeln nicht. Womöglich werfen sie sich beide auf mich. Warum tun die Wächterinnen nichts? Sie rufen. Aber das verhallt überm Kampfgetümmel. Missmutig setzen sie sich in Marsch, kommen mit steifen Beinen heran. Keine fasst zu. Als ob sie sich ekelten vor denen, vor uns. Sie müssen sich erst Handschuhe überziehen. Sie drohen mit Maßnahmen. Bis eine der beiden ablässt. Der anderen läuft Blut aus der Nase. Sie heult und jault, als ob sie unschuldiges Opfer wäre. Nur weil sie blutet. Die andere beschimpft sie als Bazille. An der Reaktion der Umstehenden erkenne ich, dass das etwas ist, was alle verachten. Was sie getan hat, will die andere nicht sagen, die Bazille wisse es schon. Der tropft das Blut aus dem Gesicht. Unwillkürlich fasse ich in meine Jackentasche nach einem Taschentuch. Aber ich habe keines. Schlichten, helfen, trösten. Das falsche Konzept. Es gilt hier nicht. Der Schnee ist zerwühlt, zertreten, darauf frische Blutspuren, teils verwischt. Ich beruhige mich bis zum Ende des Hofgangs nicht. Meine Panik macht mir Angst. Ich darf doch keine Schwäche zeigen, sonst bin ich die Nächste.

Fortsetzung Verteidigung Camilla Feh

In der Wilhelma leben dreizehn Bonobos. Alma, die älteste, hat mit ihren vierzig Jahren noch mal einen Sohn bekommen, den Deko. Auch Zete hat ein Baby, eine Tochter, die man Mokili getauft hat. Bonobos entwöhnen nach fünf Jahren und erst ein Jahr später werden die Mütter wieder schwanger. Zetes ältere Tochter Mara ist acht Jahre alt.

Der 18. August 2008 ist mein Schicksalstag. Um 11:13 Uhr beobachte ich, wie Mara sich Zete nähert und darum bittet, Mokili umhertragen zu dürfen. Zete überlässt ihr das Baby und klettert auf den Sitz am Stocherbecher. Sie genießt es, ungestört mit dem Stock Joghurt zu stochern. Mara begibt sich mit Mokili zum Wasserbecken. Sie guckt sich kurz nach Zete um und tunkt dann das Baby mit dem Kopf unter Wasser.

Ich schaue wie gelähmt zu. In meinem Kopf rasen die Gedanken. Ich muss Revierpflegerin Heidrun alarmieren. Oder ist Mokili tot, bevor Heidrun mit ihren Schlüsseln bis in Schaugehege vorgedrungen ist? Außerdem gehen Pfleger gar nicht zu den Affen hinein. Ich müsste aufspringen und gegen die Scheibe hämmern. Aber das wird nichts nützen. Die Bonobos kümmern sich nicht um unser Gekasper an den Scheiben.

Ich tue nichts. Ich sitze versteinert und warte darauf, dass Mara den leblosen Babykörper aus dem Wasser hebt und auf den Boden legt, wie knochenlos mit baumelndem Kopf. Ich atme nicht, ich beobachte nicht, ich warte auf den Anblick des Totseins.

Doch da klettert Zete vom Sitz am Stocherbecher herunter, geht zum Wasserbecken und nimmt Mara das Baby weg. Es lebt.

Der Bonobotraum hat mit ihrer Entdeckung begonnen. Dass sie nicht einfach nur kleinere schwarzgesichtige Schimpansen sind, merkt man erst in den dreißiger Jahren. In den siebziger Jahren folgt ihnen der japanische Primatologe Kano durch den kongolesischen Urwald und beschreibt, was seitdem alle parat haben: Bonobos machen Sex, statt sich zu prügeln. Sex dient dem Stressabbau. Entdecken sie einen Baum voller Früchte, so schlagen sie sich nicht wie die Schimpansen darum, wer zuerst hochsteigen darf, sondern sie kopulieren. Hernach steigen sie gemeinsam hoch. Die Wilhelma-Bonobos tun es immer, wenn etwas passiert, was Streit auslösen könnte, immer vor der Eroberung des Futters. Alle treiben es mit allen, die Alten mit den Kindern, die Männer untereinander und – nie bei anderen Tieren beobachtet – die Frauen mit den Frauen. Die Wissenschaft nennt es: genogenital rubbing, kurz GG-Rubbing. Das heißt, die Bonobofrauen reiben die Genitalien aneinander und schauen sich dabei an. Der Akt dauert zwanzig Sekunden.

Ich habe meine Protokolle aufgehoben. Der Ordner befindet sich jetzt bei der Polizei oder Staatsanwaltschaft. Wenn sie ihn aufschlagen, sehen sie obenauf die Kopie eines Artikels aus der *Emma* aus jener Zeit. Sie sehen, dass ich Sätze markiert habe wie: »Die Frauen geben sich lustvoll quiekend einander hin. Wenn sie es mit Männern treiben, quieken sie auch.«

Warum müssen Frauen quieken beim Sex? Ist das irgendwie feministisch korrekt?

Auch an anderen Behauptungen habe ich mich gestoßen. Sie lauten aus der Erinnerung rekonstruiert: »Wehe, ein Mann wagt es, bei einer unerfahrenen Frau dominant zu sein. Sofort sind ältere Frauen zur Stelle, die ihn daran hindern. Aber nicht durch Gewalt, sondern weil sie aus Zuneigung respektiert werden, erklärt Professor Kano. Als Verzeihung für männliches Dominanzgehabe, Einsicht und Reue vorausgesetzt ...« Ich muss immer noch darüber lachen. Wie sieht ein Bonobo aus, der einsichtig und reumütig ist? »... gewährt dem Mann die am meisten respektierte Frau der Gruppe oftmals einen Koitus.«

Ja, so hat sich das der Herr Kano vorgestellt in seinem Schrecken angesichts der Frauenherrschaft. Er rettet sich in das Recht des Mannes auf Sex als Belohnung für Wohlverhalten. Auch Professor Schmaleisen hat nichts anderes von mir erwartet als eine Beschreibung des männlichen Glücks, im Schutz eines Matriarchats zu leben, in dem ständig Sex betrieben wird. Die blinden Flecken beim männlichen Beobachter erster Ordnung sind auch der *Emma* nicht aufgefallen. »Das Hippie-Ideal ›Make love, not war‹ wird im Garten Eden am Kongo-Strom in die Tat umgesetzt, allerdings von den Bonobos, wo – anders als bei den Hippies – die Frauen bestimmen. Und sie ähneln uns Menschenfrauen, weil die Genitalien vorn liegen, nicht hinten wie noch bei den Schimpansen, weshalb unter Bonobos der Sex von Angesicht zu Angesicht üblich ist, was man bis dahin für eine Errungenschaft des Homo sapiens gehalten hat. Im Garten Eden im Regenwald des Kongobeckens machen Frauen grundsätzlich gemeinsame Sache. Frauenfreundschaften und Frauenseilschaften sind die Basis des matriarchalen und gewaltfreien Gesellschaftssystems. Trotz der körperlichen Überlegenheit haben die Männer gegen die geballte Frauensolidarität und Frauenpower keine Chance.«

Ich erinnere mich, dass ich übers Paradies nachdachte. Das postmortale ist jedenfalls für Männer. Den Moslem erwarten dort siebzig Huren, es herrschen der Patriarch Gott und seine Adlaten. Nur im prähumanen Paradies hatte Eva das Sagen, sie war die Aktive, die dem tumben Adam die Sexualität entdeckte. Gewiss hat die kleine *Emma* nicht wie ich wochenlang auf einem Stuhl vor den Bonobogehegen gesessen. Sonst wüsste sie, was schon in der Bibel steht: Im Garten Eden herrschte – bis zu dem Moment, wo Eva als Verräterin bestraft wurde – die totale Schamlosigkeit. Und bei den Affen herrscht sie noch. Sie fummeln sich an den Geschlechtsorganen herum. Sie fassen sich gegenseitig an den Hintern und schnüffeln danach an ihren Händen. Sie beschmieren Wände, Glasscheiben und sich selbst mit ihrer Scheiße. Nach dem Essen stecken sie sich die Finger in den Rachen und kotzen den Mageninhalt auf die Hand, fressen ihn wieder. Und dann diese grausigen Auswüchse am Hinterteil, wenn die Frau empfängnisbereit ist, plumpe rosige Geschwülste der Genitalien, in denen man den Schlitz der Scheide und den Zipfel der Klitoris grotesk vergrößert sieht. Eine weibliche Dauererektion, ein Fleischkissen, das auch beim Sitzen stört.

Nur die Kinder kommentieren das lautstark. »Der hat aber einen hässlichen Arsch.« Die Mütter lachen und schauen sich verlegen nach mir um. Unser Lachen vor dem Affengehege ist der Ausdruck unseres Entsetzens vor dem, was Adam und Eva verloren haben, nachdem sie für sexuelle Lust bestraft wurden. Was den Menschen vom Affen unterscheidet, ist nicht der aufrechte Gang, die Sprache oder das Lachen, es ist der Ekel, die Scham.

In der Wilhelma sind die Bonobos nicht sonderlich beliebt. Die Besucher wandern fast blicklos an ihren über Eck angelegten Schaugehegen vorbei zu den Orang-Utans. Am längsten bleiben sie bei den Gorillas stehen. Der mächtige Silberrücken hängt sich gern dicht an der Scheibe in eine der Schlaufen aus Feuerwehrschläuchen, gähnt und zeigt dabei den Besuchern seine langen Eckzähne.

Die Sozialstruktur der Bonobos bleibt dagegen unsichtbar. Etwa ein Viertel des Tages sind sie mit Stoffwechselverhalten beschäftigt, also mit Nahrungsaufnahme und Ausscheidungen. Während Professor Schmaleisen von mir das Protokoll eines matriarchalischen Liebes- und Zärtlichkeitskonzepts erwartet, stelle ich fest, dass Sex etwa ein Prozent ihrer täglichen Handlungen ausmacht, rund neun Minuten, allerdings mit bis zu fünfzig Akten. Ein Viertel des Tages verbringen sie mit gegenseitiger Fellpflege. Schmaleisen nennt es Schmusen oder Fußmassage auf Äffisch. Seine Frau quieke auch am schönsten, wenn er ihr die Füße massiere, teilt er uns mit. »Massieren Sie Ihrer Freundin die Füße, meine Herren. Und alles flutscht.«

Im Zoo verhalten sich Tiere allerdings anders als in Freiheit. Sie leiden unter Platzmangel. Feinde können einander nicht aus dem Weg gehen oder abwandern. Häufig entsteht ohne für mich ersichtlichen Grund eine allgemeine Aufregung. Sie turnen durchs Gehege und schreien. Oft beruhigen sie sich durch

GG-Rubbing. Oft aber jagen Mara und Oicha dann plötzlich Njema durchs Gehege und beißen ihn in Ohren, Genitalien und Füße. Die drei Männer, Mafuka, Heri und Njema, verbringen die Nacht von den Frauen getrennt in einem eigenen Käfig. Sonst wären sie Dauerpatienten des Tierarztes, erklärt mir Heidrun.

Njema ist der Letzte in der Rangordnung. Seine Mutter Kuruna ist eine Handaufzucht aus Polen. Alma sorgt dafür, dass Zete und Mara sie in Ruhe lassen. Hätte sie selbst entscheiden können, wäre Kuruna wohl in eine andere Gruppe abgewandert.

In der Wilhelma sind die dreizehn Bonobos in zwei Gruppen aufgeteilt. Alma darf sich jeden Morgen entscheiden, bei welcher Gruppe sie den Tag verbringt. Kuruna fühlt sich unwohl, wenn Alma sich für die anderen entscheidet. Ihr Sohn Njema ist das Opfer. Keiner mag ihn, und er selbst mag sich auch nicht. Er findet niemanden, der ihm das Fell pflegt, er tut es selbst und reißt sich dabei die Haare aus. Kuruna stirbt übrigens ein Jahr später an einer Infektion.

Im Zoo lernen Bonobos auch Werkzeuge herstellen und benutzen, die sie in ihrer Heimat nicht nötig haben. Im Zoo gucken sie gern Videos. Die Wilhelminischen Bonobos lieben Tierfilme und *Jurassic Park*. Wie die Kinder hocken sie da. Und wenn der böse Tyrannosaurus Rex aufstampft, ziehen sie sich erregt die Holzwolle über den Kopf, spicken aber vorsichtig darunter hervor. Den Elektriker, der eines Tages den defekten Fernseher holen musste, hassen sie, obgleich er ihn wiedergebracht hat. Wenn er durchs Affenhaus geht, schreien sie. Womöglich hätten sie ihn gelyncht, wenn er jemals ihre Gehege betreten hätte.

In meinem Ordner über die Bonobos befinden sich auch ein Artikel aus *Current Biology*, der damals gerade erschienen ist, und einige Zeitungsartikel, die sich darauf beziehen und erklären, nun sei es vorbei mit dem Hippie-Image der Bonobos. Denn sie machen »Jagd auf Verwandte«. Es klingt, als ob sie ihre eigenen Schwestern töteten und äßen. Tatsächlich aber berichtet

Current Biology von der Jagd auf Artverwandte, nämlich Meerkatzen. Artverwandtschaft ist auch für menschliche Primaten nie ein Grund gewesen, das Schlachten zu unterlassen. Im Kongo werden heute noch Bonobos gegessen.

Wissenschaftler haben erst 2008 im Salonga-Nationalpark südlich des Kongo-Flusses beobachtet, wie Bonobos in Gruppen von sechs bis acht Tieren kleine Primaten erbeuten. Sobald die Bonobos eine Affenhorde in den Baumkronen entdecken, werden sie still und schleichen sich an. Einige stellen sich unten an den Baumstämmen auf. Wer das Kommando gibt, haben die Wissenschaftler nicht erkennen können, aber plötzlich stürmen alle gleichzeitig hinauf. Einer greift sich einen jungen Affen. Sie töten die Beute nicht mit einem gezielten Biss, sondern fressen sie bei lebendigem Leib. Meist beißen sie zunächst in den Bauch und ziehen die Eingeweide heraus.

Damit ist die in der Biologie verbreitete Annahme widerlegt, dass männliche Dominanz Voraussetzung für aggressives Jagdverhalten ist. Verwundert nimmt die Presse zur Kenntnis, dass bei den Bonobos die Männer nicht allein jagen, sondern Frauen dabei sind. Das ist, wenn Löwinnen jagen, allerdings immer so.

»Zeig Schmaleisen den Artikel«, rät mir Till aufgeregt. »Das ist der Beweis, dass Bonobos töten können.«

Haftbuch, 18. Februar

Ich frage mich, wie es dazu gekommen ist, dass bei den Bonobos die Frauen die Regeln bestimmen. Wie entsteht so etwas? Ich habe von einer Paviangruppe in Afrika gelesen, der die drei mächtigsten Männer an einer Vergiftung weggestorben sind. Die Frauen sind zusammengerückt und haben einen freundlichen Umgang eingeführt mit viel Fellpflege und Schmuseeinheiten. Dabei herrscht in Pavianhorden eigentlich der pure Terror. Die Männer streiten um ihre Vorherrschaft, entführen einander die Frauen, beißen, was sich widersetzt. Kinderlose Frauen mächtiger Männer nehmen anderen die Neugeborenen weg, was die Babys meist nicht überleben. In die von Frauen geführte Pavianhorde sind natürlich wieder Männer eingewandert. Dennoch haben sich in ihr der Schmusestil und der friedliche Umgang erhalten. Vielleicht hat irgendwann eine Bonobohorde im kongolesischen Urwald dieselbe Erfahrung gemacht. Und weil bei ihnen mehr Kinder überlebt haben als in den gewalttätigen patriarchalisch organisierten Gruppen, hat sich das Matriarchat durchgesetzt.

Fortsetzung Verteidigung Camilla Feh

Auf meine Beschreibung der Szene mit Mara und Mokili am Wasserbecken reagiert Professor Schmaleisen sehr skeptisch, ja verärgert. Das würde doch in letzter Konsequenz bedeuten, dass die Äffin in Tötungsabsicht gehandelt habe.

»Ganz recht«, antworte ich ihm. »Der Infantizid kommt in der Wildnis bei allen wehrhaften Arten vor. Ein Löwe beißt die Jungen seines Vorgängers tot, wenn er eine Löwinnengruppe übernimmt. Von den Schimpansen in Gombe berichtet Jane Goodall schon 1976, dass die Schimpansin Passion gemeinsam mit ihrer Tochter Pom junge Schimpansen getötet und teilweise gefressen hat. Und im *New Scientist* ist kürzlich ein Artikel erschienen, dem zufolge im Budongo-Wald die Kinder von Weibchen getötet wurden, die kurz vorher in die Gruppe eingewandert waren. Man deutet es als angemessenes Verhalten angesichts von Nahrungsknappheit. Die Überlebenschancen des eigenen Nachwuchses sollen damit erhöht werden.«

Das kann Schmaleisen nicht in Abrede stellen. Ich kenne mich besser aus als er. Aber bei Bonobos sei dergleichen bislang doch nicht beobachtet worden. Und Nahrungsknappheit herrsche in der Wilhelma nun weiß Gott auch nicht. »Das Verhalten, das Sie beobachtet zu haben meinen«, sagt er, »wäre auch kein vom Instinkt geleitetes Verhalten zur Rettung der eigenen Gene, sondern vielmehr ein mit Heimtücke geplanter Akt, für den die Äffin nicht ihre natürlichen Waffen, das Gebiss, benutzt hat, sondern ein Werkzeug, nämlich das Wasser.«

Was hat meine Mutter eigentlich benutzt, frage ich mich erschrocken, um meine Geschwister zu töten? Ihre Hände? Ein Kissen? Ein Messer? Hat sie getötet wie ein Tier oder wie ein Mensch? Wieso weiß ich das nicht? Der Aktenordner mit den Zeitungsartikeln und Ermittlungsergebnissen steht noch immer bei meinen Pflegeeltern. Ich muss ihn mir endlich geben lassen. Ich bin erst erwachsen, wenn er bei mir liegt.

Immer wieder höre ich in den Medien Berichte über solche Fälle. Man kann sich dem nicht entziehen. Sie knallen einem aus dem Radiogerät oder Fernseher entgegen mit immer dem gleichen Tremolo von durch Entsetzen maskierter Faszination. Je öfter ich die Worte »unbegreifliche Tat« höre, desto mehr habe ich das Gefühl, dass diese Moderatorinnen eigentlich genau wissen, warum Menschen andere Menschen töten, vor allem dann, wenn sie wehrlos sind. Nur ich weiß es nicht. Und sie sagen es mir nicht.

Schmaleisen höre und sehe ich nur noch wie durch Watte, denn in meinem Kopf tobt die Frage, was die Handlung meiner Mutter eigentlich für eine Handlung war. In welchem Moment ist ihr Plan entstanden, die Ausgeburt zu töten? Schon im Moment, wo ihr zu Bewusstsein kommt, dass sie nicht Durchfall hat, sondern ein Kind zwischen ihren Beinen herausdrängt? Oder hat sie spontan und kopflos den ersten Schrei des Kindes erstickt? Ist, was sie getan hat, im Hinblick auf das Überleben der eigenen Art oder des Individuums in irgendeiner Weise als angemessenes Verhalten zu werten? Von Kängurus weiß man, dass sie im Fall höchster Lebensgefahr ihr Junges aus dem Beutel streifen und zurücklassen, um schneller fliehen zu können.

Von ferne höre ich Schmaleisen fragen, ob ich eine jüngere Schwester habe, auf die ich als Kind eifersüchtig war. Er erlebe es nicht zum ersten Mal, dass eine Studentin mit Hilfe der Soziologie die Grundkonstellationen ihrer Sozialisation nachzustellen versucht.

Zorn sammelt sich in mir. Die Berichte über Bonobos sind geprägt vom hoffnungsvollen Staunen angesichts einer nichtpatriarchalen Sozialstruktur. Von der haben die Wissenschaftler und Journalisten jedoch praktisch nichts gesehen als Sex. Sie möchten den Traum vom Kuschel-Matriarchat nicht aufgeben, in dem die Männer mindestens zwanzig Mal am Tag zum Zug kommen. Und nun unterstellt Schmaleisen mir unlautere Interpretation des Beobachteten. Ich bin plötzlich die Böse, weil ich Eifersucht und Mordlust entdecke.

Ich kann meine Gedanken nicht sammeln, um ihm zu widersprechen. Meine Mutter hämmert in mir. Ich frage mich plötzlich, ob mich das Thema Infantizid tatsächlich so sehr beherrscht, dass ich Maras Handlung falsch interpretiert habe. Womöglich habe ich mich verraten. Gleich wird Schmaleisen seine Theorie von meiner Eifersucht auf eine kleine Schwester korrigieren und feststellen: Sie arbeiten das Trauma Ihrer Kindheit als Tochter einer Kindsmörderin ab.

Werde ich immer und überall Beispiele und Erklärungen suchen für die monströsen Verbrechen, die meine Mutter begangen hat? Werde ich zu gegebener Zeit selbst den Wunsch verspüren, die eigenen Kinder zu töten? Werde ich die ganze Schwangerschaft hindurch diesen Gedanken abwehren müssen? Werde ich vorzeitig aufgeben und das Kind abtreiben lassen? Oder werden Totgeburten aus mir herauskommen, weil ich unter dem unbewussten Zwang stehe, keines meiner Kinder zu behalten?

Ich muss die Diskussion mit Schmaleisen beenden, weil ich ihr nicht folgen kann. Ich sage: »Dann lasse ich die Szene eben weg.«

Wenn das mein Verständnis von Wissenschaft ist, antwortet er, Beobachtungen wegzulassen, weil sie nicht passen, dann muss er meine Arbeit als Ganzes und meine Eignung für das Studium in Zweifel ziehen.

»Was will der denn von mir?«, frage ich am Abend aufgebracht Till. »Was soll ich denn tun? Die Szene glaubt er mir nicht, aber wenn ich sie weglasse, mache ich mich erst recht unglaubwürdig.«

Till sagt, ich hätte nicht gleich nachgeben dürfen. Schmaleisen wertet dies als Gleichgültigkeit. Ich hätte streiten müssen, kämpfen, argumentieren.

Ja, wie denn?

»Schmaleisen ist ein Arschloch«, behauptet Till. »Das ist bekannt. Er versucht es bei allen Frauen.«

»Was genau versucht er bei allen Frauen?«, frage ich.

»Sie zu verunsichern.«

»Warum macht er das?«

»Um sich selber besser zu fühlen, Camilla. Du weißt doch, wie die Männer sind. Mit dir persönlich hat das überhaupt nichts zu tun.«

Ich habe es satt, dass einer Dinge sagt, die nicht mich meinen. Von der Wissenschaft habe ich erwartet, dass es um eine Sache geht und um Wahrhaftigkeit. Wie kann Schmaleisen mich nicht meinen, wenn er mich fertigmacht? Und was hat das mit Wissenschaft zu tun? Mit unserer Sache?

»Nirgendwo geht es um die Sache«, erklärt mir Till, »immer geht es auch um Macht und Machterhalt. Das muss ich dir als Soziologin doch nicht erklären. Schmaleisen ist ein alter impotenter Silberrücken, der davon träumt, dass die Studentinnen ihm Sex anbieten. Du hast ihm seine Bonobofantasien zerstört, Camilla. Dafür rächt er sich jetzt.«

Wir lachen sogar, ich verzweifelt.

Till kämpft gern. Er nimmt jede Herausforderung an. Es gefällt ihm, sich zu streiten. Er verbindet es mit der Hoffnung, eines Tages der Stärkere zu sein. Er will alle Silberrücken dieser Welt stürzen.

Ich folge Tills Rat und bitte Schmaleisen um ein zweites Gespräch.

»Wenn Sie«, sagt Schmaleisen, nachdem ich ihm referiert habe, dass Bonobos jagen, »den Aufsatz genau lesen, dann sollten Sie allerdings erkennen, dass Affen nicht bewusst töten. Wie alle anderen Tiere befördern sie ein anderes Lebewesen lediglich in einen essbaren Zustand. Auch Löwen töten nicht. Sie sorgen nur dafür, dass ihre Beute aufhört sich zu bewegen. Ich kann nach wie vor keinen Hinweis darauf entdecken, dass die Bonobos eine Vorstellung vom Tod als Ende der individuellen Existenz hätten. Er ist lediglich das Nebenprodukt von Aktionen, die auf Nahrungsbeschaffung oder Vertreibung eines Feindes zielen. Ich kann nicht erkennen, dass der Tod des Individuums Ziel ihrer Handlungen ist. Zum Mord ist nur der Mensch fähig.«

»Aber Affen wissen, dass sie selbst und ihre Kinder sterben, wenn ihr Kopf unter Wasser gerät«, ereifere ich mich. »Ich habe einen Film gesehen, der zeigt, wie Leute versuchen, ein Orang-Utan-Weibchen von einem Baum zu retten, der infolge von Überschwemmungen in einem reißenden Gewässer stand. Man hat der Äffin ein Seil zugeworfen, an dem sie sich festhalten konnte, und sie aufs Trockene gezogen. Dabei hat sie darauf geachtet, dass der Kopf ihres Babys nicht unter Wasser gerät.«

Ich bin mir zwar nicht sicher, ob das bisschen, was ich gesehen habe, dafür ausreicht, die Aussage zu wiederholen, die der Kommentator des Films gemacht hat, aber nicht das stört Schmaleisen. Er merkt es gar nicht. »Das mag ja so sein«, antwortet er. »Und hätte Mara Zetes Baby totgebissen … in Gottes Namen. Darüber ließe sich trefflich streiten. Tödliche Verletzungen sind bei Rangkämpfen niemals auszuschließen. Aber was Sie beschreiben, den Mord mit einer Waffe, wäre eine wissenschaftliche Sensation, Frau Feh.« Er lächelt dabei, als hätte er mich beim Versuch ertappt, in die Kaffeekasse zu langen.

Es ist nicht mein Gefecht, es ist Tills. Ich will keinen Aufstand, sondern den Seminarschein. Ich schäme mich meiner taktischen Dummheit. Schmaleisen hätte nichts zu bemängeln gehabt, wenn ich neutral geschrieben hätte: »Mara trägt Zetes Baby Mokili herum und spielt mit ihm am Wasserbecken. Mokilis Kopf gerät unter Wasser, Zete holt sie sich zurück.«

Auch Heidrun ist skeptisch gewesen, als ich ihr erzählte, was ich beobachtet habe. Mara ist manchmal etwas grob, meinte sie. Dass sie Mokili hätte ertränken wollen, das kann sie sich nicht vorstellen. Höchstens aus Versehen. Es wird Zeit, dass sie zu einer anderen Gruppe in einem anderen Zoo kommt.

Ja, es ist mir durchaus bewusst gewesen, dass meine Beobachtung eine wissenschaftliche Sensation darstellt. Ich habe mir vorgestellt, wie Schmaleisen mich lobt und mir eine Veröffentlichung anbietet. Es war töricht. Nicht Schmaleisen muss ich einen Vorwurf machen, sondern mir selbst. Den Fehler habe ich begangen. Ich bin in die Mutterfalle getappt. Ich stehe mir selbst im Weg, oder vielmehr, meine Mutter schiebt mich herum, flüstert mir von hinten die Forderung ins Ohr: Rechtfertige mich. Wozu habe ich dich am Leben gelassen? Schau doch hin, sogar die Affen töten ihre Kleinen. Es ist ein ganz natürliches Verhalten.

Und Till unterstützt sie, ohne es zu wissen. Dabei schiebt er mich an seine eigene Front. Für mich eine Sackgasse. Das ist nicht mein Weg. Doch welcher meiner wäre, weiß ich nicht. Er muss sehr früh in meiner Kindheit in eine andere Richtung abgezweigt sein. Womöglich gehe ich jetzt bis zum Lebensende auf dem falschen.

Till ist wütend. »Merkst du denn nicht«, sagt er, »dass du den typischen Fehler von Frauen machst, den Fehler immer zuerst bei dir selbst zu suchen? So kommt ihr nicht an die Macht.«

Ich will sowieso nicht an die Macht. Die Gene meiner Mutter machen mich unlustig für den feministisch-antikapitalistischen Kampf. Till hat Spaß daran. Er streitet sich bei jeder Gelegenheit mit Schmaleisen herum. Schmaleisen behauptet, Gender-Studien sind Blödsinn, die könnten nichts leisten, was nicht auch die Soziologie kann. Und vor allem vorurteilsfrei. Eine Studie hat erst kürzlich wieder gezeigt, dass Frauen Männer unattraktiv finden, die kochen und putzen. Attraktiv für das Weibchen – O-Ton Schmaleisen – ist immer noch der starke Mann mit Macht und Geld. Dafür sorgen schon die Hormone. Keine von uns Studentinnen widerspricht. Für uns steht Till auf und hält ihm vor, dass er die Soziologie zum Handlanger patriarchalisch-kapitalistischer Machterhaltung degradiert. Er gibt keine Ruhe, bis Schmaleisen ihn vom Sicherheitsdienst aus der Aula führen lässt.

Hinterher klagt er: »Ich verstehe euch nicht, Camilla. Äußert sich einer abfällig über Frauen, fühlt sich keine Anwesende angesprochen. Macht er eine Einzelne in seinem Büro klein, dann sucht sie die Schuld brav bei sich.«

Und ich verteidige mich: »Wir Frauen denken eben ökonomisch, Till. Weder Schmaleisens Meinung noch dein Einwand sind klausurrelevant.«

Till schnaubt. Für ihn ist der Kampf eine soziale Übung. Mir graust es davor. Ich durchschaue auch die Regeln nicht.

Eine Woche vor Weihnachten schreibe ich Schmaleisen eine Mail, dass er meine Studie nicht mehr bewerten muss, und packe in unserer Tübinger WG meine Tasche, packe mehr hinein, als ich für den Weihnachtsbesuch bei meinen Pflegeeltern bräuchte.

»Was heißt das jetzt?«, fragt Till. »Kommst du nicht wieder?«

»Ich weiß es noch nicht.«

Ich fahre nach Hause zu meinen Pflegeeltern. Am zweiten Weihnachtsfeiertag kommt Till zum Essen. Meine Pflegemutter hat extra für ihn auch etwas Veganes gekocht. Nach dem Essen machen wir einen Spaziergang am Neckar entlang, vorbei am Stuttgart-Cannstatter Ruderclub bis zum Max-Eyth-See. Till schmiedet Pläne. Auch er hat die Schnauze voll von Tübingen. Er will nach Barcelona gehen, um dort einige Hausbesetzer zu unterstützen. Ich will nicht mit. Ob mir unser politischer Kampf gar nichts mehr bedeutet, fragt er. Er habe gedacht, ich hätte verstanden, dass der Einzelne schwach und ohnmächtig ist und wir uns solidarisieren müssen. Wir streiten uns. Ich teile ihm mit, dass ich mein Studium abbreche.

Was ich denn stattdessen machen wolle? Etwa meinen Eltern im Laden helfen?

Ich weiß es nicht.

Er wirft mir vor, ich sei in meinen bürgerlichen Ängsten verhaftet. Ich wolle seinen Weg nicht mitgehen. Was ich denn eigentlich jetzt von ihm erwarte.

»Nichts«, sage ich.

»Heißt das, du trennst dich von mir?«, fragt er.

»Das heißt es dann wohl.«

Nie hat sich uns die Frage gestellt, warum ich mit ihm mitgehen muss, er aber nicht mit mir. Ich bin bürgerlicher Rückschritt. Schweigend geht Till den langen Rückweg neben mir, wortlos nimmt er im Haus meiner Pflegeeltern seinen Rucksack, grußlos verschwindet er. Meine Pflegemutter ist erschrocken. Wenigstens ihr hätte er doch ordentlich auf Wiedersehen sagen können. Das gehört sich so.

Ich fühle mich unbeschwert und heiter wie seit langem nicht mehr.

Haftbuch, 20. Februar

Andrea nennt sich selbst eine Politische. Mir ist neu, dass es das bei uns noch gibt. Sie ist bei einer Demo der Occupy-Bewegung in Stuttgart festgenommen, dann inhaftiert worden. Sie soll einen Polizisten krankenhausreif geschlagen haben. Die Staatsanwaltschaft wirft ihr einen Mordversuch vor. Mit großen braunen Augen guckt Andrea mich an. Sie haben die Farbe von Bitterschokolade. Die Polizisten sind gepanzert, sagt sie, tragen Helme, Knieschutz, Brust- und Rückenpanzer. Und ich soll da einen verletzt haben?

Andrea trägt Baumwolle von einem Ökoversand und keine Lederschuhe. Die Anstaltsdecken hat sie zurückgegeben, weil sie aus Wolle sind. Sie lebt vegan. Das meiste, was aus der Küche kommt, kann sie nicht essen. Nicht einmal das Graubrot, weil ihr niemand zu sagen bereit ist, ob das in Industriebrot enthaltene Trennmittel Lecithin nur aus Soja oder auch aus Eigelb gewonnen wurde.

Der Anstaltsarzt, erzählt sie mir beim Hofgang, hat ihr erklärt, es gebe keine medizinischen Gründe für sie, auf tierische Produkte zu verzichten. Es sei ihre Entscheidung, ob sie das Fleisch weglässt. Aber das heißt: Kartoffeln, Äpfel, Reis und das war's. Andrea lacht bitter. Das ist keine Ernährung. Sie braucht Nüsse, Erbsen, Tofu, Hefeextrakte, Hanfprotein. Wenn der Staat ihr die Freiheit entzieht, ist er auch für ihre vegane Ernährung zuständig, findet sie. Es geht nicht an, dass sie sich auf eigene Kosten versorgen muss. Aber der Arzt hat ja nicht einmal den Unterschied zwischen vegan und vegetarisch kapiert.

Mir muss sie ihn nicht erklären. Ob ich auch vegan gelebt habe, fragt sie. Nein, aber ich habe mal mit einem Veganer zusammengelebt. In Tübingen.

Ah, Tübingen. Ihr Gesicht hellt sich auf. Sie will wissen, wer das war.

Ich sage: Er hieß Till.

Den kennt sie. Sie haben einige gemeinsame Aktionen gemacht. Aber in den letzten Jahren hat sie ihn aus den Augen verloren. Wie geht es ihm denn?

Ich behaupte, ich wüsste es nicht. Ich sage ihr nicht, dass er tot ist und man mir vorwirft, ihn umgebracht zu haben. Aber ich frage sie: Warst du eigentlich damals dabei, bei der Aktion in der Wilhelma? Tiere freilassen.

Nein, sagt sie und macht dicht. Vielleicht hält sie mich für einen Spitzel, der sie ausfragen soll.

Fortsetzung Verteidigung Camilla Feh

Nach Dreikönig lese ich im *Stuttgarter Anzeiger*, dass es sich bei der an der Stauanlage Stuttgart-Hofen im Neckar gefundenen Leiche um die sterblichen Überreste des Tübinger Soziologieprofessors Norbert Schmaleisen handelt. Das hat die Analyse des Gebisses ergeben. Schmaleisen galt seit dem 23. Dezember als vermisst. An dem Tag ist er am Vormittag mit dem Zug nach Stuttgart aufgebrochen, aber nie mehr zurückgekehrt.

Der Schreck fährt mir tief in den Bauch. Dann habe ich ihn womöglich zuletzt lebend gesehen.

Zettel, 21. Februar

Mein Laptop ist weg. Er steht nicht mehr auf meinem Tisch. Wo ist er? Beschlagnahmt, antwortet die Schluse. Das überlebe ich nicht. Die wissen doch, dass ich nicht richtig mit der Hand schreiben kann. Die wissen das doch!

Haftbuch, Montag, 11. März

Die Abteilungsbeamtin hat mich in ihr Büro geholt. Und da steht mein Laptop. Aber wenn Sie noch einmal über Sicherungsmaßnahmen schreiben, sagt sie streng, dann war es das. Haben wir uns verstanden? Ich nicke. Ich tue alles, was ihr wollt. Ich bin korrumpierbar. In den zurückliegenden drei Wochen habe ich kapiert, wo ich bin. Im Knast. In U-Haft, unter Beobachtung, der Anstaltsordnung unterworfen. Sie können dich hier ganz leicht verletzen, ganz tief.

Bis zu diesem Tag saß ich den ganzen Tag am Computer, konnte mich abschotten, fühlte mich sicher, dachte, ich könnte das Gefängnis ignorieren, solange ich schreiben kann. Die Gedanken sind frei.

Das hat sich geändert, als ich am 21. Februar vom Hofgang in meine Zelle zurückkomme und mein Laptop verschwunden ist. Panik. Das geht doch nicht, das können die nicht machen. Gleich schreie ich. Zerschlage das Inventar, tobe, bis sie mich erschießen wie einen tollwütigen Hund. Aber das tun sie nicht. Sie schauen zu, wie wir allmählich wahnsinnig werden. In meiner Phantasie gehe ich der Schließerin an die Gurgel, um es aus ihr herauszuschütteln. Warum? Warum nehmt ihr mir alles weg?

Warum?

Die Schluse kann oder will dazu nichts sagen. Die Abteilungsbeamtin kommt am Nachmittag und sagt, ich hätte verbotene Dateien auf dem Laptop gehabt.

Was für Dateien?

Sie nuschelt: Aufzeichnungen, die Kenntnisse über Sicherungsvorkehrungen einer Justizvollzugsanstalt vermitteln, dürfen vernichtet oder unbrauchbar gemacht werden.

Was meinen Sie damit genau? Und kontrollieren Sie etwa meinen Laptop, wenn ich nicht auf der Zelle bin?

Eine weltfremde Frage. In der U-Haft gibt es kein Privatleben, kein Recht auf Geheimnis. Einmal, ganz am Anfang, hat die

Abteilungsbeamtin mich ins Büro gerufen und mir einen Brief meiner Schulfreundin Filiz gezeigt. Ich soll ihr doch bitte sagen, dass sie nicht schreibt, sie hoffe, dass ihr Brief mich erreicht. Sie halten keine Briefe zurück.

Aber sie lesen sie. Auch jeder Brief von mir nach draußen wird gelesen. Schreibe ich unleserlich, wird er nicht weiterbefördert. Vielleicht hat man noch nie einen Brief von mir weiterbefördert. Denn ich schreibe schlecht, ich kriege nach dreißig Sekunden einen Graphospasmus. Daumen und Zeigefinger verkrampfen sich, wenn ich mit einem Stift schreiben muss. Man nennt es Dystonie. Es ist eine kleine falsche Nervenverschaltung im Gehirn. Unheilbar. Ein Neurologe hat mir mal Botox in den Arm gespritzt, aber das macht die Hand insgesamt schwach. Ich brauche eine Tastatur zum Schreiben.

Ich bin fast zweiundzwanzig Stunden auf der Zelle eingeschlossen: Sechs Uhr Lebendkontrolle, danach Radio anstellen und Lampe anschauen. Duschen, danach Fernseher anstellen und zwischendurch die Decke ansehen. Hofgang, danach Radio hören und den Boden anschauen. Mittagessen, danach fernsehen und die Wände angucken. Spätnachmittag Versorgungsaufschluss, danach Radio hören oder fernsehen und die Gitterstäbe zählen. Einundzwanzig Uhr Licht aus, irgendwie schlafen oder fernsehen. Einmal die Woche kommt der Bücherwagen. Hauptsächlich *Spiegel*-Bestseller, Fantasy, Liebesschnulzen und Krimis. Ich frage nach Literatur und Lyrik. Nächste Woche will sie was mitbringen. Aber immer nur ein Buch pro Woche.

Ich will meinen Anwalt anrufen!, schreie ich. Sofort!

Man wird dem Sozialdienst Bescheid sagen. Ich darf nicht selbst telefonieren. Die Regeln sind streng in der JVA Schwäbisch Gmünd. Es gibt keine Lässigkeiten. Gefangene, die sich in Untersuchungshaft befinden, können nur in dringenden Fällen mit richterlicher Genehmigung auf eigene Kosten telefonieren. Die Gespräche werden vom Sozialdienst vermittelt. Weitere Telefonate sind nur aus besonders wichtigem Anlass (z.B. lebensgefährliche Erkrankung eines Angehörigen oder Ablauf einer Frist in einer Rechtssache) möglich. Anträge sind an den Sozialdienst zu richten, steht in der Anstaltsordnung, die ich schriftlich bekommen habe. Die Anstaltsordnung steht über allem. Alles wird an ihr gemessen. Nichts darf sie stören.

Haftbuch, 12. März

Mein Leben als Gittermaus hat am Freitag, den 14. Dezember begonnen. Völlig unerwartet. Halb sechs klingelt es an meiner Haustür und die Gegensprechanlage bellt: »Polizei, öffnen Sie die Tür!« Sieben Leute, zwei davon in Uniform, kommen die steile Treppe herauf. Eine Frau ist von der Stadt und Zeugin, einer ist der Leitende Beamte. Er zeigt mir einen richterlichen Durchsuchungsbeschluss. Die Begründung entgeht mir, denn meine Gedanken hasten trudelnd voraus. Reicht es mir noch ins Geschäft oder muss ich anrufen? Aber um die Zeit ist dort noch keiner. Und was sage ich? Ich komme später, ich habe die Polizei im Haus?

Die Beamten wühlen in meinen Schränken und Fächern. Ich sitze am Esstisch. Der Leitende Beamte trägt in eine Liste ein, was sie ihm bringen – Laptop, Speichermedien, CDs, Aktenordner, Schuhe, Kleider –, und klebt Nummern darauf. Sind die jetzt beschlagnahmt?, frage ich. Warum denn? Und dauert das hier noch länger?

Ich darf mir einen Tee machen und brühe mir einen kräftigen Java-Tee auf. Ich kriege trotzdem meine Gedanken nicht gesammelt. Sollte ich Onkel Gerald anrufen? Er ist Anwalt. Ich müsste ihn wecken. Und nur für ein Missverständnis? Das verdanke ich doch sicher dieser Hyäne, dieser Lisa Nerz, von der ich bis vor ein paar Stunden noch dachte, der kann ich vertrauen. Der ich vertraut habe. Dabei hat sie nur ihr Spiel mit mir gespielt. Sie muss von mir direkt zur Polizei gegangen sein.

Es dauert, ich sitze da in Nachthemd und Bademantel und fühle mich nackt ohne Slip. Aber anziehen darf ich mich nicht.

Die Beamtinnen verpacken meine Kleider in Säcke, auch die im Schmutzwäschekorb und die Stiefel an der Tür.

Aber warum denn? Was wollen Sie denn mit meinen Kleidern?

Ich soll die Liste der beschlagnahmten Sachen unterschreiben. Und eine Erklärung, dass sie nichts kaputtgemacht haben. Wenn ich mich weigere, erklärt der Beamte, müssen die Kisten versiegelt werden und ein Richter entscheiden, was nur Zeit kostet, an der Sache aber nichts ändert.

Da denke ich noch, es gehe ihnen um meine Zeit. Ich unterschreibe. Vielleicht sollte ich doch Onkel Gerald anrufen. Er ist der Bruder meines Pflegevaters und Strafverteidiger. Aber das kann ich nachher noch tun, wenn sie weg sind. Und je eher, desto besser, denn ich sollte mich für die Arbeit fertig machen.

Und was ziehe ich an?, frage ich, als sie anfangen, die Säcke und Kisten rumpelnd die Treppe hinunterzutragen. Spätestens jetzt haben sie die Leute unter mir geweckt.

Da eröffnet mir der Leitende Beamte, dass ich zur erkennungsdienstlichen Behandlung aufs Präsidium mitkommen muss.

Aber wieso denn?

Das wird mir dann auf dem Präsidium erläutert.

Die Beamtin geht mit mir ins Schlafzimmer. Auf dem Bett liegen Wäsche, Jeans, T-Shirt und Pullover aus den hintersten Bereichen meines Schranks. Eigentlich würde ich gern noch duschen, habe aber weder die innere Ruhe dazu noch das Vertrauen, dass nicht einer ins Bad platzt. Womöglich käme die Beamtin mit und guckte zu, so wie sie zuguckt, wie ich mir den Slip unters Nachthemd ziehe. Es ist halb acht. Steffie könnte schon im Büro sein, die Meisterin im Wettlauf mit der Stechuhr.

Meine Hände fliegen, eigentlich zittern sie. Angst liegt mir im Magen. Meine Stiefel sind beschlagnahmt, die Beamtin gibt mir alte Sneakers, die für den Winter völlig ungeeignet sind. Während ich die Schnürsenkel binde, zieht der Leitende Beamte ein rotes Blatt Papier aus seiner Aktentasche und verkündet, dies ist ein Haftbefehl und er muss mich schließen.

Wie bitte? Mein Kopf ist leer. Von der Begründung, die er vorliest, bekomme ich nur mit, dass sie glauben, ich hätte Till Deutschbeins Tod verursacht. Das ist künftig die Standardformulierung, denn mit eigenen Händen habe ich Till nicht getötet. Ich habe es den Affen überlassen.

Meine Armbanduhr darf ich nicht mehr anlegen. Ich soll auch meinen Schmuck ablegen, empfiehlt mir der Beamte. Aber ich weigere mich. Ohrringe und Kette gehören zu mir, Schmuck ist Teil meiner sozialen Identität.

Ich muss im Geschäft Bescheid sagen, sage ich. Das lehnt der Leitende Beamte ab. Ich hätte später Gelegenheit zu einem Telefonat. Ich frage ihn, ob es denn sein muss, dass man mich in Handschellen vor die Tür führt. Müssen denn die Nachbarn mitkriegen, dass ich verhaftet werde. Es kann sich hier doch nur um einen Irrtum handeln.

Das ist Vorschrift, antwortet er.

Kaum habe ich den viel zu leichten Sommermantel an, den die Beamtin von meinen Sachen offenbar wie die Sommerschuhe als für die Tat nicht infrage kommend einstuft, schließt sie mir auch schon die Hände auf den Rücken. Sie erkundigt sich, ob die Handschellen auch nicht zu eng sind. Beinahe hätte ich gelacht über so viel Rücksicht an der falschen Stelle. Und wenn ich nun die steile Treppe hinunterstürze? Die Beamtin tritt an mich heran und hält mich am Ellbogen fest.

Die übrigen Polizisten warten beim Polizeibus, der zwischen Schneehaufen in der Gasse steht. Es ist noch dunkel. Ich höre irgendwo ein Fenster aufgehen, sehe Lichter aufflammen. Ich fühle die Augen der Nachbarn auf mir, höre ihr Geflüster.

Ich soll einsteigen. Ich fühle eine Hand auf meinem Kopf. Eine indiskrete Berührung, mit der ich nicht gerechnet habe. Abwehr und Ekel machen mich steif. Hätte die Beamtin meinen Kopf nicht gedrückt, wäre ich beim Einsteigen mit auf dem Rücken gefesselten Händen an den Rahmen gestoßen.

Wir fahren an der dunklen Wilhelma entlang die Pragstraße

hinauf. Ich erkenne das schräge Glasdach des Südamerikahauses. In der feuchten Regenwaldluft beschlägt es im Winter den Besuchern die Brillen. Die wenigsten sehen den Brillenwärmer an der Tür. Die Kuratorin für die Menschenaffen hat mich erst kürzlich gebeten, im kommenden Frühjahr den Umzug der Bonobos ins neue Menschenaffenhaus als Beobachterin zu begleiten und zu protokollieren. Man möchte wissen, ob sie sich im neuen Menschenaffenhaus, wo sie mehr Platz haben, anders verhalten.

Das Gebäude des alten Robert-Bosch-Krankenhauses, in dem das Polizeipräsidium untergebracht ist, liegt in tief verschneiten Weinbergen am Hang über dem Pragsattel. Auf der riesigen Kreuzung herrscht Berufsverkehrsstau. Wir biegen in die Hahnemannstraße ein. In einem Fahrstuhl, der wie ein verschrammter Lastenaufzug aussieht, fahren wir Stockwerke hoch. Die Polizisten liefern mich ab, drehen sich um und gehen, ohne sich von mir zu verabschieden.

Die Beamten, die mit mir zu tun haben, sind nicht zum Reden aufgelegt. Sie geben Anordnungen in einem Ton, als seien ihnen die Indiskretionen, zu denen ich sie zwinge, unangenehm. Sie müssen mich anfassen, meine Hand auf die Glasplatte drücken, die meine Fingerabdrücke aufnimmt und digitalisiert. Dann muss ich den Mund aufmachen für den Abstrich. Ich sehe die Nase der Beamtin ganz nah, während sie mit dem Wattestab in meinem Mund herumfährt, und halte den Atem an, denn ich habe mir die Zähne nicht geputzt.

An den Geruch nach Fäkalien im Polizeigewahrsam erinnere ich mich. Ich bin in einem Vorraum allein mit einer Beamtin. Sie mustert mich. Auch sie wird die Distanz zu mir nicht halten dürfen und lässt mich die Zumutung spüren, die ich bin. Sie ist dicklich. Polizeiuniformen betonen vor allem die Schwächen einer weiblichen Figur, der Gürtel schneidet ein, die Hose spannt an den falschen Stellen, die Hemdbluse sitzt nicht.

Ich soll meinen Schmuck herausgeben, auch die Ohrringe. Ich will mich sträuben, vermute aber, dass sie für diesen Fall juristische Drohungen parat hat. Sie verstaut alles in einem Umschlag. Und deutet auf meine Füße: Die Schnürsenkel.

Ich frage, was mit denen ist.

Ich soll sie herausziehen und ihr übergeben.

Aber wie soll ich ohne laufen?, frage ich entsetzt. Ausgerechnet Sneakers, wo die Ösen bis zu den Zehen gehen, hat die andere Beamtin vorhin für mich ausgesucht. Warum nicht auch eine Hose, die mir zu weit ist? Denn den Gürtel hätte man mir jetzt auch weggenommen.

Ich will meinen Anwalt anrufen, sage ich, Gerald Feh.

Wir rufen ihn an, antwortet sie.

Sie schließt die Tür zu einem Gang mit Eisentüren auf. Ich schlurfe in meinen Sneakers, kann beim Gehen die Füße nicht vom Boden nehmen. Dann sitze ich mit saurem Geschmack im Mund, ungeduscht und meiner sozialen Identität beraubt in einer Zelle des Polizeigewahrsams auf einer Liege aus Beton. Das Kopfkissen ist aus Plastik, am Fußende liegt zusammengefaltet eine Decke, in den Boden eingelassen ist das Loch eines Stehklos, der Abzug ist nahtlos in die Wand eingefügt. Anstelle des Fensters gibt es Glasbausteine.

Ich weiß nicht, wie viel Zeit vergeht. Meine Gedanken kreiseln. Wann kommt Onkel Gerald? Was wird werden? Ich fange an zu zweifeln, ob sich der Irrtum wirklich zügig aufklären wird. Wie werden es meine Pflegeeltern aufnehmen? Endet an diesem Punkt ihre Großmut mir gegenüber? Werden sie sich sagen, dass man der Tochter einer Kindsmörderin letztlich doch nicht trauen kann oder eben alles zutrauen muss? Womöglich gibt es doch ein Asozial-Gen, ein Außenseiter- und Verbrecher-Gen, gegen das auch eine gute Erziehung nicht ankommt. Die Kollegen werden sich das Maul zerfetzen, klar. Einige werden immer schon gewusst haben, dass mit mir was nicht stimmt. Andere werden auf die Unschuldsvermutung pochen, um zu verbergen, wie interessant sie es finden, mit einer Mörderin zusammengearbeitet zu haben. Und in ein paar

Wochen wird eine andere Sau durchs Dorf getrieben. Ich bin raus und weg.

Irgendwann bekomme ich einen Pappbecher mit heißem Pfefferminztee, eklig süß, und ein Essen in einer Plastikschale, Nudeln mit einer rötlichen Soße aus Fleischknötchen und Möhren. Ich frage die Beamtin nach der Uhrzeit und erfahre, dass es halb zwölf ist. Erst. Ich gehe auf Socken hin und her. Ich kann keinen der Gedanken festhalten, die auf dem Karussell an der Stelle vorbeisausen, die im Kopf das Denken kontrolliert. Irgendwann tun mir Hüften und Füße weh und ich lege mich hin. Wo steckt Onkel Gerald nur?

Vielleicht habe ich geschlafen. Plötzlich höre ich den Schlüssel. Zwei uniformierte Polizisten bitten mich, aus der Zelle zu treten. Ich schlurfe. Es ist beschämend. Es geht in den Fahrstuhl und runter vor die Tür, wo ein Sprinter mit verklebten Fenstern steht. Ich soll einsteigen. Dabei verliere ich einen Schuh und lande mit dem Fuß im Schnee. Die Socke ist sofort nass.

Innen sieht der Wagen aus, als hätte man lauter Toilettenkabinen hineingebaut. In den Kabinen steht aber nur ein Stuhl aus Plastik. Sie schließen die Tür von außen. Klaustrophobisch darf man nicht sein. Aber oben ist eine Luftluke. Meistens sehe ich Himmel im Spalt. Ab und zu mal einen kahlen Zweig, einen Dachgiebel. Es geht bergab. Ich vermute, dass wir in die Stadt hinunterfahren. Schließlich halten wir. Durch die Luke sehe ich ein eisernes Rolltor aufgehen. Mit mir steigen vier Männer aus. Sie glotzen mich an und wechseln Worte auf Kroatisch. Dem einen rutscht die Hose. Wir befinden uns in einem von Gebäuden umstellten Hinterhof. Ich suche den Himmel über den Dächern nach der Nadel des Fernsehturms ab, der in Stuttgart die Orientierung ermöglicht, aber sie ist nicht zu sehen.

Es geht in einem Gebäude Treppen hoch in einen Gang mit Türen und Stühlen an der Wand, wo Männer in Trainingshosen oder Alltagskleidung sitzen und zwischen ihnen Männer im Anzug, vermutlich die Rechtsbeistände.

Plötzlich sehe ich Onkel Geralds großen Kopf mit den wulstigen Zügen, dem Bart und den drahtigen grauen Locken. Er kommt auf mich zu. Wir haben keine Zeit, groß miteinander zu reden. Ich kann ihm gerade noch versichern, dass ich niemanden umgebracht habe, dann werden wir zum Haftrichter gerufen. Der eröffnet mir den Haftbefehl.

Frau Camilla Feh, wohnhaft im Hagelschieß ... Stuttgart Bad Cannstatt ... und so weiter ... Tötungsdelikt zum Nachteil von Till Deutschbein, wohnhaft in Stuttgart ... Adresse ... Im Einzelnen wird der Genannten zur Last gelegt, das spätere Opfer Till Deutschbein zunächst in die Zooanlage Wilhelma verbracht zu haben, ins Menschenaffenhaus eingedrungen zu sein und dort den Geschädigten im Käfig der Zwergschimpansen eingeschlossen zu haben, um seinen Tod herbeizuführen. Ob ich mich dazu äußern wolle.

Onkel Gerald spult sein Programm ab. Nein, ich werde mich nicht äußern, bevor er nicht Akteneinsicht genommen hat. Er verneint in meinem Fall Flucht- und Verdunklungsgefahr und dringt auf Aussetzung des Haftbefehls. Dem gibt der Richter in Anbetracht der Schwere der Vorwürfe nicht statt. Der Haftbefehl bleibt bestehen.

Es ist bereits dunkel, als ich in der JVA Schwäbisch Gmünd ankomme. Strahler halten die Nacht fern. Eine Beamtin tastet mich ab. Dann sitze ich in der Zugangszelle und warte. Ich habe keine Uhr, ich bin ohne Zeit in Haft gegangen. Irgendwann schließt man mich raus. In einem Raum sitzt eine Beamtin in grüner Uniform und prüft Papiere. Ich muss richtige Angaben machen, sagt sie mir und fragt, ob ich ein unversorgtes Kind in meiner Wohnung zurückgelassen habe.

Nein.

Ist Ihre Familie hilfsbedürftig?

Nein.

Fühlen Sie sich krank?

Nein.

Wohin soll für die Dauer der Inhaftierung überwiesen werden?

Wie?

Möchten Sie die Unterbringung in gemeinsamer Zelle beantragen?

Was?

Sie haben das Recht auf Einzelzelle.

Ich nicke.

Haben Sie bestimmte Erkrankungen? Sind Sie drogenabhängig?

Muss ich darauf antworten?

Da wird die Beamtin scharf: Wenn Sie gleich so anfangen, werden Sie schon sehen, was Sie davon haben. Sind Sie so eine gegen den Staat und all das?

Bisher habe ich mich sicher gefühlt in meinem Staat.

Ich soll unterschreiben. Dann werde ich in die Kammer gebracht. Ich soll alles herausgeben, was ich noch habe. Die Beamtin macht mich darauf aufmerksam, dass ich nichts verstecken oder zurückhalten darf. Ich habe aber nichts mehr. Nun muss ich mich nackt ausziehen. Eine Beamtin durchwühlt meine körperwarmen Kleider. Die andere zieht sich Einmalhandschuhe an, spreizt mir die Pobacken und schiebt mir den Finger in den Anus und die Scheide. Ich fühle mich stinkig.

Ich frage, ob ich duschen kann. Aber die Dusche im Zugang ist defekt. Ich kann morgen auf der Abteilung duschen. Für mich allein treibt man heute Abend den Aufwand nicht mehr. Welcher das wäre, sagt mir die Beamtin nicht. Ich darf meine Sachen wieder anziehen.

Eine Beamtin hat einen Umschlag mit meinem Schmuck, meinem Portemonnaie, dem Handy. Das ist meine Habe. Alles, was zur Habe gehört, bekomme ich nicht. Nur meine Schnürsenkel kriege ich zurück. Ich muss wieder unterschreiben.

Sie fragen mich, ob ich Anstaltskleidung möchte. Ich bin ratlos, sage nein. Ich bekomme karierte Bettwäsche, zwei Wolldecken,

Putzlumpen, Waschlappen, Geschirrtuch, Handtücher, fünf Päckchen Dusch- und Haarwaschgel, eine Zahnbürste, Zahnpasta, Kamm, einen roten Schlafanzug, Badeschlappen und ein Tablett mit Essgeschirr aus Plastik. Ich soll den Empfang der Sachen unterschreiben. Dann geht es auf die Abteilung. Ich trage die Plastikkiste mit den Sachen. Die Beamtin geht halb hinter mir. Sie schließt mich eine Treppe hoch, wo eine andere Beamtin mich übernimmt. Sie schließt mich weiter in einen Gang mit Türen, die mal blau, mal gelb, mal pink gestrichen sind. Es ist wie im Fernsehen, nur bunter. Live höre ich das geschmeidige Klack-Klack des Schlüssels, wie er ins Schloss fährt und sich dreht. Die Schließerinnen haben alle dieselbe Technik, aus der Hüfte, leicht von unten rein und im selben Zug drehen. Schon bei den Affenpflegern im Zoo, die ständig auf- und zuschließen müssen, habe ich die Treffsicherheit und Flüssigkeit des Schließens bewundert.

Die Zelle riecht nach Putzmitteln und kaltem Rauch. Die Beamtin erklärt mir die Einrichtung, weist mich auf die Zellenkommunikationsanlage hin. Wenn ich den Notknopf drücke, lande ich bei der Abteilungsbeamtin im Büro, und wenn die nicht da ist, am Tor. Sie dreht den Wasserhahn auf und betätigt die Klospülung. Funktioniert. Der Funklautsprecher auch. Ich soll unterschreiben, dass ich das Inventar in unversehrtem Zustand übernommen habe.

Das kann ich doch jetzt nicht sagen.

In einem abgegriffenen Ordner befinden sich Anstaltsordnung und Zellenordnung. Ich soll ein Papier unterschreiben, auf dem steht, dass mir erklärt wurde, dass die Anstalt durch einen elektrisch geladenen Zaun gesichert ist und bei einem Fluchtversuch von der Schusswaffe Gebrauch gemacht wird. Der Ton warnender Strenge, die jederzeit in Drohungen umschlagen kann, ist von nun an der, in dem man mit mir reden wird.

Dann bin ich allein. Rechts Bett und Schrank, links ein Tisch mit Stuhl, der beim Zurückziehen ans Bett stößt. Ein Waschbecken (aus dem Hahn kommt nur kaltes Wasser), ein Mülleimer, die Kloschüssel. Über dem Tisch ein Ablagebrett. Das Fenster ist nachtdunkel.

Ich beziehe das Bett, lege die Waschsachen auf die Ablage über dem Waschbecken und stelle das Geschirr auf den Tisch. Ich lese die Anstaltsordnung. »Sie befinden sich hier in einer großen Gemeinschaft. Das erfordert verantwortliches Verhalten und gegenseitige Rücksichtnahme.«

Klopapier fehlt. Ich benutze einen Waschlappen und Wasser.

Ich nehme mir vor, mich nicht verrückt zu machen. Ich darf weder Protest noch Verzweiflung zulassen. Ich muss einen kühlen Kopf bewahren. Doch das ist schier nicht möglich. Die Verzweiflung steigt in mir hoch. Und plötzlich geht das Licht aus. In der Zelle der Widerschein der Wachstrahler. Ich höre das Gewummer einer Diskothek.

Mitten in der Nacht geht das Licht wieder an. Eine Neonleuchte an der Decke. Ich höre den Schlüssel sich mit dem sonoren Klack-Klack nähern, das in Zukunft meinen Tag bestimmt. Meine Tür geht auf. Eine Beamtin tritt ein. Ich fahre hoch. Guten Morgen, sagt sie. Lebendkontrolle nennt sich das. Das Licht bleibt an. Es kneift in den Augen.

Ich stehe auf, wasche mich am Waschbecken und ziehe mich an. Dieselben Sachen wie gestern. Plötzlich wieder Aufschluss. Duschen. Sehnsucht und Panik überfällt mich. Ich möchte schon duschen, aber die, die ich draußen plappern und rufen höre, das sind doch Mörderinnen, Totschlägerinnen, Betrügerinnen und Drogendealerinnen. Sie werden mich in der Dusche vergewaltigen. Ich bin wie gelähmt, gehe nicht. Wie Sie wollen, sagt die Beamtin und schließt wieder. Ich habe vergessen zu sagen, dass ich Klopapier brauche.

Hunger gräbt sich in meinen Magen. Wann kommen sie mit dem Frühstück? Ich warte. Langsam wird es hell. Vom Fenster aus sehe ich einen gestreuten Plattenweg, unberührten Schnee, ein Klinkerhaus mit Gitterfenstern, einen kahlen Baum und ein Stück Mauer mit Stacheldraht. Dahinter eine Mobilfunkantenne.

Plötzlich wieder der Schlüssel, die Schließerin steht in meiner Zelle, geschminkt und frisiert wie zu einer Geburtstagsparty mit glitzernden Ohrsteckern und Lippenstift. Ist es dieselbe wie am frühen Morgen? Ich habe keine Ahnung. Ausrücken zum Hofgang, informiert sie mich. Ich frage sie, wie spät es ist. Neun Uhr.

Ich ziehe mir hastig den Sommermantel über und trete raus auf den Gang mit den abartig bunten Türen. Andere versammeln sich, mit morgenbleichen Gesichtern, aber frisiert und geschminkt, bunt und in Jacken wie auf einem Schulhof. Ich schaue keine an. Sie drehen sich Zigaretten auf dem Weg hinunter.

Die Kälte beißt durch die dünnen Sohlen meiner Sneakers, zwickt mich in die Schultern, die Arme, den Nacken. Der Himmel ist wintergrau. Ich stelle meinen Blick weit. Für die Affen, das weiß ich, ist auch der Himmel vergittert.

Wir gehen auf einem halbwegs schneefreien Trampelpfad im Kreis. Ein paar Schneeflocken fallen. Die Wächterinnen stehen unter einem Vordach. Wir sind schätzungsweise dreißig Frauen. Viele sehr jung. Die meisten stehen beisammen wie zum Spielen vor die Tür geschickte Kinder und rauchen missmutig. Sie belauern mich. Zumindest kommt es mir so vor. Ich rechne mit bösen Worten, mit einem Schlag von hinten.

Nach einer Stunde bin ich froh, in die warme Zelle zurückzudürfen. Einschluss. Und jetzt? Der Anstaltsradiolautsprecher hat nur drei Programme, einen Popsender, einen Folkloresender und einen Infosender. Ich setze mich auf den Stuhl an den Tisch und gucke an die Wand. Sie ist fleckig.

Was kann ich tun? Irgendwas muss man tun. Ich brauche was zum Schreiben, einen Laptop. Der Gedanke belebt mich. Sobald jemand kommt, werde ich um einen Laptop bitten. Ich bezahle ihn ja auch. Ich bezahle alles. Und wenn sie es ablehnen, werde ich zetern und schreien. Außerdem brauche ich eine Uhr. Und das Licht möchte ich ausmachen können. Ein Radio möchte ich, auf dem ich ein Kulturprogramm einstellen kann, einen Fernseher, Zeitungen, Bücher. Und ich möchte Onkel Gerald anrufen.

Sie können mich doch hier nicht einfach einschließen und warten lassen.

Ich lege mich wieder aufs Bett. Vermutlich schlafe ich. Plötzlich höre ich den Schlüssel. Die Schließerin tritt ein. Frühstück? Nein, Mittagessen. Sie müssen sich schon herausbequemen, Frau Feh. Der Hofgang hat mich mutiger gemacht. Ich nehme mein Tablett und trete vor die Tür. Da steht ein Rollwagen mit Essenskesseln. Eine Frau in Zivil, eine Gefangene, schöpft Kartoffelbrei auf meinen Teller und legt ein Schnitzel obendrauf. Ich sage Danke und trete wieder zurück.

Heißes Wasser hätte ich mit der Kanne holen können. Ich habe Teebeutel bekommen, Schwarztee ist keiner darunter, und das mit dem Wasser habe ich am ersten Tag nicht kapiert. Klopapier habe ich immer noch nicht.

Ich esse am Tisch. Der Kartoffelbrei ist glasig, das Schnitzel hart. Das Messer schneidet nicht. Dennoch esse ich gierig. Den Teller spüle ich am Waschbecken. Ich brauche Spülmittel.

Ich bemerke, dass die Tür offen geblieben ist. Draußen Gelächter. Ich will gerade aufstehen, um hinauszuschauen, da kommt die Schließerin. Wir stehen uns plötzlich gegenüber, sie fährt zurück. Sie haben Angst, entdecke ich. Angst ist gefährlich.

Ich sage: Ich brauche Klopapier. Und ich frage: Wo bekomme ich eine Uhr her? Wann kann ich meine Wäsche waschen? Ich brauche einen Computer. Wie geht das hier?

Ich muss Anträge stellen, schriftlich. Das wird mir die Abteilungsbeamtin erklären. Aber erst am Montag. Ich bekomme immerhin eine Rolle Klopapier. Und wieder bin ich eingeschlossen.

Ich gehe auf und ab. Gefängnisschritt, am anderen Ende des Weges immer in Gegenrichtung wenden, wie wenn man eine Acht malt. Damit man keinen Drehwurm kriegt. Sieben Schritte zwischen Stuhl und Bett hindurch zum Fenster, Rechtsdrehung, sieben Schritte zurück zwischen Bett und Stuhl, Schrank und Waschbecken zur Tür, Linksdrehung. Ich konzentriere mich aufs Gehen, mein Atem geht schneller, als ob ich liefe. Ich werde mir ein Fitnessprogramm zusammenstellen: Liegestütze, Bauchaufzüge, Kniebeugen, jeden Tag neunzig Minuten. Der Plan deckelt für einige Zeit die Panik, die in mir brodelt. Und wenn ich meinen Laptop habe, werde ich meine Verteidigung schreiben. Die ungeschminkte Wahrheit in aller Widersprüchlichkeit. Sie werden mir glauben müssen. Zuversicht begleitet mich einige Drehungen weg vom Fenster, weg von der Tür, weg vom Fenster ... Ich werfe Pläne voraus wie die Schlinge eines Lassos, fange ein Stück Zukunft ein, ziehe es trotz seiner erbitterten Gegenwehr heran und bringe es unter meine Kontrolle.

Aber nur für kurz. Dann würgen mich Angst und Verzweiflung. Ich kann nicht mehr denken. Nicht mehr laufen, sinke aufs Bett und heule. So habe ich nur als Kind geheult. Bis zur totalen Erschöpfung. Bis ich schlafe.

Auf einmal ist eine Stimme in meiner Zelle. Ich fahre hoch und verstehe gerade noch im Nachhall: ... zum Besuchstermin. Wie? Ich wasche mir das Gesicht, dann höre ich auch schon den Schlüssel. Die Schließerin tritt ein, eine andere als heute früh und heute Mittag, dick, aber ebenfalls aufgebrezelt. Sie sagt nichts. Auch sie geht halb hinter mir, obwohl sie mich führen muss. Sie schließt uns raus ins Treppenhaus. Wir gehen an Automaten mit Keksen, Getränken und Zigaretten vorbei. Wer braucht hier Automaten?

Ich werde in eine Wartezelle eingeschlossen. Dann wieder rausgeschlossen, darf in den Besucherraum treten. Onkel Gerald sitzt an einem Tisch. Es ist hell und nett. Ich möchte hysterisch lachen und schlucke. Ich danke ihm, dass er gekommen ist, am Samstag.

Er schiebt mir eine Tüte Kekse über den Tisch. Dafür braucht man die Automaten. Fragen sprudeln aus mir heraus. Das Licht, der Laptop, wie lange muss ich hierbleiben? Ich bin doch unschuldig.

Er macht mir keine Hoffnung, dass sich bald irgendetwas ändert. Vor Weihnachten schon gar nicht. Erst sind alle im Weihnachtsstress und dann in Urlaub, und er hat es mit unsicheren Stellvertretern zu tun. Und zunächst braucht er Akteneinsicht. Er muss lesen, was sie mir vorwerfen und wie sie es beweisen wollen. Zu gegebener Zeit wird er entscheiden, ob ein Haftprüfungstermin Sinn hat. Aus mir sprudeln Mutmaßungen und Erklärungen heraus, aber er stoppt mich. Es sei Zeitverschwendung, über ungelegte Eier zu reden.

In groben Zügen erklärt er mir, was mich in der U-Haft erwartet. Ich höre es wie durch Gummi. Er erklärt mir, dass wir, auch wenn ich derzeit Einzelunterbringung genieße, zur Vorsicht einen ausdrücklichen Antrag auf Einzelzelle stellen werden.

Oder möchtest du die Zelle lieber mit einem Junkie auf kaltem Entzug teilen?

Plötzlich fange ich an zu heulen.

Kopf hoch, sagt er in seiner väterlich grollenden Art. Das wird schon. Spätestens nach der Revision kriegen wir einen Freispruch. Und, sagt er und hebt den Finger, einstweilen gilt: Schweigen ist Gold! Ich soll mit niemandem über irgendetwas reden, das mit den gegen mich erhobenen Vorwürfen zu tun hat. Mit absolut niemandem. Auch mit den Insassinnen hier nicht.

Haftbuch, 14. März

Mein erster Tag in Gotteszell ist ein vergleichsweise abwechslungsreicher gewesen. Es ist der letzte, an dem ich denke, es sei alles nur ein Missverständnis. Onkel Gerald ist in den folgenden Wochen der Einzige, mit dem ich ohne akustische Überwachung durch eine Beamtin sprechen kann. Der einzige Vertraute. Er sagt, die U-Haft darf nicht länger als ein halbes Jahr dauern. Dann muss der Prozess beginnen.

Ein halbes Jahr? Und was passiert solange mit meiner Wohnung? Und mit meinem Job? Das kann doch nicht wahr sein. Ich bin doch unschuldig.

Onkel Gerald nickt. Ja, ja, Camilla, wir zwei wissen das. Aber die Staatsanwaltschaft sieht das leider anders.

Staatsanwältin Meisner entscheidet über alles, was mich betrifft, bis das Gericht die Anklage angenommen hat. Sie genehmigt die Besuchsanträge, liest meine Post, entscheidet, was ich bekomme und was nicht. Von Onkel Gerald erfahre ich, dass sie Gesine Meisner heißt. Wir hätten es schlimmer treffen können. Aber gesprochen hat sie nicht mit mir. Es hat überhaupt niemand von denen, die mich anklagen, mit mir gesprochen. So habe ich mir unser Rechtssystem nicht vorgestellt.

Ich lerne Meisner in der folgenden Woche kennen. Sie kommt mit einem Hauptkommissar Christoph Weininger, der die Soko Wilhelma leitet. Sie sind extra von Stuttgart nach Schwäbisch Gmünd gefahren, nur damit Onkel Gerald ihnen zeremoniell erklärt, dass ich mich nicht äußern werde. Meisner ist eine brünette rundliche Person mit freundlichen braunen Augen. Ich hätte gern mit ihr gesprochen. Von Frau zu Frau. Aber Minuten später sind sie und der Polizist wieder weg. Niemand wird mir ab jetzt richtig zuhören. Es interessiert sie nicht, ob ich es wirklich getan habe. Sie haben schon geurteilt. Auch Onkel Gerald interessiert nicht, ob ich unschuldig bin, sondern nur, wie er mich verteidigen kann.

Wenn aber niemand, der draußen lebt, mit mir redet, kann ich auch nichts tun, um meine Lage zu ändern. Ich kann nur warten, von jetzt an für Monate. Jeden Tag um sechs Licht an und Aufschluss, Duschen, Hofgang, Aufschluss zum Mittagessen um Viertel vor zwölf. Halb fünf gibt es Brot, Streichkäse und Wurst fürs Abendessen und für das Frühstück am anderen Morgen. Dann kommt auch der Postwagen, und im Gang herrscht Stress, der meist in Enttäuschung mündet. Nur eine, Andrea die Politische, bekommt Unmengen Briefe. Falls ich ein Anliegen habe, kann ich in dieser Stunde aufs Abteilungsbüro gehen. Weil es dann Abend ist, wird die Sache erst am andern Tag in Angriff genommen. Und immer nur auf schriftlichen Antrag. Vormelder heißen die Formulare. Selbst für den Kugelschreiber, Papier und Briefumschläge muss ich einen Vormelder ausfüllen. Mit dem

Kugelschreiber der Abteilungsbeamtin. Ich hätte bei meiner Einlieferung auf Schreibzeug bestehen sollen, erfahre ich von Andrea. Sie gibt mir immer ihre gelesene *taz* vom Vortag. Halb sechs ist Nachteinschluss, um neun geht das Licht aus.

Und ständig habe ich Hunger. Er beginnt morgens nach dem Hofgang. Mein Magen gurgelt in der Gier aufs Mittagessen. Ich träume von Tomaten, Zucchini, Auberginen, Fischfilet. Um elf ist es kaum noch auszuhalten, bis sich endlich außen der Schlüssel dreht und die Tür aufgeht. Mit dem Geruch nach Kantine kommen Kartoffeln, Frikadellen, Blumenkohl, manchmal Suppen, selten Nudeln oder Reis, manchmal Salat, Äpfel und zitronensaure Orangen. Und Graubrot.

Ich komme mit Rabia ins Gespräch. Sie belegt die Nachbarzelle oder Hütte, wie man hier sagt. Eine drahtige Dunkelhaarige mit Tattoos auf Armen und Hals. Ob ich Tabak brauche? Oder was anderes? Brauche ich nicht. Aber Tee. Hat sie nicht. Nur Kaffee.

Es ist Rabia, die mich in den Mittagstisch im Aufenthaltsraum einführt. Sie sind neugierig nett. Sie fragen, warum ich hier bin. Ich bin unsicher, ob ich antworten darf. Ich bin unschuldig, schicke ich vorweg, dann sage ich: Wegen Mordes. Sie nicken. Wir sind alle unschuldig, sagt eine, deren Namen ich mir nicht merke. Sie lachen.

Sie reden über Post vom Gericht, die sie Fanpost nennen. Über einzelne Schließerinnen, die hier Schlusen oder Grüne heißen. Der Kartoffelbrei heißt Natokitt, Linsen nennt man Bärenkot. Mehr als 2,21 Euro darf die Anstalt nicht pro Kopf für unsere Tagesverpflegung ausgeben, erklärt mir Andrea. Aber in Gotteszell ist das Essen noch gut, sagt Rabia.

Die Kehle wird mir heiß, wenn ich an meine Tees daheim denke, den grasartigen Kukicha, den ich abends trinke, einen grünen Tee, der wegen der vielen Stängel und Blattrippen nicht viel Koffein enthält. Bis zu fünf Mal kann man ihn aufgießen. Oder meinen Morgentee, den smaragdfarbenen Sencha aus dem Süden Japans mit seinem süßlichen Geschmack. Er hat einen hohen Vitamin-C-Gehalt. Mir schießt der Speichel in den Mund. Es tut höllisch weh. Sehnsucht und Gier nach einfachsten Genüssen schmerzen in der Leere von Zeit. Mangel macht korrupt. Ich bin zu fast allem bereit, um guten Tee zu bekommen. Nicht den Catechin-reichen Beutelschwarztee, den es im Anstaltskiosk gibt.

Ja, einmal in der Woche ist Kirmes. Dann dürfen wir im Anstaltsladen einkaufen. Ich bin nach Weihnachten zum ersten Mal dabei. Einkaufswagen stehen bereit. Im Ladenraum dann Regale mit Chipstüten, Cola, Tabak, Zigaretten, Feuerzeugen, Schokolade, Orangensaft, Keksen, Grillsoßen, Ketchup, Mayonnaise, Tütensuppen, Instantkaffee, Dosen mit Ravioli, sogar frischen Paprika und Bananen. Da wir uns selbst mit Hygieneartikeln versorgen müssen, gibt es Shampoo, Zahnpasta, Seife, Tampons, Slipeinlagen, Binden, Duschgels, aber auch Unmengen von Nagellackfläschchen, Lippenstiften, Make-up und Mascara. Sich auftakeln zur Rettung der weiblichen Identität einer Mörderin. Den Wasserkocher, der oben auf dem Regal steht, darf ich als U-Häftling nicht kaufen. Warum nicht?

Für das, was man uns auf die Insel verschifft, zahlen wir das Doppelte wie draußen. An der Kasse unterschreibe ich, dann wird mein Eigengeldkonto belastet, vorausgesetzt, jemand hat für mich eingezahlt. 58,20 Euro darf ich pro Monat ausgeben. Warum nicht mehr? Vorschrift. Warum gerade diese Summe? Achselzucken.

Ich beantrage und bestelle ein Justizvollzugsgesetzbuch. Darin steht, dass ich für meinen Einkauf nicht mehr als den zwanzigfachen Tagessatz der Eckvergütung haben darf. Die Eckvergütung errechnet sich aus dem Lohn, den ich für Arbeit in der U-Haft bekommen würde. Und der beträgt 9 Prozent des durchschnittlichen Arbeitsentgelts aller Versicherten der Rentenversicherung von Arbeitern und Angestellten. Aber nur über einen Teil, nämlich 3/7, darf ich verfügen. Den Rest spart die Anstalt für mich. Demnach würde mein Tageslohn für Arbeit etwa 6 Euro und ein paar Cent betragen.

Es war eine Gemeinheit, dass die Beamtin bei meiner Verhaftung darauf bestanden hat, dass ich die Armbanduhr zu Hause lasse. Sonst hätte ich Antrag auf Herausgabe der Uhr aus meiner Habe stellen können. Jetzt muss ich mir eine kaufen. Denn meine Pflegemutter darf mir solche Dinge von mir daheim nicht mitbringen, auch nicht den Fernseher, der dort ungenutzt steht. Ich muss einen kaufen oder ausleihen, jedoch nur bei dem Händler, der bei der Anstalt als Lieferant zugelassen ist. Der Händler weiß dann, dass ich – Camilla Feh – mich im Gefängnis befinde. Das steht auf jedem Vormelder: »Ich bitte, die Überweisung für mich kostenpflichtig (unterstrichen) durchzuführen, mir ist bekannt, dass bei diesem Überweisungsweg durch die Angabe des Antraggebers auf dem Überweisungsträger (JVA Schwäbisch Gmünd) der Empfänger von meiner Inhaftierung Kenntnis erhalten kann.«

Ich rätsle anfangs, was ich ankreuzen muss: »freies Geld«, »Hausgeld«, »unfreies Eigengeld« oder »Überbrückungsgeld«. Meine ersten Vormelder kommen am folgenden Nachmittag mit der Post zu mir zurück. Erst am darauffolgenden Nachmittag kann ich den Antrag wieder dem Postwagen anvertrauen. Niemand hat es eilig, meine Angelegenheiten zu befördern, nicht jede Schluse hat Lust, mir die Abläufe zu erklären. Ich muss in den Aufschlusszeiten meine Mithäftlinge ausfragen. Ich stelle fest, man kann mit Raubmörderinnen, Betrügerinnen und Drogendealerinnen so reden wie mit allen andern auch.

Wie lange dauert es, bis ich eine Waschmarke kriege? Tage. Es ist ein Verwaltungsakt. Rabia empfiehlt mir Kleidertausch. Das heißt, meine Pflegemutter gibt frische Sachen am Tor ab und nimmt meine schmutzige Wäsche nach Hause mit. Ich will aber meine Pflegemutter nicht so einspannen. Wer weiß, wie lange sie mir noch gnädig ist.

Haftbuch, Montag, 18. März

Alle Afrikaner stinken, sagt Maxi beim Mittagessen. Ich erschrecke. Jetzt muss ich sagen, dass ich das rassistisch finde. Ich nehme meinen ganzen Mut zusammen. Und keine wird böse. Eine Diskussion beginnt. Die Gedanken entwickeln sich. Zafira sagt, es sei einfach so, dass Menschen unterschiedlich riechen. Sie findet, dass die Deutschen alle aus dem Mund stinken. Rabia erzählt, sie habe mal mit einer Schwarzen die Zelle geteilt, und die habe nicht gestunken.

Nach Nummer 44 der UVollzO darf sich der Gefangene auf seine Kosten selbst beschäftigen, soweit dies mit dem Haftzweck vereinbar ist und die Ordnung der Anstalt nicht stört. Wird ein entsprechender Antrag von der Anstaltsleitung abgelehnt, kann hiergegen beim zuständigen Richter Beschwerde eingelegt werden. Ich darf einen Nintendo zum Spielen haben, einen mp3-Player mit Musik, aber nichts, was sich zum Telefonieren nutzen lässt oder womit man über irgendein offenes W-Lan-Netz ins Internet gehen kann.

Darauf kann ich verzichten, aber nicht auf den Laptop.

»Das Leben im Untersuchungshaftvollzug soll den allgemeinen Lebensverhältnissen so weit wie möglich angeglichen werden.« Paragraf 1 des Justizvollzugsgesetzbuchs Untersuchungshaft.

Onkel Gerald seufzt. Ich habe immer gesagt, an dir ist eine Juristin verloren gegangen.

Ich bin mir überhaupt verloren gegangen.

Seit meiner Schulzeit habe ich nicht mehr mit der Hand geschrieben. Ich habe es probiert. Aber der Schreibkrampf schnippt mir den Stift aus den Fingern. Der Unterarm tut mir weh, die Schrift sieht aus wie mit links geschrieben. Die Worte fließen nicht, mein Denken wird tagebuchweinerlich und kindisch verstockt. Wenn ich die Sätze wiederlese, klingen sie hölzern. Sie haben nichts mit dem zu tun, was in mir tönt und tost.

Eine Schreibmaschine darf ich haben, erklärt mir Onkel Gerald, sogar eine elektrische.

Und dann ständig Anträge für Papier, Farbbänder und Korrekturbänder stellen? Und jedes Mal bezahlen? Und auf meinem Tisch wird der Papierstapel immer höher. Das ist neunzehntes Jahrhundert.

Gerald gibt zu, dass da was dran ist. Wir können es nur gegenwärtig nicht ändern. Die Urteile dazu stammen alle aus den neunziger Jahren. Damals waren nur Floppy-Discs bekannt. Bis heute ist Voraussetzung für einen Computer, dass ich diesen aufgrund des Umfangs an Ermittlungsakten benötige und die JVA dies entsprechend einrichten kann. Eigentlich sind nur bei Wirtschaftsstrafsachen die Ermittlungsakten so umfänglich, sagt Onkel Gerald.

Aber heutzutage hat ein Computer doch eine ganz andere Bedeutung. Und gilt für mich nicht sowieso die Unschuldsvermutung?

Gerald hebt die Schultern. Das ist leider die Krux. Verglichen mit mir haben die Strafgefangenen im Regelstrafvollzug viele Freiheiten, aber die U-Haft dient nun eben leider der Sicherung des Strafverfahrens. Dabei geht es gar nicht so sehr um Fluchtgefahr – die bei einem Mordvorwurf allerdings immer gegeben ist – als vielmehr darum, zu verhindern, dass ich mit Zeugen Absprachen über mein Alibi treffe, sie beeinflusse oder bedrohe oder Beweismaterial beiseiteschaffe.

Ich lache laut und unecht. Welche Zeugen soll ich bedrohen? Es gibt doch keine. Und was soll ich beiseiteschaffen? Sie haben doch meine Wohnung praktisch ausgeräumt. Und wenn sie auf meinem Computer zu Hause meine privaten Texte gelesen haben ...

Ich sehe Onkel Gerald an, dass sie es getan haben, und er auch. Ich bin nicht mehr privat. Weder mit meinem Liebeskummer noch den Intimitäten, meinen Ängsten, Schwächen und Selbstanklagen. Ich habe aber nicht geschrieben, damit es ein anderer liest. Sie werden zu viel missverstehen.

Es ist zum Amoklaufen!

Das, meine liebe Camilla, sagst du nicht noch einmal zu irgendjemandem, schimpft Onkel Gerald. Er ist ärgerlich. Womöglich hält er mich schon für verrückt. Er schlägt mir vor, für meinen Antrag auf einen Laptop eine detaillierte Begründung zu formulieren. Deine Dysplasie ist ein Argument, aber die wird der Anstaltsarzt überprüfen.

Man sieht es meiner Handschrift an, sage ich bissig.

Ich soll erklären, dass ich das Tagebuchführen am Computer seit jeher für meine psychische Hygiene und Stabilität benötige und die Zeit der U-Haft dafür nutzen will, mir selbst auch im Hinblick auf meine Verteidigung Klarheit über meine Handlungen und Motive zu verschaffen, was einen Text von erheblichem Umfang zur Folge haben wird.

Mit der Hand soll ich das krakeln? In Kinderschrift? Ich schreie Onkel Gerald regelrecht an. Die halten mich doch für eine Analphabetin. Das ist entwürdigend.

Ich heule drei Tage durch. Es ist mein zweiter großer Verzweiflungsschub.

Dann, eines Tages, holt mich die Stationsbeamtin aufs Büro. Und da stehen Weihnachten und Ostern. Ich darf zwei Kisten auspacken. Die eine enthält einen Laptop, die andere einen kleinen Drucker. Auf der Zelle stelle ich fest, dass auf den Computer nur ein Opensource-Schreibprogramm aufgespielt ist. Die USB-Slots sind fest zugestöpselt, die W-Lan-Empfänger vermutlich ausgebaut. Aber es gibt in der oberen Leiste eine Uhr mit Datumsanzeige. Es ist Dienstag, der 29. Januar, 13:14 Uhr. Ich schwimme im Glück. Das habe ich geschafft.

Einen Monat hat es gedauert. Es hat mich reduziert auf eine dauerhafte latente Verzweiflung, die schnell ausbricht, ohnmächtigen Grimm, der sich plötzlich in Wut verwandelt, die Schmerzen, die Ungerechtigkeit verursacht, und Ärger, einen tiefen düsteren Ärger. Das Gebäude atmet diese Gefühle ein und aus. Der Schließgang füllt sich damit, wenn meine Zellennachbarin Rabia mit den Schlusen Streit anfängt, weil das Essen nicht heiß genug ist. Oder wenn Andrea den Grünen die Worte Menschenwürde und Menschenrechte hinterherschreit.

Die Schließerinnen verbitten sich diesen Ton oder zucken mit den Achseln. Ich sehe ihnen an, dass sie sich vorgenommen haben, uns nicht an sich herankommen zu lassen. Es gibt kein Mitleid in ihren Augen. Aber manchmal sehe ich Angst.

Sie haben kürzlich Rabias Zelle durchsucht. Den ganzen Tag habe ich gehört, wie sie die Wände auf Verstecke abklopfen. In den Tagen danach tritt Rabia verächtlich schweigend mit dem Tablett auf den Gang. Eine Steigerung ihres Hasses auf die Schlusen, die Wachteln, die Schlüsselfotzen ist nicht mehr möglich.

Sie haben ihre Tätowiernadel gefunden. Die hat sie mit Hilfe eines Feuerzeugs aus einer Kugelschreiberhülle und dem Kupfer eines Elektrokabels zusammengeschmolzen. Die Farbe rührt sie auf der Unterseite des Kaffeebechers aus dem Ruß von mit Margarine beschmiertem Toilettenpapier und noch etwas an, das sie nicht verrät. Sie stempelt während des Aufschlusses auf den Zellen. Natürlich verboten. Für ein fertiges Tattoo bekommt sie einen Koffer, so heißen die Drehtabakpäckchen. Mich hätte sie auch gestempelt, wenn ich es gewollt hätte, sogar für umsonst. Weil ich ihr die Briefe vom Gericht und der Staatsanwaltschaft erkläre und Antworten diktiere.

Rabia kommt aus Künzelsau. Sie ist Deutschrumänin und zum dritten Mal eingefahren. Mit ihren zweiundzwanzig Jahren. Sie hat bereits zwei Kinder von zwei Vätern. Sie sagt, sie vermisst die Kinder, sie hat ein schlechtes Gewissen wegen dem, was die durchmachen müssen, weil sie es immer wieder verbockt. Ich denke, eigentlich sind sie ihr egal, sonst hätte sie nicht immer nur an sich gedacht.

Angefangen hat es vor vierzehn Jahren, erzählt sie. Als sie nach Deutschland kamen. Alle haben Drogen genommen, weiche Drogen, Haschisch und so. Dann hatte sie Probleme daheim und hat auch angefangen, was zu rauchen. Und in demselben

Ton, hastig und unberührt, sagt sie: Mit fünfzehn wurde ich vergewaltigt.

Es scheint nicht wichtig, von wem. Drei Tage danach mache ich Selbstmord, erzählt sie. Ich komme ins Krankenhaus. Der Arzt fragt mich, ob ich froh bin, dass ich überhaupt lebe, und ich sage: Nein. Da stimmt meine Mutter zu, dass ich in psychiatrische Behandlung gegeben werde. Ja, und da habe ich Medikamente gekriegt, und von da aus ging es nach der Entlassung richtig mit harten Drogen los. Mit siebzehn habe ich aufgehört und geheiratet, aber die Ehe war auch nicht das Prallste. Mein Mann hat auch Drogen genommen, er hat mich geschlagen, ich bin abgehauen und rückfällig geworden. Als das Geld ausging, bin ich in die Beschaffungskriminalität geraten. Ich habe geklaut, erst kleine Sachen, dann im Baumarkt, auf Auftrag, Bohrmaschinen und so. Sie haben mich erwischt, ich bin in U-Haft gekommen, habe ein Urteil auf Bewährung gekriegt. Der Richter sagt zu mir: Noch so ein Ding und du sitzt ein. Und nach zwei Monaten ist das natürlich der Fall. Ich habe wieder geklaut, bin in Hotels eingestiegen und so. Die Polizei hat vorn geklingelt, und ich bin mit meiner Tochter hinten zum Fenster raus und nach Stuttgart geflohen. Schwanger war ich auch wieder. In Stuttgart habe ich die Szene und den Straßenstrich kennengelernt. Von halb elf bis morgens um fünf stand ich an der Olgastraße. Am Anfang klappt das ja wunderbar, sagt sie, weil man neu ist. Dann habe ich einen Mann kennengelernt. Der hat dann entdeckt, dass ich ein Mädel bin, wo man retten kann. Rabia lacht verächtlich. Er hat mich wie eine Gefangene gehalten, wollte mich zum Entzug zwingen und so. Ich bin wieder abgehauen und wurde zum ersten Mal verknackt. Ein Jahr und drei Monate. Wie ich rauskomme, fing es von vorn an. Aber diesmal will ich alles richtig machen.

Sie hat einen Drogenentzug beantragt, den sie nach der Haft machen will. Sie hofft, dass der Richter das berücksichtigt. Wenn sie im Regelvollzug ist, darf sie vielleicht auch ihr jüngstes Kind zu sich holen, es ist erst ein Jahr alt. Sie haben eine Kinderstation in Schwäbisch Gmünd. Sie nickt. Sie klingt vernünftig, wenn sie mir das erzählt.

Und ich soll dich wirklich nicht stempeln?, fragt sie.

Nein.

Jede, die schon eingesessen hat, ist tätowiert, stelle ich fest. Über die Hälfte der Frauen ist nicht zum ersten Mal hier. Ihre Geschichten klingen ähnlich. Drogen, Einkaufen mit gestohlenen Kreditkarten, Diebstahl, Raubüberfälle, räuberische Erpressung. Sie kennen die juristischen Begriffe und die Straferwartung genau. Und sie kommen aus ganz Baden-Württemberg, denn Gotteszell ist das einzige Frauengefängnis im Land, untergebracht in einem alten Kloster mit Kreuzgang und Kirche.

Wir U-Häftlinge sind zusammen mit den Kurzzeitparkern – unter 4 Monate – und den Abschiebehäftlingen, die wir nie zu sehen kriegen, in Haus 5 untergebracht. Wir bewohnen Stock eins und zwei. Ich sitze im ersten Stock.

Haftbuch, 20. März

Kaum habe ich den Laptop, ignoriere ich das Gefängnis um mich herum. Nicht meine Welt. Ich bin keine von denen. Onkel Gerald meint, ich habe ihn nur bekommen, weil Dr. Weber – der brillanteste juristische Kopf in der gesamten Stuttgarter Staatsanwaltschaft und mit Gerald im selben Tennisclub – bei Staatsanwältin Meisner ein gutes Wort für mich eingelegt hat. Der hat anscheinend einen Narren an dir gefressen, sagt er und lächelt, ganz stolzer Onkel.

Doch nicht einmal drei Wochen später haben sie mir das Gerät wieder weggenommen. Der Knast ist wieder da, überfällt mich mit Gewalt. Tagelang ist mir schlecht vor Verzweiflung und Wut. Der Kehlkopf schmerzt, so sehr krampft sich das ständige Bedürfnis zu heulen in meiner Gurgel. Das kann sich niemand vorstellen, nicht einmal Onkel Gerald, der viele Verbrecher in U-Haft besucht hat. Ohnmacht und Sehnsucht sind tollwütige Wölfe, sie erzeugen Schluckbeschwerden und Krämpfe. Dazu die Angst. Die große vor der Zukunft, die tägliche vor schlechten Nachrichten oder gar keinen, vor dem stundenlangen Einschluss.

Und dann der Hass. Dem bin ich ausgeliefert. Ich hasse die Hyäne dafür, dass sie mich hier reingebracht hat. Ohne sie hätte niemand die persönliche Verbindung von mir zu dem Toten im Bonobogehege hergestellt, die mich zur dringend Tatverdächtigen macht.

Warum musste sie sich einmischen? Was geht es sie an? Für sie ist es ein reizvolles Detektivspiel. Und ich trage die Konsequenzen. Hätte ich sie nur fleißiger mit Cognac abgefüllt. Von meiner Wohnung in Cannstatt sind es nur paar Schritte zum Neckar. Ich hätte einen Spaziergang vorschlagen können, sie hätte alles mitgemacht, um an mir dranzubleiben. Und dann ein Schubs auf dem verschneiten Damm. So hat sie es mir im Grunde ja selbst vorgeschlagen. Auf diese Weise, meinte sie, könnte ich meinen Professor Schmaleisen umgebracht haben. Eine betrunkene Person, die für ihren riskanten (Lisa) und genussorientierten (Lisa und Schmaleisen) Lebenswandel bekannt ist, stürzt den Damm hinunter, kann sich im Schnee nicht halten, fällt ins eiskalte Wasser und ertrinkt.

Dann wüsste ich wenigstens, warum ich hier bin.

Ich bin in Frieden aufgewachsen. Mit meiner Schultüte im Arm bin ich in eine berechenbare Welt aufgebrochen. Wenn auch unter dem Schatten meiner Mutter. Man hat Lukas und mir beigebracht, uns in die Lage eines anderen hineinzuversetzen, ihn zu verstehen, bevor wir ihn verurteilen. Wir haben alle unsere Aufgabe im Leben, sagte meine Pflegemutter immer.

Ich schärfe mir ein: Die Hyäne hat nur getan, worauf sie programmiert ist: nach Aas suchen. In sich selbst findet sie nichts, womit sie sich die Zeit vertreiben kann. Wert verschafft sie sich selbst nur, indem sie andere entlarvt und dabei entwertet. Es ist mein Fehler, dass ich ihr vertraut habe in dieser einen Nacht.

Sie hatte so etwas ... wie soll ich es ausdrücken? ... so etwas

Neues, Unbekanntes, Freies. Ja, eine Freiheit des Denkens. Ungebundenheit. Aber eben auch eine furchtbare Verantwortungslosigkeit. Weil sie eine Mörderin suchte, lebe ich nun hinter Gittern unter Frauen, die andere krankenhausreif geschlagen, betrogen, bestohlen, belogen, sogar getötet haben. Und unter Drogenabhängigen auf kaltem Entzug, vollgepumpt mit Valium. Wenn sie neu sind, kotzen sie die Zelle voll oder den Gang.

Ihretwegen sind meine privatesten Momente nicht privat. Mein Klo hat keine Wände, duschen darf ich für sieben Minuten zusammen mit fünfzehn anderen nackten, meist tätowierten Leibern. Und alles, auch meine Kleidung, stinkt nach Fäkalien, Kotze, Putzmitteln und kaltem Zigarettenrauch.

Ich höre sie untereinander besprechen, wo sie Weißbrot herkriegen für den Angesetzten. Das ist Alkohol aus vergorenem Orangensaft und Weißbrothefe. Sie stecken sich heimlich Pillen und Glückspulver zu, die Tarnnamen haben: Dias für Diazepam, Evas oder Tabs für Ecstasy, Cola für Kokain, Fünfzehn für Opium nach dem fünfzehnten Buchstaben im Alphabet und Acht für Heroin. Gegen Bargeld, von dem mir rätselhaft ist, wo es herkommt – immer Scheine, nie Münzen –, verscherbeln sie sogar Telefonierzeiten auf einem Handy, das eine von irgendwoher hat. Was sie heiter macht, ist, dass man sie für nichts mehr bestrafen kann. Mehr Eingesperrtsein geht nicht.

Rabia wird sich einen neuen Tätowierstift basteln. Sie erklärt mir, was ein Bunker ist, nämlich ein Versteck. Es wissen alle, dass Häftlinge Bunker haben. Die meisten werden bei einer Durchsuchung entdeckt, sagt Rabia. So ist das halt. Ein Spiel, wo die Regeln klar sind. Ich werde hier aber nicht sagen, wo unsere Bunker sind. Auch wenn Onkel Gerald meint, die dürften meine Computereinträge nicht lesen. Rabia erzählt mir, ihr Bruder hat sich mal einen Tätowierapparat aus dem Motor eines Kassettenrekorders gebaut, als er im Knast saß. Die meisten in Rabias Familie haben schon gesessen. Als sie Kind war, erzählt sie, hat sie das nie kapiert. Die seien auf Kur, auf Urlaub, hat man ihr erzählt. Später, sagt sie, habe ich schon gecheckt, die machen was und kommen dafür ins Gefängnis. Aber ich hätte nie gedacht, dass es hier so schlimm ist, dass man hier so leidet, dass man hier so mit den Nerven ans Ende kommt.

Auch ihr Freund sitzt. Die Kinder sind im Heim. Sie hofft jetzt, dass ihr Leben sich ändert, dass sie ein mildes Urteil bekommt und sie nach der Drogentherapie zusammen noch mal einen Neustart machen. Ihrer Halbschwester geht es schlechter. Sie sitzt in Berlin wegen gefährlicher Körperverletzung und Freiheitsberaubung. Rabia zeigt mir wie Trophäen die *Bild*-Zeitungsartikel über ihren Bruder und ihre Halbschwester, die sie unter eine Schrankschublade geklemmt hat.

Die Frau, die mit ihr die Zelle teilt, heißt Elli. Sie ist klein, kräftig und Mitte dreißig. Eine Biergartenfrau mit rauer Stimme. Ihr Gelächter endet in Husten. Sie kommt aus Oberschwaben, aus Ravensburg, und hat ihrem Lover das Gas abgestellt. Sie hat ihn erdrosselt, mit einem Kabel. Der Staatsanwalt hat sie wegen Mordes angeklagt. Aber eigentlich hat sie gar nichts gemacht, beteuert sie. Und es ist ihr wichtig, dass ich nicke und zustimme. Sie hat sich nur verteidigt. Er hat sie geschlagen, ist mit dem Messer auf sie losgegangen. Er hätte mich kaltgemacht, sagt sie, ich habe praktisch um mein Leben gekämpft. Es war Notwehr.

Elli sitzt bereits neun Monate in U-Haft. Weil sie alles abstreitet und man ihr nichts beweisen kann, erklärt sie mir. Wenn sie gestanden hätte, hätte sie längst ihr Urteil und säße im Regelvollzug. Aber sie kann nicht gestehen, was sie nicht getan hat.

Neun Monate? Ich frage sie, wie man das aushält.

Man hält es nicht aus. Ganz am Anfang ist es besser gewesen. Da hat sie arbeiten dürfen, sogar im Klärwerk, also in der Küche. Aber jetzt gibt es nicht mehr genug Arbeit in der JVA, und die im Regelvollzug müssen ja arbeiten. Nun sitzt sie eben auf der Hütte den ganzen Tag, guckt fern und strickt Pullover aus superfeinem Garn (damit es lange dauert), das sie sich schicken lässt. Sie will mir auch einen stricken.

Von ihr lerne ich das Pendeln. An aneinandergeknüpften Schnürsenkeln pendelt sie mir nachts in einen Turnschuh geklemmt eine Dose Thunfisch von ihrem Zellenfenster zu meinem herüber. So komme ich abends auch an ihren selbstgebastelten Tauchsieder, mit dem ich mir in einer aufgeschnittenen Kaffeepulverpackung mein Teewasser heiß machen kann. Der Anstaltstee gerbt den Magen bis ins Gedärm.

Haftbuch, 21. März

Ich soll halt auf meinem Computer nichts schreiben, was die Sicherheit und Ordnung der Justizvollzugsanstalt gefährden könnte, warnt mich Onkel Gerald, als er endlich kommt.

Aber was habe ich denn geschrieben?, frage ich ihn. Dass die hier Schlüssel verwenden? Ja, Himmel, das weiß doch jeder.

Er kann es mir auch nicht sagen. Außerdem ist er verärgert. Wieso ich ihm bis dato nichts erzählt habe vom Tod meines damaligen Soziologieprofessors, Norbert Schmaleisen?

Was hat Schmaleisens Tod mit meinem Verfahren zu tun?, frage ich.

Er holt tief Luft und sagt: Mein liebes Kind, im Lichte des bislang ungeklärten Todesfalls, der in einem engen Zusammenhang mit dieser Seminararbeit über die Bonobos und deinem Scheitern als Studentin zu stehen scheint, wird nunmehr ein Motiv für den gewaltsamen Tod deines damaligen Lebensgefährten, Till Deutschbein, greifbar.

Was soll das denn für ein Motiv sein?, will ich wissen.

Onkel Gerald schüttelt den Kopf und hält mir einen Vortrag über die unvernünftige und gefährliche Dummheit Beschuldigter, ihrem Strafverteidiger gegenüber mit der Wahrheit hinterm Berg zu halten. Er ist in dem Verfahren nicht mein Gegner, schimpft er. Er ist mein Freund. Und egal, wie groß die Scheiße ist, in die ich mich geritten habe, er muss sie kennen – jedes Köttelchen –, sonst ist die Staatsanwaltschaft uns immer einen Schritt voraus und es kommt im Prozess zu bösen Überraschungen.

Na, sage ich, dann sollten die Staatsvertreter doch eigentlich erpicht darauf sein, dass ich meinen Schreibcomputer zurückkriege. Vielleicht lege ich aus Versehen ein Geständnis ab. Ich lache. Zum ersten Mal, seit ich in Haft bin, blitzt mein Verstand, fühle ich mich handlungsfähig.

Onkel Gerald lacht nicht. Als mein Verteidiger muss er mir generell abraten vom Tagebuchschreiben.

Ich kann aber nicht ständig schweigen, nicht monatelang. Irgendwann fange ich an, meine Kolleginnen vollzuquatschen.

Er seufzt. Die anderen schaffen das auch.

Aber die sind nicht in Gefahr, unschuldig verurteilt zu werden, verteidige ich mich. Sie müssen nicht den einen Beweis ihrer Unschuld finden. Ich komme nicht raus, um ihn zu suchen, also muss ich in mich hinein. Muss in meiner Erinnerung graben, mit Pinsel und Pinzette. Irgendwo in meinem Kopf ist der Ansatzpunkt versteckt, wie ich den Beweis meiner Unschuld erbringen kann. Ich muss ihn nur finden. Dabei hilft mir schreiben am meisten. Es verlangt Konzentration und Versenkung, es ist Meditation und Reinigung. Es ist meine einzige Chance, verstehst du, Onkel Gerald? Es ist egal, wer es sonst noch liest. Es hilft mir, mich nicht so ohnmächtig und ausgeliefert zu fühlen und mich nicht jeden Tag, jede Stunde vor der Zeit zu fürchten, die ich noch zu leben habe.

Onkel Gerald ist kein feinfühliger Mensch, aber er denkt logisch. Ich schätze, er hält meine Lage für so aussichtslos, dass er nicht mehr befürchtet, ich könnte mir noch schaden.

Noch einmal krakle ich mit der Hand einen Brief an Staatsanwältin Meisner. Und noch einmal schreibe ich auch an Oberstaatsanwalt Dr. Richard Weber. Warum, kann ich rational nicht erklären. Ich vermute, ich traue Männern mehr Souveränität und Gnade zu als Frauen. Und vielleicht hat der Herr wirklich einen Narren an mir gefressen.

Haftbuch, 22. März

Das Fernsehprogramm vergittert den Tag mit *Morgenmagazin*, *Rote Rosen*, *Sturm der Liebe*, der Wiederholung von *Brisant*, danach dem *ARD-Buffet* und *Mittagsmagazin*, dem Nachmittagsprogramm mit Kochshows und *Planet Wissen*. Das Außenweltgeschrei ist ein Anker ohne Sinn. Es hat keine Bedeutung für mich, ob Sport so gesund ist, wie man glaubt, oder Fastfood so ungesund, wie man denkt. Gymnastik machen kann ich nur auf der Zelle, und mein Essen kann ich mir nicht aussuchen.

Ich stelle Antrag auf Arbeit. Es gibt aber keine Arbeit für U-Häftlinge. Ich will arbeiten, sage ich jedes Mal, wenn eine der Beamtinnen aufschließt. Es darf auch stupide sein. Listen machen, was ausrechnen. Ich kann mit Excel umgehen.

Immer schütteln sie den Kopf. Immer heißt es: Das geht nicht. Das ist nicht üblich. Das machen wir nicht. Das wäre gegen die Anstaltsordnung. Anspruch auf Arbeit habe ich nicht. Der Sinn der U-Haft ist es, die Kontakte so gering wie möglich zu halten.

Die einzigen Jobs, die sie vergeben, sind die der Hausarbeiterinnen. Duschen saubermachen, Abteilungsbüros reinigen, nach einem Abgang die Zelle putzen. Das darf nur, wer als vertrauenswürdig gilt. Rabia nennt sie Bazillen und Zuträger. Ich stelle Antrag. Es gibt nur drei Plätze auf der Abteilung, und die sind vergeben.

Es klingt geschäftig, wenn ich das so schreibe. Aber zwischen den Aufschlüssen dehnen sich die Stunden. Die Politische, Andrea, gibt mir *Nachrichten aus dem Strafvollzug*. Der Autor sitzt seit 1996 wegen Bankraubs mit Geiselnahme, mit dem er Geld für illegale linke Projekte beschaffen wollte. Am Ende seiner Strafe soll er in Sicherungsverwahrung kommen und wehrt sich. »Als Gefangener einer totalen Institution tut man gut daran, auch auf die Feinheiten zu achten. Wie sagte ein Vollzugsbeamter kürzlich: Alle mit SV gehen auch in die SV, hier wird keiner entlassen.«

Ich rotiere.

Sadismus ist scheint's unsere große soziale Leidenschaft. Es ist in uns eine große Lust am Leid des anderen. Daran, Abschaum zu bilden und auf ihn zu schimpfen. Die Worte kommen automatisch. Solche wie uns füttert der Staat durch, wir haben ein Dach überm Kopf, kriegen eine warme Mahlzeit, müssen uns um nichts kümmern, nicht mal arbeiten. Ein Luxusleben ist das.

Euch sei gesagt: Unfreiheit zerstört den Respekt vor sich selbst. Ich verliere die Kontrolle über mich. Ich kann mich nicht konzentrieren. Ich hadere. An manchen Tagen mache ich Gymnastik bis zur Erschöpfung, Bauchaufzüge, Liegestütze, Kniebeugen. Beim Hofgang jogge ich eine Stunde im Kreis. Ich bin die Irre, die sich nicht einlässt auf den Alltag. Sie grinsen über mich, sie flüstern hinter mir. Und eines Tages lässt mich der Sozialarbeiter zu sich ins Büro bringen und redet mir ins Gewissen. Ein Geständnis, sagt er, kann die Lage unter Umständen erleichtern.

Was will der? Ein Geständnis. Ich mache dicht.

Die Einstellung ist wichtig, erklärt er mir. Ich muss mich einlassen auf meine Situation. Der Mensch besitzt eine wunderbare Anpassungsfähigkeit.

Dann pass doch du dich an, denke ich.

Es geht, sagt er, um Anpassung im Sinne von Überleben, nicht von Unterordnung. Sie müssen Möglichkeiten finden, die Ihre neue Umgebung bedingt erträglich machen. Man kann beispielsweise die Stille der Zelle dazu benutzen, zu lesen, sich Notizen zu machen, eigene Überlegungen aufzuschreiben.

Genau das will ich tun, sage ich. Und dazu brauche ich meinen Laptop zurück. Ich kann nämlich nicht mit der Hand schreiben. Ich kriege einen Schreibkrampf.

Ach so, sagt er.

Hat er das nicht gewusst? Die Schlusen wissen es alle, die Anstaltsleiterin auch. Der Mann ist Mitte dreißig. Vermutlich hat er Familie. Er darf jeden Abend das Kloster verlassen.

Sie dürfen sich nicht so sehr auf das eine versteifen, meint er. Suchen Sie sich Alternativen. Wenn Sie nicht schreiben können, dann reden Sie mit sich. Führen Sie Selbstgespräche. Es gibt Autoren, die haben im Gefängnis im Kopf ganze Bücher geschrieben.

Ah, wer denn zum Beispiel?

Da fällt ihm jetzt keiner ein.

Ich will ja auch keine Bücher schreiben.

Was draußen als unsozial gilt, kann Ihnen hier helfen, sich normal zu fühlen. Denken Sie mal darüber nach. Eine auf sich selbst gerichtete Sexualität gilt draußen als minderwertig. Im Gefängnis ist sie die Normalform, und wer sie hier als verarmte Sexualität sieht, begeht eine Selbstentwertung.

Ach, so bist du drauf? Ein Bonoboträumer.

Sie müssen Ihre Phantasie in Gang setzen, sagt er. Damit kann man sich über den Zustand der Bewegungslosigkeit hinweghelfen. Die Phantasie kann Wege gehen, die aus der Gesellschaft hinausführen und nie mehr in sie zurückkehren. Das ist die Gefahr. Aber als Drang, sich zu befreien, ist sie notwendiger Ausdruck eines Lebens und deshalb legitim.

Ich lache nicht einmal. Ich mache mich innerlich davon.

Und Sie müssen darüber sprechen, sagt der Mann vom Sozialdienst, der beauftragt worden ist, mich zu beruhigen, und den ich kaum noch höre, weil ich dazu verdonnert bin, niemandem zu trauen, mit niemandem zu reden, damit ich nicht die Kontrolle verliere und zu viel sage.

Lisa Nerz habe ich schon zu viel gesagt. Deshalb sitze ich hier.

Schämen Sie sich nicht vor den anderen, sagt der Sozialdienstler, denen geht es genauso wie Ihnen. Auch Sie haben Träume und Fantasien. Krank fühlen Sie sich nur, solange Sie nicht darüber reden, solange Sie sich selbst verachten. Es ist notwendig, seine Fantasien nicht nur zu träumen, sondern auch auszusprechen und zu leben.

Darum brauche ich einen Computer. Oder Arbeit. Entweder oder.

Mit dem Laptop konnte ich leben, innerhalb der Beschränkungen, die mir auferlegt sind. Damit konnte ich einen Tagesablauf organisieren, der eines Menschen würdig ist, eine Mischung aus Aufstehen, Essen, Sport, Arbeit und Fernsehprogramm.

Der Sozialdienstler gibt es auf. Ich werde zurückgeschlossen.

Die *Nachrichten aus dem Strafvollzug* lese ich nicht zu Ende. Das Buch schürt in mir eine Amokstimmung. Andrea versteht das. Es hat auch sie runtergezogen. Was ihr hilft, sind die vielen Briefe, die sie von ihren Freundinnen und Unterstützern bekommt. Aber jetzt hat die Anstalt ihr erklärt, mehr als zwanzig Briefe dürfe sie nicht bei sich auf der Zelle haben. Reine Willkür, findet sie. Wir schauen im Gesetzbuch nach. Untersuchungsgefangene haben das Recht, unbeschränkt Schreiben abzusenden und zu empfangen. Womöglich doch Willkür? Sie wird sich beschweren.

Kann es sein, dass ich die Letzte bin, die Schmaleisen lebend gesehen hat? Hektisch suche ich Informationen. Man weiß, dass er am Dienstag, den 23. Dezember 2008, mit dem Zug nach Stuttgart aufgebrochen ist. Zwei Wochen später wird seine Leiche an der Schleuse Hofen gefunden. Die Polizei ruft in der Zeitung und im Internet alle auf, sich zu melden, die sachdienliche Hinweise geben können. Anscheinend meldet sich niemand. Ich beobachte meine eigene Hektik, fast Panik. Was fürchte ich denn? Man kann mich doch nicht für seinen Tod verantwortlich machen.

Schmaleisen hat mich gegen Mittag angerufen. Vom Apparat eines Kollegen. Andernfalls hätte die Polizei mich über seine Handyverbindung ausfindig gemacht.

»Ich bin hier noch mit dem Kollegen zugange«, sagt er. Danach will er sich mit mir treffen. »Ihre E-Mail hat mich sehr überrascht. Mir scheint, hier gibt es ein Missverständnis. Das würde ich gern ausräumen.«

Ich schlage das Café der Kunstgalerie am Schlossplatz vor. Den Glaswürfel findet jeder, der in Stuttgart nicht zu Hause ist. Wir sitzen draußen, in Decken eingewickelt, in einer frühlingshaft warmen Dezembersonne und schauen in die flanierende Menge und auf die Weihnachtsmarktbuden, die den Blick aufs Neue Schloss verstellen.

Schmaleisen will mich überreden, mein Studium fortzusetzen. Seine beste Studentin nennt er mich. Er ergreift meine Hand und streichelt sie. Mit in weinerliche Falten gelegtem Gesicht verspricht er mir eine Stelle als Hiwi, einen Doktorandenplatz, sobald ich meinen Abschluss gemacht habe.

Warum auf einmal? Ich frage nicht. Ich will mich nicht empfindlich zeigen, werfe ihm nicht vor, dass er meine Semesterarbeit abgelehnt hat. Er tut jetzt so, als hätte er sie nie in Frage gestellt, nennt sie interessant und eigenwillig. Über das hinausgehend, was erforderlich gewesen wäre. Was ist das für einer? Ein Umfaller? Nein, ein Mann, der Frauen braucht, denke ich und ziehe meine Hand zurück. Ich behaupte, ich wolle es mir noch einmal überlegen.

»Tun Sie das«, sagt er. Es fällt ihm schwer, mich loszulassen. Er bezahlt meinen Kaffee. Verwundert schaue ich ihm nach, wie er leicht gebeugt und etwas schief in Richtung Bahnhof davongeht und in der Menge der Weihnachtseinkäufer verschwindet. Der Tod folgt ihm wie ein Schatten.

Hat er mir gesagt, er müsse auf den Zug? Ich kann mich nicht erinnern. Hatte er nach mir noch eine Verabredung? Oder hat er sich zu einem Spaziergang entschlossen, durch den Schlossgarten, am Schloss Rosenstein vorbei bis zum Neckar hinunter? Wer an der Schleuse Hofen angeschwemmt wird, ist hinter der Schleuse Cannstatt in den Fluss gefallen. Ich gehe im Geist das Ufer ab. Da sind die Anleger der Weißen Flotte nahe der Wilhelma. Noch leichter ist es, auf der anderen Seite von einem der Pfade am Damm zu rutschen, auf denen die Leute mit ihren Hunden spazieren gehen. Es muss längst dunkel gewesen sein. Und das Wasser ist kalt. Man stirbt innerhalb von Minuten.

Ja, ich hätte mich bei der Polizei melden sollen. Aber der Kollege, mit dem Schmaleisen sich vor mir traf, hat es ja auch nicht getan. Zumindest steht nichts davon in der Zeitung.

Ich rufe einige meiner Kommilitoninnen an, erzähle ihnen, dass ich mich von Till getrennt habe und mit dem Studium aufhöre, auch wegen Schmaleisen. Sie antworten: »Ja weißt du es noch nicht? Schmaleisen ist tot.« Ich tue erstaunt, und sie erzählen. Er habe Eheprobleme gehabt, seine Tochter sei drogenabhängig, seine Frau habe ihn betrogen oder er sie, er sei alkoholsüchtig oder spielsüchtig gewesen oder depressiv oder krebskrank.

Haftbuch, 23. März

Im rechtsmedizinischen Gutachten steht nichts von einer unheilbaren Krebserkrankung, berichtet mir Onkel Gerald. Gallensteine hat Schmaleisen gehabt, was zumindest ziemlich schmerzhaft sein kann. Ob Schmaleisen alkoholisiert war oder gewaltsam in den Fluss gestoßen wurde, ließ sich nicht mehr feststellen, nachdem die Leiche zwei Wochen im Wasser gelegen hatte. Die Polizei ist damals von einem suizidalen Geschehen oder Unfall ausgegangen. Seine Frau hatte in der Tat einen Liebhaber, konnte aber ein Alibi vorweisen. Außerdem beschuldigte sie ihn, ständig mit Studentinnen ins Bett gestiegen zu sein. Einen eifersuchtskranken Eindruck machte sie nicht. Sie hatte zu dem Zeitpunkt bereits die Scheidung eingereicht. Da die Polizei keine Kenntnis von einem Treffen Schmaleisens mit einem Stuttgarter Unikollegen hatte, suchte sie auch nicht nach ihm. Aber jetzt wird man das tun, sagt Onkel Gerald. Die Akte Schmaleisen ist nie geschlossen worden.

Ob Schmaleisen irgendetwas zu mir gesagt hat, wo er hinwollte, fragt auch er mich.

Ich habe angenommen, dass er mit dem Zug nach Tübingen zurückfahren wollte. Er hatte Weihnachtsgeschenke gekauft, daran erinnere ich mich. Hauptsächlich Bücher. Eines, ein schwarzes, sehe ich sogar noch vor mir: *Psychologie der Massen* von Gustave Le Bon. Eine Ausgabe von 1957, wie er mir erklärte. Er hat das Buch für fünf Euro im Kiosk im Königsbau erworben. Ich weiß noch, dass ich mich wunderte, warum er ein Buch kauft, das in jeder öffentlichen Bücherei und in jeder privaten Bibliothek eines Soziologen steht, weil es zu den historischen Grundlagen gehört. Er sagte, es hat ihm gefallen, dass seine Vorbesitzerin – ein Mädchen, dessen ist er sich sicher – ins innere Deckblatt eine Telefonnummer mit Herzchen gemalt hat. Er zeigte es mir. »Sieht das nicht nach einer Verabredung aus? Ein Buch als Liebesbrief.« Er fantasierte ein Mädchen, das ihrem Angebeteten auf diese wissenschaftlich überhöhte Art ihr Interesse zeigt.

Ich blätterte und las zufällig: »Die augenblicklichen revolutionären Triebe der Massen hindern sie nicht, höchst rückständig zu sein. Sie sind instinktiv Feinde von Veränderungen und Fortschritt.«

Haftbuch, Dienstag, 26. März

Wenn du glaubst, es geht nicht mehr, es ist nicht zum Aushalten, dann gibt es einen Überschlag. Höher kann man nicht fliegen, höher schwingt die Schaukel nicht. Und selbst wenn sie sich überschlägt, so ist der nächste Weg, den sie nimmt, der nach unten. Aber wenn du unten ankommst, macht es Knacks, und etwas ist gebrochen.

Als hätten sie nur darauf gewartet, dass ich resigniere – eher glaube ich aber, dass es organisatorische Gründe sind, die mit mir nichts zu tun haben –, bekomme ich plötzlich eine Arbeitserlaubnis. Eines Morgens höre ich über die Zellenkommunikationsanlage, Ampel genannt: Fertigmachen zum Arbeitseinsatz. Eine Schluse holt mich und bringt mich in einen Raum mit Putzzeug. Dort lerne ich Yvonne kennen. Mit ihrem Herzgesicht, den dunklen Mandelaugen und der großen abweisenden Stille um sich herum. Sie hält mich auf Abstand, ist streng. Sie benutzt Worte wie »benötigen« und macht bei Nebensätzen richtige Relativanschlüsse. Ich soll die Duschen putzen. Als ich fertig melde, kommt sie und guckt sich alles an. Da sind noch Streifen an den Spiegeln. Sie bückt sich, holt Haare aus dem Abfluss. Was soll das?

Sind wir hier im Hotel oder was?, frage ich.

Das ist nicht Yvonnes Einstellung. Du entwertest dich selbst, sagt sie, wenn du meinst, für uns gäbe es nur Sauberkeit zweiter Klasse.

Ich muss noch mal ran. Ich lasse mir Zeit, pule die Haare aus den Abflüssen, poliere die Spiegel.

Die andere, Selina, wischt den Schließgang, putzt die Türen. Sie ist geschminkt wie für eine Party, hütet ihre Fingernägel im

French Style und schlampert bis zur Rauchpause hin. Sie legt es darauf an, dass Yvonne sie ermahnt und antreibt, verdreht dann die Augen und lacht. Sie spielt guter Häftling und böser Kapo. Wann immer wir uns begegnen mit unseren Putzutensilien, schimpft sie auf Yvonne und hofft auf meine Solidarität.

Selina hat ihr Baby getötet. Wenn sie davon spricht, wird ihr buntes Gesicht hager und ausdruckslos. Sie redet über sich wie über eine Fremde. Sie sagt, sie hat es aus Angst vor ihrem Freund getan. Er hat ihr gedroht, sie totzuschlagen, wenn sie schwanger wird. Deshalb hat sie die Schwangerschaft vor ihm verheimlicht.

Wie geht so was?, frage ich. Hat dein Mann deinen Babybauch nicht gesehen?

Ich habe wahnsinnig viel gefressen, sagt Selina, ich war richtig fett.

Aber die Risiken. Mir schwindelt beim Gedanken. Daheim ein Kind entbinden. Und was, wenn ihr Freund gerade bei ihr gewesen wäre, als es losging? War er aber nicht. Sie hatte ihre eigene Wohnung. Ach so.

Sie hat das Baby im Bad auf die Kacheln geworfen, die Nabelschnur mit einer Schere durchtrennt, das Kind in ein blaues Handtuch gewickelt und in eine Schachtel gesteckt. Dann zog sie sich an, ging hinaus in den Winter und stellte die Schachtel hinter einem Trafohäuschen ab. Als dort einer hineinschaute, waren zwei Tage vergangen und das Kind war gefroren. Angesichts eines Massengentests der Polizei schien ihre Entdeckung unausweichlich, und sie gestand.

Hätte es keine andere Lösung gegeben?, frage ich sie. Babyklappe, anonyme Geburt? Selina nickt. Sie war irgendwie gefangen in ihrer Welt aus Drohung und Angst. Sie versteht sich selbst nicht mehr.

Yvonne treibt uns auseinander. Sie selbst macht die Büros auf der Abteilung. Auch an die Zellen der Abgänge lässt sie uns nicht ran. Es ist eine Vertrauensaufgabe wegen dem, was dort zurückbleibt, wenn eine nach dem Urteil in den Regelvollzug umzieht oder wenn der Haftbefehl außer Vollzug gesetzt wird. Sie sammelt es in einer Kiste und liefert es ab. Am meisten bleibt liegen, wenn eine freikommt, habe ich den Eindruck. Wäsche, Plüschhäschen, Shampoos. Ab und zu findet sie einen Tauchsieder, wie Elli einen hat, zusammengebogen aus irgendeinem Metall und mit Kabeln versehen, deren blanke Enden man in eine Steckdose steckt. Und Apparate zum Tätowieren.

Lass bloß die Finger davon, warnt sie mich. Du kannst dich mit Hepatitis C anstecken. Die Nadeln sind nicht steril.

Haftbuch, 27. März

Ich arbeite immer noch, obwohl ich meinen Computer wiederhabe. Meine Mithäftlinge beneiden mich um die Bewegungsfreiheit während der Einschlusszeiten, aber anderen hinterherputzen wollen sie eigentlich nicht. Wenn sich eine ungerecht behandelt fühlt, kriege ich es jetzt auch ab. Für sie bin ich Teil des Apparats, der sie drückt.

Viele sind jünger als ich und haben ausländische Wurzeln oder kommen aus Hartzvierfamilien. Selbstbewusstsein im Minusbereich. Sie fühlen sich immer gleich schikaniert und zetern los. Ständig gibt es Diskussionen, etwa ob sie mittags im Essraum rauchen dürfen, wenn keine Nichtraucherin zugegen ist.

Yvonne nennt sie zickig. Eine Frau erträgt es nicht, wenn eine andere die Macht hat und befiehlt. Ist einfach so. Macht ist im weiblichen Sozialgefüge nicht vorgesehen. Frauen nehmen Machtverhalten persönlich. Wenn ein Brief vom Freund kommt und darin Stellen geschwärzt sind – bestimmt die liebevollen und erotischen –, wenn die Besuchszeit auf die Sekunde genau nach einer halben Stunde beendet wird, wenn eine die Mama nicht zum Geburtstag anrufen darf, dann fühlen sie sich jedes Mal persönlich bestraft. Dann sind die Schlusen besessen davon, uns ihre Macht spüren zu lassen.

Irgendein Tanz ist immer. Das nervt. Dabei sollte ich es gut finden, dass die Frauen sich nicht in eine sinnlose Ordnung fügen wollen. Wozu beispielsweise muss das Knastleben um sechs beginnen? Ich habe draußen ein geordnetes Leben geführt, mich muss man nicht zu einem regelmäßigen Tagesablauf erziehen. Schon gar nicht in U-Haft. Es dient in keiner Weise dem Schutz der Gesellschaft vor mir oder der Sicherung des Verfahrens. Wenn sie mir wenigstens die Möglichkeit gäben, das Licht nach der Lebendkontrolle wieder auszumachen. Aber nein. Ich muss auf den Stuhl steigen und die Neonlampe rausdrehen. Dann liege ich wach und lausche dem Gesang der Amseln, der sich beim Hellwerden verflüchtigt im Rauschen der Stadt, die ich nie sehe.

Vermutlich hängen die frühen Aufschlusszeiten mit den Dienstplänen zusammen, die irgendwann im 19. Jahrhundert entwickelt wurden, als es noch kein Fernsehen und Radio gab und man mit den Hühnern aufstand und schlafen ging. Die Tagesschicht will früh Feierabend, deshalb der frühe Nachteinschluss, Klappe zu, Ruhe und Nachtschicht. Über die genauen Schichtzeiten sage ich lieber nichts, sonst nehmen sie mir meinen Computer wieder weg, weil ich Sicherheitsrelevantes verrate.

Wer nicht imstande ist, sich das Abendessen für später aufzuheben, muss was auf der Zelle haben – Chips, Kekse, Joghurt –, um eine vierte Mahlzeit zu essen. Rabia hat fünf Kilo zugenommen, behauptet sie. Fast alle nehmen zu. Man isst gegen die Langeweile und raucht, um nicht so viel zu essen.

Da haben es die Affen in der Wilhelma besser. Die Arbeit der Pfleger dient ausschließlich ihren Bedürfnissen. Bonobos bekommen ihr Futter zur Beschäftigung weit über den Tag verteilt. Aber können sie dabei glücklich sein? Ich bezweifle es. Im Kongo leben sie im Urwald auf vierzig Meter hohen Bäumen. Sie sammeln Früchte und Zweige und tragen sie aufrecht gehend zu dem Platz, wo sie essen wollen. Dabei gehen sie auf zwei Beinen, fast so gerade wie ein Mensch. Und sie scherzen und lächeln. In der Wilhelma lächeln sie nur selten.

Wir lachen beim Mittagessen. Das schon. Es gibt nichts zu lachen, also machen wir Witze und lachen.

Nadine hat am Donnerstag ihre Gerichtsverhandlung und hofft, dass sie freikommt. Danach will sie zu ihrem Freund nach Leipzig. Der weiß gar nicht, dass sie im Knast sitzt. Sie ist ganz plötzlich verhaftet worden. Nur ihre Schwester weiß davon. Die hat ihr aber nie geschrieben und sie nie besucht.

Ich erzähle von den Bonobos. Vom Matriarchat. Die Frauen lachen. Sie stellen sich vor, was wäre, wenn ihre Typen nichts zu melden hätten. Wenn sie entscheiden könnten, wann die Jungs randürfen. Wenn bei uns die Frauen die Häuptlinge wären und die Männer buckeln würden. Und schnipp, er macht das Essen und räumt hinterher auf. Und schnipp ...

Sind die Affenweiber wirklich kleiner als die Männer?

Ja, sie sind nur halb so schwer. Es liegt nicht an der Körperkraft, wer die Macht hat. Sondern daran, ob man zusammenhält. Bei den Bonobos halten eben die Frauen zusammen und weisen die Jungs in die Schranken.

Warum schaffen wir das nicht?, fragt Rabia.

Weil ihr alle abhängig seid, sagt Yvonne. Abhängig von Drogen, abhängig von den Männern.

Du doch auch, sagt Marlies mit dem Gewicht ihres kiloschweren Alters. Sie trägt leuchtend roten Lippenstift, ein blaurotes Brillengestell, goldene Ohrringe und gibt die Dame.

Darauf antwortet Yvonne nicht.

Es ist genetisch bedingt, überlegt Elli. Frauensolidarität gibt es nicht. Fertig.

Dann können wir gar nichts dagegen tun, dass wir so drauf sind, überlegt Selina. Dass wir von den Männern nicht loskommen. Dass wir uns schlagen lassen und trotzdem nicht gehen. Dass wir Frauen uns nicht zusammentun.

Wir haben einen Kopf, sage ich, wir könnten den Fehler erkennen und es anders machen. Wenn wir wollen.

Ich will schon, sagt Marlies, aber alleine, was kann ich da

schon ausrichten? Nicht mal meine beste Freundin hat zu mir gehalten.

Frauen sind auch nicht die besseren Menschen, erklärt Anne und lacht. Da muss man sich ja nur uns anschauen. Und die Anstaltsleitung, die ist auch eine Frau. Und die ist gar nicht solidarisch mit uns. Der ist es ganz egal, wie es uns geht. Hauptsache die Anstaltsordnung.

Sie tauschen ihren Ärger aus. Vielleicht wäre ich nicht immer innerlich auf Alarm, wenn wir uns nicht ständig aufregen würden. Obwohl es öde ist, sehne ich mich nach Ruhe. Paradox. Wir sind alle nur dumme Kasperle im System, die Schlusen genauso wie wir Gittermäuse. Diese Gerechtigkeit entwürdigt das Individuum, sie ist erbarmungslos. Nur wer Angst hat, die Kontrolle zu verlieren, ist gerecht. Freiheit wird es erst dann geben, wenn keiner mehr Macht hat und will.

Haftbuch, Dienstag, 2. April

Es war der Horror. Karfreitag, Samstag, Sonntag, Montag, vier Tage Einschluss auf der Hütte. Unser Besuchstag, Freitag, ist ausgefallen, weil Feiertag. Kein Arbeitsdienst, keine Chance, andere zu sehen, denn für den Mittagstisch im Aufenthaltsraum fehlt das Personal. Wegen Personalmangels fällt der Hofgang aus, auch am Ostermontag, dem einzigen Tag, an dem nach Wochen Schnee, Kälte und Wind die Sonne scheint.

Sonntagnacht höre ich Gerenne auf dem Schließgang. Ich sehe Blaulicht aus Richtung Tor hinter den Gebäuden pulsieren.

Und dann läuten die Glocken von Gotteszell. Die Kirche bleibt zwar stumm, aber die Gitter nicht. Bei mir im Bau fängt eine an, mit etwas Blechernem gegen die Spinne zu schlagen. Eine andere nimmt es auf, dann die nächsten. Es setzt sich fort, es springt über zu den anderen Häusern. Lange pocht und dröhnt es durch die Nacht. Bis die Schlusen anfangen, Bau für Bau für Ruhe zu sorgen.

Elli erklärt mir am anderen Morgen beim Versorgungsaufschluss, dass Arsalan sich mit dem Bettlaken an der Spinne aufgeknüpft hat. Sie hat es nicht mehr ausgehalten. Was genau, hat sie uns nie erklären können. Das alles hier, hat sie immer gesagt und geweint. Sie konnte zuletzt kaum noch gehen, kaum was essen, hat immer gefroren, ist beim Hofgang in sich zusammengesackt. Vom Anstaltsarzt hat sie Pillen bekommen. Aber nun ja ... die haben wohl nicht geholfen. Elli zuckt mit den Schultern. Eine Schande ist das.

Yvonne sagt, manchmal bewirken erst die Antidepressiva, dass jemand die Kraft zum Selbstmord findet. Woher sie das weiß, frage ich. Sie hat in Tübingen Medizin studiert.

Ich habe auch in Tübingen studiert, sage ich.

Darauf reagiert sie nicht. Sie sucht keine Gemeinsamkeiten mit mir noch mit irgendeiner anderen.

Fortsetzung Verteidigung Camilla Feh

Mein Pflegevater Gustav bietet mir an, erst einmal bei ihm im Geschäft zu arbeiten. Vielleicht hofft er, ich würde es doch noch übernehmen. Er führt in vierter Generation in der Küblergasse in Cannstatt die Kürschnerei Feh mit Ladengeschäft. Meine Pflegemutter Isabel schmeißt den Laden alleine, wenn Gustav auf internationalen Auktionen in Kopenhagen oder Toronto ist oder zu den Gerbern in die Ukraine und zu seinen Nähern in Griechenland und Tschechien reist.

Bei uns im Laden haben Armani, Jennifer Lopez und Sharon Stone Pelze gekauft, nachdem in der *Vogue* ein großer Artikel über uns erschienen war. In diesen Jahren läuft es gut. Pelze sind begehrt und teuer wie nie. Die meisten verlangen Nerz, aber auch Fuchs, Lamm, Waschbär und Chinchilla werden gekauft. Ich habe meine Pflegeeltern immer arbeiten sehen, als ginge es darum, im jeweiligen Jahr das Geschäft ihres Lebens zu machen, falls es im kommenden Jahr nicht so laufen sollte. Sie waren immer irgendwie angespannt. Immer auf der Hut, wachsam und kontrolliert. Jederzeit auf einen Angriff gefasst.

Einmal habe ich in meiner Kindheit eine dieser hasserfüllten Protestaktionen miterlebt. Schwarz gekleidete Leute mit Totenmasken hielten mit rot gefärbten Händen Plakate mit gequälten Tieren hoch. Ihr Geschrei hallte in der Gasse. Zwei halbnackte Frauen und ein halbnackter Mann legten einen abgezogenen Fuchskadaver vor unserer Ladentür nieder. Ich weiß noch, dass ich darüber so erschrocken war, dass ich ins Lager flüchtete und mich hinter den Nerzen versteckte.

Isabel hat versucht, mir zu erklären, dass es Menschen gibt, die es nicht akzeptieren können, wenn man Pelze verarbeitet, verkauft und trägt. Weil dafür Tiere getötet werden. Es gibt sicherlich auch Auswüchse. Tiere werden in Pelztierfarmen nicht gut gehalten. Aber Gustav achtet sehr darauf, wo er einkauft. In mir blieb das Gefühl, dass wir in steter Gefahr lebten, von Menschen, die wir nicht kennen und die uns nicht kennen, angefeindet zu werden, weil sie nicht verstehen, was wir genau machen. Isabel nannte sie Fanatiker. Gustav zuckte mit den Achseln.

Auch Till hat anfangs versucht, mich für den Beruf meiner Pflegeeltern verantwortlich zu machen, indem er mich fragte, wie ich es in einem Haus aushalte, wo Geschäfte mit dem Leid und Elend unschuldiger und geschundener Tiere gemacht werden, und dies nicht einmal zum Zweck der Ernährung, sondern ausschließlich im Dienst von Mode und Luxus. »Die Hartzvierempfängerin kann sich keinen Pelz kaufen.«

»Umso besser«, antwortete ich, »eine Pelzsünderin weniger.«

Wir haben viel diskutiert. Till schilderte mir die grauenhaften Bedingungen der Massentierhaltung. Er trug keine Wolle, kein Leder, keine Seide. Die Nahrungssuche kostete Zeit. Tofu statt Fleisch. Backen mit Apfelmus statt mit Eiern, Hefeflocken statt Parmesan, Soja- und Mandelmilch in den Kaffee. Ab und zu musste Till in den Wald, Erde fressen für die Darmflora. Er tat es für sein Gewissen. Um sich selbst in den Wirbeln der Widersprüche, in denen wir leben, gut zu fühlen und gerade halten zu können. Und um ein Vorkämpfer zu sein, ein Einzelkämpfer, ein Mensch von seltener Verantwortung und hoher Moral. Seine Versuche, mich vom veganen Leben zu überzeugen, waren nur halbherzig. Ich denke, es war ihm recht, dass ich nicht seine Stärke und Konsequenz aufbringen konnte. Bei jedem Stück Fleisch, das ich aß, habe ich mich schwach gefühlt.

Nur einmal hat er sich den nötigen Schlagabtausch mit Gustav geliefert. Tills intellektueller Überlegenheit begegnete mein Pflegevater mit dem Verweis auf ein uraltes, vorindustrielles Handwerk, das nicht vergessen werden darf. Menschen wie Till waren zu der Zeit anfällig für den Gedanken des Bewahrens. Landschaften, indigene Traditionen, Eisbären, das Wissen chinesischer oder klösterlicher Heiler, eine von Schließung bedrohte alternative Kultureinrichtung. Man drehte sich von einer Demo weg und sah schon die nächste Baustelle, an der es Position zu beziehen und Gesicht zu zeigen galt.

Selbstverständlich lehnte Till die Zootierhaltung ab. Von mir wollte er wissen, wie man nachts hineinkommt. Ob es Überwachungskameras gibt.

»Die Wilhelma ist kein Sicherheitstrakt«, erklärte ich ihm. »Das Menschenaffenhaus hat Fenster, über die du einsteigen kannst, eine Glastür. In den Gang zu den Nachtgehegen kommst du mit einem Vierkantschlüssel, den du in jedem Baumarkt kriegst. Nur die Gehegetüren sind mit Vorhängeschlössern gesichert. Die Schlüssel haben nur die Pfleger. Und sie nehmen sie abends mit nach Hause.«

»Man könnte Wachsabdrücke nehmen«, überlegte er. »Sie lassen ihre Schlüssel doch sicher auch mal liegen. Sie verstehen sich ja nicht als Gefängniswärter. Was sie de facto sind.«

»Du denkst doch wohl nicht, dass ich das mache«, antwortete ich ihm. »Außerdem tragen die Pfleger die Schlüssel am Leib, an Karabinerhaken, in der Hosentasche. Schlag dir das aus dem Kopf, Till. Es hat keinen Sinn, die Menschenaffen zu befreien. Wahrscheinlich würden sie ihr Haus gar nicht verlassen. Sie sind Gewohnheitstiere. Sie hätten Angst vor der fremden Welt da draußen, zumal in dunkler Nacht. Aber sie würden sich fürchterlich kloppen und beißen, wenn sie im Gang aufeinanderträfen. Die Gorillas, die Orang-Utans und die Bonobos. Es würde ein Blutbad geben.«

»Da geht es den Affen wohl nicht anders als uns«, behauptete Till. »Da wir seit vielen tausend Jahren unter irgendeiner Form von Herrschaft geboren und gestorben sind, erscheinen uns Gefangenschaft und Fremdbestimmung naturgegeben und ein Ausbruch lebensgefährlich. Wir verfügen über keine Bilder von einem Ort ohne Herrschaft. Und wovon wir keine Bilder haben, das können wir auch nicht anstreben.«

Er hat den Gedanken an eine Befreiungsaktion dennoch nicht aufgegeben.

Haftbuch, Donnerstag, 4. April

Der Schlüssel ist der Knackpunkt. Ich kann noch so oft beteuern, ich hätte den Pflegerschlüssel zu den Nachtgehegen nie in der Hand gehabt, ich sei auch überhaupt nur ein einziges Mal hinten im Schließgang gewesen, die Gelegenheit, mir eine Kopie von den Schlüsseln zu machen, hätte ich gehabt. Das scheint zu reichen.

Zwar muss ich nicht beweisen, dass ich die Tat nicht begangen habe, sondern man muss sie mir nachweisen. Aber wenn ich tatsächlich beweisen könnte, dass ich in der Nacht, in der Till starb, nicht im Affenhaus war, dann müsste das Gericht sich nicht aufgrund der Indizienlage entscheiden zwischen in dubio pro reo und der Überzeugung der Boulevardpresse, dass die stille Blondine mit den Eisaugen ihren ehemaligen Professor und ihren einstigen Geliebten kaltblütig ermordet hat.

Onkel Gerald versucht mich zu beruhigen. Es ist die Große Strafkammer des Landgerichts, die über mich urteilen wird, drei Berufsrichter und zwei Schöffen. Man kann zwar nie ausschließen, dass die allgemeine öffentliche Stimmung Einfluss auf einen Prozess hat, aber es sind immerhin fünf Köpfe, und einige davon sind Trotzköpfe.

»Frauen werden nicht freigesprochen«, hat Till immer behauptet. »Denn Justitia ist eine Frau. Und Frauen, das wissen wir, sind untereinander gnadenlos, getrieben von Missgunst und Eifersucht. Zwar hat man Justitia die Augen verbunden, aber sie hat ja immer noch Ohren, um zu hören, ob eine Frau auf der Anklagebank sitzt. Dann neigt sich ihre Waage tiefer unter der Last der Schuld. Frauen werden nicht wegen Totschlags verurteilt, sondern immer wegen Mordes. Die Gewalttat einer Frau gegen Leib und Leben eines anderen, vor allem eines Mannes, wird bevorzugt mit Planung und Berechnung gleichgesetzt. Die tötende Frau wird als kaltblütige Teufelin gesehen, der tötende Mann ist nur ausgerastet. Er begeht einen Ehrenmord, wo sie einen feigen Giftmord begeht.«

»Aber heute doch nicht mehr«, meinte ich damals.

»Heute mehr denn je«, sagte er. »Frauensolidarität ist ein Märchen aus der frühen Zeit des Feminismus. Das Projekt ist gescheitert. Und zwar an euch. Heutzutage wird der Feminismus nur noch von den Männern vertreten. Aber wie lange werden wir noch Frauenquoten fordern und bei der Stellenvergabe Frauen bevorzugen, wenn ihr selbst kaum Anstalten macht, euch zusammenzutun und die Macht zu erobern?«

Mich erschreckte Tills böser Ton. Er hatte sich verändert. Er hatte uns aufgegeben, auch mich. Heute glaube ich, sein Feminismus war Opportunismus. Till hat immer nur die Sache von Menschen verfochten, die er hinter sich sammeln und anführen konnte.

Haftbuch, Freitag, 5. April

Jemand hat während des Versorgungsaufschlusses Sachen aus meiner Zelle gestohlen. Nicht den Computer, aber Nahrungsmittel, Müsli, Kekse, Knäckebrot und meinen China Green Jade Qucha, den ich mir von einem Teeversand habe schicken lassen.

Geschrei anfangen, ist mein erster Gedanke, zur Abteilungsbeamtin rennen, eine Zellendurchsuchung fordern. Aber ich besinne mich. Da ich Hausarbeiterin bin, glauben sie schnell, ich hätte Vorteile und die Macht auf meiner Seite. Wer auch immer es war, sie will mich provozieren. Sie wartet darauf, dass ich Hilfe schreie und mich auf die stürze, die den grünen Tee hat. Die wird dann grinsen und sagen, sie hat ihn selber gekauft oder gefunden oder geschenkt bekommen, von mir oder von einer, die sie nicht verrät. Und ich bin dann die Petze, die sich nicht allein durchsetzen kann.

Manchmal möchte ich, dass die hier drinnen mich nicht für unschuldig halten, sondern mir einen Mord zutrauen. Oder auch zweie. Vielleicht würde ich mich dann nicht so unsicher, nicht so schnell bedroht fühlen, weil ich anders bin. Würde nicht glauben, freundlich sein zu müssen, damit man mir nichts tut.

Und bin ich nicht immerhin die Tochter einer Kindsmörderin,

ein Kind der Lieblosigkeit so wie all die anderen hier drin, rieche ich nicht auch nach Tod? In mir fließt das Blut meiner Mutter, das Blut der Verantwortungslosen, derer ohne Mitgefühl, die man nicht versteht, die ihre Taten selbst nicht verstehen.

Ich erzähle Yvonne, dass ich beklaut worden bin, und frage sie, was ich tun soll. Sie zuckt mit den Achseln. Sie respektieren dich nicht, sagt sie. Du bist zu hilfsbereit. Wer hier nicht lernt, sich selbst zu schützen, der wird ausgeplündert wie eine Weihnachtsgans. Und dem wird auch sehr wehgetan.

Wer hat ihr wehgetan? Sie hat es nicht gern, wenn man sie fragt, deshalb frage ich nichts.

Anfangs, sagt sie, hätten ihr die Drogenabhängigen auch leidgetan. Man müsste ihnen doch helfen, hat sie gedacht. Aber jetzt habe ich kein Mitgefühl mehr. Nein, das ist nicht richtig, das klingt zu hart. Ich falle nur auf die Jammergeschichten nicht mehr so rein. Letztlich sind sie doch selber schuld, dass sie hier drin sind und dass es ihnen schlecht geht. Ich bin doch da auch nicht hineingeraten, sagt sie. Da ist viel eigenes Tun dabei.

Haftbuch, Samstag, 6. April

Jammere ich? Was unterscheidet mich von Elli, die behauptet, sie habe ihren Mann in Notwehr stranguliert? Wie viele Menschen sitzen wirklich unschuldig in unseren Gefängnissen? Das bin doch nicht nur ich. Vielleicht sind viele von denen, die ihre Unschuld beteuern, genauso wenig verrückt wie ich. Sie drücken sich auch nicht vor der Verantwortung für ihre Tat. Sie haben sie einfach nicht begangen. Man müsste ihnen nur mal zuhören.

Haftbuch, Sonntag, 7. April

Der Baum, den ich von meinem Fenster aus sehe, zeigt noch kein Blättchen, hat aber kleine grüne Bobbel bekommen. Er wartet auf den Frühling. Ich auch. Seit ich hier bin, liegt mal Schnee, mal keiner, aber sonst ändert sich nichts. Ein endloser Winter. Es wird schnell kalt in der Zelle, wenn ich das Fenster aufmache. Alles ist eingefroren, in mir und draußen. Wieder kein Hofgang heute. Ich habe den ganzen Tag nur auf dem Bett gelegen. Meine Augen lesen ein Buch – *Der Graf von Monte Christo* –, mein Kopf liest nicht mit.

Haftbuch, Mittwoch, 10. April

Die grünen Bobbel haben sich zu kugeligen Blütendolden entfaltet. Sie stehen an den Spitzen kahler Zweige. Der Baum wirkt mimosenhaft, aber tapfer. Immer noch kann ich mir nicht denken, was es für ein Baum ist. Danach googeln kann ich nicht.

In der Nacht dringe ich tief in die Vergangenheit. Gehe die Zeit zurück, steige hinab in den dämmrigen Keller, wo die Erinnerungen liegen. Es hat sie niemand geordnet. Was nebeneinander lagert, muss nicht zusammengehören, nicht einmal zusammenpassen. Manches ist unvollständig, von manchem weiß ich nicht, was es ist. Aber genau das muss ich herausfinden. Wenn ich nur genau genug bin – hoffe ich –, dann werde ich den Beweis meiner Unschuld entdecken. Ich muss.

Fortsetzung Verteidigung Camilla Feh

Es schneit. Als ich Montagmorgen in der Firma eintreffe, stehen die Kollegen zusammengeballt in der Kaffeeküche. »Deutschbein ist tot«, rufen sie mir entgegen. »Der Tote in der Wilhelma, das ist Deutschbein.«

Klaus lacht laut auf und hält sich den Mund zu.

Ich habe schon beim Frühstück in der Zeitung von einem Toten im Menschenaffenhaus gelesen. An Till habe ich dabei nicht gedacht, sondern an Heidrun. Hoffentlich ist sie es nicht gewesen, die Samstag früh die »grausige Entdeckung« gemacht hat. Die Kriminalpolizei ermittelt in alle Richtungen, heißt es. Eine oder mehrere Personen, darunter der spätere Tote – seltsame Formulierung –, sind augenscheinlich durch ein gekipptes oder defektes Fenster über den Aufenthaltsraum der Pfleger ins Menschenaffenhaus eingestiegen und haben sich dann mit geeigneten Schlüsseln Zugang zum inneren Bereich der Käfiganlage verschafft. Wie es zu dem blutigen Geschehen im Nachtgehege der Bonobos kommen konnte, ist derzeit noch völlig ungeklärt.

Es sind Wildtiere, hat Heidrun mich immer gewarnt. Man kann es sich nicht vorstellen, wenn sie sich mittags ans Gitter schmiegen und sich den Tee in die vorgeschobene Unterlippe gießen lassen. Sie trinken aus Bechern wie die Kinder, aber sie sind keine Kinder. Sie sind erwachsen und wehrhaft. Man lässt sie aus Bechern trinken, um sie einmal am Tag ans Gitter zu holen und aus der Nähe besehen zu können. Man trainiert sie, still zu sitzen, sich in die Ohren und Augen schauen und sich gegebenenfalls mit Medikamenten versorgen zu lassen, ins Getränk gemischt oder verpackt in Müslibällchen.

»Sind die Bonobos nicht diese Zwergschimpansen, die dauernd miteinander pimpern?«, fragt ein Kollege.

Ich sage nichts dazu. Es muss niemand wissen, dass ich die Bonobos kenne. Doch ihr Geschrei klingelt wieder in meinen Ohren. Die Bilder kommen sofort, ich muss mir nichts vorstellen. Ich sehe es vor mir. Ihre ersten Bisse dürften Tills Ohren und Händen gegolten haben. Warnung und Zurechtweisung. Benimm dich, Junge. Till hat vermutlich versucht, die schwarzen Gnome wegzuschlagen. Sie kreischen fürchterlich. Allein das macht einen wahnsinnig. Till verliert die Orientierung, rennt gegen die Gitter, findet den Ausgang nicht. Sie beißen ihn in die Füße, er tritt zurück, sie zerreißen ihm die Achillessehne. Er fällt, schlägt mit dem Kopf irgendwo gegen. Sie fallen über ihn her und beißen ihn, bis er sich nicht mehr regt. Vielleicht ist er verblutet. Affen töten ihre Beute nicht mit einem Kehlbiss. Sie reißen ihr bei lebendigem Leib die Eingeweide heraus.

Egal, wie man zu Till Deutschbein gestanden hat, so einen Tod wünscht man niemandem. Die Kollegen sind betreten. Einigen sehe ich an, dass sie Schuldgefühle haben. Daniela, vor deren Nase er auf den Posten gesprungen ist, den sie schon sicher glaubte, Batari, die nie gewusst hat, wie sie sich ihm unterwerfen muss, damit er sie in Ruhe lässt. Alejandra, die sich immer gleich ungerecht behandelt fühlt.

Ich bin froh, dass niemand weiß, dass Till und ich vor Jahren einmal ein Paar gewesen sind.

Als wir uns zufällig im *La Piazza* begegneten, hätte ich ihn fast nicht wiedererkannt. Erst gut ein Jahr ist das her. Till trug Anzug und Krawatte, das blonde Haar kurz und kein einziges Piercing mehr.

Er hat mir die Stelle bei sich im Betrieb angeboten.

Ich hatte nach meinem Weggang aus Tübingen nur kurz bei uns im Laden ausgeholfen. Über eine ehemalige Klassenkameradin kam ich dann in eine Eventagentur hinein. Fünf Frauen. Drei Jahre lang haben wir äußerst effizient Hochzeiten, runde Geburtstage und Firmenjubiläen ausgerichtet. Ich war für alles zuständig, was auf Papier gedruckt wird, Einladungskarten, Tischkarten, Menükarten, und was im Internet rund um die Feier passiert. Sylvie organisierte die kulinarische Versorgung, Kim das Unterhaltungsprogramm, Sängerinnen, Combos, Erwachsenenspiele, Karo schleppte alles, was schwer und unhandlich war, eigenhändig Treppen rauf und runter und baute Bühnen und Dekorationen, Rachel installierte die Elektronik und Akustik. Nie gab es Streit. Tatsächlich überhaupt nie. Ilona, unsere Chefin, war immer in Eile, aber herzlich. Dann wurde sie Freitagnacht von einem betrunkenen Autofahrer auf der Theo, der Stuttgarter Partymeile, angefahren. Seitdem liegt sie im Koma. Wir haben es ohne Ilona versucht, aber das Zentrum fehlte. Nach drei Monaten löste sich die Agentur auf, und wir gingen unserer Wege.

In derselben Woche lief ich im *La Piazza* Till über den Weg. Ich betrat mit Filiz die Nobelpizzeria in der Urbanstraße beim Landgericht. Wir schauten uns nach einem Tisch um, da sprang ein geleckter blonder Anzugtyp auf und rief ohne jeden Anflug von Verlegenheit: »Camilla!« Der Mann bei ihm am Tisch drehte sich nach uns um und musterte uns mit dem Männerblick, vom Busen abwärts. Beide hatten große Teller mit Saltimbocca vor sich.

In kaum dreißig Sekunden klären wir unseren neuen Status. Ich seit einer Woche ohne Arbeit, Till seit einem Jahr Abteilungsleiter bei Sowieso. Den Namen der Firma habe ich nicht verstanden. »Ich hätte da übrigens einen Job für dich. Ruf mich an«, sagt er und gibt mir seine Karte.

Till Deutschbein, Executive Director, PeOfiS, PerfectOfficeSystems, Rommelstraße 31, Stuttgart.

Ich berate mich mit Filiz. »Mach das doch«, sagt sie. »Schau dir an, was er für einen Job für dich hat. Warum denn nicht?«

Ich zögere. Immer schon ist Till besonders gern der gewesen, der was zu vergeben hat und Schicksale ändert. Als Student hatte er in Ermangelung von Geld und Macht hauptsächlich kritisches Bewusstsein anzubieten.

Ich bin ihm ja auch dankbar. Er hat mich aus der Pelztierkuschelecke meiner Kindheit geholt und erst mit dem Feminismus, dann mit der marxistischen Philosophie Antonio Gramscis gebürstet. Aus den *Gefängnisheften* haben wir uns vorgelesen. Insbesondere ich ihm. Während ich vom Kampf für eine neue Kultur spreche, liegt er mit Kopf und Ohr auf meinem nackten Bauch. »Man muss nüchterne, geduldige Menschen schaffen, die nicht verzweifeln angesichts der schlimmsten Schrecken und sich nicht an jeder Dummheit begeistern. Pessimismus des Verstandes, Optimismus des Willens«, lese ich in sein offenes Ohr, während er mit dem anderen dem Knurren meines Magens und dem Grollen in meinem Gedärm lauscht. Aus mir hat er eine begehrenswerte und kluge Frau gemacht. Jetzt verschafft er mir Job und Lebensunterhalt. Wieder muss ich ihm dankbar sein, auch wenn der gönnerhafte Gestus mir nicht gefällt. In seinem etwas engen Anzügle mit weißem Hemd und Bauchansatz steht er vor mir wie Daniel Craig in seiner Rolle als James Bond, wenn er über die Highlands blickt. Breitbeinig, die Hüfte vorgeschoben. Er trägt mir nichts nach, er kann verzeihen, er ist drüber weg. Er hat mich hinter sich gelassen in den unteren Gehaltsklassen seiner Firma.

Ich weiß gar nicht, ob ich meinen Job wirklich ihm verdanke. Die Peofis hat nach dem Weggang Manuelas schnell eine gebraucht, die mit Excel und CMS klarkommt, den Posten sofort antritt und keine großen Gehaltsansprüche stellen kann. Jemanden mit abgebrochenem Studium. Knapp ein halbes Jahr sitze ich nun schon in einem Großraumbüro mit orangefarbenen Stühlen, weißen Raumteilern und wolkenartigen Dingern, die von der Decke hängen und eine heimelige Atmosphäre schaffen sollen. Eine Organisation der kurzen Wege und schnellen Kommunikation, erklärt Till mir die Vorteile des Großraumbüros. Man sieht, wer da ist, kann aufstehen und rübergehen und die Dinge gleich klären, statt Mails zu schreiben oder zu telefonieren.

Peofis organisiert in anderen Unternehmen moderne Arbeitsabläufe mit dazugehörigen Datenmanagementsystemen und dem passenden Mobiliar. Moderne Arbeitspsychologie mit Wohlfühlfaktor zur Steigerung der Motivation und Arbeitseffizienz zum Benefit des Unternehmens. Wer keine Stechuhr bedienen muss, aber weiß, was er abzuarbeiten hat, bleibt gern auch mal länger.

Stechuhren haben hier nur die unteren Gehaltsklassen. Wir gehören nicht zu der Kategorie Menschen, die Verantwortung fürs Ganze empfinden kann.

An dem Montag, an dem wir von Tills Tod erfahren, haben wir zwar gestempelt, arbeiten aber nicht. Wir stehen in der Küche zwischen Sitzelementen und Kaffeeautomaten, wollen uns gegenseitig spüren, wir frösteln und überlegen dennoch bald, wer nun Tills Posten bekommt. Vermutlich die Seitz. Daniela kneift die Lippen zusammen. Batari verdreht die großen dunklen Augen. Frau Dr. Ursula Seitz gilt als überfordert und herrschsüchtig. In der Kantine kursiert der Witz: »Zwei Peofisler treffen sich im Magen der Seitz. Fragt der eine: Hat sie dich auch aufgefressen? Sagt der andere: Nein, ich komme von der anderen Seite.«

Die einen sagen, sie ist eine Quotenfrau, die anderen halten dagegen, wir hätten ja nur was gegen sie, weil sie eine Frau ist.

»Wenn die Seitz Chefin unserer Abteilung wird, kündige ich«, sagt Daniela. Sie wird aber nicht kündigen. Sie und Ursula Seitz kennen sich seit Jahren. Das hat Daniela mir ganz am Anfang mal bei einem Mittagessen anvertraut. »Ich habe die Ursula eingelernt, vor fünfzehn Jahren, als die Peofis noch Unternehmensberatung hieß. Die Uschi hat von Anfang an ihre Karriere geplant. Immer die richtigen Fortbildungen besucht, langweilige Fleißarbeiten gemacht, sich in die unbeliebte Außenstelle Nagold schicken lassen. Und jetzt kennt sie mich praktisch nicht mehr«, erzählt Daniela mir vorwurfsvoll. »Da bekommt jemand eine Führungsposition und damit Macht, und wenn diese Person überfordert ist, ist Machtmissbrauch nicht weit. Den GF interessiert das nicht. Der will nur, dass Ruhe herrscht in seinem Laden. Wir sind ja alle so modern und konfliktfähig. Dass die Seitz es nicht packt, sieht niemand. Dieses ganze Gerede von Evaluierung ist doch heiße Luft. Die schreiben Leitfäden noch und nöcher, in denen von Transparenz und offener Kritikkultur die Rede ist, aber wehe, jemand übt tatsächlich Kritik an denen da oben.« Daniela fühlt sich gemobbt.

Ich habe Frau Dr. Ursula Seitz ein paarmal als energiegeladene Person der schnellen Kommunikation erlebt. Direkt und deutlich. Für die Schwaben viel zu direkt. Sie kommt aus Mannheim, hat in der Marketingabteilung angefangen, leitet jetzt die Personalentwicklung und kontrolliert die Außendienstler. Es heißt, sie fühle sich als Chefin aller Abteilungen, weil sie die Seminare für Führungskräfte ansetzt, die jeder durchlaufen muss. Und nichts tut sie leise. Sie ist immer erreichbar, schläft mit zwei Handys auf dem Nachttisch, habe ich sie beim Sommerfest verkünden hören.

Daniela dagegen gibt die verbiesterte Endvierzigerin, aggressiv, aber eigentlich zahnlos. Niemand hört ihr gern zu. Sie verbreitet Frust, wenn sie im Raum ist, manchmal explosionsartig.

Nach dem Mittagessen sitzen wir endlich an unseren Tischen im Großraumbüro, das wir nicht bräuchten, weil uns kurze Wege zum Nachbarn nichts nützen. Denn wir bekommen unsere Arbeit von oben. Arne sitzt mir gegenüber hinter seinen Computerbildschirmen.

»Leben die Bonobos nicht im Matriarchat?«, fragt er mehr sich selbst als mich.

Mein Mail-Programm meldet mir unterdessen eine neue Nachricht von Facebook. Ich gucke nach. Eine gewisse Lisa Nerz hat eine Freundschaftsanfrage gestellt. Kenne ich nicht.

Am Spätnachmittag kommen die Polizeibeamten bei uns unten an, zu sechst. Sie rufen uns einzeln in einen Konferenzraum. Eine Beamtin notiert meinen Namen und meine Adresse und fragt mich, ob ich Angaben machen kann. Ich sage, was eine Angestellte so über ihren Abteilungsleiter sagen kann: Ganz okay, klar, Differenzen gibt es immer. Das ist ja normal. Nein, ich kann nicht sagen, ob er hier Feinde gehabt hat. Ich bin noch nicht so lange hier. Manuela erwähne ich nicht.

Es ist Manuelas Stelle, die ich bekommen habe. Man hat nicht geahnt, wie schlecht es ihr ging, haben mir verschiedene Kollegen versichert. Sie hat immer ausgeglichen gewirkt. Sogar stark, fast zu stark, auch unbequem. Sie hat Deutschbein auch mal offen Paroli geboten. Man hat gedacht, sie macht Karriere, engagiert, wie sie war. Aber die trifft es ja immer zuerst. Jetzt steckt sie in der Geschlossenen. Wie es ihr geht, weiß niemand so genau. Wenige beschäftigt ihr Schicksal noch.

Nur Batari belastet es bis heute. Es hat sich überhaupt nicht angedeutet, erzählt sie mir. Sie hatte jedenfalls keine Ahnung. Manuela hat sich aufs Wochenende gefreut, hat von einer geplanten Fahrradtour mit Mann und Kindern gesprochen und Tschüss gesagt. Eine halbe Stunde später hat Batari sie in der Damentoilette gefunden, mit aufgeschnittener Pulsader.

Wie bei den Affen, denke ich. In Affengruppen darf niemand Schwäche zeigen, sonst wird er in der Rangfolge nach unten gebissen. Deshalb drücken die Tiere ihre Krankheiten weg. Die Pfleger merken erst sehr spät, wenn ein Tier schwerkrank ist.

Daniela beugt sich in der Kanine so weit übers Tablett, dass ihre Brüste beinahe in die Gulaschsoße tunken, und raunt: »Zuerst hat es immer geheißen, Manuela kommt bald wieder. Auf einmal hat man dann gehört, dass sie gekündigt hat. Daran ist die Seitz schuld, sie hat Manuela fertiggemacht. Die Uschi erträgt keine klugen Frauen, weder neben sich noch unter sich.«

Manuela hat nicht einmal mehr selbst ihren Schreibtisch ausgeräumt. Das hat ein anderer getan. Ziemlich schludrig. Ich habe hinten in einer Schublade einen USB-Stick gefunden. Zu Hause habe ich ihn in meinen Laptop gesteckt. Ich finde Sicherungskopien von Briefen, Statistiken, nicht zu Ende geschriebene Verbesserungsvorschläge und drei Bewerbungsschreiben von Manuela, darunter eines auf die Stelle, die Till dann bekommen hat.

Und dann stoße ich auf Manuelas Gedächtnisprotokolle. Demnach war Manuelas Hauptproblem nicht Seitz, sondern Till. Ich lese: »D sagt: Sie stehen ab jetzt unter verstärkter Beobachtung. Ich bin raus und aufs Klo und habe geheult.« Oder: »Ich habe nur noch Rauschen im Kopf. Wenn ich zu Hause bin, kann ich mich nicht mehr an den Tag im Geschäft erinnern. Wenn mein Mann fragt, wie mein Tag war, sage ich: gut. Er denkt, alles ist in Ordnung. Ich bin ein Automat. Koche, versorge die Kinder, bewirte die Gäste. Keiner merkt was.«

Im Büro sagt sie immer öfter – lese ich –, sie müsse schnell mal in den dritten oder vierten Stock hinauf, etwas abklären. Dann geht sie aufs Klo. Für eine Stunde oder länger. Wenn zweimal jemand an ihrer Tür gerüttelt hat, wechselt sie die Toilette.

Eines Tages bittet Till sie wieder einmal zu sich ins Büro. Manuela notiert: »D sagt: Sie waren heute Vormittag nicht an Ihrem Platz. Ich: Ich war vermutlich kurz auf der Toilette. D sagt, das sei mir natürlich gestattet (süffisantes Lächeln). Es liege ihm auch fern, mir nachzuspionieren, aber als er ein zweites Mal angerufen habe und schließlich hinuntergegangen sei, hätte man ihm mitgeteilt, ich sei im Haus unterwegs. Und ich wäre ja neuerdings ziemlich oft im Haus unterwegs, über Stunden wisse keiner, wo ich sei. Er schaut mich an. Wartet auf eine Erklärung. Mir wird heiß und kalt. Ich fühle mich wie ein kleines Mädchen, das man beim Flunkern ertappt. Ich kann meine Tränen kaum zurückhalten. Ich kann nichts sagen. D guckt und guckt. Dann seufzt er, als wäre ich ein unartiges verstocktes Kind, und sagt, wenn ich mich dazu nicht äußern wolle, müsse er mich ersuchen, ihm in Zukunft vorzulegen, was ich in anderen Abteilungen zu besprechen hätte. Aber wir sind doch ein Haus der kurzen Wege und direkten Kommunikation, das predigen wir doch den anderen Firmen auch immer, will ich sagen, aber ich merke, dass mir die Tränen hochsteigen, ich kriege gerade noch ein Okay heraus und stürze hinaus.«

In Krimis fragen sie immer, ob das Opfer Feinde hatte. Till hatte zumindest ein Opfer. In soziologischen Studien heißt es, die Opfer töten ihren Peiniger nicht, sie fühlen sich vielmehr von ihm abhängig und verzehren sich nach Freundlichkeit und Wertschätzung. Wäre denn auch die Demütigung, sich zum kleinen Kind herabgestuft zu sehen, schon Grund genug für den finalen Akt des Tötens?

Und woher hätte Manuela von den Bonobos wissen sollen? Ich habe in ihren Notizen nichts gelesen, was darauf hindeutet, dass Till mit ihr über sein Verhältnis zu den Bonobos gesprochen hätte. Hatte er überhaupt noch ein Verhältnis zu ihnen?

Ich will nicht diejenige sein, die der Polizei von Manuela erzählt. Womöglich wäre ich die Einzige. Manuela hat sich niemandem anvertraut, weder der Frauenbeauftragten noch dem Betriebsrat. Sie hat sich zu sehr geschämt. Ihrer Ohnmacht, ihrer Weinerlichkeit, ihrer Schwäche diesem frechen jungen Mann gegenüber, den sie zuerst attraktiv fand.

Feinde? Nein. Von oben betrachtet hatte Till keine Feinde. Der GF hat große Stücke auf ihn gehalten, den bekehrten Anarcho aus dem schwarzen Block. Der Fortschritt braucht zweierlei: das Feuer der Anarchie und die Kühle der Ordnung, habe ich den GF bei einem Sektanstoß auf einen neuen Großkunden sagen hören. Till lächelte dazu in seinem freitäglichen Casual-Look ohne Krawatte.

Die Polizisten sind müde. Sie sind sicher auch nicht immer einverstanden mit den Anordnungen von oben. Sie haben vielleicht schon am Vormittag gemerkt, dass in diesem Haus über das Opfer – oder wie sie sagen: den Geschädigten – nicht viel zu erfahren ist. Von Affären hat wohl niemand berichtet.

Ob sie denn glauben, dass es Mord war, fragt Arne.

»Darüber können wir nichts sagen«, antwortet eine Beamtin. »Bei einem nicht natürlichen Todesfall ist es unsere Pflicht zu ermitteln.«

Natürlich war Tills Tod sicher nicht. Oder nur zu natürlich. Er ist gefressen worden. Zumindest angefressen.

Es schneit, als ich um fünf zum Tor hinaustrete. Flocken hasten durch die Lichthöfe der Straßenlaternen. Die Lichter im Cannstatter Neckartal verschwimmen im Schneegestöber. Die Straße ist weiß.

Auf der anderen Seite der Rommelstraße fällt der Weinberg Halde ins Tal. Er ist Teil des Travertinparks, der unterhalb von Römerkastell und Hallschlag von der Altenburger Steige bis hinüber zu den aufgelassenen Steinbrüchen Lauster, Schauffele und Haas reicht. Dort steht das Kraftwerk Münster. Auf der Halde haben einst die ersten Steinzeitmenschen gesessen. Im Travertin sind Waldnashörner und Waldelefanten versteinert. Hier auf der Höhe gründeten die Römer ihre Condistat, lange bevor der Stutengarten im Sumpf am Nesenbach angelegt wurde. Eigentlich müsste Cannstatt mit seinem Hafen und seinen Heilquellen Württembergs Hauptstadt sein.

Der Neckar schlängelt sich in einer S-Kurve nach Norden hinaus. Die Weinberge wechseln ihre Uferseite, je nachdem, welche gerade nach Süden weist. Halde, Zuckerberg und Schnarrenberg. Dann kommt die Schleuse Hofen. Dort wurde Schmaleisen gefunden.

Jetzt sind schon zweie tot, die ich aus Tübingen kenne.

Haftbuch, Sonntag, 14. April

Gibt es einen gemeinsamen Nenner? Noch einen, außer dem mit mir und den Bonobos? Es muss einen geben. Irgendwo. Womöglich kennt Manuelas Mann Till aus Tübingen. Vielleicht hat er mit uns studiert und auch ich kenne ihn. Ich habe nicht die geringste Möglichkeit, es herauszufinden. Ich kann es nur Onkel Gerald sagen. Ihr müsst gucken, was mit Manuela und ihrem Mann ist. Ich soll mich nicht verrückt machen, antwortet er, sie tun alles, was in ihrer Macht steht.

Sie haben zum Beispiel den Kollegen aufgetrieben, den Schmaleisen an besagtem 23. Dezember vor fünf Jahren aufgesucht hat. Ein Kanzleimitarbeiter hat da ziemlich herumtelefoniert.

Und?, frage ich. Was sagt er?

Er ist eine Sie. Sie hatten ein Techtelmechtel. Sie hat an diesem Tag mit Schmaleisen Schluss gemacht. Die Affäre hatte sich aus ihrer Sicht überlebt. Er ist darüber nicht glücklich gewesen.

Sie könnte lügen, sage ich.

Onkel Gerald nickt. Aber es könnte auch die Wahrheit sein. Ich soll mir darüber nicht den Kopf zerbrechen. Schmaleisens Tod ist für mein Verfahren nicht relevant. Eine Anklage, die diesen Fall mit einschließt, hat seines Erachtens keine Chance, zur Verhandlung zugelassen zu werden.

Wann erheben sie denn endlich mal Anklage?, frage ich. Ich möchte einen Prozesstermin, etwas, worauf ich hinleben kann. Heute habe ich den ganzen Tag blauen Himmel zwischen den Wolken gesehen. Tagsüber hatte ich das Fenster offen. Ich höre die An- und Abfahrt der Besucher jenseits der Mauer. Es wird zögernd Frühling. Ich möchte ein Ende absehen können.

Haftbuch, Donnerstag, 18. April

Ich höre im Radio: Die Bonobos sind ins neue Menschenaffenhaus umgezogen. Tierärzte haben sie mit dem Blasrohr in Narkose gelegt, mit einiger Angst auch Miabi, die zu Ostern ein Baby bekommen hat. Man wollte ja nicht aus Versehen das Baby treffen. Ist aber alles gut gegangen. Ich höre Heidruns Stimme. Sie sagt: Die eine oder andere Äffin wird noch einen Brummschädel von der Narkose haben. Aber sie haben alle mit viel freudig erregtem Geschrei das neue Gehege in Beschlag genommen (sicher auch mit viel Sex zum Stressabbau, was die Reporterin aber wohl rausgeschnitten hat), die Pflanzen besichtigt und sich aus Holzwolle Nester in den Hängematten gebaut.

Eigentlich hätte ich dabei sein sollen. Ich hatte so gehofft, dass ich rechtzeitig wieder draußen bin. Es schmerzt. Hoffnung ist ein Tumor im Gehirn.

Ich hatte mich außerordentlich geehrt gefühlt, als die Kuratorin für die Menschenaffen mich im Herbst bat, den Umzug zu begleiten und das Verhalten der Bonobos in den beiden ersten Wochen zu protokollieren. Till hätte mir dafür Urlaub geben müssen. Hätte er es nicht getan, hätte ich gekündigt. Nun hat mich die Peofis ohnehin rausgeschmissen.

Ich gehe zu Fuß nach Hause, denn eine Stadtbahnverbindung an den Neckar hinunter fehlt. Wenn das Wetter es zulässt, im Sommer sowieso, fahre ich mit dem Rad. Auch wenn es ins Geschäft den Berg hinaufgeht.

An der Altenburger Steige führt, versteckt zwischen von Schnee gebeugtem Buschwerk, eine Staffel zur nächsten Kehre hinab. Im Sommer höre ich es krachen auf dem Skaterplatz. Heute ist er still. Die Stadt ist erloschen, bewegt sich im Kriechgang.

»Leise rieselt der Schnee …« Kann etwas, denke ich, das fürs menschliche Ohr keine hörbaren Geräusche macht wie der Schnee, leise fallen? Sagt uns nicht das Wort leise, dass es sich um ein Geräusch handelt, das eben nur nicht laut ist? Wobei das Lied ziemlich laut endet, hallend und schallend, wenn das Christkind kommt.

Eine weitere Stiege führt zur Krefelder Straße hinunter. Der Schnee hat die Stufen verwischt. Für Minuten tappe ich abgeschieden durch den Schneetunnel gebeugter Bäume. Am Absatz schaue ich mich um. Oben kommt eine dunkle Gestalt. Einer von den Hallschlagtypen, Lederjacke, Kapuze überm Kopf. Er bleibt abrupt stehen. Wie ertappt.

Ich nehme das Pfefferspray aus meiner Handtasche und stecke es in die Manteltasche. Du spinnst, schimpfe ich mich gleichzeitig. Es ist zwar dunkel, aber eine der betriebsamsten Stunden des Tages. Alle sind auf dem Heimweg.

Im Abwenden sehe ich, wie er sich bückt und etwas hochnimmt, das nach einem kleinen Hund aussieht. Als ich mich unten am Fußgängerüberweg Haldenstraße noch mal umschaue, ist er weg. Seltsam.

Vor mir fällt die Krefelder Straße zum Neckar hinab. Links Industriebetriebe, rechts Wohnhäuser. An normalen Tagen rauscht unten der Verkehr zügig die Neckartalstraße entlang.

Heute zwingt das Wetter die Autofahrer, dem Strahl ihrer Scheinwerfer hinterherzuschleichen. Ich biege um die Ecke.

Und plötzlich steht der Typ von der Treppe vor mir. Ich erkenne ihn sofort. Die aggressive Gestalt mit Kapuze. Hinter ihm auf dem Fußweg wartet ein Dackel. Ein struppiges, ziemlich kleines Tier.

Der Bursche hat das Kinn gesenkt. »Ja, hallo«, sagt er. Augen glitzern unter dem Hoodie hervor, auf dem Schnee lagert.

Ich weiß auf einmal: Er hat es auf mich abgesehen. Womöglich hat er sich schon vor der Firmentür an meine Fersen geheftet. Weil ich ihn auf der Treppe gesehen habe, hat er gewartet, bis ich weg bin. Auf der schnurgeraden Krefelder Straße hätte ich ihn bemerkt, also ist er die parallele Rosenaustraße hinuntergelaufen.

Ist es eine Panne, dass wir uns plötzlich gegenüberstehen, oder hat er mich hier stellen wollen? Face to face. Nur dass ich sein Gesicht kaum erkennen kann. Ein schneller Atem schlägt Wolken vor dem Loch der Kapuze. Er ist gelaufen. Er hat ziemlich laufen müssen, um schneller unten an der Neckartalstraße zu sein als ich.

Im Reflex versuche ich ihm auszuweichen. Aber er macht sich breit. Warum halte ich es nicht für eine zufällige Begegnung? Die Burschen vom Hallschlag weichen jungen Frauen nicht aus. Sie schauen uns in die Augen und grinsen. Sie mögen es, wenn wir Angst vor ihnen haben, den Türken, den Männern.

Ich greife in meine Manteltasche. Das Pfefferspray gleitet mir in die Hand. Dabei rutsche ich auf einem Schneehaufen an der Bordsteinkante aus.

Der Bursche fasst mich am Arm. »Nicht so hastig, junge Frau!«

Ich bin zu empfindlich nach diesem Tag. Der Tod macht uns brüchig und die Welt gefährlich. Ich finde keine Erklärung, warum der Bursche mir entgegenkommt. Warum er den Umweg über die Parallelstraße genommen hat. Warum er mich festhält.

Ich ziehe das Pfefferspray, kneife meine Augen zu und drücke in die Kapuzenhöhle ab.

Er tut mir sofort leid. Er schreit furchtbar, hustet, schlägt sich die Hände vors Gesicht, wankt und taumelt gegen die Hauswand. Der Dackel guckt. Er denkt nicht daran, seinen Herrn zu verteidigen. Er bellt nicht einmal.

Zwar regt sich in mir der Impuls, mich um den Verletzten zu kümmern, aber das wäre närrisch, typisch Frau. Er wird es überleben. Ich mache mich davon. Er hat noch mindestens eine Viertelstunde zu kämpfen, bis er wieder sehen kann. Pfefferspray enthält ja nicht Pfeffer, sondern Chiliöl, Capsaicin. Trifft es das Gesicht, schwellen die Schleimhäute an und schließen die Augen vollständig.

Von den Autofahrern hinter Schnee und Windschutzscheiben hat es anscheinend niemand mitbekommen. Die Reihe ruckelt weiter, aufgezogen von den Ampelanlagen an der Wilhelma, wo die B10 von Esslingen mit dem Verkehr aus dem Remstal in die Stadt biegt, hinauf zum Pragsattel. Ein paarmal drehe ich mich noch um, kann aber den Burschen schon bald in der Dunkelheit mit Schneegestöber nicht mehr sehen.

Ich überquere die Wilhelmsbrücke. Das Theaterschiff liegt verschneit im Wasser. Schwarz steht der Fluss zwischen seinen Spundwänden. Nur selten erkennt man, in welche Richtung der Neckar fließt. Einst war er ein wilder Kerl, der Cannstatt überschwemmte. Dann hat man ihn gezähmt, zuerst mit einem Wehr, genau hier, schließlich mit Kanalwänden und Dutzenden von Schleusen bis nach Heidelberg hinunter. Seit zweitausend Jahren, seit den Römern, gibt es hier eine Brücke. Erst König Wilhelm der Erste ließ sie ganz in Stein bauen, und weil die Cannstatter sich sträubten und nicht zahlen wollten, bezahlte er sie selber.

Ich schlittere, die Autos kriechen. Der Thaddäus-Troll-Platz ist versunken, die Bronzefigur des alten Dichters auf der Bank kaum noch zu erkennen, von den Enten, die ihn ewig umgeben, sieht man nichts mehr. Die Flocken schwirren in den Lichtern des *Café Tratsch* am Eingang zur Marktstraße. Die Leute haben

Schirme aufgespannt, Kapuzen hochgeschlagen, Hüte und Mützen auf dem Kopf. Ein Collie trägt eine Schneedecke.

Doch der Zauber ist weg. Ständig muss ich an den Zusammenstoß mit dem Kerl denken. Ich habe total panisch reagiert. Warum hat er mich auch so überraschen müssen? Richtig in den Weg gestellt hat er sich mir. Die Erinnerung rekonstruiert oder konstruiert die Szene zu meiner Entschuldigung. Mit der Schulter hat er mich gestoppt, dann angepackt. Etwas Anzügliches hat er gesagt wie: »Nicht so hastig, meine Kleine!« Was hat er denn gedacht, wie ich das verstehe? Heutzutage muss ein Mann damit rechnen, dass eine Frau Pfefferspray dabeihat.

Jetzt, wo ich es aufschreibe, erschrecke ich wieder. Ich rechtfertige mich genauso wie meine Mithäftlinge, die dem Opfer die Schuld an ihrer Tat zuschieben.

Am Klösterle vorbei stapfe ich zum Hagelschieß. Niemand hat mir bisher sagen können, was der Name bedeutet. Könnte sein, dass die Gasse nach dem Schießplatz benannt wurde, der umzäunt, also mit einem Hag versehen war. So steht es unter dem Straßenschild. Ich reime mir anderes zusammen: Hagel nannte man früher kleine Steine, und ein Schieß war eine abschüssige Fläche. Es könnte in grauer Vorzeit – vor Stadtmauer und Damm – abschüssig zum Neckar hinuntergegangen sein.

Schneeberge türmen sich in der Gasse, in die sich so manches mittelalterliche Haus neigt. Ich wohne seit vier Jahren in einem alten neckarseitig gelegenen Haus, in das der Architekt auf Stahlträgern drei Stockwerke eingezogen hat. Unten und im ersten Stock wohnt eine Lehrerfamilie mit vielen Stiefeln vor der Tür. Es riecht nach Lauch.

Drei hühnerleitersteile Treppen führen unters Dach. Meine Wohnung besteht aus Schlafzimmer, Badezimmer und Wohnstube mit Kochnische. Ich habe damals nicht lange überlegt. Der kleine Balkon hat mich bestrickt. Von ihm kann ich am Rosensteinbunker vorbei über den Neckar hinweg zur Wilhelma schauen. An das ewige Rauschen des Verkehrs habe ich mich gewöhnt. Heute ist es still.

Ich setze Teewasser auf und werfe meinen Laptop an. Entspann dich. Es ist vorbei. Tills Tod hat meine Geschichte mit ihm beendet. Es ist mir eine Erleichterung. Zugleich ist sein Tod mir so fremd, wie sein Körper es geworden ist, an dem ich mich einst erfreut habe.

Schon bald nach unserem Wiedersehen habe ich aufgehört, mir den alten Till nackt unter dem Anzug zu denken, mich unserer Liebesakte auf dem Teppich, der Couch, im Bett zu erinnern und sein festes Organ in mir spüren zu meinen. Eine abgekühlte Liebe bleibt irgendwo liegen. Wo ist unsere liegen geblieben? Vielleicht unterm Kantinentisch, an dem sich Till ziemlich am Anfang meiner Tätigkeit bei Peofis mit einem Becher Kakao zu mir setzte. Seit er nicht mehr vegan lebt, kann er Milch trinken. Kaffee hat ihm nie wirklich geschmeckt. Tee war ihm zu umständlich. Jetzt sitzt er vor mir in Anzug und Krawatte eines jungen Direktors, der festlegen will, wie ich mich ihm gegenüber künftig verhalten soll.

Ich sage: »Na, du Konvertit.«

Er tut so, als verstünde er mich nicht.

»Vom Anarchisten zum Konformisten«, erkläre ich.

»Irgendwann muss man erwachsen werden«, antwortet er. »Revolte, Revolution, Basisdemokratie, alles schön und gut. Aber schon diejenigen, die einst mit politischem Habitus in die Betriebe gingen, um das Proletariat zum Klassenkampf wachzurütteln, mussten feststellen, dass das Bewusstsein des Arbeiters nur reformistisch ist und er sein Leben am Luxus des Bankers misst.«

»Ah«, sage ich. »Deshalb hast du die Revolution aufgegeben.«

»Anders wird ein Schuh draus«, antwortet er. »Ich habe dazugelernt.« Reden halten kann er wie früher. »Interessanterweise ist die Demokratie die einzige politische Gesellschaftsordnung, die gelernt werden muss. Revolution und Diktatur kann jeder.

Gehorchen auch. Anarchie ist der Luxus der Jugend und ihrer Verantwortungslosigkeit. Ihr reden jene das Wort, die nichts haben. Ja, es war notwendig, das bildungsbürgerliche Establishment anzugreifen. Die Gesellschaft darf von der Jugend erwarten und verlangen, dass sie Revolution schreit und Traditionen infrage stellt. Aber die Jugend endet irgendwann. Auf das Scheitern der Revolution folgt die Bewährung in der Demokratie.«

Till ist noch keine dreißig.

»Dann sind Hierarchien also für dich jetzt nicht mehr antidemokratisch?«

Der Direktor blinzelt und lehnt sich zurück. »Keine Firma funktioniert ohne Hierarchie und Disziplin. Übrigens auch die Gesellschaft nicht, solange unser Bildungsstand so unterschiedlich ist. Basisdemokratie ist eine Illusion, ja es gibt sie nicht, kann sie nicht geben, denn es sind doch immer nur einige wenige, welche die Ziele formulieren, über die die Masse abstimmt.«

»Und die Masse ist ja, wie wir von Le Bon wissen, instinktiv ein Feind jeglicher Veränderungen und des Fortschritts«, bemerke ich.

Er stutzt, redet ärgerlich darüber hinweg: »Man wird sich immer an Leitfiguren halten. Dazu ist der Mensch zu sehr Tier. Aber das muss ich dir ja nicht erklären, Camilla. Tierische Gesellschaften kennen nur Hierarchien oder Einzelgängertum.« Er lacht. »Das friedliche Matriarchat deiner Bonobos ist ja auch nichts anderes als Zickenkrieg mit Männerunterdrückung.«

Ich lache auch. »Ja, das war ein Schock für euch Jungs. Ich habe euch das Paradies kaputtgemacht.«

Tills Gesicht verfinstert sich. »Ach was, Paradies!«, schnaubt er. »Du hast da immer viel zu viel reingelegt. Du warst schon immer eine Träumerin. Affen sind auch nicht besser als Menschen.«

Sein Ton wird mir zu aggressiv. Ich ziehe mich auf konventionelle Floskeln zurück und frage ihn, ob er inzwischen Familie hat.

»Geschieden«, antwortet er knapp.

Er hat es eilig gehabt. Neue Freundin, Heirat, ein Kind, Scheidung. Seine Tochter ist noch kein Jahr alt und lebt mit ihrer Mutter und deren neuem Mann in Australien. Für den Bruchteil einer Sekunde sehe ich Tills Gesicht böse, gekränkt und hasserfüllt. Dann lächelt er schon wieder und sagt: »Familie ist nicht so mein Ding. Ich bin der lonesome wolf, war ich schon immer. Und hier läuft alles bestens für mich. Nach drei Jahren schon Executive Director und demnächst stellvertretender Geschäftsführer.«

»Und die Seitz?«, frage ich. »Will die nicht auch?«

»Wird es aber nicht. Der GF will keine hysterische Zicke.« Er lacht.

»Tja«, grinse ich, »da will man immer, dass Frauen endlich mal in wichtige Positionen rücken, und wenn es dann so ist, ist es auch wieder nicht recht.«

»Frauen in den richtigen Positionen gern und möglichst viele. Solange ich Scheffe bin.« Grins. »Und keine egomanischen Furien …«

»So spricht der einstige Feminist«, sage ich.

»Was kann ich dafür, dass ihr Frauen einfach die falschen Entscheidungen trefft? Das weißt du doch selbst: Ihr studiert schon mal das Falsche. Ihr bewerbt euch nicht auf den Posten der Leiterin einer Filiale, weil ihr Sorge habt, Mann und Kinder könnten meutern. Und weil ihr nicht solche hässlichen Karrierebiester werden wollt wie die Seitz. Ihr wollt geliebt werden. Gib's zu. Und ihr wollt erfolgreiche Männer mit Macht lieben. Nein, Camilla, ihr werdet aus der Falle nie herauskommen. Ihr kämpft nicht, weil eine Niederlage euch in Selbstzweifel stürzt.«

Die Freundschaftsanfrage von Lisa Nerz wartet noch immer auf Bestätigung. Ich schaue mir ihre Facebook-Chronik an. Sie versteckt ihr wahres Gesicht hinter einer Zeichnung. Der zufolge muss sie eine wüste Narbe im Gesicht haben. Außerdem hat sie Fotos von Eiszapfen reingestellt, die vor einem Schild hängen, auf dem »eis café kötzle« steht, eine grammatisch und semantisch haarsträubende Zusammenstellung, bei der wir von Peofis dringenden Beratungsbedarf konstatieren würden. Ihr Name schafft die Marke, nicht das Angebot. Wobei Kötzle ein schwieriger Name ist für ein Eiscafé. Aber den will er bestimmt nicht ändern. Es ist immer das gleiche Gefecht, das unsere Berater führen.

Lisas Titelbild zeigt einen Schießstand in einem Schützenverein mit Schießscheibe, wo die meisten Treffer ins Schwarze gegangen sind. Weg damit.

Aber Heidrun hat mir endlich eine Nachricht geschickt, die ich öffne. »Mach dir keine Sorgen, Camilla. Mir geht es gut. Sorgen machen mir die Bonobos. Zwei der Mädchen wirken traumatisiert. Wir können uns gar nicht erklären, wie der Mann reinkommen konnte. Und wie es weitergeht, weiß momentan keiner. Hoffentlich reißt man die Gruppe nicht auseinander.«

Ich nicke vor mich hin. Sobald Tiere in Gefangenschaft erkennen, wie leicht es ist, einen Menschen zu töten, verlieren sie den Respekt vor den Pflegern. Das kann lebensgefährlich werden. Die meisten Tiere sind besser bewaffnet als wir. Einen Tiger würde man wahrscheinlich töten. Bei einer Gruppe, die getötet hat, muss man wenigstens die kollektive Erfahrung zerstören, die Tiere vereinzeln.

Das Teewasser fängt an zu summen. Es ist mir willkommen, dass ich aufstehen kann. Ich schalte den Kocher aus, gieße etwas Wasser in die leere Teekanne, um sie vorzuwärmen.

Während das Wasser im Kocher abkühlt, lasse ich die dunkelgrünen Blätter des Gyokuro Kimi-ga-yo aus Bioanbau am Vulkan Sakurajima ins Teesieb aus Porzellan rieseln. Der edle Tautropfen des Herrschers der Welt ist einer der teuersten japanischen Tees. Er muss im Schatten stehen. Dann werden seine Blätter tief dunkelgrün und bleiben weich. Knospe und erstes Blatt werden nach der Ernte kurz gedämpft und danach gerollt. Das macht den Tee mild. Der Gyokuro muss bei fünfzig Grad ziehen, das aber vergleichsweise lang. Dann entfaltet er sein starkes, blumig weiches Aroma. Ich vergewissere mich mit dem Thermometer, bevor ich das Wasser übers Teesieb in die Kanne gieße. Es färbt sich langsam gelbgrün. Ich stelle den Küchenwecker auf vier Minuten.

Nach dem ersten temperierten Schluck antworte ich Heidrun: »Aber die Affen haben sich doch nur verteidigt. Wir müssen uns treffen. Eine Strategie entwickeln. Wie sieht es mit deinen Diensten aus?«

Heidrun ist nicht online. Auf eine Antwort muss ich warten.

Haftbuch, Sonntag, 21. April

Wo stünde ich heute, wenn ich in meiner Bonobostudie die Szene mit Mara, die Mokili zu ertränken versucht, weggelassen hätte? Wenn ich einen wissenschaftlichen Titel hätte, könnte die Kuratorin für Menschenaffen der Zoodirektion empfehlen, mich im Todesfall Till zur Gutachterin zu bestellen. Als Bonobosoziologin.

Die Überlegungen sind obsolet. Ich sitze in U-Haft. Ich kann niemandem mehr helfen. Wäre ich vor fünf Jahren die gewesen, die ich heute bin, hätte ich mein Studium wahrscheinlich nicht abgebrochen. Ja sicher, ich wäre auf allen Stationen meines Wegs zur Promotion, Dozentenstelle, Habilitation und Professur immer wieder auf Schmaleisens und Tills gestoßen, auf Typen, die festlegen, wie ich mich zu verhalten habe, damit ich gefalle und weiterkomme, und auf diejenigen, die sie stürzen wollen, um selbst eine Horde anzuführen. Und um sie herum immer ein paar weibliche Satelliten, darunter ich. Vor Dr. Seitz hat Till sich jedenfalls nicht gefürchtet. Er spielt mit dem GF gemeinsam Golf. Sie nicht.

Oft habe ich mich in der kurzen Zeit bei Peofis nach meinem Platz vor dem Bonobogehege zurückgesehnt, nach der Ruhe, die dort herrscht. Ab und zu balgen sich die Kleinen. Alle machen Sex. Mehr passiert nicht. Mara hat sich mit Mokili abgefunden, seitdem Zete ihr immer öfter die Kleine überlässt. So hat sie Verantwortung bekommen.

Fortsetzung Verteidigung Camilla Feh

Am Dienstag kriegen wir per Rundmail vom GF mitgeteilt, dass Frau Dr. Seitz zunächst kommissarisch die Abteilung KoPla, Konzeption und Planung, leiten wird, zu der auch wir gehören, oft nur das Schreibbüro genannt. Beide Stellen, die des Executive Directors und die der Mitarbeiterentwicklung, würden zeitnah ausgeschrieben. Man wolle die Zahl der weiblichen Führungskräfte gerne erhöhen und fordere insbesondere auch die Mitarbeiterinnen zu einer qualifizierten Bewerbung auf.

»Ha«, ruft Daniela. »Wetten, dass längst feststeht, wer die Stelle kriegt? Deutschbein hat dem GF seinerzeit beim Golfen das Versprechen abgenommen, dass er den Posten bekommt, wenn Geißmeier in Rente geht. Mehr war nicht nötig als ein Versprechen unter Männern. Gegen alle Frauenförderpläne.«

»Allerdings ist Seitz eine Frau«, bemerkt Arne.

»Und sie hat Till den Affen zum Fraß vorgeworfen, wetten?«, sagt Daniela. Sie lacht und geht. Sie liebt solche Abgänge auf dem Weg in die Kantine oder auf die Toilette.

Arne und ich schauen uns an. Er lächelt achselzuckend. Daniela spinnt.

Bei uns unten ist Dr. Seitz, solange ich hier arbeite, nicht gewesen. Meine Gehaltsklasse ist für die Mitarbeiterentwicklung nicht interessant. Die kümmert sich um Führungskräfte und organisiert die Schulungen zur Mitarbeitermotivierung, Teambildung und Selbstmotivierung. Für uns gibt es auch keine Führung durchs Menschenaffenhaus unter dem Motto »Der Affe in uns – Strukturen von Konflikten und Konfliktbewältigung bei unseren nächsten tierischen Verwandten«. Ich kenne das Fortbildungsprogramm der ME, denn ich habe es intranetfähig gemacht und im Haus kommuniziert.

Gewöhnlich macht Heidrun die Führungen durchs Menschenaffenhaus. Das ist auch für die coolsten Manager ein anrührendes Erlebnis. Zwar werden die Besucher nicht hinter die

Kulissen gelassen, weil sich Menschenaffen mit denselben Viren und Bakterien infizieren wie wir, aber Heidrun erzählt, was man nirgendwo lesen kann. Wer ist am intelligentesten, die Orang-Utans, Gorillas, die Schimpansen oder Bonobos?

Ganz klar, die Bonobos, meinen die meisten und kommen dann ins Grübeln: nein, die Schimpansen. Oder beide gleich?

Bonobos benutzen in freier Wildbahn keine Werkzeuge, gibt Heidrun zu bedenken. Anders als die Schimpansen, die Nüsse mit Steinen aufklopfen. Im Senegal spitzen sie sogar Stöcke mit den Zähnen und verwenden sie als Speere, um Beute zu machen. Übrigens, verkündet Heidrun grinsend, hat man hauptsächlich die Weibchen beim Basteln von Waffen beobachtet.

In der Wilhelma gibt es keine Schimpansen mehr, sie brauchen ähnlich viel Platz wie die Bonobos, weil sie Untergruppen bilden. Aber es gibt Gorillas. Sie benutzen beispielsweise einen Stock, um die Tiefe eines Teichs zu testen, bevor sie weitergehen. Oder sie verwenden ihn als Gehhilfe, wenn sie Nüsse sammeln und auf zwei Beinen gehen müssen, weil sie eine Hand voll haben. Bonobos haben Gehhilfen wiederum nicht nötig. Sie gehen fast wie Menschen. Der aufrechte Gang ist Voraussetzung, wenn man etwas tragen möchte.

Von Orang-Utans weiß man, dass sie Wasser in einen für die Hände zu engen Behälter spucken, um damit unten liegende Nüsse nach oben zu schwemmen. Unsere Orang-Utan-Dame Maria, erzählt Heidrun, bekommt jede Schraube auf. Sie hat eine Engelsgeduld. Einmal hat sie uns morgens im Aufenthaltsraum begrüßt. In Zoos sind Orang-Utans wegen ihrer Ausbruchskünste gefürchtet.

Wie aber ist es nun mit den Bonobos? Macht das pazifistische Matriarchat intelligenter als das kriegerische Patriarchat der Schimpansen oder nicht? Und wie könnten wir das feststellen?

Heidrun erzählt zunächst von einem direkten Wettbewerb zwischen Schimpansen und Bonobos in Antwerpen. Die Affen sollten aus Boxen mit komplizierten Zugangsmechanismen und Schiebepuzzeln Walnüsse herausstochern. Man dachte, die Schimpansen würden gewinnen, weil sie in der Wildnis Werkzeuge benutzen. Doch die Bonobos waren doppelt so oft schneller erfolgreich. Auch deshalb, weil die Schimpansen ständig mit Dominanzgerangel beschäftigt waren. Als motivierteste und hartnäckigste beim Lösen der Aufgaben erwies sich die Bonobofrau Djanoau. Sie war zwar nicht die ranghöchste, aber es hat sie eben auch keine Kollegin gestört beim Herausholen der Nüsse.

Wenn die Leute dann Aber und Zufall sagen, berichtet Heidrun von Panbanisha, der Bonobofrau, die zusammen mit anderen Bonobos in einer Forschungs- und Bildungseinrichtung in Iowa lebte, bis sie letztes Jahr starb. Sie und die Mitglieder ihrer Gruppe konnten komplexe Sätze verstehen und sogar einfachen Geschichten folgen. Heidrun ist dort gewesen und hat mit eigenen Augen gesehen, wie Panbanisha in der Küche völlig alleine eine Gasflamme entzündet und einen Kochtopf daraufstellt, in dem sie den Inhalt einer Tüte heiß machen will. Die Tüte bleibt aber im Topf stecken. Panbanisha will sie mit den Fingern rausholen, aber sie ist inzwischen zu heiß. Die Betreuerin schlägt ihr vor, ein Messer zu nehmen. Die Äffin ergreift ein riesiges Küchenmesser und stochert die Tüte aus dem Topf. Sie fällt daneben auf die Gasflamme. Die Betreuerin stößt einen Warnruf aus, und schnell fegt die Äffin die Tüte mit dem Messer hinunter.

Panbanisha kann sich auch unerwartet gut mitteilen. Nicht nur über eine Kommunikationstafel mit Wortzeichen. Mit Kreide zeichnet sie auf den Boden die Wortsymbole, auch wenn Kreise und Striche nicht unbedingt richtig angeordnet sind.

Ein Bonobomann ihrer Gruppe kann Holz sammeln, einen Scheiterhaufen aufschichten, ihn mit einem Feuerzeug anzünden und sich die Lippen an einem heißen Marshmallow verbrennen. Wenn man ihn auffordert, nimmt er einen Wassereimer und löscht das Feuer. Mit einem Stein kann er von einem größeren einen scharfen Splitter abschlagen und ihn als Messer verwenden, um ein Stück Leder zu durchtrennen, unter dem sich etwas zu essen befindet. Die Bonobos im Schutzpark von Iowa benehmen sich unter menschlicher Anleitung wie Steinzeitmenschen.

Auch Till muss an Heidruns Führung teilgenommen haben. Alle Führungskräfte von Peofis haben diese Seminare durchlaufen. Folglich haben sie auch irgendeine Beziehung zum Bonobogehege. Mithin bin ich doch nicht die Einzige im Haus, die sowohl Till kannte als auch die Affen.

Haftbuch, Montag, 22. April

Endlich habe ich einen Ansatzpunkt. Mir ist schwindelig vor Aufregung. Vielleicht spinnt Daniela doch nicht. Vielleicht war es Dr. Seitz, auch wenn es mir schwerfällt, mir vorzustellen, dass Mord ein Mittel des Konkurrenzkampfs sein soll. Aber wer weiß, vielleicht hatte Till ja auch was mit ihr. Selbst wenn Till sie nicht als Konkurrentin empfunden hat, so könnte er bei ihr, ähnlich wie bei Manuela, einen furchtbaren Zorn ausgelöst haben. Manuela hat ihn gegen sich selbst gekehrt. Seitz vielleicht gegen Till.

Aus der empirischen Sozialforschung wissen wir, dass Frauen Konkurrenz anders erleben als Männer. Männer neigen im Konfliktfall zu einem Kampf, in dem ein Oben und Unten ausgefochten wird. Sie erleben diesen Kampf als Aushandlung von Rollen und nehmen Sieg oder Niederlage nicht persönlich. Eine Niederlage ist ein vorübergehendes Stadium der Unterwerfung, das jederzeit veränderbar ist. Frauen dagegen erleben einen Konflikt als eine Krise in einer Beziehung. Sie nehmen sich Sieg oder Niederlage in einem Führungskonflikt zu Herzen. Eine Niederlage wird als persönliche Vernichtung und Ausschluss aus der schützenden Gemeinschaft erlebt. Deshalb habe ich mein Studium abgebrochen, nachdem Schmaleisen versucht hat, mich klein und abhängig zu machen, seine beste Studentin mit dieser sensationellen Entdeckung der Fähigkeit der Bonobos zu morden. Ich hätte es lächelnd ignorieren müssen als Gehabe eines Silberrückens, der seine Vorherrschaft schwinden sieht. Stattdessen habe ich mich und meine Eignung für den Wissenschaftsbetrieb in Zweifel gezogen. Ich dumme Nuss.

Haftbuch, Dienstag, 23. April

Die Nacht kann ich kaum schlafen. Ich denke mir aus, wie man Seitz kriegen könnte. Man muss ihr Leben durchleuchten, die Pförtner befragen, wann sie und Till üblicherweise abends das Haus verlassen haben. Bürosex soll ja häufiger vorkommen, als man denkt. Und irgendwer kriegt immer was mit. In der Peofis arbeiten vierhundert Leute. Wenn ich nur könnte, ich würde mit jedem ins Gespräch kommen, irgendwer würde mir was erzählen.

Wer macht das an meiner Stelle? Ich kann niemandem schreiben und ihn darum bitten, weder Arne, der die nötige Tratschbegabung gar nicht hätte, noch Daniela oder Batari. Denn ich darf nichts schreiben, mit niemandem außer meinem Verteidiger etwas besprechen, was das laufende Verfahren betrifft. Ich muss warten, bis Onkel Gerald kommt.

Fortsetzung Verteidigung Camilla Feh

Die Wilhelma schließt bei Sonnenuntergang, das Affenhaus unabhängig davon immer um Viertel vor fünf. Und ich arbeite bis fünf. Am Wochenende hat wiederum Heidrun frei. Also lege ich mir einen Arzttermin für Donnerstag auf zwei Uhr. Danach kann ich entschuldigt freimachen.

Vielleicht erinnert sich Heidrun an die Peofis-Gruppe und kann mir was erzählen. Und eigentlich müsste sie auch Till erkannt haben, denn ich habe ihn während meiner Studie einmal mitgebracht.

»Die Polizei geht anscheinend nicht davon aus, dass es einer von den Pflegern war«, erzählt mir Arne, der in Internetportalen der Zeitungen stöbert. »Es ist eindeutig eingebrochen worden.« Er schaut mich über die Computerbildschirme hinweg an. Ich sehe nur seine braunen Augen.

Arne ist ein ruhiger Typ, ehrgeizig wirkt er nicht. Er hat es auch nicht nötig. Er ist jung und männlich, hat ein freundliches Gesicht und eine gelassene Art. Man wird ihn brauchen und befördern. Als im September die neue Software zur Gehaltsabrechnung die gesamte Personalverwaltung lahmlegte, ist er auf die Idee gekommen, dass das Programm mit unserer elektronischen Arbeitszeiterfassung nicht kompatibel ist. Die hatte man aber gerade für teures Geld installiert. Arne fand eine Lösung, und Till sorgte dafür, dass es niemand im Haus erfuhr. Aber nicht einmal darüber hat Arne sich aufgeregt. Allerdings nennt er Till nur noch »den Knochen«.

»Aber wie sind die Einbrecher an die Schlüssel für die Gehege gekommen?«, frage ich.

»Wahrscheinlich hängen sie dort an einem Schlüsselbrett herum«, antwortet Arne.

Ich weiß, dass es nicht so ist. Aber das muss Arne nicht erfahren. Und die Pfleger sind sehr gewissenhaft. Ich kenne alle fünfzehn Pfleger des Menschenaffenhauses und der Babyaufzuchtstation.

Ich habe mit ihnen im Aufenthaltsraum gesessen und Kuchen gegessen, den der Lehrling mitgebracht hatte. »Da hat es doch schon einmal einen Einbruch in die Wilhelma gegeben«, erinnere ich mich. »Vor ein paar Jahren. Militante Tierschützer.«

Arne sucht im Internet und stößt innerhalb von Sekunden darauf. »Unbekannte Täter haben die Gehege des Streichelzoos aufgebrochen, Kaninchen und eine Ziege gefangen und sie über die Mauer ins Löwengehege geworfen. Das dürften allerdings keine militanten Tierschützer gewesen sein. Eher böse Buben. Ein Kaninchen kam durch den Aufprall zu Tode, das andere konnte sich irgendwie retten. Die Ziege allerdings fiel der Löwin zum Opfer, die der ahnungslose Pfleger rausgelassen hatte.« Er schüttelt tadelnd den Kopf. »Aber hier haben wir jetzt deine militanten Tierschützer.«

Die Geschichte hat sich einen Monat nach Ende meiner Studie ereignet. Es kamen nur Drahtscheren zum Einsatz, und der Schaden war gering, weil die meisten Tiere nachts in ihren Häusern sind und Vögel bei Dunkelheit den Weg aus ihren Volieren weder suchen noch finden. Ich war mir damals sicher, dass Till nichts damit zu tun hatte. Er hätte es besser organisiert und kenntnisreicher abgewickelt. Bei ihm wäre mindestens ein Bolzenschneider zum Einsatz gekommen. Damit hätte er übrigens auch die Vorhängeschlösser bei den Affen aufbekommen. Till hätte nicht eher geruht, bis ein paar große Tiere – Okapis oder Giraffen, Zebras oder Büffel – durch den Zoo spaziert wären. Außerdem hätten seine Aktionisten Flugblätter hinterlassen, um zu erklären, warum die Zootierhaltung ein Verbrechen ist und die Behauptung, es werde ernsthaft Artenschutz geleistet, eine Lüge.

Schon damals hatte ich einen anderen Verdacht. Till und ich sind im Sommer nämlich einmal in einer Kneipe im Bohnenviertel mit einer Kellnerin ins Gespräch gekommen. Im *Tauben Spitz* war das. Eine alte Schäferhündin hatte ausgiebig an meinen Schuhen geschnüffelt. Die Kellnerin entschuldigte sich für ihre aufdringliche Hündin, die Senta hieß. Ich meinte, sie rieche wohl den Zoo an meinen Schuhen, und erzählte von den Bonobos. Die Kellnerin outete sich als Gegnerin der Zootierhaltung.

Ihr Name fällt mir nicht ein.

»Dreißig Prozent der Zootiere kommen«, referiert sie, »immer noch aus Wildfängen, sie leiden unter Platzmangel und Langeweile. Löwenbabys werden eingeschläfert, nachdem sie, solange sie süß und klein waren, Besucher angelockt haben.«

»Immerhin werden Tiere im Zoo sehr viel älter als draußen«, halte ich gegen. »Ein Zeichen, dass sie sich wohlfühlen.«

»Oder dafür«, wendet Till ein, »dass sie weniger Parasiten haben. Die meisten Wildtiere sterben nämlich an Parasiten.« Die Kellnerin lauscht Till mit runden Augen. Er behauptet, in meiner Studie könne ich zeigen, dass die Bonobos im Zoo gegen ihre Natur gewalttätig werden.

»Ich weiß nicht, ob man das so sagen kann«, wehre ich ab. »Man weiß zu wenig über Bonobos in Freiheit.«

»Ich glaube aber schon«, ereifert sich die Kellnerin, »dass Tiere in Gefangenschaft sich widernatürlich verhalten. Stell dir nur mal vor, du wärst in einer Wohnung von achtzig Quadratmetern eingesperrt, bekämst dein Essen reingereicht und hättest dreißig Jahre lang zu nicht mehr als zehn bis fünfzehn Menschen Kontakt.«

Im Zoo bemüht man sich immerhin, die Tiere gesellig zu halten und mit Bastelzeug und Aufgaben zu beschäftigen. Dennoch habe ich oft gemeint, die Not der Langeweile in den Augen der Tiere zu sehen. Ein Erdmännchen, das immer wieder denselben Pfad entlangrennt. Der Mähnenwolf, der am Zaun hin- und hertrabt. Und wie fühlt sich ein Geier, der nie in seinem Leben auf der Thermik emporsteigen und Hunderte von Kilometern Land überblicken wird? Geier sind faul, haben mir die Pfleger erklärt. Sie fliegen lieber nicht, wenn sie anders an ihr Fressen kommen können. Woher weiß er das? Und was empfindet Alma wirklich, wenn sie im Sommer in ihrem Außenkäfig auf einer Holzplatte sitzt und in die unerreichbaren Bäume jenseits des Seehundbeckens starrt? In der Nase hat sie den Geruch nach Heu, Fisch, Löwe und Pommes, in den Ohren klingelt das Geschrei der Kinder, dröhnen die Motoren der Betriebswagen. Nichts davon darf sie jemals anfassen.

Von der Bonobofrau Panbanisha weiß man, dass sie einmal nach Tagen des Eingesperrtseins im Haus im Reservat in Iowa am Fenster stand und in den Wald blickte. Als ihre Betreuerin kam, zeichnete sie etwas auf den Boden, was so aussah wie das Piktogramm für einen Ort im Wald.

Mit mir haben die Bonobos nie durch die Scheibe hindurch kommuniziert, obwohl sie mich kannten. Ich bringe ihnen genauso wenig neue Reize wie die anderen Zoobesucher. Manchmal habe ich mich geschämt, weil ich permanent in ihre Wohnung starrte und sie beim privatesten Tun beobachtete.

Haftbuch, 24. April

Was ist der Mensch im Unterschied zum Bonobo? Im Bürgerlichen Gesetzbuch, das ich auf der Hütte habe, steht nur, dass die Rechtsfähigkeit des Menschen mit Vollendung seiner Geburt beginnt, nicht aber, was ein Mensch ist. Außerdem gibt es natürliche und juristische Personen, etwa Verbraucher oder Unternehmer.

Offenbar geht das Gesetz davon aus, dass wir sofort erkennen, was ein Mensch ist und was nicht. Aber wirklich immer? Ab wann ist ein prähistorisches Skelett noch das eines Affen und ab wann schon das eines Frühmenschen?

Definieren wir den Menschen als vernunftbegabtes autonomes Wesen, müsste man die Bonobos und Schimpansen dazuzählen. Sie erkennen sich im Spiegel, sie können kausal und zukunftsgerichtet handeln, sie können planen und Alternativen abwägen. Sie können sogar altruistisch und empathisch handeln und anderen helfen. Klammert man sie aus, geraten wir bei geistig Behinderten oder Dementen in eine Definitionskrise. Legt man dagegen den Kant'schen Begriff der Autonomie zugrunde, wonach der Mensch selbst erkennt, was ethisch richtig ist, und sich selbst die Normen setzt, fällt wiederum die Hälfte meiner Haftgenossinnen durchs Raster.

Haftbuch, 26. April

Nach einem Tag Sonne hat der Baum plötzlich Blättchen bekommen. Sie treiben die Blütendolden auseinander. Zartgrün und schüchtern. In der Nacht soll es aber schon wieder Regen geben und dann kalt werden. Onkel Gerald sagt, Frau Dr. Seitz hat augenscheinlich ein Alibi. Augenscheinlich? Heißt das, es könnte geknackt werden? Zerbrich dir nicht den Kopf, sagt Onkel Gerald, wir tun, was wir können. Wenn es nur mein Kopf wäre ... aber ich zerbreche ganz.

Haftbuch, Mittwoch, 1. Mai

Der Tag der Arbeit ist Hohn. Draußen arbeiten sie nicht, sondern machen Ausflüge oder demonstrieren. Ich darf weder arbeiten noch demonstrieren. An christlichen Feiertagen und sonntags gibt es wenigstens Gottesdienst in der gotischen Klosterkirche Mariä Verkündigung. Wir U-Häftlinge dürfen ihn von der Galerie aus verfolgen, dicht unter der hölzernen Kassettendecke mit den Rosetten. Von oben sehen wir unten die Strafgefangenen im Regelvollzug. Unsere großen unheimlichen Schwestern. Sie sind schon dort, wo wir nicht hinwollen, aber hinkommen werden. In der Kanzel steht ein Aufsichtsbeamter. Eine Glocke schlägt nie. Im Türmchen hängt keine mehr.

Am Feiertag ohne Gottesdienst sitze ich von morgens an am Computer vor der Wand, und meine Gedanken baumeln in die leeren Stunden. Ich werde nur für ein paar Minuten andere Gesichter sehen und mit niemandem reden, abgesehen von ein paar Kommunikationsfloskeln bei der Essensausgabe. Meine Augen können sich nicht lösen von der Uhr. Die Zeiger kommen nicht voran.

Ab und zu stelle ich mich ans Fenster und schaue auf den Baum. Ich kann erkennen, dass die Blätter, die inzwischen die Blütendolden überwuchert haben, breit und voller Spitzen sind. Es könnte ein Ahorn sein. Ich werde nie hinkommen, um ihn genauer in Augenschein zu nehmen. Er steht nicht in dem Bereich, der mir zugänglich ist. Auf der Rasenfläche sehe ich hin und wieder den Wachmann mit dem Hund, der die Drogen und Handys aufspüren soll, die von draußen über die Mauer geworfen werden. An der Stelle, die ich einsehen kann, ist der Hund noch nie fündig geworden.

Früh, schon morgens, stelle ich den Fernseher an. Er betäubt die Stunden, stoppt aber nicht das Karussell im Kopf. Lesen noch weniger. Fragen quellen in mir auf.

Kann man die U-Haft nicht anders organisieren? Aus Respekt vor der Möglichkeit, dass ich die mir zur Last gelegte Tat tatsächlich nicht begangen habe?

Warum hat meine Mutter meine Geschwister getötet, aber mich nicht?

Was hätte ich anders gemacht, wenn ich nicht die Tochter einer Kindsmörderin wäre?

An welcher Stelle meines Lebens wäre die Weiche anders gestellt worden?

Dabei habe ich noch Glück gehabt mit meinen Pflegeeltern und ihrem Pelzgeschäft. Hätte meine leibliche Mutter mich aufgezogen, hätte ich womöglich nur Hauptschulabschluss und säße jetzt hier wegen wiederholten Kreditkartenbetrugs und räuberischer Erpressung. Oder gibt es das wirklich, was sie Resilienz nennen, eine seelische Widerstandsfähigkeit, die unempfindlich macht für ungünstige soziale Voraussetzungen?

Die Weichen meiner Mutter sind sicher sehr ungünstig gestellt worden. Sie ist ein Heimkind, wusste nicht, wie Familie geht. Ihr ist Unrecht geschehen, sie hat Unrecht getan, und falls sie es nicht getan hat, so geschieht ihr Unrecht, wenn sie mit internationalem Haftbefehl gesucht wird. Unrecht ist die Essenz unseres Lebens.

Das sind die Tage, an denen häufiger als sonst Klappe geworfen wird. Auch ich habe schon an der Zellenkommunikationsanlage gestanden und war dicht davor, das Notsignal zu betätigen. Behaupten, man hätte den Herzkasper oder rasende Bauchschmerzen, egal. Ein übellauniger und süffisanter Anstaltsarzt ist immer noch besser als die Folter der Leere.

Erst morgen werde ich Yvonne wiedersehen. Sie hat plötzlich Vertrauen zu mir gefasst. Beim Hofgang hat sie mir erzählt, warum sie hier ist. Sie hat in Tübingen Medizin studiert. Sie hat gewusst, sagt sie, dass Eisenhutsamen töten. Damit hat sie versucht, ihren Stiefvater umzubringen.

Sie spricht so, wie alle hier über sich sprechen. Distanziert. Aber wie sollte man auch anders sprechen? Heulend? Sich bespuckend?

Hintergrund, sagt sie, ist jahrelanger körperlicher Missbrauch, und dass er es an meinem Bruder fortsetzt. Ich hatte Gift im Haus zum Zweck, mir selbst das Leben zu nehmen. Ich habe ein Wochenende darüber nachgedacht und mich dann gefragt: Warum eigentlich ich?

Sie hat ihm das Gift ins Gulasch gemischt.

Es hätte geklappt, sagt sie, hätte ich nicht im letzten Moment einen Rückzieher gemacht. Ich habe ihn ins Krankenhaus gebracht. Die haben überhaupt nicht erkannt, was er hatte. Ich habe gesagt, ich studiere Medizin, er ist kälteempfindlich, ihm ist übel, er ist nervös, und wenn er Herzrhythmusstörungen hat, dann sollte man eine Vergiftung in Betracht ziehen. Aber die wollten mir nicht glauben. Sie wollten ihn mir immer wieder mitgeben. Da musste ich ihnen sagen: Er hat eine Eisenhutvergiftung. Ich kann ihn nicht wieder mitnehmen. Dann würde er sterben. Das kann ich nicht. Insofern hat er überlebt, und es geht ihm auch gut.

Im Rückblick, frage ich, hätte es da nicht vielleicht doch eine andere Lösung gegeben als ihn umbringen?

Sie schaut mich an. Welche? Die Ermittlungen gegen meinen Stiefvater sind nach wenigen Monaten eingestellt worden. Meine Mutter hat sich geweigert, als Zeugin auszusagen.

Nein, es hat keine andere Möglichkeit gegeben außer der, nichts zu tun. Und natürlich, sich umzubringen. So hat sie ihrem Schwiegervater das Leben gerettet und sich selbst geopfert als Täterin. Gefängnis ist sozialer Selbstmord mit der Chance auf Wiederkehr. Der Gedanke hat nichts Tröstliches.

Sie hat vom Landgericht Mannheim sieben Jahre bekommen. Ihr Anwalt meint, das sei zu viel, und hat Revision beantragt. Sie hätte lieber einen Strich darunter gemacht. Im Regelvollzug hast du mehr Freiheiten, sagt sie. Da könnte sie sich an der Fernuni einschreiben. Sie will Kunstgeschichte studieren. Sie liest schon jetzt jede Menge Bücher darüber.

Und ich werde Jura studieren, wenn ich lebenslänglich kriege. Ja, das werde ich machen. Darauf freue ich mich. Es ist einer jener seltenen Momente, wo plötzlich Licht ins Gehirn fällt und ich mich lebendig fühle. Das wird mein Plan sein für die Zeit nach dem Prozess.

Nach fünfzehn Jahren könnte ich Antrag auf vorzeitige Freilassung auf Bewährung stellen. Auch andere landen erst mit über vierzig in ihrem eigentlichen Beruf. Nein. Totaler Blödsinn, ein Gefängnistraum. Als verurteilte Mörderin würde ich nie eine Zulassung als Anwältin kriegen. Der Gedanke schleudert mich ins Bodenlose.

Fortsetzung Verteidigung Camilla Feh

Zwischen dem Terrakottafries der Wilhelma und dem Neckar schiebt sich der Schwerlast- und Pkw-Verkehr aus dem Remstal und von Esslingen um die Wilhelma herum. In den letzten Tagen ist so viel Schnee gefallen, dass man einen Teil der Fahrspuren aufgeben musste. Überall türmen sich Schneewälle. An den Ampelanlagen sind für Fußgänger Durchbrüche geschaffen worden.

Ich bin zu früh. Kassen und Kartenautomaten sind für den sommerlichen Familienansturm ausgelegt. Im Winter gehen bloß alte Frauen, Hobbyfotografen und Mütter mit Kinderwagen in den Zoo. An diesem Donnerstag ist niemand zu sehen. Nur eine Kasse ist besetzt. Ich löse meine Karte zum Wintertarif am Automaten und gehe durchs Stativdrehkreuz.

Da stehen sie wie immer, die Flamingos: krebsrote Leiber mit Schlangenhälsen umgeben von schwarzem Wasser und weißer Wiese.

Vermutlich wäre mir an einem normalen Tag das Herrenpärchen gar nicht aufgefallen, das auf dem Weg zum Wilhelmashop steht wie bestellt und nicht abgeholt. Der eine ist ein etwas gedrungener, aber schlanker und eleganter Herr Mitte fünfzig in braunem Kaschmir mit Schal, Manschettenknöpfen und Stiefeletten, die es nicht auf der Königsstraße zu kaufen gibt. Der andere ist ein Prolet, ungekämmt mit den Resten einer Wasserstoff-Punkfärbung, in abgeschabter Bikerjacke, zerratzten Jeans und abgestoßenen, schiefgelaufenen Stiefeln mit Nieten und Schnallen. Er wendet mir den Rücken zu, tänzelt vor dem Schönen herum und gestikuliert. Was für ein Paar! Ich kann mir keinen Grund denken, der diese beiden Gestalten zusammengeführt hat, außer einem höchst privaten. Liebe macht Affen. Der Schöne ist im Begriff, Kopf und Kragen, Familie und Karriere zu riskieren für das, was er für Leben hält. Und der Jüngere ist ein Stricher, der ihn ausnehmen wird. Sie haben sich übers Internet kennengelernt und für ihr erstes Treffen einen öffentlichen Ort ausgesucht, wo an einem Nachmittag wie heute so gut wie kein Publikum zu erwarten ist.

Ich wende mich ab und folge dem Impuls, wie einst mit Lukas und Oma durchs Gewächshaus in den Zoo vorzustoßen. Es ist warm bei den Kakteen. Die dicken Schwiegermutterkissen haben Dutzende von Blütenknospen. Das langgestreckte Glashaus erweitert sich in der Mitte zum Wintergarten mit Palmen, Bananen, Moosfarnrasen und dem Koi-Teich, in dem immer ein paar Münzen schimmern, obwohl eine Spendenbüchse daneben steht. Ich mache sogar den Abstecher meiner Kindheit zu den Chinchillas und den winzigen Tropenvögeln, schlendere durch Azaleen und Kamelien in unendlichen Violettvariationen und trete am Ende in den kalten Winter.

Zu Zeiten meiner Bonobostudie bin ich genau hier vom Betriebshof hereingekommen. Das Tor steht auch heute offen.

Ich spaziere den überdachten Wandelgang entlang. Der Seerosenteich ist leergepumpt und kaum zu erkennen. Selbst unters Dach des Gangs hat es den Schnee geweht. Obwohl ich Zeit hätte, biege ich nicht ins Aquarium ab, sondern gehe am Seelöwenbecken vorbei, das mir wieder einmal klein vorkommt im Vergleich zu meinen Kindheitserinnerungen an das Spektakel der Fütterung. Der Zoo liegt im Winterschlaf. Ein paar Enten schnattern, der Rest der Tiere ist woanders. Und dennoch ist alles ewig und sich gleich. Auch wenn gebaut wird: das neue Affenhaus zum Beispiel.

Das alte stammt noch aus der Zeit abspritzbarer grüner Kacheln, Betonböden und Kletterstangen aus Metall. Ausgediente Feuerwehrschläuche hängen von der Decke. Weder Holzwolle noch Spielzeug oder alte Bettlaken schaffen es je, den Charakter von Irrenhaus zu vertuschen.

Die Außengehege sind leer. Die Bonobos sind drinnen in ihren zwei grünlichen Schauräumen hinter Glas. Ich habe stundenlang entweder draußen oder hier auf der Bank gesessen und mich gefragt, was die schwarzen Zwerge über ihre Welt denken. Grüne Kacheln, Stahlstangen, Beton.

Die alte Alma guckt vom höchsten Tisch an die Wand gegenüber. Gut erkennbar an ihrer Stirnglatze. Die beiden mittlerweile Fünfjährigen, Deko und Mokili, toben die Stangen und Schläuche hinauf und hinunter. Zete steht am Stocherbecher, stößt einen Stock hinein und leckt ihn ab. Ihr Blick flitzt immer wieder zur Scheibe. Die junge Oicha guckt ihr zu und leckt, wenn sie den Stock herausholt, den Tropfen ab, der auf den Rand gefallen ist. Miabi schläft in der Feuerwehrschlauchhängematte. Sie ist schwanger. Der ranghöchste Mann Mafuka ist alt und kantig geworden. Der Waise Njema döst im anderen Raum vorn an der Scheibe und schaut, wenn Besucher ihm nahe kommen. Die meisten können es nicht lassen, sie klopfen gegen das Glas. Kivu kommt mit einem Büschel Stroh herein und legt sich zu ihm. Uvira ruht auf einer anderen Platte. Butumba befindet sich im größeren Raum bei Alma. Mit den Fingern stochert sie durchs Gitter zum Nachtgehegegang in den Löchern eines Holzklotzes nach Körnern. Beschäftigungsfutter nennt man das. Sie kann den Klotz nicht unterm Gitter durchziehen und schlägt ihn gegen das Metall. Almas Sohn Heri schmachtet eine hübsche junge Äffin an, die ich nicht kenne. Und eine fehlt: Mara.

Außer mir ist niemand im Haus. Nebenan langweilen sich die langhaarigen Orang-Utans. Bei den Gorillas herrscht schläfrige Ruhe. Die Pfauenhenne tappt herein und sucht unter der Bank nach Krümeln.

Ich will gerade wieder hinausgehen, da kommt Heidrun in dicker Winterjacke und stampft sich den Schnee von den Füßen. Sie trägt die beigegrünen Hosen der Landesangestellten. Unmittelbar hinter ihr – ich erschrecke – treten die beiden deplatzierten Herren ein.

Manchmal fürchte ich, meine Mitmenschen könnten meine Gedanken lesen und sie mir vorwerfen. In Alpträumen verteidige ich mich mit dem Argument, ich hätte es doch nur gedacht, nicht gesagt. Die Gedanken sind frei. Ich hätte vorhin sicher nicht so geringschätzig über die beiden gedacht, wenn ich gewusst hätte, dass ich ihnen jetzt die Hand schütteln muss.

Heidrun und ich umarmen uns. Dann dreht sie sich zu den beiden anderen um und präsentiert mich regelrecht. »Das ist Camilla Feh.«

»Feh«, wiederholt der Elegante mit angenehm musikalischer Stimme und streckt mir die Hand hin, »gute alte Cannstatter Unternehmerfamilie. Kürschner Feh, Pelze und Lederwaren, Küblergasse, nicht wahr?«

»Meine Eltern.« Ich unterschlage das Wort Pflege.

»Staatsanwalt …«, müht sich Heidrun ab, »nein, Oberstaatsanwalt, richtig? … Dr. Weber.«

Er deutet ein höfliches Lächeln an. »Keine Sorge, Frau Feh, nicht in amtlicher Funktion.«

»Und das ist …«, fährt Heidrun fort.

»Schwabenreporterin Lisa Nerz«, sagt der andere schnell. Nein, *die* andere. O Gott, wie peinlich. Allerdings vielleicht eher für sie. Sie legt es offensichtlich darauf an.

»Lisa Nerz?«, rutscht es mir heraus, obwohl ich eigentlich meinen Mund sonst ganz gut halten kann. Die hat mir doch …

»Ich habe dir übrigens eine Freundschaftsanfrage geschickt«, sagt sie.

Es gefällt mir nicht, dass sie mich duzt. Ich überlege, ob ich so tun soll, als hätte ich die Freundschaftsanfrage nicht bemerkt. Ehe ich mir klar werde, umschließt ihre Hand meine mit kaltem, hartem Druck und mich durchfährt der nächste Schock: Das ist er! Das ist der Kerl, der mir Montagabend gefolgt ist. Den ich mit einer Ladung Pfefferspray in den Augen blind am Straßenrand zurückgelassen habe. Zwar habe ich sein Gesicht nicht genau gesehen, aber das hier könnte passen. Ein wüstes, trotziges Gesicht. Es verzieht sich auch nicht zu dem Lächeln, mit dem Frauen bei einer Begrüßung ein freundliches Klima schaffen wollen.

Da war doch auch ein Dackel gewesen. Unwillkürlich suche

ich den Boden ab. Was für ein Blödsinn. Hunde dürfen nicht mit in den Zoo.

Weiß er … nein, weiß sie, dass ich weiß, dass er der Typ vom Montag ist? Aber muss ich es wissen? Womöglich irre ich mich. Und selbst wenn nicht, es gibt keinen Grund, ihn – nein, sie – um Entschuldigung zu bitten. Er hat es provoziert. Ich bin verwirrt. Ich hasse es, nicht überblicken zu könne, was mit mir geschieht.

Sie mustert mich. Ihre Augen sind grau, der Blick unter unerwartet schönen langen Wimpern hervor ist abschätzend und direkt. Indiskret. Gleich sieht sie den Schatten meiner Mutter. »Du bist also die«, sagt sie mit einer hastigen Stimme, die mich stresst, »die einen Sommer lang die Bonobos beobachtet hat. Mich täte interessieren, ob man herausfinden kann, welcher der Affen der Haupttäter ist.«

»Bonobos töten nicht.« Das habe ich nicht sagen wollen, denn es ist nicht mein Satz, sondern der von Professor Schmaleisen. Diese Hyäne provoziert mich zum Widerspruch. Auch das mag ich nicht.

»Aber sie haben Deutschbein getötet«, antwortet sie. »Definitiv.«

Unsere Blicke wenden sich dem verglasten Gehege zu, in dem sich Deko und Mokili eine rasante Jagd durch die Feuerwehrschlauchgirlanden liefern. Zete stochert weiter, obwohl sie Heidrun erkannt hat. Alma meditiert. Heri ist aufgestanden und kommt an die Scheibe. Er hat die Augen auf den Oberstaatsanwalt gerichtet. Heri findet Männer interessant. Er hat es schon fertiggebracht, sich eine Herrensweatjacke aus dem Haufen für Tierbeschäftigung richtig anzuziehen. Er ist der Einzige, bei dem ich jemals den Eindruck hatte, dass er mit Männern draußen Kontakt aufnimmt und dabei menschliche Gesten einsetzt: Heranwinken, Kopfschütteln, Nicken, Lächeln.

»Ich glaube«, sagt Heidrun, »Camilla meint, sie haben den Mann nicht absichtlich getötet. Es war ein Unfall.«

Die Hyäne mustert die ernsten schwarzen Affen. Sie scheint

nicht beeindruckt. »Die sind doch ziemlich klein. Was wiegen die? Dreißig Kilo?«

Heidrun nickt. »Aber unterschätzen sollte man sie nicht. Schauen Sie sich die Hände an. Sie sind doppelt so groß wie unsere. Und in diesen Muskeln steckt ordentlich Kraft. Schon eine könnte Ihnen gefährlich werden. Und sie waren zu neunt.«

Herr Weber schaut nicht hin, er betrachtet mich. Ich sehe es im Augenwinkel und leiste ihm innerlich Abbitte. Vorhin habe ich ihn für einen schwulen Narren gehalten. Aber er hat ein durchaus waches männliches Interesse an mir.

»Wie ist er eigentlich hineingekommen?«, frage ich. »Mit einem Schlüssel?«

Heidrun nickt. »Es lag einer auf dem Boden.«

»Außerhalb oder innerhalb?«, fragt die Hyäne schnell dazwischen.

»Außerhalb des Nachtgeheges«, antwortet Heidrun. »Im Gang.

»Könnte er aus dem Gehege rausgerutscht sein während des Kampfs?«

»Könnte sein. Aber wozu hätte er den Schlüssel mit reinnehmen sollen? Die Vorhängeschlösser sind außen an den beiden Riegeln, einer oben, einer unten. Von innen kann man weder die Riegel noch die Schlösser verschließen.«

»Und war das Gehege verschlossen?«

»Der obere Riegel war zu und das Schloss eingerastet. Der untere nicht.«

Das alte Affenhaus gehört zu den wenigen Gehegen in der Wilhelma, in denen es noch Riegel mit Vorhängeschlössern gibt.

»Den Schlüssel braucht man also nur zum Öffnen«, vergewissert sich Nerz.

»Ja«, antwortet Heidrun.

»Wie muss ich mir das vorstellen«, hakt sie nach. »Kann man das Schloss von drinnen erreichen?«

Heidrun hat es noch nicht ausprobiert. Von den Affen weiß sie, dass sie das Hängeschloss mit Müh und Not erreichen können.

Oicha hat es schon ausgehängt. Seitdem drückt sie immer den Bügel ins Schloss, selbst wenn sie nur schnell einen Besen holen geht.

»Hätte Deutschbein sich selbst aus dem Gehege befreien können«, fragt Nerz, »wenn das Schloss nur eingehängt, nicht aber zugedrückt gewesen wäre?«

Heidrun schüttelt den Kopf. »Ich glaube nicht.«

»Könnte ich mir das mal anschauen?«

»Nein«, antwortet Heidrun. »Wir lassen keine Fremden hinter die Kulissen. Menschenaffen stecken sich leicht mit unseren Krankheiten an.«

»Ich bin gesund«, behauptet die Hyäne. Sie schaut ihren Begleiter an. Offenbar ist der Oberstaatsanwalt dazu da, ihr mit amtlicher Autorität die Wege zu ebnen. Er tut so, als sähe er es nicht.

»Sagen Sie, Frau Wetterle«, spricht er Heidrun an, »wie ist das? Der gefundene Schlüssel hat keinem der Pfleger gehört, nicht wahr?«

»Das ist richtig«, antwortet sie. »Das habe ich alles schon der Polizei erzählt. Auch der Lehrlingsschlüssel war noch da.«

Nerz fährt hoch. »Der Lehrlingsschlüssel? Wo ist der?«

»Im Schrank im Aufenthaltsraum«, antwortet Heidrun.

Ich erinnere mich plötzlich: das Kaffeetrinken mit dem Lehrling. Er hatte Kuchen mitbringen müssen, weil er den Lehrlingsschlüssel aus Versehen mit nach Hause genommen hatte, statt ihn abends in den Schrank zu legen.

»Das heißt, wer dort einsteigt, kann sich den Lehrlingsschlüssel nehmen, um weiter vorzudringen?«, erkundigt sich Nerz. »Wer weiß das?« Sie schaut mich an.

»Hat es nicht vor einigen Jahren einen Einbruch in die Wilhelma gegeben?«, bemerke ich.

Heidrun nickt. »Aber das Affenhaus war nicht betroffen.« Sie erzählt von den Buben, die versucht hatten, die Löwen zu füttern, und von der Drahtscherenaktion der Tierschützer. »Allerdings fällt mir jetzt ein, voriges Jahr im Hochsommer, da stand mal das Fenster vom Aufenthaltsraum sperrangelweit offen. Wir haben angenommen, dass der Spätdienst vergessen hat, es zuzumachen. Es war nichts verschwunden.«

Kann es sein, dass Till hier eingestiegen ist, um sich einen Abdruck vom Lehrlingsschlüssel zu machen? Ist das denkbar? Aber wozu hätte er das tun sollen? Seine Zeit als Veganer und Tierrechtler war doch längst vorbei.

»Könnten wir uns die Räumlichkeiten nicht doch schnell mal anschauen?« Nerz' Frage klingt wie ein Befehl.

Heidrun spielt mit dem Schlüssel.

»Also gut«, sagt die Hyäne, »wenn Sie das nicht entscheiden können, dann müssen wir wohl doch die Kuratorin holen. Was meinst du, Richard?«

Heidrun gibt sich einen Ruck. »Kommen Sie. So viele Leute, wie hier seit dem Wochenende durchgetrampelt sind …«

Sie ist eine robuste Frau Mitte vierzig, die im Zoo nie mehr hat werden wollen als Affenpflegerin. Sie braucht ihren täglichen Kontakt zu den Tieren, will um sechs Uhr aufschließen, Futter verteilen, die Affen ins Schaugehege umschließen, die Nachtgehege saubermachen und sich Beschäftigungen ausdenken. Um sieben kommen die Kollegen. Mittags gibt es wieder was zu fressen, um zwei den Saft, danach werden Körner verstreut, damit die Affen zu tun haben mit dem Aufsammeln. Um sechzehn Uhr ist dann Schluss für den Frühdienst. Der Spätdienst übernimmt, schließt die Affen in die Nachtgehege um und macht bis 19 Uhr die Schaugehege sauber. Dann gehen alle heim.

Drei Säuglinge hat Heidrun auf den Weg gebracht, zwei Gorillakinder und ein Bonobobaby aus einem anderen Zoo. Das waren Vierundzwanzigstundenjobs, die nur gehen, wenn der Mann mitmacht. Denn entweder sie übernachtet im Zoo, oder er erträgt es, dass immer ein Affenbaby den Kopf zwischen ihn und seine Frau steckt.

Die Tür zum Wirtschaftsbereich hat Knauf und Sicherheitsschloss. Heidrun lässt uns in den Vorflur eintreten. Ich kenne ihn. Er wirkt wie Heizungskeller, Geräteschuppen und Gefängnis zugleich. Waschbecken, Eimer mit Schrubber und Abzieher zum Reinigen der Scheiben, Besen, Leitern, eine Kiste mit gerollten Feuerwehrschläuchen, im Regal Dinge zur Tierbeschäftigung, Plakatrollen, Schläuche, Tüten, Säcke. Die Gittertür zum eigentlichen Bereich der Affen hat keine Klinke. Hier kommt der Vierkantschlüssel zum Einsatz.

»Uff«, macht Nerz und schnüffelt. Ja, es riecht streng, obwohl die rückwärtigen Käfige schon frisch eingestreut sind.

Heidrun wendet sich nach links in den gefliesten Gang mit Abwassergullys. Hier trennt uns kein Glas, sondern nur Gitter von den Tieren. Plötzlich sind sie da, klammern sich in die Gitter, gucken uns an. Aufgeregte schwarze Kobolde mit großen Augen, rosigen Lippen und verlangenden langen Fingern. Heidrun redet mit ihnen. Den beiden strengen Gästen schmelzen die Herzen. Heri himmelt Weber an, und der streicht wie hypnotisiert über dessen ledrige Finger. Heri versucht, den Stoff seines Mantels zu berühren. Lisa Nerz ist da skeptischer, hat die Hände in die Taschen geschoben, ist aber wie bestrickt von den neugierigen Blicken.

Ja, wenn ernste Kinder zutraulich werden …

»Und wo …« Nerz hustet sich die Rührung weg. »Wo … lag er?«

Wir gehen um noch eine Ecke. »Hier schlafen unsere vier Männer immer zu zweit. Und hier die neun Frauen. Da lag er.« Heidrun schluckt. »Ich habe es zuerst überhaupt nicht gecheckt. Zete ist mir ja schon im Gang entgegengekommen.«

Das höre ich zum ersten Mal. In der Zeitung hat es nicht gestanden. Sie waren also frei hier drinnen, zumindest Zete. Und Till lag im Frauengehege. Eingeschlossen. Ich versuche hastig zu verstehen, was passiert ist.

Nerz hat es noch nicht begriffen. Sie fasst nach dem Hängeschloss, das den Riegel geschlossen hält, und schätzt ab, ob man von innen durchs Gitter hinlangen könnte mit menschlichen Händen. Es geht nicht.

Heidrun erzählt weiter. Zete und Oicha befanden sich im Gang, als sie morgens hereinkam. Die anderen saßen im Gehege. Der obere Riegel war zugeschoben, das Schloss zugedrückt. Zete und Oicha konnten nicht mehr rein, die anderen nicht heraus. Heidrun ist das Naheliegende durch den Kopf geschossen: Schlamperei beim Spätdienst? Eigentlich unmöglich. So etwas darf nicht passieren. Sie geht hinter. Die Affen kommen ans Gitter, es ist düster, morgens um sechs bei elektrischem Licht. Deshalb hat sie den Toten nicht sofort gesehen. Doch da kommt Kivu ans Gitter. Sie hat irgendwas an der Hand, etwas Blutiges. Heidrun denkt zuerst an eine Verletzung. Man sieht den Knochen. Sie denkt an einen Streit. »Da sehe ich«, sagt sie, »dass es keiner von Kivus Fingern ist, sondern eine halbe menschliche Hand. Daumen und Zeigefinger.«

Weber gibt einen undefinierbaren Ton von sich. Der Blick von Nerz geht kurz zu ihm.

»Und jetzt erkenne ich auch«, fährt Heidrun fort, »da liegt einer, dort, ganz an der Wand unter den Schlafbänken.« Sie atmet hörbar. »Das Stroh ist dunkel, überall ist Blut. Auch hier im Gang, an der Wand. Mein erster Gedanke war: Die Affen müssen sofort raus da. Vielleicht ist er noch zu retten. Dabei war er nicht zu retten, das war mir eigentlich klar, so wie er aussah mit dem … dem Gedärm herausgerissen. Und er hatte kein Gesicht mehr.«

Weber stöhnt. »Entschuldigen Sie, ich muss …« Er dreht sich um, strebt zum Ausgang. Im nächsten Augenblick sackt er in sich zusammen und geht zu Boden.

Lisa Nerz greift ihm unter die Achseln und fängt ihn ab. Die Bonobos schreien und kreischen, jagen die Gitter hoch und huschen durch die Wandöffnungen in die Schaugehege.

»Kein Grund zur Besorgnis«, sagt Nerz. »Richard ist nur ein bissle empfindlich, wenn es um Leichen geht.«

Beinahe hätte ich gelacht. Da liegt der Mann im feinen Zwirn auf dem Rücken, und seine burschikose Begleiterin hält ihm die Beine hoch, damit das Blut wieder zirkuliert. Es rührt mich. Er hat auf mich eigentlich wie ein Machtmensch gewirkt: markantes Kinn, ein asymmetrischer, etwas verschlagener Blick. Eine Mimik ohne Gefühle. So einen, hätte ich gedacht, behindern keine Empfindsamkeiten und Rücksichten auf dem Weg durchs Leben.

Nach ein paar Sekunden ist er wieder da. Die Hyäne hilft ihm auf die Füße. Es herrscht eine gewisse körperliche Vertraulichkeit zwischen ihnen. Zudem nennen sie sich beim Vornamen. Das scheint mir nicht üblich für das rein professionelle Verhältnis einer Journalistin zu einem Oberstaatsanwalt.

Die beiden wenden sich dem Ausgang zu, verschwinden um die Ecke. Wir hören die Gittertür ins Schloss fallen.

»Mein Gott!«, sagt Heidrun zu mir und lacht. Doch sie sieht verstört aus. Sie hat ihre Geschichte nicht zu Ende erzählen können, nicht bis zu dem Moment, wo sie sich vielleicht daraus retten kann.

Es ist der Alptraum des Pflegers. Seine Lieblinge haben jemanden getötet. Heidrun stand vor einem unlösbaren Problem. Sie musste zuerst Zete und Oicha wieder einsperren. Außerdem musste sie die Affen schleunigst von ihrer Beute trennen, auch wenn es nun schon keinen Sinn mehr hatte. Sie bei ihr lassen ging nicht, keine Sekunde länger. Sie hatten zwar die halbe Nacht mit ihr verbracht und sie angefressen, aber die Vorstellung, dass sie ihre Mahlzeit fortsetzen, während sie Gemüse im Schaugehege verstreut, erfüllte sie mit Grauen. Andererseits würde Kivu ihre Beute, die halbe Hand, höchstwahrscheinlich ins Schaugehege mitnehmen. Bis die Besucher kamen, würde es zwar noch eine Weile dauern, bis die Polizei kam und die Nachtgehege wieder zugänglich waren aber auch. Und wie sollte sie Kivu die halbe Hand später noch abnehmen?

Heidrun schließt Zete und Oicha ins Tagesgehege, rennt

hinaus, holt Gummibärchen und bietet Kivu einen Tausch an. Braves Mädchen, gib sie mir.

Und dabei nicht auf das blutige Stück Mensch gucken. Was da klafft, ist Bauchfett, gelbliches Zeug mit roten Schlieren und bläulichem Schimmer. Eigentlich hätte sie längst die Polizei alarmieren, den Zoodirektor anrufen müssen. Stattdessen sitzt sie hier am Gitter fest und versucht Kivu dazu zu bewegen, dass sie Gummibärchen gegen eine halbe Hand tauscht, sie ihr durchs Gitter reicht. Die sie dann nehmen muss. Anfassen und beiseitelegen. Vor den Käfig auf den gekachelten Boden mit den Blutspritzern. Einfach so, eine halbe menschliche Hand ablegen wie ein Spielzeug. Noch nie hat sie sich so allein gefühlt.

Ich nehme sie in den Arm.

Von Till ist nicht viel ganz geblieben. Das steht fest. Die Bonobos hatten eine Nacht Zeit, ihn zu zerlegen und sich die Bäuche vollzuschlagen.

»Dabei fressen sie doch gar kein Fleisch, unsere Bonobos«, schluchzt Heidrun. »Sie haben es noch nie gemocht, auch keine Insekten, keine Mehlwürmer, nichts von dem, was man heute Affen anbietet. Sie sind es nicht gewöhnt. Und auf einmal … wie die Kannibalen.«

Wir finden Weber und Nerz auf der Bank im oberen Besucherraum vor den Gorillas. Kibo, der alte Silberrücken, lehnt in seiner Feuerwehrschlauchschlinge am Fenster. Ein mächtiges Tier.

»Ich bitte um Entschuldigung«, sagt Weber, »ich wollte Sie nicht erschrecken.« Sein Lächeln zeigt nur wenig Verlegenheit. »Aber meine Einbildungskraft schlägt mir leider zuweilen ein Schnippchen.«

Was hat er sich denn eingebildet?, frage ich mich. Dass seine Hyäne ihn den Affen zum Fraß vorwirft?

»Ich dachte immer«, sagt sie spöttisch, »die Bonobos seien die netten Hippies unter den Affen. Sex statt Krieg.«

»Aber sie jagen auch«, antworte ich. »In freier Wildbahn jagen sie andere Affen.«

»Wollen Sie im Ernst behaupten«, fährt Weber entrüstet hoch, »diese Biester hätten einen ausgewachsenen Mann als Jagdbeute betrachtet?«

»Sicher nicht«, sagt Heidrun hastig. »Bestimmt nicht. Ausgeschlossen.«

»Aber was zum Teufel ist da drin passiert?«, fragt Nerz. »Ich hoffe, du kannst uns das erklären, Camilla.«

»Ich habe nie behauptet, dass ich das könnte.«

»Oh, diese entzückende schwäbische Bescheidenheit!«, ruft sie. »Da hat eine stundenlang diese Viecher beobachtet, kennt sie besser als die Revierpflegerin, aber wir dürfen ja nicht glauben, dass sie uns darum etwas Besonderes zu sagen hätte.«

Alle schauen mich an.

»Nun ja. Ich habe einmal beobachtet, wie eine Äffin – Mara – das neue Baby ihrer Mutter ins Wasserbecken getaucht hat.«

»Du meinst, sie wollte ihre Schwester ertränken?«, vergewissert sich die Hyäne.

»So sah es zumindest aus.«

»Und, hat sie es geschafft?«

»Nein. Ihre Mutter Zete hat ihr rechtzeitig das Baby weggenommen.«

»Und was ist danach passiert?«

»Nichts weiter. Es gab keine Szene, falls Sie das meinen.«

Ein spöttisches Lächeln huscht über ihr Gesicht. Ich ärgere mich, dass ich sie gesiezt habe, wie eine Schülerin, die sich noch nicht vorstellen kann, dass sie ebenfalls erwachsen ist.

»Sie haben Sex gemacht, und gut war's?«

»So ungefähr«, antworte ich.

Sie lacht lüstern. »Und Freitagnacht, wie ist das abgelaufen? Deutschbein gerät irgendwie in den Käfig, große Aufregung, dann Sex, um sich zu beruhigen. Und dann machen sie gemeinsam Jagd auf ihn?«

Heidrun schüttelt den Kopf. »Jagd nicht …«

»Immerhin habt ihr eine Äffin in der Gruppe, die aus Eifersucht ihr Schwesterchen …«

»Mara ist nicht mehr da«, werfe ich ein.

»Wir haben sie vor zwei Jahren an einen Zoo in Belgien abgegeben«, erklärt Heidrun. »Bei den Bonobos müssen die Frauen die Gruppe verlassen, wenn sie geschlechtsreif sind.«

»Ach. Warum das denn?«

»Ein natürliches Verhalten, um Inzest zu vermeiden.«

»Aber«, widerspricht Richard in seinem gepflegten Honoratiorenschwäbisch, »solange die Söhne beim Trupp bleiben, ist Inzest nicht ausgeschlossen. Sie könnten ihre Mütter schwängern.«

»Richtig«, stimmt die Hyäne ihm zu. Beide gucken Heidrun und mich herausfordernd an.

»Und bei den Gorillas kann der Vater seine Töchter besteigen«, antworte ich. »Allerdings bestimmen in der Bonobogruppe die Frauen, wer sie schwängert. Kein Mann kann sie zwingen. Und eine Mutter hat eher Interesse daran, dass ihr Sohn die hübsche junge Frau erobert, die neu in die Gruppe eingewandert ist. Man hat beobachtet, dass der Sohn der ranghöchsten Äffin meistens zum Zug kommt, wenn sie sich in seiner Nähe aufhält.«

»Ach herrje!«, stöhnt Lisa Nerz exaltiert. »Wenn ich mir vorstelle, meine Mutter sitzt an meinem Bett und passt auf, dass der Samenerguss meines Lovers nicht danebengeht, damit sie endlich einen Enkel bekommt.« Sie lacht, ihr Blick blitzt zu dem Mann hinüber.

Er verzieht keine Miene. Was findet ein kultivierter Mann an so einer? Was hat sie, was ihn so in Bann schlägt, dass er sich von ihr öffentlich als zeugungsunfähige Memme vorführen lässt? Was ist das nur mit den Männern? Wieso stehen sie so blöde auf blond, wie Schmaleisen oder Till, und wieso steht der Schöne auf wüst?

»Genau das ist der Sinn«, sage ich. »Auf die Weise sorgen die Mütter dafür, dass ihre Söhne ihre Gene weitergeben.«

»Aber ein bisschen erbärmlich ist die Rolle der Männer schon bei den Bonobos, oder?«, konstatiert Nerz.

»Ach, das finden Sie bemerkenswert?« Ich lasse mich hinreißen. »Bei den Schimpansen sind es die Frauen, die ums Futter betteln und in Angst leben. Doch niemand bedauert sie. Das Terrorregime der alten Männer und Jugendbanden erscheint uns natürlich und selbstverständlich.«

»Oha!« Lisa Nerz lacht laut heraus. »Dass ich das noch erleben darf! Atmet sie also doch noch, die gute alte Tante Feminismus. Und ich dachte schon, deine Generation hätte sie längst begraben und vergessen, weil ihr glaubt, ihr wärt gleichberechtigt, während ihr euch abmüht, eure Frauenrolle möglichst gut zu spielen.«

»Ich wollte damit bloß sagen«, antworte ich, »dass wir die Sozialstrukturen von Tiergesellschaften nur höchst unvollkommen verstehen. Warum haben bei den Bonobos die Frauen die Macht? Die Biologen messen den Aggressionsstoff, das Testosteron im Urin. Die Bonobomänner haben einen niedrigeren Testosteronspiegel als die Schimpansen. Ist das der Grund, warum sie weniger herrschsüchtig sind? Oder haben sie weniger Testosteron im Blut, weil sie es im Matriarchat nicht brauchen? Und brauchen sie es deshalb nicht, weil sie auch so genug Gelegenheit zum Sex bekommen und darum keine Gewalt anwenden müssen? Wenn ich eines gelernt habe, dann, dass alles Interpretation ist. Stets messen wir, was wir sehen, an unseren eigenen sozialen Erfahrungen. Wir sehen Männerbünde, Rangkämpfe und Hierarchien, weil wir selbst in einer hierarchischen Gesellschaft leben wollen und uns Macht als Ordnungselement wünschen. Wir denken, ein Wolfsrudel wird von einem Leitwolf geführt und hat eine strenge Rangordnung. Das ist aber nur in Gefangenschaft so. In Freiheit leben Wölfe in Familienverbänden und die Rangordnung spielt eine geringe Rolle. Auch die Bonobos organisieren sich im Urwald mit Sicherheit anders als hier im Käfig.«

Der Blick aller geht treppab und hinüber in den anderen Raum zu den Glasscheiben. Bonobos haben lange Glieder und ernste lange Gesichter. Sie sind nicht niedlich. Die Zoobesucher mögen sie nicht.

»Die Männer«, sage ich, »müssen nichts tun als Nachwuchs zeugen. Sie haben keinerlei soziale Pflichten. Dafür haben sie allerdings in der Gruppe auch keine Vorrechte.«

Lisa Nerz grinst. Ich sehe ihr an, was sie denkt. Ersteres trifft auf menschliche Männer zu – wenigstens auf die Machovariante –, das zweite nicht. Niemand schafft es, das Matriarchat der Bonobos nicht entweder grinsend oder unangenehm berührt auf unser Sozialgefüge zu beziehen.

»Übrigens, Herr Dr. Weber«, sagt Heidrun, »unterliegen unsere Bonobos einem europäischen Zuchtprogramm. Es ist uns ganz wichtig, die genetische Vielfalt zu erhalten, damit möglichst starke Individuen geboren werden.«

Weber nickt.

»Und wozu?«, fragt Nerz.

»Bonobos sind in ihrer Heimat vom Aussterben bedroht. Es gibt noch schätzungsweise fünftausend Exemplare.«

»Und? Ändert das europäische Zuchtprogramm irgendetwas daran?«

»Nein, natürlich nicht. Aber so überlebt die Art immerhin in Zoos und Forschungseinrichtungen.«

»Und Sie sind sicher, dass Sie den Bonobos damit einen Gefallen tun?«

»Darum geht es doch gar nicht. Es geht um die Arterhaltung und die Bewahrung der biologischen Vielfalt.«

»Ah!« Nerz bläst sich auf. Ihre Stimme schwirrt durch den Raum wie ein von der Pumpe gerutschter Luftballon. »Dann geht es also nur um unser gutes Gewissen. So viele Arten sind vor uns schon verschwunden, aber vor unseren Augen darf keine aussterben. Wir wollen die Welt auf dem Istzustand einfrieren.«

»Der Mensch ist doch schuld, dass so viele Arten aussterben«, widerspricht Heidrun, geradlinig wie immer. »Auch im Fall der Bonobos. Wir sind es, die ihre Lebensräume zerstören.«

»Dann lasst uns die Lebensräume für die Bonobos retten. Wo leben die gleich noch mal?«

»Im Kongo«, sekundiert der Staatsanwalt treuherzig.

»Sehr schön. Da könnte man gleich die arme Bevölkerung mit retten, die den Affen den Lebensraum abholzt. Stecken wir unsere Energie und unser Geld doch lieber in die Bekämpfung von Hunger, Armut und Krieg statt in europäische Zuchtprogramme.«

»Wenn das Richtige nur auch immer so einfach zu machen wäre«, seufzt der Staatsanwalt. »Und uns hilft es jetzt auch gar nicht weiter, Lisa.«

Offenbar hört sie auf ihn. »Also gut«, sagt sie. »Fassen wir zusammen. Der Äffin Mara hätten wir einen Mord zugetraut. Aber sie war zum Tatzeitpunkt nicht mehr in der Gruppe. Sie hat ein einwandfreies Alibi. Camilla, jetzt bist du dran. Wer hat bei denen noch das Zeug zu einem Mörder oder vielmehr zu einer Mörderin?«

Das ist keine, die so schnell Ruhe gibt, stelle ich fest. »In der Zeit, wo ich die Gruppe beobachtet habe, ist Mara manchmal zusammen mit Oicha auf Njema losgegangen. Njema ist der Sohn einer Äffin, die inzwischen gestorben ist.«

Nerz runzelt die Stirn. »So viel zu den friedlichen Bonobos.«

»Da sollten Sie sich aber mal die Paviane anschauen«, bemerkt Heidrun. »Dann wissen Sie, wie es in Affenhorden zugeht. Da herrschen ständig Geschrei und Prügeleien. Die Besucher lieben das.«

Ich nicke. »Das Problem bei der Zoohaltung ist leider, dass das Mobbingopfer nie weit genug fliehen kann. Also wird es gebissen.«

»Im neuen Affenhaus wird das anders werden«, erklärt Heidrun. »Da können sie sich auf fünf Gehege verteilen.«

»Und Njema ist auch ein bisschen blöd«, räume ich ein. »Er

schläft gern mit dem Kopf an der Scheibe, aber es ärgert ihn, wenn die Besucher dranklopfen. Manchmal hatte ich den Eindruck, er sucht negative Gefühle, weil er sie besser empfinden kann als Harmonie. Früher hat er sich auch die Haare ausgerissen.« Wieder bemerke ich, dass Weber mich aufmerksam anschaut.

»Ein Masochist?« Die Hyäne lacht. »Ich schätze, er ist nicht der Initiator einer Jagd auf Deutschbein, oder? Könnte es … mein Gott, wie heißen die alle … der Richard so angehimmelt hat.«

»Heri? Nein«, sagen Heidrun und ich gleichzeitig.

»Verstehe. Ein Mann initiiert gar nichts im Matriarchat der Bonobogruppe.«

»Vor allem schlafen sie nicht bei den Frauen im Gehege.«

»Ach so, ja. Es waren also ausschließlich die Weiber, die Deutschbein gekillt haben.« Endlich hat sie es begriffen. »Haben sie eine, wie sagt man, Anführerin, eine Königin?«

»Alma«, antworte ich. »Das ist die mit der Stirnglatze.«

Die beiden machen keinen Versuch, aufzustehen und wieder zu den Bonobos hinunterzugehen. So viel zu ihrem Interesse an den Affenpersönlichkeiten.

»Aber sie ist eine ganz ruhige«, fahre ich fort. »Sie ist sehr alt. Vermutlich tun ihr die Muskeln und Gelenke weh.«

»Sie lässt schon mal fünfe gerade sein«, ergänzt Heidrun.

»Okay«, sagt Nerz. »Und wie ist das, wenn sie Gefahr sieht? Überhaupt, wenn die Horde sich bedroht fühlt?«

»Dann geht es ab«, antwortet Heidrun. »Bonobos sind genauso wehrhaft wie Schimpansen.«

»Auf ihn mit Gebrüll«, sagt die Hyäne grinsend.

Wir nicken.

»Wenn Deutschbein sich beispielsweise eines der Kleinen gegriffen hätte?«, fragt sie weiter.

»Warum hätte er das tun sollen?«, entfährt es mir. Was könnte Till geritten haben, sich an Affenkindern zu vergreifen? Höchstens, dass er … Nur so ein halber Gedanke, der sich auf einmal im Kopf bildet und mir entgleitet, sobald ich ihn zu fassen versuche. Schon ist er weg, verscheucht von meiner Erregung, dort könnte der entscheidende Hinweis versteckt sein. Ich versuche ihn zurückzuholen, aber es gelingt mir nicht.

»Das hätten sich die Frauen nicht gefallen lassen«, sagt Heidrun. »Im Kongo muss man ganze Bonobogruppen vergiften, wenn man ihre Kinder stehlen will.«

»Und was passiert mit denen?«, fragt Weber mit einer gewissen Ängstlichkeit in der Stimme.

»Sie werden auf Märkten als Haustiere verkauft, an reiche Afrikaner, Amerikaner, aber auch Europäer. Anfangs sind sie niedlich, später verkümmern sie in viel zu kleinen Käfigen. Wenn sie Glück haben, landen sie in einem europäischen oder amerikanischen Zoo. Die anderen werden gegessen. Bonobos gelten als Delikatesse. Der Jäger bekommt viel Geld für einen Bonobo.«

Der Staatsanwalt schaut Heidrun erschrocken an.

»Also läuft jetzt alles drauf hinaus«, resümiert Lisa Nerz laut, »dass radikale Tierschützer hier ein Exempel mit einem Menschen statuiert haben.«

Weber reagiert routinemäßig. »Reine Spekulation, Lisa. Nach derzeitigem Stand der Ermittlungen ist nichts bekannt über Kontakte Deutschbeins in den Kongo oder eine Beteiligung an illegalem Handel mit Wildtieren. Und die Polizei hat bislang auch keine Beziehungen Deutschbeins zu radikalen Tierschützern ausmachen können.«

Das weiß ich besser, behalte es aber für mich. Vor einigen Jahren hatte Till definitiv Kontakt zu einer Tierschützerin, die vermutlich anschließend mit ihren Leuten in die Wilhelma eingedrungen ist. Ich nehme mir vor, morgen oder übermorgen in den *Tauben Spitz* zu gehen. Vielleicht arbeitet sie noch dort. Und vielleicht kann sie mir etwas erzählen, das erklärt, warum Till zu den Bonobos reingegangen ist. Oder wann und zu welchem Zweck er sich den Schlüssel besorgt hat.

Es schneit. Sie zünden sich, kaum sind wir vor das Affenhaus getreten, Zigaretten an.

Ich frage mich, was genau diese Nerz und ihr eleganter Adlatus in der Angelegenheit für ein Interesse haben. Sie kommen mir so erfunden vor wie das Detektivduo in einer altertümlichen Fernsehserie aus den siebziger Jahren, über die meine Pflegemutter in nostalgische Begeisterung geraten kann. Komische Frisuren, flotte Sprüche, taffe Frauen mit Karatekenntnissen. Nur hübscher hätte sie sein müssen, katzenhafter.

Sie will wissen, was jetzt mit den Bonobos passiert. »Schläfert man sie ein wie bissige Kampfhunde?«

»Das wohl nicht«, antwortet Heidrun. »Sie sind zu wertvoll. Aber man wird sie vermutlich trennen und auf verschiedene Zoos verteilen.«

»Wenn man jetzt aber die Haupttäterin identifizieren könnte«, beharrt Nerz, »wenn man wüsste, welche die entscheidenden tödlichen Bisse platziert hat …?«

»Wie soll man das denn feststellen können?«, seufzt Heidrun.

»Das geht«, antwortet Nerz. »Es ist die Hauptaufgabe des Rechtsmediziners herauszufinden, woran das Opfer gestorben ist. Er weiß, welche Bisse tödlich waren. Man müsste die DNS der Speichelspuren an diesen Bisswunden mit der DNS der einzelnen Tiere abgleichen. Dann hätte man das Tier in dieser Gruppe, das tötet.«

»Und wer soll das bezahlen?«, murmelt der Staatsanwalt. »Gegen Affen wird nicht ermittelt. Wenn ich die Anträge stellen müsste, ich wüsste nicht, wie ich die Ausgabe begründen sollte.«

»Aber es gibt Institute für Gentests bei Zootieren«, sage ich. Und Heidrun nickt. »Man schickt regelmäßig Federn oder Blut ein, um ein Geschlecht feststellen oder genetische Linien abklären zu lassen. Für so was hat der Zoo einen Etat.«

»Also!« Nerz schaut Weber an.

»Es bleibt dem Zoodirektor unbenommen, bei uns Genproben anzufordern«, antwortet er. »Aber für die Ermittlungen der Staatsanwaltschaft hat das keine Relevanz. Die Kollegen suchen den Täter nicht unter den Affen. Überdies kennen wir das rechtsmedizinische Gutachten noch nicht. Für die Anklage wird entscheidend sein, ob der Täter damit rechnen konnte oder musste, dass die Affen den Geschädigten töten. Dann liefe es auf eine Mordanklage hinaus. Wenn damit nicht zu rechnen war und der Täter auch nicht damit gerechnet hat, käme Freiheitsberaubung und Körperverletzung mit Todesfolge in Betracht.«

Nerz lacht. »Das wird ein schöner Gutachterstreit. Allerdings müsste man den Täter erst einmal haben.«

»Warum sind Sie sich so sicher«, frage ich, »dass Till … äh, Herr Deutschbein Opfer eines … Anschlags wurde?«

Die Hyäne guckt mich prüfend an. »Soweit ich weiß, hat man Spuren einer zweiten Person sichergestellt. Welche genau, hält die Polizei unter Verschluss. Täterwissen vermutlich.«

Mir klopft das Herz.

»Und warum«, fährt Nerz fort, »hätte er sich auch selbst einsperren sollen? Abgesehen davon, dass er es von innen heraus gar nicht gekonnt hätte.«

Ja, warum hätte er das tun sollen? Andererseits kann ich mir leichtere Mordinstrumente denken als unberechenbare Affen. Es sei denn, es ist so, wie diese Hyäne meint: Jemand hat an Till ein Exempel statuieren wollen, auf gut Glück sozusagen. Mal schauen, ob das Matriarchat Männer tötet.

Wenn es aber nicht ein zweiter Mensch, sondern Zete oder Oicha war, die den Riegel zugeschoben und das Hängeschloss zugedrückt hat? Ich komme nicht dazu, den Gedanken weiterzuverfolgen, denn Weber hat seine Zigarette niedergeraucht und schaut sich wohlerzogen nach einem Aschenbecher um. Ich deute auf einen Abfalleimer unterm Schnee. Er setzt sich in Bewegung. Dabei zuckt er zusammen, als hätte er Schmerzen irgendwo in der Hüfte oder im Rücken. Er strafft sich schnell.

Auf dem Rückweg suchen seine Augen erneut meinen Blick. »Ich hatte vor einem Jahr einen Unfall«, informiert er mich. »Zwei Wirbel gebrochen. Ich bin knapp an einer Querschnittslähmung vorbeigeschrappt.« Seine Augen sind von holzigem Hellbraun. Er flirtet.

»Oh«, mache ich. Um auf seine Flirtanfrage einzugehen, müsste ich nachfragen und Interesse zeigen. Ich unterlasse es.

Er verdrückt ein Schmunzeln in den Mundwinkeln. »Und Sie arbeiten nicht im Familienunternehmen?«

Woher weiß er das? Ich lege ihm automatisch fabrizierte Standardsätze vor. Ich wolle zunächst einmal meine Erfahrungen woanders machen. Auf eigenen Beinen stehen.

Er nimmt mich erneut in seinen asymmetrischen Blick. »Entschuldigen Sie meine Neugierde. Vermutlich eine déformation professionnelle. Ihr Name taucht in der Ermittlungsakte Wilhelma auf. Deshalb weiß ich, dass Sie im selben Betrieb wie Deutschbein angestellt sind.«

Stimmt, die Polizei war am Montag bei uns und hat auch meine Personalien aufgenommen. »Aber ich konnte doch gar nichts sagen.«

»Und ich bin nicht der ermittelnde Staatsanwalt«, erwidert er. »Aber wir reden natürlich unter Kollegen. Ich bin für Wirtschaftsdelikte zuständig. Ich vertrage die Auseinandersetzung mit Leichen nicht, wie Ihnen nicht entgangen sein dürfte.«

»Ah so?« Was will er dann hier?

Er lächelt. Ich merke, er legt es darauf an, mich aus der Reserve zu locken. »Aber ich kenne Ihren Vater«, sagt er. »Keine Sorge, nicht als Kunde. Ich habe sogar Sie schon einmal gesehen. Es könnte der Dreißigste Ihres Vaters gewesen sein. Oder ein Firmenjubiläum. Da waren Sie aber noch so.« Er senkt die Hand auf Kniehöhe. »Sie erinnern sich vermutlich nicht an mich.«

Nein, ich erinnere mich nicht.

Er schaut mich wohlgefällig an. Hat auch er einst mein blondes Köpfchen gestreichelt und »Armes Kind« gesagt? Ich bringe kein Wort heraus. Meine Mutter stranguliert mich. Wenn er mich als kleines Kind gesehen hat, erinnert er sich sicherlich auch an die Kindsmörderin vom Muckensturm und weiß, wer ich bin.

»Offenbar schlagen Sie mehr in die andere Feh'sche Richtung«, plaudert er weiter, »die der Juristen. Ich kenne auch Ihren Onkel gut, Gerald Feh, ein verwegener Strafverteidiger, gefürchtet bei den Kollegen.« Weber sieht nicht aus, als gehöre er zu den Kollegen, die meinen Onkel fürchten.

»Nein, ich habe nicht Jura studiert«, antworte ich.

»Ach ja, klar, die Bonobostudie. Was macht denn eine Biologin in einer Unternehmensberatung?«

»Ich habe auch nicht Biologie studiert, sondern Soziologie, allerdings ohne Abschluss.«

»Entschuldigen Sie, ich wollte nicht indiskret sein.«

Doch, er will. »Till Deutschbein war übrigens Chef meiner Abteilung«, sage ich, um weiteren Fragen zuvorzukommen.

»Ah, so?«

»Aber ich hatte nicht viel mit ihm zu tun.«

Weber lächelt. »Und Sie möchten weder Gutes noch Schlechtes über ihn sagen.«

Ich erwidere sein Lächeln. »Über einen Chef lässt sich nur zu leicht Schlechtes sagen.«

»So jung und schon so viel Lebenserfahrung?« Er mustert mich väterlich.

Nein, unsympathisch ist er mir nicht. Wie er im Affengehege umgekippt ist, das hatte Stil. Er hatte es nicht einmal nötig, uns danach mit Erklärungen zu langweilen, um seine beschädigte Männlichkeit zu restaurieren. Den interessiert es nicht, was wir von ihm denken. Er scheint keinen Groll mit sich herumzutragen, er muss sein Mütchen nicht an Schwächeren kühlen. Und die Ruhe, mit der er diese Hyäne erträgt …

Hyänen haben einen Scheinpenis und Scheinhoden. Äußerlich kann man sie nicht von den Männchen unterscheiden. Sie können ihren Penis sogar erigieren. Kein Hyänenmännchen hat die Chance, sie gegen ihren Willen zu besteigen. Denn er muss sich beim Akt fast auf den Rücken legen, um unter ihr ranzukommen. Macht sie einen Schritt nach vorn, schafft er es nicht. Das Matriarchat der Hyänen ist allerdings nicht friedlich wie das der Bonobos. Die Weiber sind vollgepumpt mit Testosteron, bissig und brutal. Schon die Welpen kommen mit Mordlust auf die Welt, die Stärkste beißt den Schwächeren tot. Die Männchen müssen nett sein und stehen doch am Ende der Beißfolge, noch hinter den Welpen. So sichern die Hyänen auch das Überleben ihrer Nachkommen. Wenn ein Rudel sich die Beute teilen muss, bekommen die Weibchen und ihre Jungen am meisten. Für die Rüden bleiben nur die Knochen. Im Zoo würden sie verhungern, wenn der Pfleger sie nicht extra fütterte.

Im Fernsehen habe ich mal gesehen, wie in der äthiopischen Stadt Harar jeden Abend ein Hyänenflüsterer die Bestien mit Fleisch füttert. Er tut es seit zwanzig Jahren. Jede einzelne hätte ihm mit einem Biss das Genick brechen können, doch sie schnappen artig Fleisch von der Spitze eines Stocks, den er im Mund stecken hat. Die Sitte stammt aus dem 16. Jahrhundert. Ein Emir kam auf die blöde Idee, die Stadt mit einer Mauer abschotten zu lassen. Bis dahin hatten die Hyänen nachts in den Gassen den Abfall gefressen. Nachdem das nicht mehr ging, fielen sie vor den Toren die Menschen an. Also begann man, sie zu füttern. Die Legende behauptet, der Emir habe den König der Hyänen aufgesucht und mit ihm einen Nichtangriffspakt geschlossen. Was natürlich Humbug ist. Er hätte sich an die Königin wenden müssen. Offenbar ist die islamische Männergesellschaft nicht imstande zu erkennen, dass die Hyänen im Matriarchat leben.

Haftbuch, 7. Mai

Ich habe mehrere Schreiben vom Gericht und von Onkel Gerald bekommen. Mein Prozess soll am 2. Juli beginnen und ist auf zehn Verhandlungstage angesetzt. Ich habe gedacht, es wäre mir eine Erleichterung. Aber auf einmal ist nur noch Angst da. Zwei Monate. Wie soll ich in der kurzen Zeit meine Unschuld beweisen?

Haftbuch, Dienstag, 8. Mai

Wir haben einen Neuzugang. Zwei Zellen von mir entfernt klebt ein roter Punkt auf der Tür. Suizidgefahr. Sie ist bei Koza untergebracht. Die soll jetzt aufpassen, dass sie sich nichts antut. Die Verantwortung möchte ich nicht haben. Ich könnte die ganze Nacht nicht schlafen. Ich habe sie beim Abendaufschluss gesehen. Eine füllige Frau Anfang fünfzig, ländlich gekleidet, schwarze Hosen, weite Bluse, Jeansjacke. Ihr Blick ist verwirrt und verschreckt, vermutlich so wie meiner am Anfang.

Die beiden sind ein Paar, dessen bin ich mir sicher, so wie sie nach dem Abschied von Heidrun und mir nebeneinander den Weg zum Südamerikahaus fortgehen. Ein bisschen zu dicht nebeneinander. Mittlerweile glaube ich aber, dass nicht er, sondern sie der schwächere Teil des Gespanns ist. Ihr fehlt das innere Gleichgewicht. Ich habe gesehen, wie ihr Gesicht verfällt, wenn sie sich unbeobachtet glaubt. Dann rutscht wie ein Rollladen ein depressiver Schatten herab. Die hat niemanden, der sie liebt, denke ich. Oder vielmehr: Sie ist unfähig, Zuneigung anzunehmen. Darum provoziert sie lieber. Ärger und Feindschaft sind leichter zu steuern als Liebe.

Heidrun erzählt, dass Nerz schon am Samstagnachmittag da war, als Reporterin des *Stuttgarter Anzeigers*. Da hat sie auch ständig gefragt, ob man die Tat einem einzelnen Affen zuordnen kann. Irgendwann hat Heidrun ihr von der Bonobostudie und von mir erzählt, ohne zu sagen, wie ich heiße. Heute früh hat Nerz dann bei ihr angerufen und ihr meinen Namen genannt. Daraufhin teilte Heidrun ihr mit, dass ich am Nachmittag käme. »Ich hätte dich vorwarnen müssen«, sagt sie. »Aber ich hab's vergessen.«

Ich verstehe: Seit Montag hat Nerz versucht, an mich ranzukommen. Ziemlich seltsame Idee, mir wie ein Schlapphut nachzuschleichen. Ich frage Heidrun nach der Affenhausführung für Peofis-Manager. An Till kann sie sich nicht erinnern. Sie ist erschrocken. »Der war dabei?«

»Er hat sich sehr verändert«, beruhige ich sie.

An die Gruppe von Peofis erinnert sie sich gut, vor allem an die einzige Frau, die dabei war, Dr. Seitz. »Sie hat alles ganz genau wissen wollen. Aber nicht über die Affen, sondern wie wir hier arbeiten. Wie viele, in welchen Schichten, wann wir anfangen, wann wir nach Hause gehen, ob es einen Nachtdienst gibt, wie viele Lehrlinge wir ausbilden.«

Ende August war das. Daran erinnert sich Heidrun so genau, weil Kollege Jürgen am Morgen danach bei den Orang-Utans im Gehege einen Schuh gefunden hat, einen einzelnen Herrenschuh von Boss. Sie haben gewitzelt, der stamme wohl von einem der Manager. Aber es war natürlich klar, dass das nicht sein konnte, weil Heidrun mit ihnen nicht hinten gewesen war. Dennoch rätselhaft, wie der Schuh zu den Orang-Utans hineingekommen ist. Der Lehrling hat alles abgestritten. Heidrun hebt die Schultern. »Der war halt immer ein bissle husch-husch beim Saubermachen. Wer weißt, wo der seine Gedanken gehabt hat.«

Ich lege frische Spuren in den Schnee auf dem Weg am Rosettenfries entlang zur Kreuzung am Wilhelmatheater. Plötzlich blitzt die tiefstehende Sonne durch die Wolken und taucht Cannstatt in gelbes Licht.

Ich atme tief ein. Ich bin sie los, diese beiden Inquisitoren. Sie kehren in ihre Welt auf der anderen Seite des Schwanentunnels zurück, der den Rosensteinpark oder den Kahlenstein, wie man früher den Riegel zwischen Stuttgart und Cannstatt nannte, durchsticht. Sie werden lange brauchen, wenn sie so dumm sind, mit dem Auto zu fahren. Und Weber hat nach Autofahrer ausgesehen.

Ich überquere die Rosensteinbrücke. Die wenigen Autos, die am Hochbunker über die Kreuzung kriechen, finden die Spur nicht, rutschen aufeinander zu, schlingern beim Abbiegen auf die Fußgängerinseln. Das Landhaus Bellevue mit seinen verschneiten Fenstergiebeln fällt mir ins Auge. Vor zweihundert Jahren stand es noch dort, wo heute das Wilhelmaparkhaus ist. König Wilhelm verkaufte es, und der Käufer versetzte das Bellevue über den Neckar hinweg hierher, wo es unsichtbar wird. Noch seltener als das alte Landhaus bemerken die Leute den Rosensteinbunker. Jedes Mal, wenn ich an der Eisentür mit dem Vorhängeschloss vorbeigehe, frage ich mich, wer wird aufschließen, wenn es Alarm gibt? Chlorgasalarm im Hallenbad

Cannstatt zum Beispiel. Aber dafür ist der Bunker vermutlich nicht da. Sondern für den Fall eines Kriegs- oder Terrorangriffs mit chemischen oder biologischen Waffen. Obgleich er dann nur gut fünfhundert Menschen Schutz bieten würde. Acht Stockwerke ragt er hoch, doch die meisten sehen in ihm nur die Werbefläche für Kärcher und Konsorten. Es gibt viele unsichtbare Gebäude in der Stadt. Genauso wie es unsichtbare Menschen gibt.

Ich schlittere in die Brählesgasse und biege in den Hagelschieß ein. Schnee und Salz auf Kopfsteinpflaster ergeben eine sulzige Schmiere. Unten im Treppenhaus ziehe ich mir die Stiefel aus, trage sie die Stiegen hinauf und stelle sie auf den Putzlumpen vor meiner Tür. Ich bin eine Stunde früher zu Hause als sonst. Eine geschenkte Stunde, durch einen Arzttermin erschlichen. Lieber hätte ich nicht gelogen. Unsere Mitarbeiter fühlen sich dem großen Ganzen verpflichtet und genießen unser Vertrauen, steht im Leitfaden. Die oberen Gehaltsklassen kommen und gehen, wann sie wollen. Manche arbeiten lieber im Wald oder daheim am Esstisch. Dass auch wir unteren Gehaltsgruppen selbst bestimmen könnten, wann und wo wir unsere Aufgaben erledigen, ist ein Irrtum, dem ich zu Anfang erlegen bin. Eigenartig, wie engherzig Till geworden ist. Als ob er nichts Besseres zu tun gehabt hätte, als uns möglichst effizient kleinzuhalten.

Ich setze Teewasser auf und denke über mein letztes Gespräch mit ihm nach. Genau eine Woche liegt es zurück. Aber der schlechte Nachgeschmack hält bis heute an.

In Manuelas Protokoll steht: »Es ist wie Teer, den ich mir nur mit den Fingernägeln samt Haut vom Leib kratzen kann. Ich kratze mir nachts, wenn ich wach liege, die Haut blutig und fantasiere Antworten, die ich Deutschbein das nächste Mal geben werde. Doch das nächste Mal wird er mich mit einem anderen Vorwurf konfrontieren, auf den ich nicht gefasst sein kann, weil er absurd ist.«

Das Teewasser kocht noch nicht, da klingelt es. Ich gehe zur Gegensprechanlage und höre: »Lisa Nerz. Kann ich mal kurz raufkommen?«

Nein, schwebt mir auf der Zunge. Aber wer sagt das schon? Ich höre hastige schwere Stiefel auf den Stiegen. Erst erscheint ihre Hand auf dem Handlauf, dann kommt sie um die Kehre gesprungen. Sie lächelt schneenass und zieht ihre Lederjacke aus. »Schöne Wohnung. Die Schuhe auch?«

»Wenn es keine Umstände macht.«

Sie lacht. »Und wenn es doch Umstände macht?«

Was soll ich dazu sagen? Ich mag es nicht, wenn konventionelle Formulierungen ad absurdum geführt werden. Das ist mir zu billig. Konventionen sind dazu da, sich zu verständigen, ohne einander zu nahe zu treten oder gar zu beleidigen.

Sie tritt sich die Stiefel von den Füßen. »Ich bin deinen Spuren im Schnee gefolgt«, verkündet sie. »Sehr romantisch.«

Ich mache einen Schritt zur Kommode, wo meine Handtasche mit dem Pfefferspray steht. Sie bückt sich, um die Stiefel vor die Tür zu stellen. Ich öffne meine Handtasche. Jetzt? Aber ich zögere. Und plötzlich steht sie mir gegenüber, fasst in meine Handtasche und hält das Pfefferspray in der Hand. »Ist dir eigentlich klar, dass man damit einen Menschen töten kann, Camilla?«

Ich mag ihren Ton nicht.

»Aber ja doch«, bekräftigt sie mit einem dramatischen Kopfnicken. »Hätte ich Koks genommen oder ein Antidepressivum, dann wäre ich jetzt vermutlich tot. Capsaicin reizt die Schmerzrezeptoren. Substanz P wird ausgeschüttet, ein Neurotransmitter, der schmerzwahnsinnig macht. Bei Asthmatikern oder bei Leuten, die Drogen oder Psychopharmaka genommen haben, läuft dann irgendetwas aus dem Ruder, und sie sterben.«

»Das glaube ich nicht. Wäre es sonst frei verkäuflich? Und wer Drogen nimmt …«

Sie lacht heraus. »Du bist glatt, Camilla. Das gefällt mir. Schwäbische Geradheit, klares Urteil, sanft vorgetragen. Wer Drogen nimmt, ist selber schuld. Hast du denn wirklich gedacht, ich hätte dich angegriffen?«

»Wenn Sie glauben, ich würde mich entschuldigen …«

Sie grinst. »So weit muss es ja nicht kommen. Aber eine Erklärung würde mich schon interessieren. Warum musstest du ohne Vorwarnung abdrücken? Ein Dutzend gelangweilte Autofahrer saßen hinter ihren Lenkern und haben zugeschaut. Was hätte ich denn mit dir anstellen sollen?«

Ich halte dem Blick stand. »Ich warte nicht ab, bis jemand etwas mit mir anstellt.«

»Oha!« Sie steckt das Pfefferspray in die Tasche ihrer Kapuzenjacke, die übrigens ziemlich übel aussieht: fleckig, aufgeplatzte Nähte, der Reißverschluss ausgerissen, ein Ärmelbund hängt halb herunter. Ich schätze sie auf Anfang vierzig. Eine Göre, die nicht erwachsen werden will. Im Licht der Deckenlampe sehe ich auch die Narben in ihrem Gesicht, die sie auf der Profilbildzeichnung ihres Facebookaccounts so herausstellt.

»Warum verfolgen Sie mich?«

»He«, ruft sie mit gespielter Entrüstung. »Bin ich eigentlich so alt, dass du mich ums Verrecken nicht duzen kannst?«

»Wir kennen uns nicht.«

Gelächter hallt in meiner Dachstube unangenehm herum. »Stimmt, meine Facebookanfrage hast du nicht beantwortet. Deshalb musste ich dir leider nachstellen. Ich wollte dich nicht im Geschäft anrufen. Ich hätte über die Zentrale gehen müssen, und am Ende hätte sich herumgesprochen, dass die Presse nach dir gefragt hat. Und das wäre vielleicht nicht in deinem Interesse gewesen.«

»Sie hätten ja nicht sagen müssen, dass Sie von der Presse sind.«

Sie lacht. »Du liest wohl keine Zeitung? Und du konsumierst auch keine Massenmedien, was?«

»Wieso? Sind Sie berühmt?«

»Nur in gewissen Kreisen, die dir, meine Schöne, offenbar fremd sind.«

»Woher hatten Sie überhaupt meinen Namen? Woher wussten Sie, wo ich arbeite?«

»Ich bin Journalistin, Camilla. Wenn auch eine granatenfaule.« Sie lächelt, als sei sie stolz darauf. »Die Bonobostudie ist zwar nie veröffentlicht worden, jedenfalls habe ich sie im Internet nicht gefunden, aber irgendwer erinnert sich immer. Ich musste nicht einmal die Unis abklappern, ich brauchte nur meine Freundin Sally zu fragen.«

Plötzlich fällt es mir ein: So hieß sie, die Kellnerin im *Tauben Spitz*.

»Sie ist die schwäbische Frau Dr. Dolittle«, erklärt Lisa. »Die Tiere reden mit ihr. Mit anderen Worten: Sie ist fest in der Tierschutzszene verankert. Wenn irgendwo ein Viech gequält aufschreit, dann ist sie zur Stelle. Deshalb hat sie auch mich vor vielen Jahren in ihren Tierpark aufgenommen. Neuerdings sind ja die Zoos das, was in meiner Jugend die Pelztierfarmen und Legebatterien waren: igitt, böse, Tierquälanstalten. Sally hat gar nicht lang überlegen müssen. Von der Studie hatte sie nämlich gehört, und zwar von der Autorin höchstpersönlich. Zoohaltung führt zu Gewalt und Kannibalismus bei den Bonobos oder so. Deshalb hat man sie verschwinden lassen. Also die Studie.«

Ich staune.

»Und den Professor gleich mit.«

»Wie?«

»Der musste sogar unter mysteriösen Umständen ums Leben kommen.«

»Wieso?«

»Man hat ihn tot am Hofener Wehr gefunden, kaum fünf Kilometer von hier, gut zwei Wochen nach seinem Verschwinden am 23. Dezember 2008. Davon hast du doch sicher gehört.« Sie schaut mich prüfend an.

Leugnen ist zwecklos.

»Die Todesumstände sind nie abschließend geklärt worden«, sagt sie. »War er betrunken und ist ausgerutscht und ins Wasser gestürzt, oder wurde er gestoßen? Man hat Kieselalgen in seinem Blut gefunden, also ist er ertrunken.«

Sie klingt, als wolle sie damit etwas andeuten, was mich in eine Verteidigungshaltung bringen soll. »Und warum erzählen Sie mir das?«, frage ich.

»Weil er dein Professor war. Und vielleicht noch etwas mehr.«

Ich schnaube. »Was soll das denn heißen? Dass ich was mit ihm hatte? Definitiv nicht. Ich hatte einen Freund.«

»Aber du hast dich unmittelbar nach seinem Tod in Tübingen exmatrikuliert.«

Wie hat sie das so schnell rausgekriegt? »Ich hatte mich schon vorher entschlossen aufzuhören.«

Sie zieht die Brauen hoch. »Warum? Zu primitiv und langweilig?«

Seltsamer Gedanke. »Wieso das denn?«

»Du hast doch sicher einen IQ von 911 oder so.«

Wie kommt sie auf diese Zahl?

»Ich meine«, erklärt sie, »porschemäßig ... auf der Überholspur.«

»Ach so.«

Sie lacht. »He, Camilla, entspann dich! Über Witze lacht man.«

»Der IQ wird nicht in Porsche gemessen«, sage ich.

»Denn IQ heißt eigentlich Idioten-Quarantäne«, legt sie nach.

Ich muss beinahe lachen. Sie hat eine umstürzlerische Phantasie. In mir weitet sich was. Ich entspanne mich unwillkürlich.

»Diese Bonobostudie war doch eine soziologische Arbeit, keine biologische?«, fragt sie. »Was hat Professor Schmaleisen damit bezweckt?«

»Deeskalationsstrategien bei unseren nächsten Verwandten. Von den Affen lernen.«

»Nämlich, dass Sex zufrieden macht. Und der Mann mittendrin im Paradies ständig vögelnder Frauen.«

»Dass eine Äffin ein Baby ertränken wollte, hat ihm jedenfalls nicht gefallen. Er hat die Arbeit zurückgewiesen.«

Sie schaut mich aufmerksam an. »Und du hättest mit ihm in die Kiste steigen müssen.«

»Das glaube ich nicht.«

Sie lacht. »In einer Männergesellschaft sind die Lösungsstrategien in der Regel ganz simpel.«

Ich überlege. »Vielleicht hast du recht.«

Sie registriert zufrieden, dass ich sie geduzt habe.

»Später tat es ihm leid«, sage ich. »Er ist vor Weihnachten extra nach Stuttgart gekommen, um mich zum Weitermachen zu überreden.«

»Wann? Am 23. Dezember?«

Ich schaue in überwache graue Augen. Ich habe mich verplappert. Scham ist die verärgerte Frage an sich selbst, was ein anderer von einem denken mag. Scham ist der Selbstvorwurf, idiotisch, naiv oder zu offen gewesen zu sein. Scham ist die Angst, dass einen jemand anders für dumm, betrügerisch oder verlogen halten könnte. Scham ist eine Pein, die keinen Ausweg findet, weil der andere nicht mehr erreichbar ist, um sich zu korrigieren, zu entschuldigen oder zu erklären. Scham ist Ohnmacht.

Ich möchte, dass sie geht. Ich sage es. »Und das Pfefferspray lassen Sie bitte hier.«

Ein spöttisches Lächeln erscheint auf ihren Lippen. Sie hat die Hände in die Jackentaschen gesteckt und steht vor mir fest auf beiden Beinen. Ich weiß, dass sie zupacken kann.

Ich schaue ihr fest in die Augen. »Bitte.«

»Okay, mein Herz.« Sie zieht das Pfefferspray aus der Jackentasche und hält es hoch, mit einer Miene, wie sie einst Onkel Gerald aufsetzte, wenn er mich mit läppischen Zauberkunststückchen verblüffen wollte. »Übrigens, falls du nicht möchtest, dass jemand weiß, wo du arbeitest, dann verbreite es nicht in Facebook. Ich muss schon sagen, es war für mich eine ziemliche Überraschung, als ich feststellte, dass die mit der Bonobostudie auch noch genau dort arbeitet, wo das Opfer herkommt.

Und …«, sie schaut mich an, »Deutschbein ist vor seinem Tod einer stark reizenden Substanz ausgesetzt gewesen.«

Ihre Worte fallen wie Murmeln in den Raum und kullern darin herum. Ich muss meinen Atem bezähmen. Aber vermutlich hört sie, dass er sich verändert hat. »Herr Weber hat doch gesagt, der Bericht läge noch nicht vor.«

Sie grinst. »Nein, mein Herz, er hat gesagt, er kennt ihn nicht. Er liest so etwas nicht so gern. Aber ich kenne jemanden bei der Polizei. Und der hat mir verraten, dass Deutschbeins Gesicht zwar nicht mehr zu erkennen war, aber Spuren einer heftigen entzündlichen Augenreizung trotzdem festgestellt werden konnten. Bei mir hat es immerhin fast zwei Tage gedauert, bis meine Augen nicht mehr aussahen wie Kirschen.«

Es sind graue Augen, ziemlich hell und offen. Aufmerksam. Direkt. Wieder fallen mir die hübschen langen Wimpern auf. Das einzig Weibliche an ihr, wenn man von den flachen Brüsten absieht, die sich unter der grässlichen Jacke abzeichnen.

»Das ist ein weiteres seltsames Zusammentreffen, findest du nicht, Camilla?«

Ich bin doch nicht die einzige Frau in Stuttgart, die ein Pfefferspray bei sich trägt, denke ich, will mich aber von ihr nicht in eine Verteidigungshaltung drängen lassen. Dazu hat diese Hyäne kein Recht.

»Also gut«, sagt sie und legt das Spray auf den Tisch. »Wenn du dazu nichts sagen willst, dann mache ich mich eben vom Acker.«

Wenn sie jetzt geht, nimmt sie die Überzeugung mit, dass ich erst Schmaleisen in den Neckar gestoßen und jetzt Till den Affen zum Mord vorgeworfen habe. Und sie ist Journalistin. Und mit einem Staatsanwalt befreundet. Darf ich sie gehen lassen?

»Wissen Sie, wie ich mir gerade vorkomme?«, frage ich. »Wie in einem schlechten Krimi.«

»Tatsächlich?« Plötzlich tritt sie an mich heran. Fasst mich am Kinn, hebt mein Gesicht. »Ich seh dir in die Augen, Kleines«, sagt sie. Und lacht. Als ich mich wehren will, lässt sie los.

»Bist du lesbisch?« Ich höre meine eigene Panik.

»Ach, Herzchen! Muss immer ein ›ich bin‹ vor allem stehen, was wir tun? Und hat man sich einmal für einen Istzustand entschieden – Hetero, Homo, Fobo, was weiß ich –, dann ist alles andere eine Entgleisung und löst soziale Schockwellen aus.«

»Es geht mich ja nichts an«, sage ich.

»Hast du einen Freund?« Sie schaut sich um. »Hm. Sieht nicht so aus. Das hier ist Schöner Wohnen.«

»Und das geht dich nichts an!«

Was für ein hilfloser und alberner Satz. Zu meinem Ärger bemerke ich, dass mir erneut das Du rausrutscht.

Sie quittiert es mit einem Lächeln. »So? Hat man sich getrennt? Er von dir oder du von ihm? Nein, sicher du von ihm. Du bist diejenige, die gebrochene Herzen hinterlässt.«

»Was willst du eigentlich? Mit mir flirten?«

»In einem schlechten Krimi flirtet der Detektiv immer mit der undurchschaubaren Schönen, vor allem wenn sie tatverdächtig ist. Außerdem sagt er immer: ›Das ist mir zu einfach‹, wenn die Indizien eindeutig sind. Till Deutschbein war dein Chef, und womöglich ist er dir an die Wäsche gegangen. Du kennst dich mit den Bonobos aus, du hattest Gelegenheit, dir Schlüssel und Zugang zu beschaffen. Folglich kannst du es gar nicht gewesen sein, mein Herz.« Sie wiegt den Kopf. »Aber die Polizei wird das nicht so sehen. In der ersten Zeugenbefragung hat sie dich offenbar links liegen lassen. Aber das wird sich ändern.«

»Nicht, wenn du nicht …« Ich beiße die Zähne zusammen. Aber sie hat schon verstanden.

»Wenn ich nichts weitersage? Nichts über dein Verhältnis zu den Bonobos? Aber, Schätzchen. Richard weiß es bereits. Und bei Mord versteht er keinen Spaß. Zudem sitzt er direkt dort, wo die roten Papiere beantragt werden. Haftbefehle nennen die sich.

Im echten Leben sind Verbrechen banal. Und Beziehungstaten. Sie werden dich holen, Camilla.«

Beinahe hätte ich laut herausgelacht. »Ich dachte immer, so etwas passiert nur im Film oder in Amerika.«

Das Lächeln fällt ihr kurz aus dem Gesicht und hinterlässt eine eigenartig dunkle Leere. Dann zieht sie die Kaspermaske wieder hoch. »Du machst mich irre, Camilla. Ich dachte immer, ich bin cool. Aber gegen dich bin ich ein Nervenbündel. Mal anders gefragt: Hast du eigentlich ein Alibi?«

»Für wann sollte ich denn eines haben?«

»Freitagabend bis Samstag früh, schätze ich«, antwortet sie.

»Dann spielen wir jetzt ein bisschen Detektiv und Delinquent, ja?« Ich überlege. »Am Freitag bin ich nach der Arbeit nach Hause gegangen. Habe mir Tee gemacht.«

Der Wasserkocher hat sich längst mit lautem Klick abgestellt.

»Später habe ich mir etwas gekocht. Ach so, ja, den Fisch habe ich mir auf dem Heimweg im Supermarkt in der Marktstraße besorgt.«

»Der Fisch wird es nicht mehr bezeugen können.«

»Filiz – eine Freundin von mir – hat angerufen, ob ich mit ihr später noch auf eine Nikolausfeier gehe. Ich war unschlüssig. Ich war … nicht so gut drauf. Dann bin ich bei einem Film auf Arte hängen geblieben.«

»Was für einer war das?«

»An den Titel erinnere ich mich nicht mehr. Ein älterer französischer Film. Es ging um ein Dienstmädchen auf einem Dorf und deren Freundin, eine Postbotin. Der Vater des Dienstmädchens ist bei einem Brand ums Leben gekommen, aber ihr hat man nichts nachweisen können. Die Postbotin hat ihre Tochter misshandelt, so dass sie gestorben ist. Auch ihr hat man Absicht nicht nachweisen können. Sie sagt, es sei ein Unfall gewesen. Sie lachen darüber. Am Schluss erschießen die beiden Frauen aus läppischen Gründen die ganze Familie, bei der das Dienstmädchen angestellt ist.«

»Hui«, macht Lisa.

»Ich wollte ihn gar nicht schauen«, sage ich, »aber ich bin nicht losgekommen.«

»Auch das ist kein Alibi«, sagt Lisa. »Den Inhalt eines Films kann man sich in Wikipedia aneignen.«

Dann hätte ich wohl den Titel gewusst, denke ich. Ich bin, bevor ich verhaftet wurde, nicht mehr dazu gekommen, ihn nachzuschauen. Vielleicht hätte es geholfen, die Bilder dieser Frauen mit diesen gefühllosen Gesichtern aus meiner Erinnerung zu vertreiben. »Um die grässlichen Bilder abzuschütteln«, erzähle ich, »bin ich dann doch noch auf die Nikolausfeier in die *Rote Kapelle* gegangen. Das ist am Feuersee.«

Lisa nickt. Sie kennt die Kneipe. Natürlich.

»Filiz war schon dort. Es gab ein Büfett und Musik und Tanz. Das muss so gegen zehn, halb elf gewesen sein. Später habe ich Filiz dann allerdings aus den Augen verloren. Ich habe mich eine Weile mit einem Typen an der Bar unterhalten. Wir haben getanzt. Wie er hieß, weiß ich nicht. So gegen zwei, halb drei bin ich nach Hause.«

»Du bist wohl eher ein lonesome cowgirl, hm?«, bemerkt Lisa. »Alleine kommen, ein bisschen flirten, abtanzen und alleine gehen.«

»Vielleicht.«

Sie schaut mich an. Wieder fallen mir ihre hübschen Augen auf. Was hat die für ein Problem?, frage ich mich. Nur wegen ein paar kaum sichtbarer Narben muss man sich doch nicht als Frau aufgeben.

»Okay«, sagt sie und steckt die Hände in die Taschen ihrer Sweatjacke. »Dann muss ich mal …«

»Eine Frage hätte ich jetzt aber noch«, sage ich.

»Ja?«

»Was wolltet ihr, du und Herr Weber, eigentlich vorhin im Zoo?«

Sie grinst. »Was Richard da wollte, ist mir schleierhaft. Er ist

Wirtschaftsstaatsanwalt beim Landgericht. Vielleicht war unser Deutschbein in irgendetwas verstrickt.«

»Till … Deutschbein? In was könnte der verstrickt gewesen sein?«

»Keine Ahnung, meine Schöne. Richard ist sehr verschwiegen. Aber wenn er seine Nase irgendwo reinhängt, geht es um organisierten Betrug, Steuerhinterziehung, Umsatzsteuerbetrug oder Bestechung und Bestechlichkeit in Tateinheit mit Untreue und Ehebruch und so weiter.«

Sie amüsiert mich wider Willen. Ihre Augen sind sehr wach.

Ich biete Lisa einen Tee an, gieße das Wasser, das schon mal gekocht hat, weg und fülle frisches Wasser in den Kocher. Sie besichtigt mein Bücherregal und zieht ein Buch heraus. »Du liest Gedichte? Droste-Hülshoff. ›Aus Schneegestäub' und Nebelqualm bricht endlich doch ein klarer Tag.‹ Das ist doch die, die in Überlingen am Bodensee auf dem Schloss gelebt hat. Die *Judenbuche*, der Alptraum des Deutschunterrichts. Dumpfe Psychologie eines Mörders mit böser Kindheit. Und man mag ihn einfach nicht.« Sie stellt das Buch zurück. »Bei dir stehen ja fast nur Frauen.«

»Zufall. Ich kaufe nur, was mich anspricht.«

Sie schaut mich an. »Zufall geht anders. Da darf der menschliche Verstand nicht beteiligt sein.«

»Es hat sich eben so ergeben.«

»Ich finde Bücher von Männern auch nicht mehr interessant«, erklärt sie. »Immer blickt er auf seinen Schwanz hinab und von dort zur Frau, die er will, aber nicht kriegt, weil sie sich nicht in einen Federfuchser und seine auktoriale Arroganz verliebt. Und dann tut er sich ganz doll leid und findet alle Frauen berechnend und falsch. ›Ich liebe dich, mich reizt deine schöne Gestalt. Und bist du nicht willig, so brauch ich Gewalt.‹ Literatur ist die Rache der Männer an den Frauen, die sich nicht ins Patriarchat fügen.«

Ich muss lauthals lachen.

»Ha, endlich lachst du, mein Herz!«

Auf einmal klingt es gut, wie sie »mein Herz« sagt. Ich ahne, was der kultivierte Staatsanwalt an ihr findet. Sie hat einen Freiheitssinn dort, wo andere – auch ich – ihre gute Erziehung haben und wo bei uns die Angst vor Verachtung, Gelächter und Strafe sitzt. Die hat als Kind dem Knecht Ruprecht die Rute weggenommen und ihn verprügelt. Vielleicht ist sie der Mensch, der sich nicht entsetzt vor meiner Mutter, der Kindsmörderin. Soll ich es ihr sagen?

Ich nehme das Teegeschirr aus dem Hängeschrank.

Manche sagen, Tee schmeckt nur im Glas. Steingut geht gar nicht. Ich finde, nur in einer zarten Porzellantasse kann Tee sein Aroma entfalten. Schon die Chinesen haben ihn aus Schalen getrunken. Tee braucht eine große Oberfläche für die rasche Abkühlung, während sein Körper in der Halbkugel der Schale heiß bleibt. Von der Oberfläche steigt in zarten rauchigen Dampfwolken der Duft empor und schmeichelt der Nase, während der erste Schluck, den man sachte über die Kante zieht, bereits eine Temperatur hat, an der man sich nicht mehr Lippen und Zunge verbrüht.

»Ich habe grünen Tee. Oder möchtest du lieber weißen?«

»Och …«

»Der weiße wird nur gewelkt. Der grüne wird auf Eisenpfannen getrocknet. Ihm fehlen die weißen Härchen auf der Blattunterseite.«

»Dann möchte ich lieber den mit Härchen.«

»Tee übrigens ist sehr gesund. Der grüne besonders.« Ich rede zu viel. Dabei möchte ich nicht, dass sie merkt, wie aufgeregt ich bin. »Er fängt freie Radikale. Wenn man Milch hineinschüttet, geht die Wirkung allerdings verloren.«

»Ah«, sagt sie. »Darum sind die Engländer so radikal. Und die Ostfriesen. Weil sie Milch in den Tee tun.«

Auch sie ist aufgeregt. Sie will mir eine der Tassen abnehmen, stößt dabei aber so ungeschickt an die Untertasse, dass die Tasse hüpft und fällt. Doch sie ist schnell, fängt die Tasse, bevor sie auf dem Tisch zerschellt.

»Hu!«

Wir lachen.

Ich kehre in die Küchenecke zurück, schwenke die Kanne, fülle das Teeei mit den großen Blättern eines Pai Mu Tan und gieße das leicht abgekühlte Wasser darüber, verfolge den Sekundenzeiger meiner Uhr und nehme das Teeei nach vierzig Sekunden heraus.

»Übrigens«, sage ich, »falls du Zucker willst, ich habe keinen im Haus.«

»Kein Problem. Dann muss ich schon nicht darüber nachdenken, was du mir in den Zucker getan haben könntest.«

Das Gelächter ist weg. Stille ballt sich im Raum. Vor den Fenstern fallen dicke Flocken durchs Licht.

»Sorry«, sagt sie, »das war ein blöder Witz.«

War es ein Versehen oder will sie mir bedeuten, sie werde keinen Moment lang vergessen, dass ich eine Mörderin bin.

Ich stelle die Teekanne auf den Untersetzer, der auf dem Tisch liegt. Endlich sitzen wir. Sie kostet. »Hm, schmeckt wie Heu.« Sie setzt die Tasse ab und beginnt, sie mit nervösen Fingern auf der Untertasse zu drehen. Ihr Blick ist aufmerksam. »Duzt ihr euch eigentlich alle in deinem Betrieb?«

»Weitgehend. Wir untereinander schon, mit den Vorgesetzten bin ich per Sie.«

»Nur mit Deutschbein nicht«, bemerkt sie.

Verdammt. »Wir …« Ich gebe mir einen Stoß, sie kriegt es sowieso heraus. »Wir kennen … kannten uns von früher, aus Tübingen. Wir haben zusammen studiert.«

»Oh!«, stößt sie hervor. »Auch das noch.«

»Damals war er Anarchist, Veganer und Punk. Wir haben Gramsci gelesen …«

»Wen?«

Ich winke ab. »Ein italienischer Kommunist, der unter Mussolini im Knast saß.«

Es interessiert sie nicht. Sie hat nur das gehört, was ich nebenbei verraten habe. »Wir?«, hakt sie nach. »Du sagst: Wir haben Gramsci gelesen. Das klingt nach unzüchtigen Spielen. Sag mir bitte, dass es nicht wahr ist, Camilla: Ihr wart zusammen.«

»Nur zwei Jahre. Er hat nicht verstanden, warum ich mit dem Studium aufgehört habe.«

»Das verstehe ich allerdings auch nicht, Schätzchen«, sagt sie. »Wer soll denn überhaupt noch studieren, wenn nicht du, das kluge Töchterchen der neuzeitlichen Fugger von Cannstatt.«

Jetzt müsste ich es ihr sagen. Das sind nicht meine richtigen Eltern. Aber ich sage es nicht. Ich rede über Till. Über den Anarchoveganer und Feministen. »Er hat sich sehr verändert in den Jahren nach unserer Trennung. Natürlich kann einer nicht ewig im Schottenrock mit Punkhaarkamm und Piercings herumlaufen. Aber seltsam war es schon, ihn plötzlich total businesslike zu sehen. Und vom Feminismus keine Spur mehr. Dabei war er es, der mir die Augen geöffnet hat für die mehr oder weniger subtile Benachteiligung von Frauen.«

»Ts-ts.« Lisa schüttelt den Kopf. »Ja, das kommt immer wieder vor: Weiße, die gern Schwarze wären, Bankierssöhne, die für die Arbeiterklasse streiten, Männer, die uns Frauen in den Kampf führen wollen.«

»Ungefähr so.« Ich nicke. »Till hätte gern die Affen befreit und mich. Hat aber beides nicht geklappt. Übrigens kannte er deine Freundin Sally. Er war dabei, als ich ihr von der Bonobostudie erzählte. Und kurz danach sind Tierschützer in die Wilhelma eingestiegen und haben Zäune aufgeschnitten.«

»Oh.«

»Frag sie doch mal, deine Freundin, ob er dabei war. Womöglich kann sie dir viel mehr über Till erzählen als ich. Könnte doch sein, dass er in ihren Augen – denen der Tierrechtler, meine ich – ein Abtrünniger war und … und bestraft werden musste.«

Lisa runzelt die Stirn, ist plötzlich missmutig. »Kann ich hier irgendwo eine rauchen?«

Ich deute auf die Balkontür.

Als ich von der Toilette zurückkomme, steht sie mit hochgezogenen Schultern auf dem verschneiten Balkon mit dem Rücken zur Glastür und tippt auf ihrem Telefon herum. Die Zigarette ist halb geraucht.

Ich trete hinaus. Gleich neben meinem Balkon erhebt sich die Flanke des Landhauses Bellevue. Die Kälte beißt. Die große Stadt ist noch stiller geworden.

Lisa hat gerade eine SMS geschrieben und macht das Display ihres Telefons dunkel. Sie schaut mich an und zieht ein Lächeln hoch.

»Was ist?«, frage ich.

»Nichts.« Sie zieht an der Zigarette, atmet tief ein, bläst den Rauch mit der Atemwolke gegen den orangeschwarzen Himmel, aus dem unaufhörlich Flocken fallen.

»Probleme mit Richard?«, frage ich.

»Wie kommst du darauf?«

Ich habe recht, denke ich, und die SMS, die sie eben geschickt hat, war an ihn. »Er hat mir erzählt, dass er einen Unfall hatte.«

Sie schaut mich an. »Das hat er dir erzählt? Sieh mal an. Ja, so ein Nahtoderlebnis verändert auch den stursten Rechtsstaatsfanatiker. Richard fängt an, die Regeln zu verletzen, vor allem seine eigenen.«

»Du siehst mir nicht aus, als wärst du ein Fan von Regeln und Leuten, die sie einhalten.«

Sie zieht einen Mundwinkel hoch zu einem verqueren Lächeln. »Aber wo ist der Spaß, wenn keiner aufjault, weil die Ordnung verletzt wird?« Sie lacht kurz. »Und was ist mit dir, mein Herz?«

»Was soll mit mir sein?«

»Bist du gern allein?«

»Ja.«

»Das kam schnell und überzeugend.«

Ich lache.

Lisa schaut sich nach einem Platz für die Zigarettenkippe um. »Wirst du mal das Pelzgeschäft deiner Eltern übernehmen? Oder gibt es noch andere Erben?«

»Ich habe keine Lust, Pelze zu verkaufen.«

Sie wirft die Kippe übers Geländer. »Zu meiner Zeit hat man ganz prinzipiell etwas gegen Pelze gehabt. Vor allem gegen Nerz. So ganz genau weiß ich allerdings nicht mehr, warum.«

»Weil niemand einen Pelz braucht, um nicht zu frieren«, erkläre ich. »Und wem Pelz gefällt, für den gibt es inzwischen hochwertige Fake-Fur-Pelze. Die sehen täuschend echt aus. Wer heute Nerz trägt, tut es aus Prestigegründen. Wie früher die Könige. Dass man aber Tiere in Pelztierfarmen quält und tötet, nur um die menschliche Geltungssucht zu befriedigen, ist ... nun ja ... primitiv und unkultiviert.«

»Schön gesagt. Du sprichst mir aus der Seele. Lammfellmäntel wären aber okay, oder? Und Opossum. Ich habe gehört, in Australien sind sie eine Plage.«

»Aber nur, weil sie ursprünglich von Pelztierzüchtern eingeführt wurden.«

»Und wann werden die Nerze in Deutschland zur Plage?«

»Sie sind es schon. Der nordamerikanische Mink ist inzwischen so oft befreit worden, dass er jetzt dem europäischen Nerz den Garaus macht. Er ist größer und aggressiver.«

»Tja, wie man es macht, ist es falsch.«

»Wir machen eben zu viel«, sage ich.

»Nichts machen ist auch ein Verbrechen«, antwortet sie und schlottert plötzlich.

Ich stoße die Balkontür auf und wir treten ins Warme. Sie bringt den Geruch nach Tabak mit hinein. Ich kenne ihn von Arne. Aber in meinem Zimmer wirkt er verboten fremd. Ich hätte gedacht, dass es mich stört, aber es stört mich nicht. Im Gegenteil. Ich finde es auf einmal aufregend.

»Ich habe meine ganze Kindheit latent Angst gehabt«, sage ich, »vor diesen Tierschützern. Wir waren irgendwie Aussätzige und ich sowieso …«

Sie schaut mich an.

Da sage ich es: »Ich bin die Tochter einer Kindsmörderin.«

Lisa stellt Fragen, auf die ich nie wirklich Antworten gesucht habe. Woher weiß man so genau, dass die Kinder keine Totgeburten waren? Ich weiß es nicht. Kann die Polizei das nicht feststellen? Man hat sie doch erst Jahre später ausgegraben. Was sieht man denn an Skeletten außer Knochenbrüchen? Der Rechtsmediziner braucht schon intakte Organe, um festzustellen, ob das Kleine nach der Geburt ein paar Atemzüge getan hat oder nicht. Und um ein Neugeborenes umzubringen, braucht man keine Gewalt. Ein Tuch überm Gesicht reicht.

»Aber man wird doch nicht eine Kindsmörderin suchen«, beharre ich, »wenn man es nicht genau weiß.«

Lisa ist da skeptisch. Wir kennen beide die Ermittlungsakte nicht. Was die Presse daraus gemacht hat, muss sich nicht mit dem Verdacht der Polizei decken. Man hätte sie eigentlich auch entschlossener suchen müssen. Zielfahnder der Polizei, meint sie, finden letztlich jeden, wenn sie wollen. Es sei denn, er ist nicht mehr am Leben.

»Da stimmt doch was nicht«, sagt sie. »Die haben dich betrogen, Camilla.«

Ich kann nicht richtig atmen. Meine Gewissheiten kippen. »Wer soll mich denn betrogen haben? Und warum denn?«

»Das Jugendamt«, antwortet sie hart. »Gemeinschaftlich mit deinen Pflegeeltern.«

»Das glaube ich nicht.«

»Sieh es mal so«, antwortet sie. »Sie haben ein Kind aus einer leeren Wohnung geholt, weil die Mutter nicht zu Hause und das Kind verdreckt war. Inobhutnahme nennt sich das. Und das geht blitzschnell.«

»Aber meine Mutter hat sich nicht darum bemüht, mich zurückzuholen.«

»Bist du sicher? Warst du dabei? Oder hat man dir das nur so erzählt?«

Mir bleibt die Sprache weg.

»Und dann passiert etwas«, fährt sie fort, »was ihnen im Nachhinein recht zu geben scheint. Man findet Kinderleichen, die genetisch mit dir verwandt sind. Schwupps wird sie zum Ungeheuer, vor dem man dich gerettet hat, allen voran deine braven Pflegeeltern. Man klopft sich auf die Schulter. Nicht in böser Absicht oder um dir etwas zu nehmen, sondern aus Liebe zu dir. Deine Mutter kann sich nicht wehren. Sie hat längst aufgegeben und ist weggezogen, vielleicht ins Ausland. Zurück bleibt nur ihr böser Schatten. Die Wahrheit interessiert deine Retter nicht.«

»Aber mich.«

Sie schaut mich an. »Hast du noch was anderes als Tee? Irgendwas Halluzinogenes.«

»Wie?«

»Was mit Alkohol, mein Herz.«

Haftbuch, Freitag, 17. Mai

Onkel Gerald hält die Frage für nicht relevant. Es wird nicht über meine Herkunft verhandelt, die mutmaßlichen Taten meiner Mutter spielen für das laufende Verfahren keine Rolle. Außerdem soll ich dem, was diese Nerz verzapft hat, nicht so viel Bedeutung beimessen. Sie hat doch nur mein Vertrauen gewinnen wollen. Und was dabei rausgekommen ist, das sehe ich ja. Ich sitze im Knast und sie springt fröhlich in der Weltgeschichte herum. Im Übrigen muss auch er sich jetzt leider von mir für drei Wochen in den Urlaub verabschieden.

Draußen leben sie auf Pfingsten hin und wir auf Lange-Riegel-Tage und Krise. Regen und Kälte bei den Hofgängen, wenn sie stattfinden. Die Schwalben fliegen auf Rasenhöhe. Dumme Vögel. Sie könnten doch über die Mauer hinüber.

Eine Neue pöbelt alle ausländischer Herkunft an. Du gehörst vergast. Häng dich auf, dann muss ich dich nicht kaltmachen. Einmal schleudert sie den vollen Teller auf die dunkelhaarige Rumänin Iliana und schreit: Putz das auf, du Zigeunerschlampe. Anschließend erklärt sie aufgebracht, Iliana habe sie gestoßen.

Haftbuch, Pfingstmontag, 20. Mai

Bei uns wird es eng. Denn draußen herrscht Freizeitstress. Wie immer an Wochenenden und Feiertagen. Trunkenheitsdelinquenz, Diskoprügeleien, bei denen einer liegen bleibt, Ehestreitigkeiten, die für einen in einer Messerklinge enden. Die Zellen werden knapp, denn es ziehen auch weniger in den Regelstrafvollzug um, weil die Richter Urlaub machen und keine Urteile gesprochen werden.

Gestern schließt am frühen Nachmittag eine Beamtin auf und stellt mir zwei Plastikbehälter hin. Fertig machen zum Zellenwechsel. Wieso?, frage ich. Ich komme in eine andere Zelle, antwortet sie. Aber wieso denn? Sie tritt zurück mit der Miene einer, die sich auf keine Diskussionen einlässt, und schließt.

Ich packe Laptop, Wecker, Radio, Tischlampe, Fernseher in die Kisten und stopfe Wäsche und Kleider drum herum. Seife, Zahnpasta, Zahnbürste müssen auch noch mit. Erstaunlich, wie viel sich in fünf Monaten ansammelt. Rabias Tätowierstift lasse ich im Bunker im Bettbein. (Falls sie meine Kisten filzen.) Vielleicht wird Yvonne die Zelle putzen – heute noch oder morgen – und ihn finden.

Dann sitze ich auf meinem Bett und wappne mich mit Argumenten. Sie können mich nicht in eine Gemeinschaftszelle legen. Ich habe Antrag auf Einzelunterbringung gestellt. Ich habe das Recht dazu als U-Häftling. Oder verlegen sie mich gar ganz woandershin? In ein anderes Gefängnis? Dürfen die das? Und wohin? Es gibt kein weiteres Frauengefängnis in der Nähe von Stuttgart. Nach Bühl werden sie mich doch wohl nicht bringen. Was genau hat die Schluse gesagt? Und ausgerechnet jetzt ist Onkel Gerald in Urlaub. Aber bevor ich die Notfallnummer seiner Kanzlei anrufe, will ich abwarten, was Sache ist. Zumal ich ja nicht selbst telefonieren kann.

Ich warte. Ausnahmsweise scheint die Sonne. Sie malt den Schatten des Gitters auf die Wand und schiebt ihn weiter. Ich habe das Fenster offen. Eine Amsel singt.

Da, endlich der Schlüssel. Abmarsch. Nein, vorher noch mein Bett abziehen. Ich lege die Bettwäsche über den Fernseher, staple die Kisten aufeinander und wuchte sie hoch. Schlusen packen grundsätzlich nicht mit an. Wir gehen den Gang entlang. Bitte nicht zu der Rechtsradikalen, bitte lass die Knaststrategen nicht auf die Idee gekommen sein, ich könnte auf die Halbirre einen beruhigenden Einfluss haben. Alles, bloß das nicht. Und bitte nicht zu der Suizidgefährdeten.

Doch.

Immerhin klebt der rote Punkt nicht mehr an der blauen Tür, die die Beamtin aufschließt.

Drinnen wartet Koza mit ihren Sachen. Sie tritt heraus und murmelt mir dabei zu: Viel Spaß mit der Psycho.

Was ist das für eine Reise nach Jerusalem? Wo kommt sie hin? Koza weiß es nicht. Vermutlich Dreierzimmer.

Ich trete ein. Die Tür schließt sich hinter mir.

Auf dem einen von zwei Betten sitzt die Frau und schaut mir entgegen. Ich weiß, dass sie von uns Jo gerufen wird und von den Schlusen Frau Vieregg. Ich bin ihr beim Aufschluss und am Mittagstisch begegnet, wir haben aber nie mehr als ein paar Worte gewechselt. Wenn die andern sie nach ihrer Tat gefragt haben, hat sie immer geantwortet: Ich habe nichts gemacht.

Mein Bett steht an der anderen Wand, gerade mal einen Meter von ihrem entfernt. Seit Jahren habe ich nicht mehr so dicht neben jemandem geschlafen. Mir bricht der Schweiß aus.

Ich hoffe, sagt sie, du hörst nicht ständig diese laute Türkenmusik und quatschst nicht so viel dummes Zeug wie Koza.

Auch noch Ansprüche stellen.

Es gibt nur einen Tisch. Er ist zugemüllt mit Geschirr, Tabak, vollem Aschenbecher, Waschutensilien, einem Handtuch, Vormeldern, Bleistift, einer angebrochenen Kekspackung und Kreuzworträtselzeitschriften.

Für mich, meinen Laptop und das Lämpchen ist da kein Platz. Ich bin versucht, ihren Krempel einfach runterzuwischen. Ich bin furchtbar wütend. Wie können die mir das antun? Warum ausgerechnet zu der? Und wer kriegt jetzt meine Einzelzelle? Irgendeine Prominente oder eine mit einem starken bösen Anwalt? Wissen die, dass Onkel Gerald in Urlaub ist?

Übrigens, ich rauche nicht.

Dann müssen wir uns eben irgendwie einigen, antwortet sie.

Bei mir auf der Hütte wird nicht geraucht, stelle ich klar.

Das ist nicht deine ... Hütte. Das ist auch meine, sagt sie, um einen Verhandlungston bemüht.

Ich stelle meine Kisten aufs Bett, nehme das Tabakpäckchen, schiebe den Vorhang, der die Toilette umgibt, beiseite und leere es in die Kloschüssel.

He!, schreit sie und springt auf.

Ich habe schon den Aschenbecher in der Hand. Er ist aus Plastik, aber die Drohung reicht. Sie bleibt stehen.

Ich werde mich beschweren, sagt sie.

Tu das, antworte ich und schütte die Kippen ebenfalls ins Klo und spüle. Dann ziehe ich den Vorhang wieder zu. Er ist halb aus der Deckenschiene gerissen. Aber er schottet den Blick von der dort Sitzenden ab. Immerhin.

Und nimm deinen Krempel vom Tisch. Eine Hälfte ist für mich.

So werden wir aber keine Freunde, sagt sie.

Ich schaue ihr in die starren blauen Augen und antworte: Nein, das werden wir nicht. Ich suche mir meine Freunde nicht im Knast.

Sie lacht entrüstet auf. Du bist doch auch nicht besser als die andern. Wegen irgendwas wirst du schon hier sein.

Ich versichere schon lang niemandem mehr, dass ich unschuldig in U-Haft sitze. Soll das Weib mich ruhig für eine besonders heimtückische Mörderin halten und sich Koza zurückwünschen. Sie hat ihren Fernseher mitgenommen. Ich stelle meinen auf. Ich sehe, dass sie hofft, dass ich ihn auch gleich anstelle.

Auf ihrem Bett liegt eine abgegriffene Frauenzeitschrift, die Koza ihr vermutlich überlassen hat. Rauchen, fernsehen und in Zeitschriften blättern, so liegt sie ihre U-Haft ab.

Während ich mein Bett beziehe und meine Schrankhälfte einräume – es gibt sogar einen abschließbaren Safe –, kann ich mich etwas beruhigen. Es beschämt mich, dass mich ein schlichter Zellenwechsel dermaßen aus der Fassung gebracht hat. Das habe ich bei den Affen nie kapiert, warum die in Stress geraten, wenn sie in einen anderen Käfig umziehen müssen. Es sollte sie doch freuen, etwas Neues zu sehen. Stattdessen blicken sie ängstlich umher. Jetzt verstehe ich es.

Ich sehe ein, ich habe mich der Frau gegenüber unmöglich benommen. Andererseits ist es gut, wenn sie gleich weiß, dass ich als Knastältere die Vorgaben mache.

Vorerst verzichte ich darauf, mir die Hälfte vom Tisch zu erkämpfen, und setze mich mit dem Laptop aufs Bett. Es ist still, vom fernen Straßenverkehr, dem Gesang der Anstaltsamseln und verhallenden Rufen abgesehen. Ich höre ihren schweren Atem. Den Atem einer Raucherin, dicht am Husten. Ich zwinge mich, nicht aufzublicken, sie aus meiner Wahrnehmung auszuschließen. Doch der Atem bleibt, rasselnd und zornig. Vermutlich schaut sie mich an. Überlegt, wie sie mich knackt. Ich muss all meine Kraft aufwenden, um meine Tränen und meine Verzweiflung zurückzuhalten.

Von allen Katastrophen, die mir noch haben passieren können, ist die, eine Zelle mit einer Fremden zu teilen, die mir nicht sympathisch ist, die schlimmste. Der mühsam errungene kleine Frieden, den ich mit meinem Aufenthalt auf Staatskosten geschlossen habe, ist gebrochen. Was ich mir an Würde und Selbstbestimmung über endlose Stunden des Alleinseins aufgebaut habe, ist futsch. Da hockt jetzt eine, atmet rasselnd und wartet darauf, dass ich mit ihr rede, damit sie mit mir einen Rauchkompromiss aushandeln kann oder ich wenigstens den Fernseher anstelle. Und sie will mit Sicherheit nicht dieselben Programme gucken wie ich.

Sollte sie sich nachts am Kabel meines Laptops aufhängen wollen, werde ich sie nicht daran hindern. Das ist gewiss. Oder doch? Ich sollte es tun, denn ob das Netzkabel danach noch zu gebrauchen wäre, ist zweifelhaft, und es dauert Wochen, bis mein Antrag auf ein Ersatzkabel genehmigt ist und es geliefert wird.

Haftbuch, Mittwoch, 22. Mai

Am schlimmsten ist der Gestank beim Scheißen, der die Zelle füllt. Des eigenen schämt man sich vielleicht, wenn eine Schluse eintritt, bevor man gelüftet hat, aber der einer Fremden ist invasiv, greift meine Ekelzentren an, hebt mir den Magen. Jo kann nichts dafür. Den ersten Tag hat sie gar nicht gekonnt. Sie gesteht mir, dass sie bei Koza fünf Tage nicht konnte und sich vom Anstaltsarzt ein Abführmittel geben lassen musste. Mit durchschlagendem Erfolg, sagt sie und lacht.

Ich gebe mir Mühe zu lächeln. Auch mir fällt es schwer, keine meiner Notdurften mehr alleine verrichten zu können. Wir machen den Fernseher an oder lassen ihn laufen, damit Augen und Ohren was zu tun haben, wenn die andere am Waschbecken steht und sich mit dem Lappen unter die Achseln, um die Brüste und zwischen die Beine fährt. Jo hat die Figur einer Fünfzigjährigen mit ordentlich Bauch und dicken Hinterbacken.

Haftbuch, Freitag, 24. Mai

Ich habe sieben Kinder geboren, erzählt sie beim Waschen, obwohl ich gar nicht hingucke. Da ist man nicht mehr schlank und rank.

Ich gucke sie an.

Sie redet weiter, während sie sich unter den Achseln abtrocknet, dann an Brüsten und Bauch, dann die Arschfalte, die Beine hinunter, die Füße, jeweils auf den Stuhl gestellt, Zehe für Zehe.

Vier davon tot, drei lebend, sagt sie. Und jetzt soll ich auf einmal eine Kindsmörderin sein. Das muss man sich mal vorstellen. Als ob ich nicht genug daran zu tragen hätte, dass ich vier Kinder verloren habe. Jetzt soll ich sie auch noch mit meinen eigenen Händen umgebracht haben.

Vier Babys? Vier?

Mir fährt es heiß unter die Haarwurzeln, gleich darauf wird mir kalt, ich kriege keine Luft mehr, oder vielmehr, ich habe so viel Luft in der Lunge, dass ich keine mehr einatmen kann. Vier tote Babys, und das fünfte ...

Das fünfte bin ich.

Aber meine Mutter ist doch ... Sie kann doch nicht plötzlich ... Und wieso jetzt auf einmal ... ich spinne jetzt wohl total.

Was ist?, fragt sie. Alles in Ordnung mit dir?

Jaja.

Sie kommt herbei, nackt, wie sie ist. Gewaltige Massen mütterlicher Sorge, kalte Augen, eine emotionslose Zuwendung.

Lass mich! Fass mich nicht an!

Ich muss sofort raus. Hier kann ich keine Sekunde länger bleiben. An die Tür zum Alarmknopf. Doch gelähmt bleibe ich sitzen. Was passiert denn, wenn ich die Ampel haue? Sie lassen mich nicht raus, nur weil ich kurz frische Luft brauche. Nur eine Runde im Hof. Ich werde sonst verrückt. Sie werden höchstens fragen, ob man einen Arzt bestellen soll. Dann säße ich diesem mitleidlosen Mann gegenüber, der uns immer zuerst für Simulantinnen hält. Der fragt dann: Möchten Sie, dass ich Ihnen eine Beruhigungsspritze gebe? Meine Kolleginnen sagen, er gibt sie immer in den Po. Hosen runterlassen heißt bei uns der Arztbesuch.

Ich muss mich selbst beruhigen. Irgendwie. Ich muss.

Haftbuch, Sonntag, 26. Mai

Sie erzählt pausenlos, ohne gefragt zu werden. Sie beschwört ihr bisheriges Leben mit einer Unmenge Details über Haus, Garten, Hund und Familie. So als wäre sie nur auf Urlaub und könnte es später wieder aufnehmen. Für den Ältesten, der in Konstanz Geologie studiert, am Wochenende die Wäsche waschen, für den Jüngsten mittags kochen. Er macht eine Lehre beim Vater. Ihr Dieter ist Schreinermeister. Sie ist in Amtzell zu Hause, irgendwo in Oberschwaben. Ich hoffe, sagt sie, als läge dies im Bereich des Möglichen, dass ich zum Geburtstag des Jungen wieder zu Hause bin. Er wird in drei Wochen achtzehn. Das muss doch richtig gefeiert werden.

Sie hat noch nicht begriffen, dass sie nicht mehr Mitglied des Gesangsvereins und der Wandergruppe ist, dass es keinen nachbarschaftlichen Tratsch vor dem Supermarkt mehr gibt, keinen Wochenmarkt, keine Freunde, keine Geburtstagseinladungen mehr, und dass ihr Mann sie verlassen wird.

Sie erzählt mir, was sie ihrem Dieter am nächsten Besuchstag alles sagen muss. Freut sich auf den Tag hin. Meine Arbeitsdienste sind Flucht und Urlaub aus dem Alptraum.

Haftbuch, 27. Mai

Jo ist auch so eine, die nur im Kino geraucht hat und nicht versteht, warum sie hier ist. Sie scheint zu glauben, was sie sagt. Wenn ich erkläre, ich hätte nichts mit der Tat zu tun, wegen der ich verhaftet wurde, klingt es vermutlich genauso. Darf ich die anderen für Leugnerinnen halten, wenn ich mich selbst ausnehme?

Oder belüge ich mich selbst? Womöglich gibt es angesichts unauslöschlicher Schuld einen Totstellreflex der Erinnerung. Und wenn man vier Babys getötet hat, dann erträgt man das nur, indem man glaubt, sie seien tot geboren worden.

Freitag, 31. Mai

Es regnet und regnet. Ich will raus, Wasser schmecken, Luft holen, aber der Hofgang ist ausgefallen. Die Amseln singen. Auf der Hütte Katastrophe. Dieter ist nicht gekommen. Als ich von der Arbeit zurückkehre, ist Jo in Tränen aufgelöst. Sie versteht die Welt nicht mehr. Im Grunde weiß sie, warum er nicht gekommen ist, lenkt sich aber noch mal mit einem Angstanfall ab. Vielleicht ist ihm etwas zugestoßen. Und sie sagen es mir hier nicht. Ich muss telefonieren. Das können sie mir doch nicht verbieten. Ich muss wissen, was los ist.

Sie drückt den Alarm und streitet sich mit der Schließerin herum, die sie nicht telefonieren lassen will. Sie kann ihr nur anbieten, dem Sozialdienst Bescheid zu geben, der sich morgen darum kümmern wird. Aber bis morgen kann ich nicht warten, schreit Jo. Das halte ich nicht aus.

Man hält alles aus im Knast, es geht ja nicht anders. Ich setze mich zu ihr aufs Bett, lege den Arm um sie und fühle ihre zitternden Muskeln. Sie schafft es nicht, sich eine Zigarette zu drehen, der Tabak krümelt, das Papier schlägt Falten. Ich mache es für sie. Sie zündet sich die Zigarette mit wütend bebenden Händen an. Bläst den Rauch in die Zelle, schaut ihm finster hinterher.

Nein, sagt sie, ich habe Dieter nie was erzählt von den anderen Kindern. Wozu auch? Olle Kamellen.

Sie haben sich in Spanien kennengelernt, dort geheiratet. Erst als der Älteste in die Schule kommen sollte, sind sie zurück nach Deutschland. Dieter hat die Schreinerei seines Vaters übernommen. Sie waren glücklich. Nun ja, zufrieden. Probleme gibt es immer. Dieter war nicht zu Hause, als die Polizei kam, er war auf einer Baustelle in Ravensburg. Morgens um sechs sind sie gekommen, mit einem roten Wisch. Sie hat es erst gar nicht kapiert. Verhaftet? Aber wieso denn? Ich habe doch gar nichts getan. Nicht mal einen Lippenstift im Laden hat sie je mitgehen lassen. Niemals. Sie soll ihre Kinder umgebracht haben? Mein Gott, zwanzig Jahre liegt das zurück. Und jetzt kommen die damit. Sie hat gedacht, das klärt sich ja schnell auf. Am Nachmittag ist sie wieder zu Hause. Sie hat niemandem Bescheid gegeben, nur dem Sohn einen Zettel auf den Küchentisch gelegt.

Und jetzt sitze ich hier schon seit ... seit drei Wochen!

Noch keine Zeit, denke ich.

Dieter vertraut mir, beschwört sie ihre alten Gewissheiten. Er kennt mich doch. Ich könnte keinem Kind was zuleide tun. Sie bläst den Rauch in die Zelle.

Im ersten Schock versichern sie einem immer, dass sie dir glauben, denke ich. Nachher kommen sie ins Grübeln. Meine Pflegemutter Isabel war vor Ostern das letzte Mal hier, mein Pflegevater noch nie, Lukas auch nicht. Der letzte Brief, in dem Isabel sich für ihr Wegbleiben entschuldigte, klang abgekühlt. Sie hätten viel zu tun im Geschäft. Die Weltwirtschaftskrise. Gustav hat eine kleine Operation überstanden, Leistenbruch. Er darf nichts mehr heben. Lukas ist mit Hochzeitsvorbereitungen beschäftigt.

Auch Filiz schreibt immer seltener. Ich verstehe das. Meine Antworten sind beunruhigend oder inhaltsleer. Besucht hat sie mich nie. Vermutlich will sie meiner Pflegemutter die Besuchszeiten nicht wegnehmen. Von Heidrun habe ich nie etwas gehört. Wenn ich an sie denke, schäme ich mich. Sie glaubt am Ende wirklich, ich hätte ihre geliebten Affen missbraucht, um meinen

Exlover zu töten. Dass einer meiner ehemaligen Kollegen sich rührt, habe ich nicht erwartet. Auch wenn ich Arne durchaus zugetraut hätte, dass er sich nicht anstecken lässt vom Kesseltreiben. Das einzige Schreiben aus meiner Firma kam von der Personalabteilung. Es war die Kündigung.

Samstag, 1. Juni

Es schüttet. Wieder kein Hofgang. Überall Hochwasser. Der Neckar schäumt, sehe ich in den Nachrichten. Die Flüsse steigen. Passau erwartet ein Jahrhunderthochwasser. Menschen bauen Dämme, ertrinken, verlieren alles. Ich bin Beobachterin zweiter Ordnung, wir sind es fast immer, ich wäre es auch, wenn ich frei wäre, aber ich könnte es ändern, könnte mich auf die Wilhelmsbrücke stellen, das Rauschen hören, den Neckar riechen, die Bedrohung fühlen. Weil der Mensch gern in den eigenen Sinnen abspeichert, was außerordentlich und gefährlich ist. Am meisten fehlen mir die Gerüche.

Haftbuch, Montag, 3. Juni

Etwas Seltsames ist passiert. Zu einer völlig unerwarteten Stunde, heute Vormittag halb zehn, hat mich eine Beamtin von den Putzeimern geholt und zu den Besuchsräumen geführt.

Sie lässt mich gleich in den Raum eintreten und bleibt selber draußen. Nur mein Verteidiger kann mich an jedem Tag besuchen. Es ist aber nicht Onkel Gerald, sondern dieser gut gekleidete Staatsanwalt, Dr. Richard Weber. Hellbrauner Anzug mit Weste, Krawatte und Manschettenknöpfen. Er riecht dezent nach Duschpflege und Rasierwasser.

Er bittet mich höflich, Platz zu nehmen, setzt sich erst, als ich sitze, und blickt mich wach und interessiert an. Meine deprivierten Sinne, Herz und Hirn weiten sich.

Sie fragen sich vermutlich, eröffnet er das Gespräch, warum ich hier bin.

Nein, ich genieße einfach.

In der Tat, sagt er mit musikalischer Stimme, ist es nicht üblich, dass ein nicht ermittelnder Staatsanwalt einer Angeschuldigten einen Besuch abstattet. Er schaut mich mit seinen asymmetrischen, etwas verschlagenen Augen an und beugt sich leicht vor, als müsse er ausschließen, dass jemand mithört. Ich habe weder Ihren Verteidiger noch Staatsanwältin Meisner im Vorfeld informiert. Und ich habe auch nicht vor, es im Nachhinein zu tun. Betrachten Sie bitte diesen Besuch als rein privaten.

Niemand ist dein Freund, sage ich in meinem Kopf auf, auch wenn er noch so verständnisvoll tut. Aber ich finde, ich habe ein Recht auf Dummheit. Man erwirbt es sich, wenn man monatelang isoliert von vernünftigen Sozialkontakten zubringen muss.

Ich gebe Ihnen mein Wort, fährt Weber fort, dass nichts von dem, was wir hier besprechen, diesen Raum verlässt. Jedenfalls nicht mit mir.

Am liebsten hätte ich gelacht wie über einen gemütlichen gemeinsamen Scherz. Erst jetzt merke ich, was ich seit meiner Verhaftung vermisse: Diskrektion. Ebenjene respektvolle Distanz im Umgang miteinander, die mir die Wahlfreiheit lässt, zu entscheiden, wie viel Nähe ich zulasse, was ich preisgebe und was nicht, weil es niemanden etwas angeht. Nein, ich sehne mich nicht nach Nähe und Intimität, schon lange nicht mehr, sondern nach der lockeren Geborgenheit unter Arbeitskollegen, auf einer Geburtstagsparty oder unter Konzertbesuchern. (Meine Beziehung zu Till ist in Wahrheit zerbrochen, weil ich ihm nie das letzte Vertrauen entgegenbringen konnte, weil ich ihm nie gesagt habe, dass ich die Tochter einer Kindsmörderin bin. Wir sind uns fremd geblieben.)

Okay, sage ich. Und was hätten wir zu besprechen?

Weber greift sich in die Jacke. Er zieht eine Zigarettenschachtel hervor und bietet mir eine an.

In den Besuchszimmern ist das Rauchen verboten, sage ich.

Es ist ihm egal. Als Beamter steht er im Rang weit über den Schließerinnen. Die werden ihn nicht ermahnen. Ich nehme eine

Zigarette. Er gibt mir Feuer. Es ist die fünfte Zigarette in meinem Leben. Mittlerweile kann ich rauchen, ohne beim ersten Zug zu husten. Weber steht auf, öffnet das Fenster und setzt sich wieder.

Ich habe seinerzeit befürwortet, dass Meisner Ihnen einen Laptop genehmigt, beginnt er. Nach meinem Dafürhalten sprach auch nichts dagegen, Ihnen den Computer zurückzugeben, nachdem man ihn beschlagnahmt hatte.

Warum eigentlich?

Webers Miene deutet an, dass er seine Kollegen für harmlose Trottel hält. Weil, antwortet er, eine eifrige oder neugierige Beamtin beim Blick auf das, was Sie gerade schrieben, entdeckt zu haben meinte, dass Sie den Mord an Ihrem ehemaligen Professor gestanden haben. Sie hat es der Anstaltsleiterin gemeldet, und die hat umgehend die Staatsanwaltschaft informiert. Um den Sachverhalt zu klären, hat Meisner den Computer kurzerhand beschlagnahmen lassen. Eine zweifelhafte Maßnahme, die im Nachhinein nur dadurch zu rechtfertigen war, dass man Ihnen und Ihrem Verteidiger erklärte, es habe Verdacht bestanden, dass Sie sicherheitsrelevante Dinge niedergeschrieben hätten.

Habe ich aber nicht.

Nein, haben Sie nicht. Allerdings habe ich auf diese Weise Kenntnis von Ihrer schriftlichen Verteidigung – wie Sie das nennen – erlangt. Und Lisa hat nun …

Sie hat mich getäuscht und verraten, unterbreche ich ihn. Mit Verlaub, Herr Dr. Weber, auch wenn sie Ihre Bekannte ist …

Freundin, unterbricht er mich seinerseits. Ich ziehe die unmissverständliche Bezeichnung vor. Hinter meinem Rücken reden die Kollegen auch gern von Entgleisung, falls Ihnen das der sympathischere Begriff ist. Ich bezeichne sie am liebsten als meine Lebensgefährtin. Ich fühle mich zwar nicht verantwortlich für das, was sie tut, aber ich vertraue ihr. In Ihrem Fall, Frau Feh, konnte man gar nicht anders entscheiden, als die ermittelnde Staatsanwältin über die Erkenntnisse zu informieren, die

Lisa durch ihren Besuch bei Ihnen gewonnen hatte. Die Polizei wäre eh über kurz oder lang darauf gekommen, dass Sie eine private Beziehung zum Geschädigten hatten. Zusammen mit Ihrer Verbindung zu den Bonobos ergibt das einen dringenden Tatverdacht. Sie besaßen die Gelegenheit, die Kenntnisse und die Mittel, Ihren Exfreund ins Bonobogehege zu verbringen. Und ich kann mir, ehrlich gesagt, niemanden sonst denken, bei dem diese drei Elemente zusammenkommen. Kollegin Meisner hatte keine andere Wahl, als einen Haftbefehl zu beantragen.

Hätte man nicht erst einmal mit mir reden können, frage ich, statt mich gleich zu verhaften, vor allen Nachbarn?

Ich gebe zu, antwortet er, dass es etwas irritierend ist, wenn das Urteil von Staatsanwalt und Ermittlungsrichter schon feststehen scheint, bevor man selbst zum Vorwurf gehört worden ist. Ich kann Ihre Erbitterung nachvollziehen. Andererseits soll sich eine Anklage grundsätzlich auf Beweise gründen, nicht auf ein Geständnis. Das gilt auch für den Antrag auf einen Haftbefehl.

Was für Beweise wären das denn?, frage ich. Blutspuren hat man an meinen Kleidern ja nicht gefunden.

Sie könnten die betreffende Kleidung vollständig entsorgt haben.

Hätte ich mich dazu nicht auf der Straße vor der Tür ausziehen müssen?, frage ich, was ich auch Onkel Gerald schon erklärt habe. Und das im Winter?

Das wird das Gericht zu bewerten haben, blockt er ab. Ebenso wie die Tatsache, dass man am Schlüssel und an der Lederjacke des Geschädigten Ihre DNS sichergestellt hat.

Was denn für eine Lederjacke?, frage ich. Davon höre ich zum ersten Mal. Till hat nie Lederjacken getragen, als Veganer sowieso nicht. Aber auch im Geschäft habe ich ihn nie mit einer Lederjacke gesehen. Er trug lange Mäntel.

Weber blinzelt nur kurz und fragt: Warum haben Sie denn der Polizei bei der ersten Befragung verschwiegen, dass Sie

Deutschbein aus Tübingen kannten und mit ihm eine intime Beziehung hatten?

Es ging alles so schnell bei dieser ersten Befragung, verteidige ich mich. Die Polizisten waren müde, wollten nichts mehr wissen.

Er nickt. Seine Meinung von der Polizei scheint auch nicht sonderlich hoch zu sein. Wie dem auch sei, Frau Feh, es ist Aufgabe des Gerichts, den Sachverhalt abschließend zu klären. Ich bin nur gekommen, um Ihnen mitzuteilen, dass Lisa Ihre leibliche Mutter gefunden hat.

Ich huste Zigarettenrauch und drücke die Kippe im Miniaschenbecher aus, den Weber aus seiner Jackentasche befördert und auf dem Tisch geöffnet hat.

Mit der sitze ich seit Pfingsten in einer Zelle, sage ich.

Jetzt sieht er etwas konsterniert aus. Sie teilen mit Frau Vieregg eine Zelle?

Eine unnötige Frage. Gerade habe ich es gesagt.

Dann ist sie es also tatsächlich, stelle ich fest und frage mich: Hätte man mich nicht fragen müssen, bevor man uns zusammenlegt? Aber nein, im Gefängnis wird niemand gefragt, was ihm recht wäre. Es fragt sich auch niemand, was das mit mir macht, wenn ich holterdiepolter entdecke, dass ich die Zelle mit meiner mörderischen Mutter teile. Für wie stark halten die mich eigentlich? Oder hat man mit einer mutmaßlichen Mörderin kein Mitgefühl mehr? Wer einen Menschen töten kann, der nimmt alles mit Gleichmut hin. Ich unterdrücke den aufsteigenden Zorn. Für Gefühle habe ich später noch stundenlang Zeit.

So war das nicht geplant, erklärt Weber

Ach so. Was war denn geplant mit mir? Und meiner Mutter? Ich werde nun doch ärgerlich.

Weber erläutert mir leicht verlegen, dass meine Mutter schon zweimal wegen schwerer Depressionen in Behandlung war und deshalb zwingend von einer Einzelunterbringung abgesehen werden musste. Aber sie sollte natürlich nicht einfach so mit mir zusammengelegt, nicht einmal im selben Stockwerk untergebracht werden. Der Psychologe hat vorgeschlagen, später ein erstes Zusammentreffen meiner Mutter mit mir in einem Büro des Sozialdiensts herbeizuführen.

Vermutlich ist Pfingsten schuld, sage ich, die Überbelegung nach den Pfingstfesten und die Feiertagsdienstler, die nicht Bescheid wussten. Ich höre mich an, als wollte ich mich für meine JVA und die Fehler der Beamtinnen entschuldigen. So weit bin ich schon, denke ich, dass ich eine Corporate Identity empfinde. Ich sehe Weber nicht an, ob er es gemerkt hat. Man erwartet doch jetzt hoffentlich nicht von mir, fahre ich bissig fort, dass ich meine Mutter zu einem Geständnis verführe.

Weber sieht erschrocken aus. Nein, nein!

Sie weiß übrigens nicht, dass ich ihre Tochter bin, erkläre ich ihm. Ich habe es ihr nicht gesagt. Auch weil ich mir nicht hundertprozentig sicher war. Und ich möchte nicht, dass es ihr irgendwer anders sagt. Den Zeitpunkt möchte ich selbst bestimmen.

Das kann ich nachvollziehen, antwortet er. Sie können übrigens erneut einen Antrag auf Einzelunterbringung stellen. Falls Sie das wollen. Dem muss unbedingt stattgegeben werden.

Ich weiß noch nicht.

Er nickt, als verstünde er mich.

//Und plötzlich schiebt er mir etwas über den Tisch zu. Es ist ein daumennagelgroßes Ding, ein Mini-USB-Speicher.

Ich verstehe nicht. Es ist illegal. Onkel Gerald hat es nicht gewagt, mir ein Speichermedium zu verschaffen, obwohl ihn niemand bis auf die Unterhosen filzt.

Was soll ich damit?, frage ich.

Er deutet ein Lächeln an. Man kann der juristisch begründeten Auffassung sein, dass ein Tagebuch mit der privaten Gedankenwelt gleichzusetzen ist und dem besonderen Schutz der Privatsphäre untersteht.

Was passiert, wenn ich ihn nehme? Fällt ein Beil und hackt mir die Hand ab? Will er mich reinlegen? Wird es in einer Woche eine Zellendurchsuchung bei mir geben? Will er mich verführen, das aufzuschreiben, was mir vor Gericht das Genick bricht? Ein Geständnis?

Außerdem – er lächelt schief – hat Lisa mich darum gebeten. Sie ist sich nicht mehr sicher, ob sie bei Ihnen richtig gelegen hat. Und da sie nicht mit Ihnen reden kann, erhofft sie sich auf diesem Wege von Ihnen Ansatzpunkte, denen sie nachgehen kann.

Meinem Computer wurden die Zähne gezogen, sage ich. Die USB-Slots sind verklebt.

Er steht auf. Sie werden einen Weg finden. Unnötig, Sie darauf hinzuweisen, dass es nicht nur unüblich, sondern absolut verboten ist, Speichermedien ins Gefängnis hinein- und herauszuschmuggeln. Sie könnten mich also in erhebliche Schwierigkeiten bringen. Er reicht mir die Hand. Montag in einer Woche komme ich wieder, sagt er. Dann nehme ich mit, was Sie mir übergeben wollen.

Okay. Ich nehme den Speicher.

Haftbuch, 4. Juni

Ich besitze ein Stück Büroklammer, das ich beim Putzen an der Tür der Abteilungsbeamtin aufgelesen habe. Es gelingt mir, damit die Abdeckung vom USB-Slot zu popeln. Jetzt kann ich meine Dateien auf den Mini-Speicher kopieren. Außerdem lösche ich die Passage von Webers Besuch, die ich gerade schreibe, auf der Festplatte (auf sichere Weise natürlich, ohne Spuren zu hinterlassen). So werde ich mit allen Passagen verfahren, die mich oder andere in Gefahr bringen könnten und die deshalb weder die Schlusen noch die Staatsanwältin oder ein Richter lesen sollen.

Das meiste lasse ich aber auf der Festplatte, denn es wissen ja alle, dass ich meine Verteidigung und Tagebücher schreibe. Wenn auf einmal nichts mehr im Laptop zu lesen wäre, würde man ihn mir vermutlich wieder wegnehmen.

Lisa wird es lesen. Lesen müssen. Dann sieht sie, was sie angerichtet hat. Und sollte sie tatsächlich einen Ansatzpunkt finden, wie sie mich hier rauszuholen kann, umso besser. Ich muss nicht jetzt schon wissen, ob ich ihr dann verzeihen werde.

Ich grinse vor mich hin. Was ich jetzt habe, nennt man eine Straße nach draußen. Üblicherweise dient sie dazu, über Gefängnisangestellte Drogen einzuschmuggeln. Und meine Straße nach draußen ist sogar ein Oberstaatsanwalt.

Den USB-Speicher verstecke ich, während meine Mutter hinter dem Vorhang auf dem Klo sitzt, draußen im Fensterrahmen unter einem lockeren Stück Zement in einer Ritze zwischen zwei Ziegeln.\\

Entlang der Elbe werden Dämme gebaut. Man redet jetzt von einem Jahrtausendhochwasser. Ich fühle mich seltsam behütet. Hier kann uns nichts treffen. Eine sterile Sicherheit. Sogar von Gefahren sind wir ausgeschlossen. Das macht mich unruhig.

Haftbuch, Mittwoch, 5. Juni

Mit meiner Mutter habe ich mich arrangiert. Sie hat mit mir zusammen den Tisch frei geräumt, an dem ich nun sitze und schreibe. Ich lasse sie im Fernsehen gucken, was sie will, meistens Shows, alberne Krimis und Dokusoaps mit lauten Werbeunterbrechungen. //Wenn Jo aufsteht, um hinterm Vorhang aufs Klo zu gehen, mache ich das Fenster auf, hole den USB-Speicher aus seiner Ritze, stöpsle ihn ein und kopiere auf ihn, was ich geschrieben habe. Danach lösche ich die Passagen aus meinem Haftbuch, die die Anstaltsordnungswächter auf den Plan rufen würden. Damit ich keine übersehe, kennzeichne ich sie mit // und \\. So kann ich sie auch schnell suchen. Manchmal reicht mir die Zeit noch, den USB-Speicher wieder in die Ritze zurückzustecken, bevor Jo vom Klo kommt. Manchmal kann ich es erst am anderen Morgen tun, wenn sie auf der Toilette ist.\\

Nein, ich werde ihr nicht sagen, dass ich ihre Tochter bin. Jedenfalls jetzt noch nicht. Ich will nicht, dass sie glaubt, sie sei mir nahe. Ich will diese Nähe nicht.

Aber ich frage sie ab und zu nach ihrem Leben. Sie ist in Rotenburg geboren, irgendwo zwischen Hamburg und Bremen. Erinnerungen hat sie nur ans Kinderheim in Bremen. Ihre Eltern waren Rocker, sagt sie, und sind erschossen worden. Sie sagt es, als wisse sie es genau. Dabei kann sie es nicht wissen. Irgendwer hat ihr irgendwas erzählt. Sie weiß nicht einmal, wer. Aber es ist dieser Glaube, in dem sie aufgewachsen ist. Von ihren Eltern hat sie nie Fotos gesehen. An den Namen ihrer Mutter erinnert sie sich nicht. Er ist verschollen. Das entsetzt sie. Sie weint.

Ich kenne immerhin den Namen meiner Mutter: Josefine Tanner. Aber das kann sie nicht wissen. Ich heiße ja jetzt Feh. Mein Vorname lautet Camilla. Auch diesen Namen kennt meine Mutter nicht. Denn als man mich Dreijährige fragte, wie ich heiße, habe ich Milla geantwortet. Meine Pflegeeltern haben es für die Abkürzung von Camilla gehalten. Von meiner Mutter erfahre ich nebenbei, dass ich Ludmilla geheißen habe.

Mein erstes Kind, das am Leben geblieben ist, sagt sie. Und das hat man ihr dann weggenommen.

Ich frage nach den näheren Umständen. Ihre Antworten sind verwaschen. Eine Räumungsklage, sie ist auf Wohnungssuche gewesen, und eines Tages, als sie zurückkam, hat Polizei vor dem Haus gestanden. Sie hat gedacht, sie räumen jetzt, sie nehmen ihr das letzte Geld ab und werfen sie ins Gefängnis. Sie hat auch gesehen, wie sie mich wegbrachten. Da hat sie sich umgedreht und ist weggegangen. Bei anderen Leuten hätte es die Kleine ja doch besser als bei ihr. Sie war krank – suchtkrank, vermute ich –, ohne Arbeit, sie konnte den Strom nicht mehr bezahlen. In Deutschland hat sie danach nichts mehr gehalten. Sie ist per Autostopp nach Spanien gefahren. Ich vermute, sie hat sich mit Prostitution durchgeschlagen. So deutlich will sie das aber nicht sagen.

Dieter ist ihre große Liebe gewesen, sagt sie. Es hat sofort Klick gemacht.

Ich frage sie nach den anderen Kindern. Den toten. Darüber

will sie nicht reden, es belastet sie zu sehr. Sie redet dann aber doch. Ohne fertige Worte und Sätze. Sie redet offenbar zum ersten Mal darüber. Ihre Erinnerung ist lückenhaft und summarisch. Die erste Schwangerschaft hat sie nicht bemerkt. Plötzlich Schmerzen. Sie hat sich aufs Klo gesetzt. Immer wieder. Und wie sie aufsteht, liegt plötzlich das Wurm in der Schüssel. Es ist tot. Woran sie das erkannt hat? Es hat sich nicht bewegt. Es hat nicht geschrien. Sie lässt es eine Nacht und einen Tag in ein Handtuch geschlagen im Badezimmer liegen.

Dann habe ich es weggebracht und begraben, sagt sie.

Die ersten drei waren von einem Mann, von dem sie nur noch den Spitznamen weiß: Kingkong. Selbst die dritte Schwangerschaft überrumpelt sie noch. Das Kind ist nach wenigen Stunden gestorben. Oder war es das zweite? Das vierte ist von einem anderen Mann, einem Holländer namens Sander – den Nachnamen hat sie vergessen –, der im Neckarhafen gearbeitet hat. Als es mit den Wehen losgeht, weiß sie immerhin, dass wieder ein Kind kommt. Und dieses Kind bin ich. Das vierte also.

Das fünfte war von wieder einem anderen Mann, mit dem sie nur ein paarmal im Bett war. Es war ganz winzig und kam tot.

Warum bist du nie zu einem Arzt gegangen?, frage ich.

Sie schaut mich ratlos an. Ich war doch nicht krank.

Aber als es losging mit den Wehen beim dritten, spätestens beim vierten Kind, da hättest du dich doch ins Krankenhaus bringen lassen können. Du wusstest doch, was kommt.

Sie überlegt. Vielleicht hätte ich sollen. Ja, du hast wohl recht.

Dann fällt ihr ein, was dagegen spricht. Ich hatte Angst, dass sie merken, dass es nicht mein erstes Kind ist. Dass sie Fragen stellen. Und außerdem wusste ich doch, wie es geht. Das Krankenhaus hätte ich auch gar nicht bezahlen können. Ich war nicht krankenversichert. Und dann die Beerdigungskosten und all das. So ist es doch auch gegangen.

Es hätte dir erspart, dass du jetzt in U-Haft sitzt, sage ich.

Das sieht sie ein. Sie schaut mich mit weit offenen Augen an und sagt: Aber ich habe doch keinem der Würmer was angetan, ehrlich nicht. Ich bin doch die Leidtragende. Und nachher habe ich zwei Buben großgezogen. Und meiner kleinen Ludmilla hat es an nichts gefehlt bis zum dritten Lebensjahr. Bis man sie mir weggenommen hat. Daran sieht man doch, dass ich eine gute Mutter bin. Ich kann doch nichts dafür, dass die anderen nicht lebensfähig waren.

Haftbuch, 7. Juni

Ich weiß nicht, ob ich ihr glauben soll. Die ganze Nacht und den ganzen Tag über kotze ich alles ins Klo, was ich zu mir genommen habe. Jetzt will die Schluse einen Arzt holen.

Sonntag, 9. Juni

Ich war zwei Tage auf dem Krankenrevier, wo ich an den Tropf gehängt wurde. Neben mir lag eine auf Entzug. Sediert. Nachts schrie sie. Aber es hat mir nichts ausgemacht.

Zum ersten Mal, seit ich hier bin, fühle ich mich frei und leicht. Es ist wie Urlaub. Ab und zu schaut jemand nach uns. In weißem Kittel, nicht in grüner Tracht. Ansonsten lässt man uns in Ruhe. Es gibt Joghurt. Vor dem Fenster rauscht der Wind in den Bäumen. Ich döse und lasse meine Gedanken wegtragen. Es scheint wohl doch noch Sommer werden zu wollen.

Ich begebe mich auf Fahrradtour durch Cannstatt raus, hoch auf den Kappelberg und dann durch den Schurwald, der das Remstal begleitet. Fast bis Schwäbisch Gmünd kann man so radeln, bevor es in Serpentinen wieder hinuntergeht nach Lorch. Und bis Stuttgart käme ich von hier auch. Oder ich fahre mal wieder am Neckar entlang nach Marbach.

//Bis heute Abend musste ich dann gesund und wieder auf meiner Hütte sein, denn morgen kommt Weber.

Haftbuch, 10. Juni

Er war wie versprochen hier, um meinen vollen USB-Speicher abzuholen und mir einen leeren zu geben. (Ich habe ihn beim Putzen in der Socke bei mir getragen.)\\

Freimütig, mit leiser und präziser Artikulation, sachlich, aber doch auch nicht ohne eine gewisse Abscheu erzählt Weber mir, was den Behörden über die toten Kinder meiner Mutter derzeit bekannt ist.

Das rechtsmedizinische Gutachten in der Akte der Soko Muckensturm lässt offenbar viel zu wünschen übrig. Ein eindeutiger Beleg für äußere Gewaltanwendung findet sich darin nicht, meint Weber, auch wenn der Gutachter resümiert, die Kinder hätten gelebt und seien vermutlich erstickt worden.

Damals, Anfang der Neunziger, war die Gentechnik noch nicht so weit wie heute und auch nicht die Methode der ersten Wahl. Eine zentrale Datenstelle gab es noch nicht. Erst Monate nach dem Leichenfund ist man darauf gekommen, die DNS einer der Babyleichen mit meiner zu vergleichen. Und dies auch nur, weil eine Zeitung einen Zusammenhang hergestellt hatte zwischen dem verwahrlosten Kind in der Wohnung am Zuckerberg und den Leichen vom Muckensturm.

Nach der Obduktion wurden die sterblichen Überreste aller Säuglinge auf Staatskosten in anonymen Gräbern auf dem Hauptfriedhof Steinhaldenfeld in Cannstatt beigesetzt. Nur von einer Leiche sind noch etwas Knochenmark und die DNS in der Asservatenkammer vorhanden. Das Material wird jetzt mit heutigen Mitteln noch einmal analysiert.

2006 wurden die Gräber dann aufgelassen und das Gebiet für neue Bestattungen freigegeben. Nur mit großem finanziellem und personellem Aufwand würden sich heute aus dem Erdreich unter den neuen Gräbern noch Knochenreste herausfiltern lassen. Und das würde man höchstens dann tun, wenn die begründete Erwartung bestünde, dass nur dies zur Entlastung der Beschuldigten beitragen kann.

Was das denn sein könnte, habe ich Weber gefragt. Was könnte meine Mutter entlasten?

Zum Beispiel Hinweise auf eine neonatal tödliche Erbkrankheit.

Und wie hat Lisa sie überhaupt gefunden?, frage ich.

Weber erzählt, zuerst hat sie sich tagelang in den Häusern an der Zuckerbergstraße umgehört. Als Zeitungsjournalistin: die Akte ungelöster Fälle noch einmal aufschlagen.

Die meisten, die heute am Zuckerberg wohnen, kannten meine Mutter nicht mehr. Aber in solchen Wohnblocks leben immer auch einige seit vierzig Jahren. Und eine dieser Alten erinnerte sich, dass die junge Frau Tanner ihr einmal eine Karte aus Spanien geschickt hatte. Sie besaß diese Karte aus dem Jahr 1991 sogar noch, weil ihr das Motiv so gut gefallen hatte. Die Postkarte zeigte eine Bar *La Concha* am Kai einer kleinen Hafenanlage. Gestempelt war die Marke in Águilas. Weil sie telefonisch nicht weiterkam, reiste Lisa Anfang April nach Südspanien und trieb sich dort einige Wochen herum. Über die Bar *La Concha* tat sie schließlich Leute auf, die sich an Josefine Tanner erinnerten, selten positiv. Sie muss so etwas zwischen Hippie und Nutte gewesen sein. Und immer wieder verlor Lisa die Spur, weil Jo – später zusammen mit einem deutschen Zimmermann – in einen anderen Küstenort weitergezogen war. Am schwierigsten wurde es, den deutschen Zimmermann zu identifizieren, weil sein Name zu denen gehört, die Spanier nur schlecht aussprechen können: Dieter Vieregg. Schließlich tat Lisa in Málaga ein älteres deutsches Ehepaar auf, dessen Ferienhaus die beiden – inzwischen Eltern eines Sohnes – eine Weile gehütet und instand gesetzt hatten. Und über die kam sie an eine Telefonnummer in Amtzell.

Sie rief die Nummer an und fragte, als sich eine Frau meldete, die nicht Vieregg hieß, nach irgendwelchen Schmidts. Die wohnen hier nicht, bekam sie zur Antwort, und haben hier auch nie gewohnt, denn das Haus gehörte bis vor ein paar Jahren einem Ehepaar Vieregg. Er ist inzwischen verstorben, sie im Pflegeheim. Der Sohn hat das Haus verkauft, weil er ein eigenes Haus mit Schreinerei besitzt.

Mit diesen Informationen fuhr Lisa Anfang Mai nach Amtzell, ein Städtchen bei Wangen im Allgäu, um sich unauffällig der Familie zu nähern. Sie sah die Schreinerei, zwei Söhne, einen Hund und eine Frau, die vom Alter her als meine Mutter in Frage kam, machte heimlich Fotos und stahl für eine Genprobe nachts ein Paar Gartenhandschuhe, die diese Frau einige Stunden angehabt hatte.

Diese Informationen übergab sie der Polizei. Die konnte die Identität der Frau als meine Mutter zweifelsfrei feststellen, holte den noch bestehenden internationalen Haftbefehl aus den Akten, nahm die Frau in Haft und brachte sie nach Gotteszell.

Lisa wirkt vielleicht zuweilen etwas wurstig, sagt Weber mit hörbarem Stolz, aber unterschätzen Sie ihre Findigkeit und Hartnäckigkeit nicht. Sie wird in Ihrer Sache Hinweisen nachgehen, für die die Polizei weder die Zeit noch das Personal noch die Einsicht aufbringt.

Haftbuch, Dienstag, 11. Juni

Vielleicht habe ich Hoffnung geschöpft. Endlich kümmert sich jemand um meine Sache. Wenn auch dieselbe, die mich hier hineingebracht hat. Habe ich eine Wahl? Und selbst wenn die beiden mich täuschen, so ist es das wert, sage ich mir. Für den Funken Hoffnung, der mir den Kopf hell und optimistisch macht und mich stärkt für die Einöde des Alltags. Unterbrochen von Panik. Viel Zeit ist nicht mehr bis Prozessbeginn.

Bis zu seinem Ende allerdings schon. Denn zu meinem Entsetzen hat mir Onkel Gerald klargemacht, dass mein Prozess in einundzwanzig Tagen beginnt, aber höchstwahrscheinlich unterbrochen wird, wenn in Baden-Württemberg Sommerferien sind. Es sind zwar zehn Prozesstage vor den Ferien angesetzt, aber auch vier weitere Tage nach den Ferien im September vorsorglich reserviert. Darf man so mit mir und meiner Lebenszeit umgehen? Hätte man den Prozessbeginn nicht zwei Wochen vorher festlegen können? Ich heule fast.

Onkel Gerald versucht mir zu erklären, dass für eine Große Strafkammer die Zeitpläne von drei Berufsrichtern und zwei Schöffen in Einklang gebracht werden müssen.

Aber Himmel noch mal: Ich soll sechs Wochen auf mein Urteil warten? Und wenn ich dann freigesprochen werde?

Onkel Gerald sieht nicht so aus, als hielte er das für eine Möglichkeit, über die wir ernsthaft nachdenken müssen.

Haftbuch, Mittwoch, 12. Juni

Auch Yvonne geht es nicht gut. Auch sie wartet viel zu lang, bis es losgeht, so oder so, mit der Haft oder einer neuen Verhandlung.

Wir unterhalten uns über Kunstgeschichte und Literatur. Sie erklärt mir Epochen und Stile, die sie sich in Vorbereitung auf ihr Fernstudium erarbeitet, ich erzähle den Inhalt von Büchern nach, die ich gelesen habe und lese. Damit wir Gotteszell gebildeter verlassen, als wir reingekommen sind, sagt sie und lacht.

Unser Knastkloster wurde im dreizehnten Jahrhundert von Benediktinerinnen gegründet. Gotisch also. Mit der Säkularisierung Anfang des 19. Jahrhunderts wurde es, erzählt mir Yvonne, zuerst württembergische Strafanstalt für Männer. Das älteste Gefängnis in Baden-Württemberg. Dann wurde es Landesfrauenanstalt. Die Nazis richteten eine Schutzhaftabteilung ein, das erste Konzentrationslager für Frauen in Württemberg. Zum Ende des Zweiten Weltkriegs saßen hier sechshundert Frauen. Derzeit sind es nur noch die Hälfte. Viele Gebäude stehen unter Denkmalschutz. Den Kreuzgang gibt es auch noch.

Ich sehe Yvonne zwar unter der Woche ständig, aber reden können wir immer nur während der einen Stunde Hofgang und jeweils ein paar Minuten über den Arbeitstag verteilt. Dass wir alleine miteinander reden, ist nicht vorgesehen. Es geht nur zwischen Tür und Angel, ein kleines Lächeln, »Na, du Schöne«, ein kleiner Streichler übers Gesicht, ein Händedruck.

Ich möchte gern mehr Zeit mit ihr verbringen. Deshalb habe ich Antrag auf Umschluss zu Yvonne gestellt. Wenn unsere zuständigen Richter das genehmigen, dann könnte ich sie auch mal für eine Stunde auf ihrer Hütte besuchen. Heute hat mich nun die Abteilungsbeamtin in ihr Büro gerufen. Sie ist eine mütterliche Frau, die blitzschnell von herzlich zur Drohung umschalten kann: Das wird Konsequenzen haben.

Frau Feh, sagt sie, Sie haben Antrag gestellt auf Besuchsgenehmigung auf der Zelle von Frau Graubner. Sie schaut mich prüfend an. Wartet auf meine Erklärung. Sie warten immer darauf, dass wir überstürzt losreden und ihnen Ansatzpunkte geben, die es ihnen erlauben, Konsequenzen zu ziehen.

Wir haben uns angefreundet, sage ich. Wir können uns gut miteinander unterhalten.

So, Sie können sich gut unterhalten?

Erwartet sie eine andere Antwort? Ich stehe lächelnd an der Bürotür. Hast du Angst?, denke ich. Ja, die umstürzlerische Dynamik der Liebe bedroht diejenigen, die alles unter Kontrolle haben wollen.

Ihre lauteren Absichten in allen Ehren, sagt sie, aber ich muss Sie warnen. In Ihrem Interesse. Und zwar vor jeglichem persönlichen Verhältnis zu Ihren Mithäftlingen. Im Gefängnis suchen einige Frauen in Ermangelung regulärer Sexualkontakte die Nähe zu Mithäftlingen, insbesondere unerfahrenen Frauen ...

Denkt sie etwa, ich bin unerfahren? Nach fast einem halben Jahr Knast?

Und nicht selten, erklärt sie mir, kommt dabei Gewalt zur Anwendung. Gewisse Praktiken kann man nicht unterbinden, das ist ihr bewusst, aber wo die Dinge zu offensichtlich werden, muss rigoros eingeschritten werden.

Aber uns in der Dusche einschließen, sage ich.

Ob es da Vorkommnisse gegeben hat, fragt sie.

Nein, antworte ich. Ich erzähle ihr nicht von den Blicken, nicht von einem schnellen bösen Griff zwischen die Beine oder an die

Brust einer anderen. Oder vom Schaumgeschmuse zweier Mädchen unterm gemeinsamen Duschkopf. Aber ich erzähle, dass die Rechtsradikale kürzlich Iliana mit Seife beworfen hat. Überhaupt beschimpft sie ständig Frauen, die ausländisch aussehen. Wieso unterbindet das niemand?

Ich habe - aber das erzähle ich nicht - in der Dusche die geworfene Seife in mein Handtuch gewickelt und damit zugeschlagen. Auf den nackten Rücken der Rechtsradikalen. Mach das noch einmal, habe ich sie angeschrien. Komischerweise hat es Eindruck gemacht, auf sie genauso wie auf die anderen. Seitdem schreit die Nazisse nicht mehr herum, wenn ich dabei bin. Nur raus in die Nacht brüllt sie ohne Ende: Vergasen, an die Wand stellen, die Türkenhuren, nach Deutschland kommen, Sozialhilfe abgreifen, stehlen und betrügen und sich im Knast durchfressen. Fick dich, schreit es zurück. Es ist immer laut in den Nächten, vor allem, seit es draußen wärmer geworden ist. Sie unterhalten sich von Fenster zu Fenster.

Sie werde dem nachgehen, sagt die Grüne.

Da steht sie in ihrem Büro mit Zugriff auf das Telefon - vielleicht hat sie Internet - und fühlt sich mir moralisch und sozial überlegen, vielleicht sogar intellektuell.

Nun ja, sagt sie unerwartet nachgiebig, vorbehaltlich der richterlichen Genehmigung wird es von ihrer Seite keine Einwände gegen einen Umschluss auf die Zelle von Frau Graubner geben. Aber entscheiden wird die Chefin, ob das mit der Anstaltsordnung vereinbar sei.

Jaja, die Anstaltsordnung.

Andrea hat mir mal einen *taz*-Artikel gegeben, in dem steht, dass das Wort Umschluss von den RAF-Terroristen erfunden wurde, von Andreas Baader. Es ging nicht nur in den Knastjargon, sondern auch ins amtliche Vokabular des Strafvollzugs ein. Es war Luxus-U-Haft, was die hatten. Sie konnten sich treffen, Männer und Frauen, sie bewohnten alleine eine Zelle für drei oder fünf Gefangene. Sie saßen den ganzen Tag zusammen auf dem Gang herum. Sie durften sich über ihr Verfahren beraten, obwohl genau das bei unsereiner streng verboten ist. Solche Angst hatte man, bei denen was verkehrt zu machen. In meinem Fall hat niemand Angst, etwas verkehrt zu machen.

Inzwischen hat Yvonne Andreas Zelle gereinigt. Sie hat Haftverschonung bekommen. Ganz plötzlich. Nur von wenigen hat sie sich noch verabschieden können. Wir hören, sie sei jetzt nicht mehr wegen Mordversuchs angeklagt, nur noch wegen Widerstands gegen die Staatsgewalt.

Yvonne lacht und flucht, als ich von meinem Gespräch mit der Abteilungsbeamtin erzähle. Ich bin nicht lesbisch, sagt sie. Ich auch nicht, versichere ich ihr. Wir gucken uns in die Augen und lächeln wie zwei Verliebte. Der Knast ist kein Ort für Vertrauen und Zärtlichkeit. Und wir beide kommen nicht zusammen. Die Genehmigung auf Umschluss wird nicht erteilt.

//Dafür schreiben wir uns jetzt abends Briefe, die wir klein zusammenfalten und morgens in der Socke zur Arbeit mitnehmen, um sie uns verstohlen zuzustecken, damit jede von uns etwas mitnehmen kann in den Abendeinschluss. Meine sind sehr krakelig. (Ich muss ja mit der Hand schreiben, denn der Austausch unter U-Häftlingen ist verboten, und jeder Ausdruck einer Textdatei hinterlässt Spuren auf dem Computer.) Yvonne amüsiert sich über meine Kinderschrift.

Nach Dienstschluss ziehe ich mich hinter den Vorhang aufs Klo zurück und entfalte Yvonnes Kassiber. Heute Nacht bist du wieder bei mir gewesen, lese ich. Plötzlich standest du in meiner Hütte. Dein blondes Haar hat geleuchtet. Du bist zu mir unter die Decke geschlüpft und hast mich in den Bauchnabel geküsst und dann darunter und noch ein Stück darunter. Es war total schön.

Ich verbrenne den Brief über der Kloschüssel. Sie tut es mit meinen auch. Das haben wir einander versprochen.

Wieder ein Liebesbriefchen?, fragt meine Mutter und lacht. Nein, sie will es nicht wissen. Dann seufzt sie. Ihr fehlt der Mann.

Ob ich draußen einen Freund habe, fragt sie. Warum ich ihr nichts von mir erzähle. Warum ich sie behandle wie eine Aussätzige. Was sie mir denn getan hat.

Ich muss warten, bis sie schläft. Muss Abendessen, *Verbotene Liebe*, Nachrichten und DSDS hinter mich bringen und lauern, bis sie schnarcht, bevor ich mir Yvonnes Brief in Erinnerung rufen und masturbieren kann.\\

Oft denke ich auch an Lisa.

Fortsetzung Verteidigung Camilla Feh

Was ich meiner Mutter eigentlich am meisten vorwerfe, hat sie mich gefragt.

»Dass sie es nie für nötig gehalten hat, mir zu erklären, warum sie mich am Leben gelassen hat«, antworte ich. »Warum ich überlebt habe.« Auf einmal stürzen mir die Tränen aus den Augen.

Lisa legt den Arm um mich. Ich verliere die Fassung. Als ob ihre Geste mir zu Bewusstsein brächte, was ich entbehrt habe. Meine Pflegemutter hat mich bestimmt liebevoll großgezogen. Aber ich habe mich ihr nie verbunden gefühlt. Immer fiel der Schatten meiner Mutter zwischen uns. Weder sie noch irgendjemand anders hat mich je nach meinem Verhältnis zu meiner Mutter gefragt.

Es gibt ja eines, obwohl ich mich nicht an meine Mutter erinnere und nicht weiß, wo sie ist. Nie wollte jemand wissen, was ich für sie empfinde und was ich für Fragen an sie habe. Es hat sich niemand angeboten, mit mir darüber zu sprechen. Immer haben sie mit Entsetzen reagiert und ihre Abscheu gegen eine Person hinter mir gerichtet, die ich nicht sehe, wenn ich mich umdrehe. Danach gab es für mich etwas Mitleid von der Sorte, die nicht genau wissen will, welcher Art mein Leid ist.

Ich habe es selbst nicht gewusst. Ich will auch gar nicht heulen, ich will mich nicht selbst bemitleiden. »Andere haben es schwerer gehabt in ihrem Leben.«

»Oh, du meine schöne Heilige«, ruft Lisa leise und erzählt mir etwas von pietistischer Selbstkasteiung versus katholischer Sünden- und Zorneslust. Dem Hass die Zügel schießen lassen, selbstgerecht klagen wie ein Hiob, und dann zur Beichte, bereuen und verzeihen. Das sei die gesündere Reihenfolge.

Sie streicht mir die Haare aus dem Gesicht, streichelt mir über Schläfe und Stirn. Ich weiß, was sie will, fühle mich trotzdem nicht bedrängt. Ich hoffe, dass sie fortfährt, bin gespannt. Ich kenne mich ja gar nicht aus mit so was. Ihre Sweatjacke verströmt einen Geruch nach Tabak und Leben. Und es ist noch etwas dabei, was mich plötzlich erregt.

Was sagt eigentlich ihr Typ dazu, dieser Staatsanwalt?

Wie ein verbotenes Tun fühlt es sich an, was meine Lust steigert. Über lesbischen Sex redet es sich nicht so leicht wie über Heterosex. Ich war mit Lisa im Bett, das würde ich draußen nie erzählen, auch dann nicht, wenn ich das Bedürfnis verspürte, meine Affären wie die Beute meiner Attraktivität zu präsentieren.

»Darf ich, meine Schöne?«, fragt Lisa und legt die Hand auf die Innenseite meines Schenkels. »Darf ich wirklich?«

»Ja, mach schon!«, antworte ich.

Sie grunzt, zieht mir Bluse und Pullover aus dem Hosenbund, schiebt die Hand hinein.

Ich möchte nichts tun, nichts entscheiden, nicht aufpassen, ich möchte den Überblick verlieren, einmal in meinem Leben nicht an die Folgen denken, keine Zukunft und Vergangenheit haben, nichts zurückhalten, kein Geheimnis hüten. Hinterm Vorhang von Schnee, der draußen fällt, wie Adam und Eva vor der Entdeckung der Scham sein.

Sie hat es nicht eilig. Ihre Ruhe steht im Gegensatz zu meiner Gier. Was die Gier steigert. Sie zieht mich halb aus, füllt ihre

Hände mit meinen Brüsten, führt mich ins Schlafzimmer, legt mich aufs Bett, entkleidet mich. Im Unterschied zum Beischlaf mit Till ist keine Liebe dabei. Keine Kommunikation, die hinterher, wenn man sich erinnert, peinlich werden könnte. Sie holt sich ihrs und ich mir meins. Danach werden wir uns nicht wiedersehen.

Kurz vor zehn geht sie, den Hund erlösen, wie sie sagt. Ihren Dackel, der Cipión heißt. Er wartet in ihrer Wohnung – wo auch immer die ist – darauf, dass sie mit ihm Gassi geht.

Im Internet schaue ich nach, woher der Name kommt. Cipión und Berganza, so heißen die beiden Hunde, die Cervantes in einer Novelle miteinander sprechen lässt. Der eine, Berganza, ein Bullenbeißer und Diener vieler Herren, der andere, Cipión, ein Naiv-Ironischer. Es ist das Letzte, was ich im Internet nachschaue, ohne einen Gedanken daran zu verschwenden, dass ich mir ein Leben ohne den schnellen und freien Zugang zum Wissen gar nicht vorstellen kann.

Schon bei der Zigarette auf dem Balkon muss Lisa per SMS an Weber die Nachricht geschickt haben, dass ich Tills Mörderin bin. Er hat dann seine Kollegin Meisner angerufen, damit sie den Haftbefehl beantragt. Anders kann ich mir nicht erklären, warum sie gleich am anderen Morgen auf der Matte standen.

//Haftbuch, Samstag, 15. Juni

Und nun habe ich Lisa doch noch mal gesehen. Weber hat sie zu unserem vereinbarten dritten Termin mitgebracht. Sie sieht lächerlich seriös aus: grauer Rock, graue Weste, rosafarbenes T-Shirt, rosafarbene Pumps. Er hat sie am Tor als seine Gehilfin ausgegeben, und sie haben ihm geglaubt, nur weil er Oberstaatsanwalt ist. Jede Regel kann gebrochen werden, das weiß ich inzwischen. Auch im Knast. Es muss nur eine Macht dahinter stehen, die Angst erzeugt.

Ich schiebe wie beim letzten Mal meinen USB-Minispeicher über die Tischplatte und bekomme von Weber einen neuen.

Auf dem Tisch liegt ein schwarzes Buch, das Lisa umdreht, so dass ich den Titel sehen kann. Weiße Schrift: Le Bon. Rote Schrift: *Psychologie der Massen*. Alles in Großbuchstaben. Lisa schlägt es auf. Ins innere Blatt hat jemand - ich denke, ein Mädchen - eine Telefonnummer geschrieben und ein Herz darum gemalt.

Lisa grinst. Tja, die Bücher und Richard, das sind gute Freunde. Er hat letzte Woche die Antiquariate abgeklappert, online, per Telefon und zu Fuß. Ist es das?

Ja, das ist es. Das ist das Buch, das Professor Schmaleisen damals gekauft und mir gezeigt hat, kurz bevor er im Neckar unterging. Ein Punkt für uns.

Lisa gibt es Richard, der es in eine Aktentasche steckt. Jetzt muss, sagt sie, der Antiquar nur noch gefoltert, hypnotisiert oder unter Drogen gesetzt werden, damit er sich erinnert, von wem er das Buch erworben hat.

Und dann ... dann wissen wir, wer Schmaleisen umgebracht hat?

Lisa nickt.

Weber widerspricht: Nein, keineswegs.

Schon recht, du Bedenkenträger, erwidert sie. Womöglich hat sich ja auch nur ein Obdachloser von den Neckarbrücken der Weihnachtseinkäufe von Schmaleisen bemächtigt, die irgendwo am Neckardamm zurückgeblieben waren. Und der Obdachlose hat natürlich sonst auch gar nichts gesehen und ist womöglich heute auch gar nicht mehr am Leben.

Ich werde sowieso nicht wegen Schmaleisen angeklagt, sage ich.

Komischerweise sagen beide nichts dazu. Plötzlich kapiere ich. Falls sich der Antiquar erinnert, das Buch von einer jungen blonden Frau gekauft zu haben, wird man die Anklage gegen mich um ein Tötungsdelikt an Schmaleisen erweitern.

Mir pocht das Herz. Offenbar lerne ich nicht, dass die beiden nicht auf meiner Seite stehen. Sondern ganz woanders. Vielleicht auf der Seite einer Fiktion von Gerechtigkeit oder auch nur Selbstgerechtigkeit. Es schmerzt Lisa, einen Fehler gemacht zu haben. Und wenn man einen Fehler gemacht hat, kann man auf zwei Weisen reagieren: Man versucht ihn wiedergutzumachen, oder man setzt alles daran, zu beweisen, dass man keinen begangen hat.

Ich erwäge aufzustehen und mich zurückschließen zu lassen. Aber ich besinne mich. Willst du mich noch mal reinlegen?, frage ich Lisa.

Wieso? Wann hätte ich dich reingelegt?

Ich lache auf. Warum sitze ich denn hier? U-Haft ist kein kleines Abenteuer zur Bereicherung des persönlichen Erfahrungsschatzes.

Ja, sagt Weber überraschend vehement, man verliert seine bürgerliche Identität.

Haben Sie denn etwa schon mal in U-Haft gesessen? (Eine Schluse hat mir mal erzählt, sie habe sich auf der Zelle einschließen lassen, um zu spüren, was uns so zermürbt. Hat es aber nicht gespürt.)

Weber nickt. Er hat nicht aus Neugier gesessen, sondern unter Mordverdacht.

Ich muss lachen.

Aber nur kurz, schränkt er ein. Es war eine aufschlussreiche Erfahrung.

Tja, das kommt in den besten Familien vor, bemerkt Lisa.

Die U-Haft lässt sich im Rückblick regelmäßig dann nicht rechtfertigen, sagt ihr Gespiele, wenn sich bei der Verhandlung die Unschuld des Angeklagten erweist.

Ich bin unschuldig.

Man weiß es aber halt einfach nicht so genau, antwortet er.

Doch, man weiß es. Die meisten meiner Kolleginnen leugnen gar nicht, sie bagatellisieren höchstens.

In etlichen Fällen, erwidert der Staatsanwalt, verhilft allerdings erst die Erfahrung der U-Haft dem Beschuldigten zu der Einsicht, es könnte vorteilhafter sein, mit den Behörden zu kooperieren.

Ah, man kocht ihn weich. Was würde ich bekommen, wenn ich gestehen würde?, frage ich.

Wenn Sie die Tat begangen haben, wird sich ein Geständnis strafmildernd auswirken.

Und wenn nicht?, frage ich zurück. Dann wird es strafverschärfend sein, dass ich es leugne, oder wie?

Er antwortet nicht.

Die Straferwartung bei Mord liegt ohnehin bei lebenslänglich. Weniger geht nicht, mehr auch nicht. Allerdings, eine besondere Schwere der Schuld könnten sie noch draufpacken. Dann käme ich nicht nach fünfzehn Jahren frei.

Weber bietet mir und Lisa Zigaretten an und gibt uns Feuer. Dann steht er auf und geht ans Fenster. Die Schachtel lässt er auf dem Tisch liegen. Lisa schiebt sie mir hin und beugt sich vor.

Sie schwitzt. Draußen knackt der Sommer. Freibad wäre schön. Weber trägt cremefarbene Hosen und ein violettes Poloshirt. Den Sakko hat er über die Lehne gehängt. Beide riechen nach Sonne und Freiheit. Nachher werden sie in einem gekühlten Auto nach Hause fahren. Durchs liebliche Remstal. In Stuttgart angekommen sind sie vielleicht in Stimmung, sich in einen Biergarten zu setzen. Sie haben ja Zeit. Sie können sich Auszeiten von meiner Geschichte nehmen. Nur ich sitze wie auf glühenden Kohlen eingeklemmt zwischen der Zeit, die ich schon hier bin, und der, die noch vor mir liegt. Die eine erscheint ungreifbar kurz und vertan im Rückblick, die andere endlos und nicht zu schaffen.

Pass mal auf, meine Schöne, sagt Lisa leise. Ich habe eine sehr indiskrete Frage an dich, die – sie blickt sich zu ihrem Gefährten um, der uns den Rücken zukehrt und sich taub stellt – Richard dir ums Verrecken nicht stellen will. Sally hat mich darauf gebracht. Übrigens hat sie zugegeben, dass Till damals dabei war, als sie versucht haben, Tiere in der Wilhelma zu befreien. Genauso wie diese Andrea, die du hier in der U-Haft getroffen hast.

Und ich war mir so sicher, dass eine Tierbefreiung, bei der Till dabei ist, professioneller und spektakulärer abgelaufen wäre.

Lisa wiegt den Kopf. Vielleicht ist es ihm eigentlich um was anderes gegangen, mein Herz.

Ich erschrecke, weiß aber nicht, warum.

Sally engagiert sich derzeit sehr für die Orang-Utans, fährt sie fort. Die Wälder auf Borneo und Sumatra werden immer weiter abgeholzt, um Platz zu schaffen für Akazien- und Ölpalmplantagen für den sogenannten Bio-Kraftstoff.

Ja, man schießt die Mütter aus den Bäumen – zwanzigtausend in den letzten zehn Jahren – und verkauft die Orang-Utan-Babys, falls sie überleben, an reiche Leute oder Zoos.

Dann weißt du sicher auch, sagt Lisa, dass manche Orang-Utan-Weibchen in bestimmten Etablissements landen, wo sie Männern für Sex zur Verfügung stehen. Als äffische Huren gewissermaßen, nein, als Sexsklavinnen, denn sie werden ja nicht bezahlt.

Ich weiß das, hätte es aber lieber nicht gewusst. Früher habe ich mich manchmal gefragt, warum sich die Äffinnen nicht wehren. Aber Gefangenschaft macht feige und schwach. Das weiß ich jetzt. Und Orang-Utan-Weibchen sind friedlich bis zur Lethargie. Sie brauchen ihre Kraft zum Klettern.

Es gibt Organisationen, erzählt Lisa, die entsprechende Reisen und Kontakte vor Ort vermitteln, übrigens nicht nur nach Indonesien, sondern auch in die USA oder europäische Länder. Und es gibt Tierparks oder Bauernhöfe, die sich auf Gäste dieses Kalibers spezialisiert haben. Sex mit Tieren ist in Europa nicht strafbar, vorausgesetzt, man fügt ihnen dabei keine erheblichen Schmerzen oder Leiden zu, wie es so schön heißt. Und es sind durchaus nicht nur Männer, die daran Interesse haben. Mäuse, denen man das Maul zugeklebt hat, in der …

Ich winke ab. Das muss sie jetzt nicht ausführen. Ich höre förmlich den einstigen Anarchoveganer Till dozieren: Sodomie ist Tierquälerei. Punkt. Da gehören Gesetze her. Genauso wie gegen Massentierhaltung und Pelzhandel. Und so weiter.

Lisa berichtet von einer Internetrecherche, die sie mit Hilfe eines Jungjournalisten aus der Tierrechtler-Szene unternommen hat. »Zoos« nennen sich diejenigen, die noch verhältnismäßig offen Auskunft über ihre Neigung geben. Foren gibt es für alles, angefangen bei lyrischer Zoophilie, bis hin zu illegalen Praktiken, bei denen die Tiere zu Tode kommen.

Es gibt nichts, was der Mensch nicht tut. Das unterscheidet ihn vom Tier. Das tut nur das, was der Ernährung, Fortpflanzung oder Konfliktbewältigung dient.

Wie gesagt, Sodomie ist zwar nicht illegal, sagt Lisa, aber die Leute bleiben unter sich. Homosexuelle können sich heute vergnügt outen, Zoophile eher nicht.

Sie schaut mich an.

Ich verstehe nicht. Dann erschrecke ich. Till? Nein! Nee …

Aber es war doch dein erster Gedanke, sagt Lisa, als du dich bei unserem Besuch im Menschenaffenhaus gefragt hast, warum um alles in der Welt Till einbrechen und sich ein Bonobokind hätte greifen sollen.

Sie hat meinen Text sehr genau gelesen.

Und ja, das könnte der Gedanke gewesen sein, der mir in dem Moment entwischt ist, als ich ihn zu halten versuchte. Er ist mir wohl zu ungeheuerlich erschienen. So wie jetzt.

Und dann der Schuh im Orang-Utan-Gehege, fährt Lisa fort. Den man am Morgen nach dem Besuch der Peofis-Truppe gefunden hat. Das einmal sperrangelweit offen stehende Fenster im Sommer. Nehmen wir an, Till war wenigstens drei Mal dort. Beim ersten Mal hat er den Lehrlingsschlüssel entdeckt, ein zweites Mal ist er gekommen, um sich Wachsabdrücke anzufertigen, beim dritten Mal hat er die Schlüssel ausprobiert und ist dabei irgendwie durch die Orang-Utans in die Bredouille geraten.

Es wäre eine Erklärung. Aber nein, so einer ist ... war Till nicht.

Was macht dich da so sicher?, fragt Lisa.

Ich starre sie an.

Oder bist du dir doch nicht so sicher?, fragt sie. Denk nach, Camilla. Denk das Undenkbare.

Ich versuche es. Till hat sich für meine Bonobos interessiert, auch für die Art, wie sie Sex machen, die Penisfechtereien der Männer untereinander, das GG-Rubbing der Frauen, und ob sie den Heterokoitus auch von vorn machen oder nur von hinten. Er ist mit mir mitgekommen. Meine Familie kennenlernen, hat er es genannt. Natürlich wollte er auch den berühmten Bonobosex sehen. Aber das ist doch normal und verständlich.

War es das?, fragt Lisa.

Besonders aufregend ist es nicht, antworte ich. Vor allem ist es sauschnell vorbei. Till war enttäuscht. Aber das heißt doch nicht, dass er ... Ich schüttle wieder den Kopf.

Aber Lisa lässt nicht locker. Denk genau nach. Hattest du irgendwann mal ein ungutes Gefühl bei seinem Interesse für deine Bonobos? Hat er sich auch sonst für Tiere interessiert? Ein längeres Verweilen seines Blicks auf Bildern von kopulierenden Tieren, das dir unbehaglich war. Hat er ein eher unmännliches Interesse an Tierfilmen im Fernsehen gezeigt?

Himmel, Till war Veganer, rufe ich. Er konnte den Gedanken nicht ertragen, dass Tiere unseren Interessen unterworfen werden. Für ihn war es schon Missbrauch, wenn ein Hund in einem

Film mitspielen musste. Über Naturfilme konnte er sich stundenlang ereifern. Für schöne Bilder stört man Vögel beim Brüten, für spektakuläre Aufnahmen rückt man Walen auf die Pelle. Er sah nur die kommerzielle Ausbeutung der Tiere zur Bespaßung des Fernsehpublikums, das sich seinerseits nicht die geringste Mühe macht, durch entsprechendes Konsumverhalten das Leben und den Lebensraum der Tiere zu erhalten.

Und so weiter und so weiter, sagt Lisa und lehnt sich enttäuscht im Stuhl zurück.

Andererseits ...

Ja?

Er hat sich ja verändert. Er war irgendwie verbittert. Ich dachte, er ist böse auf ... auf uns Frauen, letztlich auf mich.

Er hat dir nicht verziehen, dass du dich von ihm getrennt hast, befindet Lisa.

Ich weiß nicht. Ich war doch nicht so wichtig, nicht für ihn.

Sie lacht trocken und nimmt sich noch eine Zigarette. Dann redet sie sachlich weiter: Auf Tills Laptop findet sich auch nichts, was ihn in irgendeiner Form angreifbar gemacht hätte, hat mir einer aus der Soko versichert. Sie schaut dem Rauch ihrer Zigarette bis zur Decke hinterher. Sie sieht müde aus.

Und sonst?, erkundige ich mich. Konntest du sonst etwas ... herausfinden?

Sie richtet ihre grauen Augen fast gelangweilt auf mich. Die haben alle entweder Alibis oder keine Verbindung zu Till. Frau Seitz ist zwar bei demselben Nikolausessen gewesen wie Till an seinem Todesabend. Doch sie hat sich im Anschluss von einem Taxi nach Hause bringen lassen, und zwar nach Winnenden. Manuelas Mann hat wiederum keine Verbindung zu Till. Außerdem geht es ihr inzwischen wieder besser.

Ich will nicht zulassen, dass meine Hoffnungen in sich zusammenfallen. Ich leugne vor mir selbst, dass ich Hoffnungen hatte. Lisa erwidert meinen Blick mit ausdruckslosen Augen. Wir sind am Ende. Ich werde verurteilt werden.

Was ist eigentlich mit dem Mann, der diese Event-Agentur-Chefin von Frau Feh auf der Theodor-Heuß-Straße angefahren hat?, fragt Weber plötzlich vom Fenster her.

Er liest noch genauer als Lisa.

Ja, Ilona Mergentheimer, rufe ich. Stimmt! Sie liegt, glaube ich, immer noch im Koma. Aber ... aber was hat das mit Till zu tun?

Kennt man denn den Unfallfahrer?, erkundigt sich Lisa erregt.

Ich kenne ihn nicht. Meine Gedanken flattern. Soweit ich weiß, wurde er verurteilt. Aber wenn das Till gewesen wäre ...

Was wird der bekommen haben?, überlegt Lisa.

Vermutlich so anderthalb Jahre auf Bewährung, antwortet Weber.

Ein guter Grund für Rache. Ilona hat Mann und Kinder.

Lisa schüttelt den Kopf. Aber Beziehungen zu den Bonobos hatten die doch sicher nicht.

Und wieder fällt alles zusammen.

Muss ich mich jetzt auch noch bei der Hyäne dafür bedanken, dass sie sich die Mühe gemacht hat, meine Mutter aufzutreiben? Ich kann keine Dankbarkeit in mir finden. Bestenfalls spüre ich Lisas Not. Sie hat einen Fehler gemacht, und den verzeiht sie sich nicht. Es ist ja auch ihr Ende. Wenn auch nur das ihrer Gewissheit, dass sie ihre Sache gut macht.

Hatte Till eigentlich einen Spitznamen?, fragt sie plötzlich.

Wie?

Einen Nickname, mit dem er sich üblicherweise in Foren angemeldet hat? Einen Kriegsnamen, wie ihn Jungs manchmal aus ihrer Jugend mitbringen?

Nicht, dass ich wüsste. Mein Hirn ist blank. Ich bin meilenweit weg von damals, der Tübinger Zeit und Tills Jugendgeschichten.

Doch. Es fällt mir ein: T-Bone. Manchmal auch Steak.

Sie lacht auf. Kopf hoch, meine Schöne. Du kommst hier raus. Und wenn ich den Laden eigenhändig sprengen muss.\\

Fortsetzung Verteidigung Camilla Feh

Mein letztes Gespräch mit Till vor seinem Tod war ein Streit. Ich habe ihm Manuela vorgehalten.

Tills Aufgabe bei Peofis war unter anderem die Kundenakquise. Er hat Golf gespielt und ist zu VfB-Spielen gegangen mit den Managern, in deren Betriebe wir dann unsere Berater geschickt haben. Vermutlich war er gut darin, ein Männerbündler. Das kann ihm keine Frau Dr. Seitz nachmachen. Es ist nie dasselbe.

Wahrscheinlich ist die Frage müßig, warum es Till nebenbei auch noch so wichtig war, Daniela oder Manuela, letztlich auch mich spüren zu lassen, dass er die Spielregeln bestimmt. Manuela hat in ihm einen Menschen gesehen, der sich nur gut fühlt, wenn andere sich schlecht fühlen. Vor allem Frauen. »Wenn er schon unsere Liebe nicht kriegt, dann sorgt er dafür, dass wir ihn hassen«, schrieb Manuela in ihren Protokollen noch relativ zu Anfang. »Es ist viel einfacher, sich Feinde zu machen als Freunde.« Wie der unglückliche Bonobomann Njema, der sich so gern an die Scheibe legt, um sich zu ärgern, wenn Leute dagegenklopfen. Einer, der negative Gefühle sucht, weil er sie leichter bekommt als Harmonie und Zuneigung.

»Er verweigert mir den Urlaub«, schrieb Manuela in ihren Gedächtnisprotokollen, »weil er genau weiß, dass es mir wichtig ist, mit meinem Mann Urlaub zu machen. Er will gebeten werden, dachte ich. Aber je mehr ich bitte und bettle, desto härter bleibt er. Er nennt es Gerechtigkeit. Er sagt, da könne ja jeder kommen. Er genießt es, wenn ich verzweifle.«

Till hat mich von seiner Sekretärin zu sich hoch rufen lassen. Gehen Sie durch, sagt sie zu mir, als ich ins Vorzimmer trete. Till steht von seinem Schreibtisch auf, der am Ende des Büros lauert, streckt mir die Hand hin, als hätten wir nicht einst intimere Berührungen ausgetauscht, hinter die man nicht zurückkann, und bittet mich Platz zu nehmen. Er hat eine Bücherwand und eine Couch mit Tisch und zwei Sesseln in seinem Büro stehen, von dessen Fenstern man ins Neckartal blickt, das winterdürr unter tiefem Himmel liegt. Die ersten Schneeflocken fallen schon, Schnee ist angekündigt, aber dass er die Stadt begraben wird, ahnt man noch nicht.

Till nimmt wie immer auf der Couch Platz, legt den Knöchel des einen Beins aufs Knie des anderen und breitet seine Arme auf der Rückenlehne aus. So installiert, fühlt er sich gut, groß und sicher. Manuela hat die Geste und ihre Reaktion darauf erbittert beschrieben: »Ich mache mich schmal, schlage die Beine übereinander, ziehe die Ellbogen an den Körper, sitze krumm, ducke mich.«

Ich bin nicht Manuela. Ich nehme die Bedingungen meines einstigen Geliebten nicht an. Eine davon ist, dass ich im Sessel eine Haltung gespannter Unterwerfung einnehme. Er will, dass ich gute Miene zum bösen Spiel mache. Damit das geschieht, muss das Spiel böse werden. Die Verlängerung meines Jahresvertrags steht zur Debatte. Manuela kommt ja nun nicht wieder.

»Wie geht es dir?«, fragt er. Sie lernen das in den Seminaren. Er hat es mich nach den ersten drei Wochen meines Probehalbjahrs auch schon gefragt. Es reichte ihm nicht, dass ich »gut« sagte. Er wollte mehr. Er lockte mit kumpelhaftem Augenzwinkern: »Die KoPla ist ja eine nicht immer einfache Abteilung. Daniela Hübner hat manchmal ganz schön Haare auf den Zähnen.«

Damals glaubte ich, man pflege einen offenen Umgang untereinander, und erzählte ihm wie unter Vertrauten, dass ich mich an Danielas Launen und Wutanfälle erst habe gewöhnen müssen. »Sie scheint ein bisschen zu hadern mit ihrer Position«, plauderte ich. »Aber inzwischen verstehen wir uns gut. Sie ist ausgesprochen kompetent und ziemlich unterfordert.« Heute noch schäme ich mich des ersten Teils meiner Aussage. Ich habe nicht gemerkt, dass er Informationen sammelt, um sie gegen andere zu verwenden. Wenig später hat er Daniela zu sich gerufen. Sie hat es mir erzählt. Ihm sei zu Ohren gekommen, sie maße sich eine Vorgesetztenrolle an und vergifte das Betriebsklima. Wer ihm so was zutrage, fragte sie ihn, aber er wollte natürlich keine Namen nennen. Ich habe ihr gleich gestanden, dass es meine Schuld war. Dabei hätte ich mehr Gewicht auf ihre Kompetenz gelegt. Aber auch Daniela hat sich nur das Negative gemerkt. Danach ist sie mit mir nur noch mittags essen gegangen, wenn Arne und Batari dabei waren.

»Mir geht es gut«, antworte ich jetzt auf seine Frage. Gemütlich zurückgelehnt sitze ich vor ihm im Sessel, die Arme locker auf den Seitenlehnen, die Beine nicht übereinandergeschlagen.

Er steht auf, er springt fast hoch, holt eine Mappe vom Schreibtisch, kehrt zurück, setzt sich wieder und blättert. »Wie du sicher weißt«, sagt er, »müssen wir demnächst über eine Verlängerung deines Vertrags entscheiden. Wie ich sehe, ist man im Allgemeinen recht zufrieden mit deinen Leistungen.« Er schaut gar nicht hoch.

»Was ist das denn für eine Akte?«, frage ich ihn. »Darf ich mal sehen?«

Er schaut hoch und wirkt erstaunt.

»Aber ich darf doch jederzeit Einblick in meine Personalakte nehmen«, sage ich.

»Das ist nicht deine Personalakte.«

»Wie? Du legst Dossiers über mich und andere an?« Ich bin verblüfft. Ist das erlaubt, frage ich mich. Ich werde mich beim Betriebsrat erkundigen. »Da bewegst du dich aber auf dünnem Eis.«

»Inwiefern?« Ich höre seiner Stimme an, dass er nicht entspannt ist. Er verteidigt sich: »Es steht doch nichts Negatives drin. Da kann ich dich beruhigen.«

»Und was steht in Manuelas Dossier? Hast du es noch?«

Er richtet sich auf, setzt sich ordentlich hin. »Wie darf ich das verstehen?«

Ich lächle ihn an. »Die hast du auf dem Gewissen, Till.«

Er gibt sich begriffsstutzig. »Ich verstehe nicht recht, was du mir hier andeuten willst, Camilla. Du bist weder Medizinerin, noch warst du damals im Betrieb. Du kannst dich also nur auf Hörensagen berufen. Und das, meine liebe Camilla, ist deiner unwürdig.«

Ich hänge meinen Blick ins Bücherregal. Ruhig bleiben. Nicht antworten. Sich nicht verteidigen.

Etwas fällt mir auf, in diesem Moment. Ich erinnere mich, ich habe gestutzt, war für den Bruchteil einer Sekunde abgelenkt. Ich habe etwas gesehen, aber ich komme nicht mehr darauf, was es war. Ich musste mich ja auf Till konzentrieren.

Er wird scharf und knödelt mit der Stimme. »Ich muss schon sagen, ich kann mir unter diesen Umständen nicht vorstellen, wie wir künftig vertrauensvoll zusammenarbeiten sollen.«

»Müssen wir ja auch nicht, Till«, antworte ich ihm. »Ich könnte mir gut vorstellen, dass es Frau Dr. Seitz interessiert, was du unternommen hast, um Manuela zu verunsichern und zu demütigen. Und vielleicht sind ja auch andere bereit, über ihre Erfahrungen mit dir als Vorgesetztem zu sprechen.«

»Es tut mir leid, aber ich kann dir nicht ganz folgen, Camilla«, sagt er mit gespielter Verwunderung. »Gerade bei Manuela – deren Erkrankung niemand mehr bedauert als ich – dürften die Ursachen eher im privaten Bereich zu suchen sein. Alles andere ist eine infame Unterstellung.«

Ich lache. »Till, hörst du dir eigentlich noch zu beim Reden? Denkst du wirklich, du kannst mich beeindrucken? Ich weiß doch, dass du beim Sex ein Frühstarter bist.«

Er zuckt zusammen, wechselt die Farbe und ballert zurück: »Das kann man aber auch ganz anders sehen, meine liebe Camilla. Du bist doch ungefähr so erregbar wie kalter Kamillentee.«

Es trifft mich. Aber ich spüre den Schmerz nicht. Ich bin wütend. Auf ihn, auf meine Mutter, auf meine Feigheit, auf das Scheißspiel meines Lebens. »Hat dich deine Frau deshalb verlassen?«, lege ich nach. »Und bist du eigentlich sicher, dass das Kind von dir ist?«

Till springt auf. Nie habe ich eine solche Wut im Gesicht eines Menschen gesehen, Hass in den Augen, Mordlust. Eben noch rechne ich mit allem, doch im nächsten Moment sackt er zusammen, wendet sich ab, geht zu seinem Schreibtisch.

Es ist nicht der Moment, »es tut mir leid« zu sagen. Es würde ihn nicht erreichen. Es tut mir auch nicht leid.

Wie ich aus dem Büro hinausgelangt bin, weiß ich nicht. Seine Sekretärin guckt mich entsetzt an und fragt, ob alles in Ordnung ist. »Sie sind ganz weiß.«

»Nein, alles okay«, antworte ich.

»Was war denn los?«, fragt auch Arne, als ich runterkomme und mich außer Atem an meinen Platz setze.

»Till wird meinen Vertrag nicht verlängern«, antworte ich ihm.

»Ach, da reg dich mal nicht auf«, sagt er. »Das entscheidet der ja nicht alleine.« Ich muss Arne ziemlich skeptisch angeschaut haben, denn er beugt sich vor und sagt durch die Lücke der Computer hindurch mit gesenkter Stimme: »Der Knochen hat gerade selber ein paar Probleme.«

»Ach.«

Er grinst. »Ich sage nur: Spesenabrechnung. Der Knochen war Anfang des Jahres in Australien. Wegen eines Kunden, der mit einem Großauftrag winkte. In Sydney. Doch den Großauftrag haben wir bis heute nicht. Und jetzt hat mir ein Vögelchen gezwitschert, dass der Knochen auch einen Flug nach Brisbane und einen weiteren nach Longreach, Queensland, abgerechnet hat. Genau dort wohnt seine Ex mit der Tochter. Auf einer Rinderfarm im Outback. Und die brauchen bestimmt nicht unsere Kuschelbüromöbel und Datenmanagementsysteme.«

Ich staune. »Warum macht der so was? Er verdient doch genug.«

»Vielleicht weil es alle so machen«, antwortet Arne. »Weil sie es für recht und billig halten. Aber jetzt hat das Finanzamt mal nachgefragt. Geldwerter Vorteil und so. Und wer weiß, was sie noch so finden.« Er lacht in sich hinein.

Erst zu Hause kommt der Schock. Ich verstehe mich selbst nicht mehr. Ich habe Till verletzen wollen, und es ist mir gelungen. Ich habe mich nach dem ersten Schock den Tag über als Siegerin gefühlt. Zufrieden und frei. Nun aber schäme ich mich. Und ich bin entsetzt über meinen Ausbruch an Gemeinheit. Wo kommt das her? Ist das immer schon in mir gewesen? Womöglich bin ich deshalb stets so kontrolliert. Weil ich mich insgeheim vor meiner Wut fürchte und vor dem, was sie anrichtet. Jetzt tut es mir leid. Sehr leid. Ich nehme mir vor, Till so schnell wie möglich um Entschuldigung zu bitten.

Ich schlafe schlecht in dieser Nacht.

Am andern Morgen, Freitag, rufe ich sofort oben in seinem Sekretariat an und frage, ob Till im Lauf des Tages vielleicht zehn Minuten Zeit für mich erübrigen könnte. Er ist nicht da, antwortet die Sekretärin, er kommt heute auch nicht mehr. Er hat angerufen, ihm sei nicht wohl. Aber heute Abend zum Weihnachtsessen im *Trollinger* will er wieder fit sein.

Dazu bin ich allerdings nicht eingeladen.

Haftbuch, Montag, 17. Juni

Ich kann mich nicht mehr konzentrieren. Jetzt, wo der Prozess näher rückt, habe ich die Hoffnung verloren. Ich zermartere mir das Hirn, was ich in Tills Büro gesehen haben mag. Als könnte das meine Rettung sein. Ich versuche den Raum an die Zellenwand zu projizieren. Aber ich sehe nichts. Ich bin irgendwie auf dem falschen Trip. Zu ungeduldig. Haft macht blöd.

Und wie hieß eigentlich Tills Frau, die sich nach Australien abgesetzt hat nach nur einem Jahr Ehe und noch vor der Geburt der Tochter? Ich kann mich nicht erinnern. Ich kann es auch nicht herausfinden. Ich kann niemanden anrufen, nicht im Internet herumsuchen, niemandem schreiben, denn alles, was mit meinem Verfahren zu tun hat, würde im Brief geschwärzt.

Dienstag, 18. Juni

Sie heißt Brigitte Crawson, informiert mich Onkel Gerald. Aber sie befand sich zur Tatzeit auf ihrer Farm bei Longreach in Queensland. Das haben die australischen Behörden überprüft.

Noch eine Hoffnung, die sich zerschlägt. An ihre Stelle setzt sich Müdigkeit. Warum hat sie sich eigentlich von ihm getrennt? Weiß man das?

Onkel Gerald weiß es nicht und sieht auch nicht, was Brigitte Crawson meiner Verteidigung nützen könnte. Auch der Nachweis – falls er denn gelänge –, dass Till sich dieser Frau gegenüber in irgendeiner Weise ungebührlich verhalten hat, trüge letztlich nichts zur Entkräftung der Beweise gegen mich bei, welche die Staatsanwaltschaft vorlegen kann.

Aber man muss doch was tun! In vierzehn Tagen beginnt der Prozess. Ich höre mich zeterig an. Ich klinge nicht mehr vernünftig.

Haftbuch, 19. Juni

Ich hätte Brigitte Crawson eine E-Mail geschrieben. Von Ex zu Ex. Und was war es bei dir?, hätte ich sie gefragt. Bei mir war es letztlich das Gefühl, bei Tills politischen Ansprüchen und Projekten nicht mithalten zu können. Und der Schatten meiner Mutter.

Ein Leben im Kloster mit Stacheldrahtkronen und nächtlichem Flutlicht ist machbar. Aber an die unsichtbare Mauer gewöhne ich mich nicht. Nicht mehr rankommen an Informationen, nicht mehr hinkommen zu anderen per Mail oder Facebook. Nur Briefe, teils geschwärzt, Zeitungen, Radio. Alles nicht für mich gemacht. Die da draußen schwärmen von Ausflugszielen und geben Reisetipps. Sie kommen über Radio und Fernsehen zu mir herein. Sie behaupten, soziale Netzwerke und Internet seien der Untergang des sozialen Lebens. Untergang geht anders. Es geht um mein Leben, meine Zukunft, und ich kann nichts tun, um mich zu retten.

Versteht denn niemand diesen Wahnsinn?

Wenn ich Briefe von Filiz lese, spüre ich, dass sie meinem Kopfkreisel nicht folgen kann. Natürlich ist es schlimm, nicht entscheiden zu können, wohin man abends zusammen einen Hugo trinken geht. Aber du kannst dich doch beschäftigen, lesen, fernsehen, schreiben. Denk daran, in türkischen Gefängnissen oder anderswo, da wird noch gefoltert.

Im Fernsehen habe ich einen Bericht über Untersuchungshaftanstalten in der DDR gesehen. Der Beschuldigte wurde wie ein Verurteilter behandelt, sagen sie laut tönend und vorwurfsvoll. Stundenlange Nachtverhöre, Schlafentzug, Isolationshaft bei vierundzwanzig Stunden Licht, mit Wasser abspritzen, Drohungen. Die Isolationszellen besaßen keine Fenster, nur Glasbausteine. Tagsüber durfte sich der Gefangene nicht hinlegen, nur sitzen oder stehen, nichts lesen. Ständig wurde er durch den Spion kontrolliert. Nachts wurde zu diesem Zweck alle zwanzig Minuten das Licht angemacht. Es ging darum, das Selbstbewusstsein des Verhafteten zu zerstören, ihn seine Ohnmacht spüren zu lassen, einen Prozess der Dekompensation einzuleiten, ihn aus dem Gleichgewicht zu bringen.

Die Verhaftung geschah in der Regel völlig unerwartet. Sie

sollte die Person in einen schockartigen Zustand versetzen. Die Durchsuchung des Häftlings bei der Einlieferung, wobei er sich nackt ausziehen musste und sämtliche Körperöffnungen kontrolliert wurden, sollte ihm sein Ausgeliefertsein demonstrieren. Er sollte sich ausgeliefert fühlen. Außerdem wurde ihm sein gesamtes Eigentum abgenommen. In dem Film sagen sie: Der Häftling sollte seiner Menschenwürde beraubt werden.

Haftbuch, Freitag, 21. Juni

Meine Pflegemutter ist wieder nicht gekommen, und meine Mutter schwimmt in Tränen. Dieter hat sie nun also verlassen. Sein Brief ist von ihrem Bett auf den Boden gerutscht. Ich soll ihn lesen, sagt sie, ich soll ihr sagen, ob das wirklich wahr ist. Nicht einmal persönlich hat er es ihr sagen können, schreibt einen Brief.

Ich stelle mir vor, wie ein Mann im Besuchsraum unter den Augen und Ohren einer Aufsichtsbeamtin mit seiner inhaftierten Frau Schluss macht. Das ist erst recht beschämend. Womöglich wäre ihr dann ein Brief gnädiger vorgekommen. Wenn ich lebenslänglich kriege, werde ich ein Handbuch schreiben: Die sieben Wege, sich von Freund/Freundin im Knast zu trennen. Immerhin hat Dieter noch geschrieben. Er ist nicht einfach weggeblieben.

Ich lese die ungelenke Handschrift eines Schreinermeisters und die noch ungelenkeren Worte. Er will alles tun, damit sie bald rauskommt, den besten Anwalt bezahlen und all das. Aber sie möchte bitte nicht nach Hause zurückkommen. Offenbar habe er die Frau gar nicht gekannt, mit der er zweiundzwanzig Jahre unter einem Dach gelebt und zwei Söhne hat. Er will ihr gern glauben, dass sie diesen vier armen Kindlein nichts zuleide getan hat, aber er weiß nicht mehr, ob er ihr vertrauen kann. Er wisse überhaupt nicht mehr, was er von der Person denken soll, die ihm so einschneidende Erlebnisse ihrer Vergangenheit verschwiegen und so scheinheilig die normale Ehefrau gespielt hat, vor ihm, vor seinen Söhnen und vor allen Freunden im Ort.

Er schämt sich, erkläre ich meiner Mutter. Von Scham verstehe ich was. Dein Dieter muss weiterleben unter euren Freunden und Bekannten in Amtzell. Die haben keinen Grund, von deiner Unschuld auszugehen. Die zerfetzen sich lieber das Maul. Die wollen jetzt alle gewusst haben, dass mit dir was nicht stimmte. Sie genießen es, sich zu gruseln. Und dein Mann steht dumm da. Er muss sich von dir distanzieren.

Aber ich habe doch gar nichts getan!, schreit sie.

Du hast vier Kinder in aller Heimlichkeit in einer Kleingartenanlage am Friedhofsgebüsch eingebuddelt, sage ich.

Aber was hätte ich denn tun sollen?

Einen Arzt rufen, antworte ich. Damit er den Tod des Kindes feststellt und den Totenschein ausstellt. Das ist so üblich. Wenn nötig, ordnet er eine Obduktion an. Wenn alles so war, wie du sagst, hättest du ja nichts zu befürchten gehabt und säßest jetzt nicht hier.

Aber woher hätte ich das denn wissen sollen? Ich habe mich doch gar nicht mit Polizei und all dem ausgekannt.

Frauen befinden sich nach der Geburt in einem Ausnahmezustand, habe ich vor langer Zeit mal gelesen. Sie sind euphorisiert und erschöpft von den Schmerzen der Geburt und der ungeheuren körperlichen Leistung. Sie befinden sich in einem Tunnel, sehen die Welt nicht mehr, nur sich und das Kleine. Sie kennen weder Vater noch Mutter noch Gesetze. Sie sind Kämpferinnen, sie würden ihr Kleines jederzeit gegen Löwen verteidigen. Zugleich sind sie wehleidig und depressiv. In diesem getunnelten Zustand tun sie Dinge, die sie später nicht mehr erklären können. Zum Beispiel töten sie ihr Kind, beseitigen es und die Nachgeburt, reinigen Bad und Klo und backen einen Kuchen.

Ich habe Yvonne erzählt, dass ich mit meiner Mutter auf der Hütte sitze, dass sie als Kindsmörderin gilt und ihr Schatten auf meiner Kindheit und Jugend lag.

Yvonne meint, ich müsse meiner Mutter sagen, dass ich ihre Tochter bin. Wir streiten sogar. Ich finde, meine Mutter hat mich nicht verdient. Ihr ganzes Leben hat sie sich nicht um mich gekümmert, davongelaufen ist sie, als das Jugendamt mich holte. Sie ist doch selbst im Heim aufgewachsen, sie weiß, wie das ist. Sie konnte nicht wissen, dass ich in eine gute bürgerliche Familie komme.

Yvonne ist der Meinung, dass man gegen das Blut nicht rebellieren kann. Niemand kann sich Mutter und Vater aussuchen, und sie bleiben immer die eigenen Eltern, egal, was sie anstellen oder was man selbst anstellt.

Du musst dich mit ihr aussprechen, sagt Yvonne, sonst wirst du es den Rest deines Lebens bereuen.

Vielleicht will ich mir meine Mutter aber erst einmal vom Leib halten. So wie sie mich vierundzwanzig Jahre lang von sich weggehalten hat. Vielleicht will ich ihre Bitten um Entschuldigung nicht hören, noch weniger all die Rechtfertigungen.

Haftbuch, Samstag, 22. Juni

Noch zehn Tage.

Rabia hat ihr Urteil bekommen. Zweieinhalb Jahre. Die U-Haft wird angerechnet. Wenn sie nach zwei Dritteln Bewährung kriegt, kann sie in einem Jahr in die Drogenklinik umziehen und danach nach Hause.

Ich lese zum x-ten Mal in meiner Ermittlungsakte. Drei Ordner. Immer noch entdecke ich Fehler. Stress pur. Ich hatte zum Beispiel nie wechselnde Beziehungen. Und es war nicht Till, der mit mir Schluss gemacht hat. Das behauptet seine Mutter. Ich habe ihn auch nicht gebeten, mir die Stelle bei Peofis zu besorgen. Er hat sie mir angeboten. Ich mache Notizen für Onkel Gerald. Er hat mich aber gebeten, ihm nicht zu schreiben. Von manchen U-Häftlingen bekommt er täglich flammende Briefe.

Haftbuch, Sonntag, 23. Juni

Noch neun Tage. Ich höre draußen die Disko wummern. Im Regelvollzug dürfen sie auch am Wochenende Besuch empfangen. Eigentlich ständig. Den ganzen Tag sitze ich bei offenem Fenster an der Spinne und höre die An- und Abfahrt der Autos auf dem Parkplatz jenseits der Mauer. Der Baum steht längst in sommerlichem Grün. Es ist lange her, dass er sich mir mit seinen satten großen Blättern als Ahorn offenbart hat. Seitdem ändert sich nichts mehr.

Morgens der Beamte mit einem Hund an der Mauer.

//Weber war noch mal hier, hat sich den USB-Speicher aushändigen lassen und mir einen neuen gegeben.\\ Nichts Neues bei der Suche nach dem Verkäufer des Buchs von Le Bon. Der Antiquar, der seinen Laden im Stuttgarter Westen hat, erinnert sich nur an eine Frau, die ihm Ende letzten Jahres drei Kisten mit Büchern gebracht hat. Er hat sie gar nicht nehmen wollen. Aber die Frau hat ihm schließlich genervt Geld gegeben dafür, dass er die Bücher nimmt. Eine Frau, Typ Referentin. Scheidungskrieg, hat er damals gedacht.

Haftbuch, Dienstag, 25. Juni

Meine Mutter packt. Jubelnd tanzt sie in der Hütte, als ich um drei nach der Arbeit zurückgeschlossen werde. Ich komme frei, ruft sie. Morgen ist Haftprüfung, dann müssen sie mich freilassen. Jetzt ist es raus. Ich habe die armen kleinen Dinger nicht umgebracht. Das habe ich schriftlich. Jetzt muss mir Dieter glauben. Alle müssen mir jetzt glauben.

Sie zeigt auf einen Brief, der auf dem Tisch liegt. Er ist von ihrem Anwalt und enthält einen Auszug aus einem rechtsmedizinischen Gutachten. Ich lese: »Der Fetus hat mit hoher Wahrscheinlichkeit eine fetale Erythroblastose (Morbus haemolyticus neonatorum) entwickelt.«

Und was heißt das genau? Ich würde gern mal schnell Yvonne anrufen und fragen. Sie hat ja Medizin studiert. Ich konzentriere mich noch mal neu. Soviel ich verstehe, ist bei der Mutter ein dd-Gen vorhanden, bei dem Erbmaterial des einzigen übrigen Säuglings liegt aber ein dD-Gen vor. Und dann folgt der Satz, dass der Fetus mit hoher Wahrscheinlichkeit eine schwere fetale ... und so weiter entwickelt habe. Bei den drei anderen toten Kindern, deren Erbgut nicht mehr untersucht werden kann, lag – wie ich das verstehe – das Risiko bei fünfzig Prozent, dass sie ebenfalls letale Symptome entwickelten. Mithin könne nicht ausgeschlossen werden, dass sie aufgrund derselben Faktoren ebenfalls tot geboren oder gleich nach der Geburt verstorben seien.

Also doch ein Gen-Defekt?

Meine Mutter nimmt es da nicht so genau. Ich hab ja immer gesagt, ich bin unschuldig, jubelt sie. Ich habe immer die Wahrheit gesagt.

Ihr Anwalt ist sich offenbar sicher, dass ihr bis zum Verfahren Haftverschonung gewährt wird, weil eine aktive Tötungshandlung unter diesen Umständen nicht mehr nachweisbar ist. Er fordert sie in seinem Brief auf, ihre Sachen zu packen und ihre Angelegenheiten in der JVA zu ordnen. Also packt sie, obwohl es nicht viel zu packen gibt. Aber wie soll sie ihre Sachen transportieren? Aufgeregt erörtert sie die Möglichkeiten. Ihr Anwalt wird vermutlich nicht an eine Reisetasche denken, und womöglich dürfte sie die auch gar nicht mit auf die Zelle nehmen. Ich weiß es nicht. Ich bin noch nie aus der Haft entlassen worden.

Jetzt schaut sie fern. Ich sitze am Tisch am Computer. Ich werde ihr einen Brief schreiben. »Liebe Mutter«, werde ich ihn beginnen. Dann werde ich ihr eröffnen, dass ich ihre Tochter bin.

Aber sie soll den Brief erst bekommen, wenn sie die JVA verlässt. Morgen früh schiebe ich ihn zwischen ihre Wäsche. Sie darf ihn nicht entdecken, wenn sie den Packen hochnimmt oder in eine Transportkiste tut. Und wenn sie ihre Sachen im Ausgang filzen, den Brief finden und sie ihn öffnen muss, dann kann sie schon nicht mehr zurück zu mir. Ich werde mich von ihr verabschiedet haben, bevor ich zur Arbeit rausgeschlossen werde. Wir werden uns umarmen. Ich werde ihr Glück wünschen.

Hoffentlich ist sie wirklich weg, wenn sie mich zurückschließen. Am besten wäre es, sie fände den Brief erst, wenn sie die

Wäsche in die Waschmaschine steckt, um den Knastgeruch nach kaltem Zigarettenrauch, Schweiß und Küche herauszuwaschen.

Dann kann sie sich in Ruhe entscheiden, ob sie meine Mutter sein will oder nicht. Ich werde es daran merken, ob sie mich besuchen kommt. Sie weiß ja, wie sehr wir auf Besuch lauern. Sie muss an mich denken lernen, etwas auf sich nehmen für mich. Sie muss sich auf den weiten Weg machen von Amtzell am Bodensee nach Schwäbisch Gmünd nur für die eine halbe Stunde Besuchszeit. Sie muss sich herausbewegen aus der Gemütlichkeit des Lebens mit ihrem Mann, von dem sie sicher glaubt, dass er sie wieder aufnehmen wird, jetzt, wo alles geklärt und sie erwiesenermaßen unschuldig ist.

Haftbuch, Donnerstag, 27. Juni

Meine Mutter ist fort, mit meinem Brief, und ich bin wieder umgezogen in eine Einzelzelle, pinkfarbene Tür. Fast eine Nebensache. Denn ich bin vor allem wütend, ganz furchtbar wütend auf meine Mutter. Alle Gedanken umsonst, mein ständiges Umschauen nach ihrem abscheulichen Schatten, das Mitleid der anderen, meine abgrundtiefe Scham. Ich bin nicht die Tochter einer Kindsmörderin. Ätsch-bätsch. Sie ist einfach nur eine verantwortungslose Schlampe.

Wenigstens sehe ich den Baum, auch von diesem Fenster aus.

Erst heute früh beim Hofgang habe ich Yvonne befragen können. Ich habe ihr die Worte aus dem Brief aufgesagt: fetale Erythroblastose, Morbus haemolyticus neonatorum.

Das Rhesussystem. Sie lacht. Da hätte ich auch drauf kommen können. Sie fragt mich, was ich denn für einen Rhesusfaktor habe. Ich weiß es gar nicht.

Das solltest du unbedingt wissen, bevor du schwanger wirst, sagt sie. Ich wette, du hast negativ, wie deine Mutter und wie etwa fünfzehn Prozent der Menschen in unseren Breiten. Und wenn der Fötus Rhesus-positiv ist, kann es gefährlich werden.

Ich erinnere mich dunkel an meinen Biologieunterricht.

Yvonne erklärt es mir. Es handelt sich um bestimmte Eiweiße auf den roten Blutkörperchen. Rhesus-Positive haben ein Eiweiß, das man D-Antigen nennt. Es löst eine heftige Immunreaktion bei den Müttern aus, die Rh-negativ sind. Das Immunsystem der Mutter zerstört die roten Blutkörperchen des Babys. Es stirbt entweder im Mutterleib oder gleich nach der Geburt. Beim ersten Kind spielt das meist noch keine Rolle, erklärt mir Yvonne. Die Blutkreisläufe von Mutter und Kind sind normalerweise getrennt. Doch sobald die Mutter mit Rh-positivem Blut in Berührung kommt, etwa bei der Geburt, fängt sie an, Antikörper zu bilden. Yvonne vermutet, dass meine Mutter schon vor der Geburt ihres ersten Babys mit Rh-positivem Blut in Berührung gekommen ist. Über verunreinigte Spritzen zum Beispiel.

Wenn eine Schwangerschaft vom Arzt begleitet wird, ist das heute beherrschbar. Man überprüft das bereits bei der ersten Schwangerschaft und gibt der Mutter das Anti-D-Immunglobulin. Es zerstört die fremden Rhesus-positiven Blutkörperchen in ihrem eigenen Blut und verhindert, dass sie ihrerseits Antikörper entwickelt.

Und wenn schon alles zu spät ist?, frage ich.

Dann muss man nach der Geburt beim Baby sofort das ganze Blut durch Spenderblut austauschen, sagt Yvonne. Falls es nicht schon vorher gestorben ist.

Also habe ich nur überlebt, weil ich Rh-negativ bin. Yvonne vermutet, dass mein Vater, der Holländer aus dem Neckarhafen, ebenfalls Rh-negativ war. Wäre meine Mutter mit ihren Schwangerschaften zum Arzt gegangen, hätten meine vier Geschwister eine Chance gehabt, ihre Geburten zu überleben. So wie die Kinder, die sie später mit Dieter bekommen hat. Hätte es da nicht eigentlich auch Probleme geben müssen?, frage ich Yvonne.

Nicht, wenn die Söhne Rh-negativ sind und demzufolge auch der Vater. Andernfalls hätten die Babys während der Schwangerschaft und danach erhebliche gesundheitliche Probleme gehabt, mindestens Gelbsucht.

Davon hat meine Mutter nichts erzählt. Jetzt kann ich sie nicht mehr fragen. Vielleicht nie.

Muss so viel Dummheit nicht auch bestraft werden? Ist es nicht auch fahrlässige Tötung, wenn man seinen Kindern die medizinischen Möglichkeiten vorenthält, aus Ahnungslosigkeit, Faulheit oder Angst?

Oder will ich mir meine Mutter wieder schuldig reden? Weil ich mich in einem Leben als Tochter einer feigen und monströsen Kindsmörderin besser auskenne als in dem Leben der Tochter einer dummen und trägen Frau.

Haftbuch, Freitag, 28. Juni

Jetzt ist auch Yvonne weg. Ganz plötzlich. Sie hat ihren Beschluss bekommen: Revision abgewiesen. Ich konnte mich nicht von ihr verabschieden. Beim Hofgang wussten wir noch nichts. Beim Versorgungsaufschluss am Abend habe ich sie schon nicht mehr gesehen. Aber die Hausarbeiterin hat mir mit dem Streichkäse eine Notiz von Yvonne zugesteckt. Sie ist in den Regelvollzug umgezogen. Ich werde sie erst wiedersehen, wenn auch ich verurteilt worden bin.

Noch vier Tage.

Haftbuch, Montag, 1. Juli

Ich möchte mich hinlegen und die Decke übern Kopf ziehen und nie wieder aufstehen. Man hat mich aus dem Arbeitsdienst rausgenommen, wegen des Prozesses. Zwei Verhandlungstage pro Woche, Dienstag und Donnerstag. Morgen geht es los.

Ich wollte, dass Onkel Gerald mir ein Kostüm bringt, ich will mich gut anziehen. Aber er hat mir abgeraten. Zu viel Schick bedeutet schlechte Presse. Ich soll auch meine Haare nicht hochstecken. Ganz natürlich, sagt er, alles ganz natürlich und bescheiden. Und auf keinen Fall Schwarz, sonst schreiben sie sofort: die schwarze Witwe.

Ich mache mir vor meinem Prozess mehr Gedanken darüber,

was ich anziehe, als über das, was er für mich bedeutet. Kann das sein? Kann das Urteil von meiner Frisur oder meinen Kleidern abhängen?

2. Juli

Der erste Prozesstag ist vorbei. Ich sitze wieder auf meiner Zelle, als hätte ich sie nie verlassen. Zurückgefallen in die gemütliche Ereignislosigkeit. Heimgekommen. Geborgen zwischen Bett und Tisch, Tür und Fenstergitter. Der Baum ruht in sich.

Die Füße tun mir weh. Ich habe zum ersten Mal seit Monaten wieder feste Lederschuhe angehabt, Pumps, die meine Pflegemutter gekauft hat. Morgens im Spind in der Kammer, wo ich mich umziehen durfte, hingen außerdem dunkelbeigefarbene Hosen, eine beigefarbene Hemdbluse und eine blaue Strickjacke. Bieder. Auch von meiner Pflegemutter gekauft. Heute Abend habe ich sie dort zurücklassen müssen. Wenn ich etwas anderes anziehen will, muss ich es zwei Tage vorher der Abteilungsbeamtin übergeben (es wird gefilzt, damit ich nichts rausschmuggle) und finde es dann am Prozesstag morgens im Spind vor.

Mittwoch, 3. Juli

Die Nacht habe ich seit langem mal wieder tief geschlafen. Morgen geht es weiter. Ich giere danach und bin gleichzeitig jetzt schon erschöpft vor Anspannung und ... Langeweile. Ja, es ist ungeheuer langweilig und mühsam, obwohl es um mich geht. Auf die Fahrt nach Stuttgart hatte ich mich gefreut – Welt sehen, Straßenverkehr, Autos, Leute, Hunde, Kinder –, aber dann führte man mich zu einem dieser geschlossenen Wagen. Versorgt mit einem Lunchpaket wie zum Wandertag.

Ich weiß, dass ich am Landgericht in der Urbanstraße aussteige, an die Hand einer Beamtin geschlossen, aber ich sehe kaum mehr als die Eingangstür. Schnell sauge ich Stadtgerüche auf, Abgase, Duftspuren eines Bäckerladens. Ich werde in die Vorführabteilung gebracht. Nagelneu, sauber. Sie schließen mich in eine Zelle. Ich bekomme einen Plastikbecher mit Wasser und warte. Kaffee wäre schön. Von grünem Tee rede ich gar nicht. (Ich habe nie Kaffee bekommen bei all der Warterei.) Dann schließt man mich wieder raus. Hinter einer Trennscheibe steht Onkel Gerald in schwarzer Robe mit weißer Krawatte, eine furchteinflößende bärtige Erscheinung, ein Neptun. Er schimpft. Die Trennscheibe, die müssen die wieder wegmachen, sagt er. Wir müssen uns anschreien.

Er warnt mich. Es ist viel Publikum da und viel Presse. Sie dürfen mich fotografieren, bevor der Prozess beginnt. Ich könnte, wenn ich will, mein Gesicht verbergen. Er bietet mir einen dieser albernen Pappdeckel an. Aber sie kennen dein Gesicht sowieso. Er kann die Beamten überzeugen, mich nicht in Handschellen in den Saal zu führen. Wir stehen hinter der Anklagebank, und die Fotografen hüpfen vor uns herum, geduckt. Eine Fernsehkamera ist auch da. Ich sehe Massen von Menschen auf Stühlen, ernste Gesichter. Als ob jeder ganz persönlich mit mir abrechnen wollte. Dennoch fühle ich mich wie ein Mensch unter Menschen. Nicht gerade frei, aber auch nicht gefangener als all die anderen in ihren Verpflichtungen und Aufgaben, Wünschen und Behinderungen. Und alle geruchlos.

Ich komme gar nicht dazu, mich zu orientieren, denn schon führt man mich wieder in die Vorführabteilung hinunter und schließt mich auf meiner Zelle ein. Onkel Gerald hat einen Befangenheitsantrag gegen einen der Richter gestellt, und das Gericht hat sich zur Beratung zurückgezogen. Ich überlege, ob ich meine Brote jetzt schon essen soll. Plötzlich habe ich Hunger. Doch dann habe ich später nichts, wenn sie Mittag machen. Ich kann mir nicht schlüssig werden. Ich packe die Brote aus, doch plötzlich hebt sich mir der Magen. Werde ich je wieder etwas essen können, ohne es mir reinzuzwingen?

Kurz vor Mittag holt man mich wieder hoch. Alle sitzen an ihren Plätzen. Ich kann mir mein Schicksal angucken. Ausführlich. Der Vorsitzende Richter ist ein schmaler säuerlicher Mann. Aber er hat sicher ein zweites Gesicht. Ich stelle mir vor, dass er privat witzig ist, gebildet, ein angenehmer Mensch. Über ihm hängt an der weißen Wand aus Eisendraht gebogen das Wappen von Baden-Württemberg mit den drei Stauferlöwen, beidseitig gehalten vom württembergischen Hirsch und dem badischen Greif. Ich studiere es, wenn ich nicht den Vorsitzenden Richter, die Schöffen (eine Frau darunter) und die beiden anderen Richter (ebenfalls eine davon eine Frau) anschaue und mir vorstelle, was sie draußen für Leben haben, ob Kinder und Probleme, welche Hobbys und Leidenschaften. Ich habe Zeit zu schauen. Es ist das Einzige, was ich tun kann, während die Verhandlung geruhsam ihren eigenen, oft undurchschaubaren Regeln folgt.

Staatsanwältin Meisner liest die Anklageschrift vor. Mein Prozess ist der erste, an dem ich teilnehme, und ich staune, wie schlecht die Staatsanwältin vorliest. Leiernd, stockend, sich verhaspelnd. Ich kann kaum folgen, gebe bald auf. Onkel Gerald hat mir eingeschärft, ich soll mich nicht aufregen. Ich höre die Worte »heimtückisch« und »aus niederen Beweggründen« und zwinge mich zur Distanz. Die redet nicht über mich. Ich bin nicht ich, sondern eine Statistin, die auf der Anklagebank sitzt. Eine unbedeutende Nebenrolle ohne Text.

Es ist alles falsch, alles verkehrt. Wie kann sie behaupten, ich hätte Till Deutschbein unter einem Vorwand in die Wilhelma gelockt, die wir über den Betriebshof unter Überwindung eines Tors betreten hätten? Nur weil man am Tor ein Papiertaschentuch mit Anhaftungen meiner DNS gefunden hat. Seit ich meine Akte kenne, frage ich mich, wo es herkommt. Ich war nicht erkältet an diesem Dezembertag, ich war ja auch gar nicht dort. Es ist Jahre her, dass ich über den Betriebshof der Wilhelma gegangen bin. Wie ich Meisner so höre, frage ich mich zum ersten Mal, ob mir vielleicht jemand was anhängen will oder wollte. Aber wer? Wer sollte mich so hassen, dass er oder sie so etwas tut? Ich habe keine Feinde. Dachte ich bisher.

Halb eins ist Mittagspause bis halb zwei. Ich versuche in der Vorführzelle meine Brote zu essen, schaffe aber nur die Hälfte. Ich hätte gern einen Kaffee, bekomme aber nur Wasser. Ich kann nicht mehr sitzen, stehe auf und gehe herum. Ich habe meinen Tabak vergessen.

Am Nachmittag schaue ich mir das Publikum an. Es kostet Überwindung, sich den bösen Gesichtern zu stellen. Manche senken den Blick, wenn ich sie anschaue, andere starren beharrlich zurück. Ich sehe auch Tills Eltern. Sie sind Nebenkläger, haben eine Anwältin dabei. Er schaut mich an, fast unbewegt, sie hält sich an seiner Hand fest und wagt nur hin und wieder einen Blick, so als könnte sie meinen Anblick nicht ertragen. Meine Mutter ist nicht gekommen. Meine Pflegeeltern sind auch nicht da. Sie haben sich brieflich entschuldigt, sie kämen vom Geschäft nicht weg. Aber ganz hinten entdecke ich Lisa Nerz.

Nachdem Meisner fertig ist, belehrt mich der Richter, dass ich die freie Wahl habe, ob ich mich zur Anklage äußern will oder nicht. Onkel Gerald verkündet, dass ich mich nicht äußere, dies aber vielleicht zu einem späteren Zeitpunkt tun werde.

Abends im Fernsehen sehe ich mich. Kühl und abweisend nennen sie mich.

Haftbuch, 5. Juli

Am zweiten Tag ist Hauptkommissar Christoph Weininger im Zeugenstand und schildert die Ermittlungen. Auffindung der Leiche, Spurenlage, Sicherstellung der Beweismittel, Zeugenbefragungen. Alles in seltsamem Deutsch und langatmig. Immer wieder fragt der Vorsitzende Richter, manchmal auch ein Beisitzer nach.

Die Polizei hat auf Tills Laptop ein Foto gefunden, das mich in eindeutig privater Situation zeigt, genauer nackt im Bett. Das hat, behauptet Weininger, mich alsbald in den Fokus der Ermittlungen gerückt, zumal ich bei der Zeugenbefragung am Montag mein privates Verhältnis zum Geschädigten verschwiegen habe. Seiner Datumsangaben zufolge war das zwei Tage, bevor Lisa bei mir in der Wohnung war.

Ich glaube das nicht. Sie haben geschlampt und sind erst von

Lisa auf mich gebracht worden. Einer nackten Frau im Bett sieht man ja nicht an, wie sie heißt, und Till hat seine Fotos von mir sicher nicht mit meinem Vor- und Zunamen beschriftet.

Anschließend legt Weininger die Ergebnisse der Spurensuche in meiner Wohnung dar. Er räumt ein, Blut vom Opfer sei weder an meiner Kleidung noch meinen Schuhen gefunden worden, und deutet an, ich könnte mich der Sachen entledigt haben. Reine Vermutung, protestiert Onkel Gerald und besteht darauf, dass dies nicht ins Protokoll kommt. Weininger trumpft mit dem Pfefferspray auf, das man in meiner Handtasche sichergestellt hat. (Hätte Lisa es doch nur mitgenommen.) Dann kommen die Genspuren von mir zur Sprache: wieder das Taschentuch, die Jacke, die der Tote getragen, der Schlüssel, den man auf dem Boden gefunden hat. Ich sehe den Gesichtern an – denen der Richter und denen im Publikum –, dass mein Schicksal besiegelt ist. Ich war dort. Ich habe beim Einsteigen am Tor ein Taschentuch aus meiner Manteltasche verloren. Ich habe den Schlüssel in der Hand gehalten. Ich habe mit Till gekämpft, um ihn ins Gehege zu befördern.

Onkel Gerald stellt mit gespielter Verwunderung an den Zeugen die Frage, warum hier ständig von meinen Genspuren die Rede sei, nicht aber von den eigentlich zu erwartenden Genspuren Deutschbeins am Tor oder am Fenster zum Affenhaus. Und Weininger muss es aussprechen: Es gibt keine. Er dürfte Handschuhe getragen haben. Sie fanden sich in seinen Jackentaschen. Das Pfefferspray wurde hingegen nicht gefunden, was auf die Anwesenheit einer zweiten Person schließen lässt, die es vom Tatort entfernt hat. Gemeint bin ich. Und Faserspuren von Tills Kleidung am Tor und am Fenster zum Affenhaus hat man ja gefunden. Ebenso wie Fasern von der Kleidung der weiteren Person. Jeans und Kunstfaser, wie man sie für Sport-Funktionsjacken verwendet. Nein, unter den in meiner Wohnung sichergestellten Kleidern hat sich nichts Entsprechendes befunden. Aber das hatten wir ja schon. Sie sind entsorgt worden. Das denken hier jetzt alle.

Man muss sich die Dinge ja nur erklären können, dann werden sie zur Gewissheit.

Abends dann noch Heidrun. Sie hat drei Stunden draußen gewartet. Sie schildert die Auffindesituation der Leiche. Nein, sie hat kein Pfefferspray gefunden, auch nicht aufgelesen und vom Ort entfernt. Nur einmal rutscht ihr Blick zu mir. Sie presst die Lippen zusammen.

10. Juli

Der DNA-Gutachter des Landeskriminalamts erklärt die Mischspuren auf dem Schlüssel. Komplizierte Rechnungen mit binomischer Formel. Es konnten sechs Allele pro System festgestellt werden, was auf mindestens drei unterschiedliche Spurengeber schließen lässt. Drei? Identifiziert werden konnten die Spuren von Till und mir. Der Dritte ist unbekannt und marginal. Ein deutlich unterscheidbarer Haupt- und Nebentäter erfordert ein durchgängiges Mindestverhältnis der Peakhöhen von ca. 4 zu 1 für alle heterozygoten Systeme. Der Richter fragt nach. Der Experte erklärt, dieses unterschiedliche Verhältnis von meiner zu Tills DNA sei auf dem Schlüssel nicht gegeben, hingegen zum Dritten schon. Mit anderen Worten, Till hat den Schlüssel ebenfalls in der Hand gehabt, ebenso wie ich. Der Dritte ist nicht relevant für das Geschehen.

Was bedeutet das jetzt?, frage ich Onkel Gerald nach der Mittagspause. Ist das nicht ein deutlicher Hinweis, dass Till sich selbst das Gehege aufgeschlossen hat? Er hat agiert, er war nicht nur Opfer. Onkel Gerald nickt. Entscheidend wird aber sein, wie das Gericht das bewertet. Es vertagt sich auf nächsten Dienstag.

17. Juli

Zum ersten Mal habe ich die Lederjacke gesehen, die Till anhatte und an der meine Genspuren sichergestellt wurden. Und fast hätte ich laut herausgelacht. Es ist meine Jacke. Sie hat mir mal gehört. Urplötzlich erinnere ich mich. Als Schülerin hatte ich mir so eine Jacke auf dem Stuttgarter Flohmarkt gekauft, Herrenschnitt siebziger Jahre. Ich hatte sie auch in Tübingen noch, habe sie aber schon bald nicht mehr angezogen, weil eine Veganerin in Tills Freundeskreis mich deshalb angemacht hatte. Ich kann mich nicht erinnern, dass ich sie bei meinem Auszug aus Tills Tübinger WG mitgenommen habe. Ich habe sie nie vermisst. Till hat sie offenbar aufgehoben.

Das sage ich Gerald, bevor man mich nach Gotteszell zurückbringt. Kein Wunder, dass man an den Sachen meine DNS gefunden hat, ich habe sie mehrere Jahre getragen. Man muss herausfinden, warum Till sie angehabt hat. Dafür muss es eine Erklärung geben.

Hast du eine?, fragt er mich.

Ich habe keine. Sie hat ihm aber gepasst, er war ein schmächtiger Mann, nicht größer als ich. Damit können wir doch jetzt beweisen, dass ich es nicht war, die mit ihm in die Wilhelma eingestiegen ist.

Kannst du denn schlüssig beweisen, dass die Jacke früher einmal dir gehörte?, fragt er.

Wie soll ich das denn machen?

Gibt es Fotos?

Ich weiß es nicht. Meine Pflegeeltern haben nicht viel fotografiert. Aber vielleicht bin ich damit auf einem Klassenfoto drauf. Onkel Gerald notiert sich Namen meiner Mitschüler. Von vielen kenne ich die Nachnamen nicht mehr. Und wer weiß, wo es die alle hin verschlagen hat. Eine schöne Aufgabe für den Kanzleigehilfen. Ich schlage vor, auch über Facebook eine Suchanfrage zu starten. Ich habe viele ehemalige Mitschüler unter meinen Freunden. Onkel Gerald notiert sich meine Zugangsdaten. Noch eine schöne Aufgabe für den jungen Kollegen. Er selber hat es nicht so mit Facebook.

Ich bin in Hochstimmung auf der Rückfahrt im fensterlosen Wagen. Endlich ein Ansatzpunkt. Wenn Till meine alte Jacke getragen hat, dann erklärt sich auch, wie mein gebrauchtes Papiertaschentuch ans Tor kam. Es steckte seit Jahren in der Tasche und ist in jener Nacht herausgefallen.

Ich kann nicht schlafen. Ich suche nach Namen aus der Tübinger Zeit. Vielleicht hat mich dort jemand in der Lederjacke fotografiert. Ich sehe den Küchentisch unserer WG wieder vor mir, den Zettel mit den Symbolen der Bereiche im Kühlschrank: Smiley für vegan und containert, neutrales Gesicht für vegan und gekauft und böses Gesicht für alles andere. Meta konnte sich furchtbar aufregen, wenn die Paprikaschoten mit Käse in Berührung kamen. Nicht mehr koscher.

Ich muss an Lisa herankommen. Ich sehe sie jeden Verhandlungstag im Gerichtssaal. Immer ganz hinten. Keine Chance, ihr etwas zuzurufen. Ohnehin dürfte ich es nicht. Sie wird also nicht mitkriegen, dass ich in Facebook auf meiner Seite nach alten Fotos mit mir in der Lederjacke suchen lasse, denn ich habe damals ihre Freundschaftsanfrage nicht bestätigt.

Haftbuch, 19. Juli

Heute der Obduktionsbericht der Rechtsmedizinerin. Mit Fotos. Offensichtlich will sie die Grausamkeit des Verbrechens vorführen. Onkel Gerald protestiert und stellt Anträge. Ich kenne das Gutachten. Ich habe es in meiner Akte gelesen. Aber wenn eine Frau Professor es mit fester Stimme vorträgt, kann man dem Tod nicht mehr ausweichen. Das ist die Macht der Mündlichkeit in der Verhandlung. Man riecht Blut. Im Zuschauerraum ist es still wie in einem Horrorfilm.

Till ist zwischen ein Uhr und fünf Uhr morgens gestorben. Er hatte zu diesem Zeitpunkt schätzungsweise 1,3 Promille Alkohol im Blut. Weiß ich, höre ich noch mal. Die Weihnachtsfeier. Aber er hatte auch Tilidin im Blut, ein starkes Schmerzmittel. Die Ärztin redet von einer Arthrose im Knie. Aber dafür war das Schmerzmittel eigentlich zu stark. Und Tills Augen waren von Capsaicin gereizt, wie es in Pfefferspray enthalten ist.

Ob Till noch handlungsfähig gewesen ist, will der Richter von der Rechtsmedizinerin wissen. Das war er, wenn man davon ausgeht, dass Deutschbein regelmäßig Alkohol getrunken hat. Vermutlich hat er sich sogar relativ klar und stark gefühlt. Das Capsaicin dürfte etwa eine Viertelstunde lang oder auch kürzer seine Sehfähigkeit eingeschränkt haben. Hätten ihm die Affen nicht das Gedärm herausgerissen, wäre Till an den Folgen eines Hirntraumas gestorben, denn er ist gegen einen Schlaftisch geknallt und hatte eine Hirnblutung. So ein Tod dauert jedoch Stunden. Er hätte die Hirnverletzung überleben können, hätte man ihn rechtzeitig herausgeholt und ins Krankenhaus gebracht. Nach Auffassung der Ärztin hat er eine gute Weile reglos und wie leblos im Käfig gelegen, bevor Kivu ihm die Hand abgebissen hat und die anderen ihm das Gedärm herausgerissen haben. Gefressen haben sie nicht. Auch Kivu nicht. Eher gespielt.

Tills Mutter verlässt weinend den Gerichtssaal.

Abends im Fernsehen heißt es: Die Angeklagte verfolgte die Aussage der Ärztin mit unbewegter Miene.

Die Frage, die Lisa, Weber und ich an meinem letzten Tag in Freiheit diskutiert haben, stellt sich nicht mehr. Nämlich welche der Bonobofrauen einem Mann, der sich wehrte, tödliche Verletzungen beigebracht hat. Sie haben ihn für tot gehalten. Es ist ihnen ja auch verziehen worden. Sie sind gemeinsam ins neue Menschenaffenhaus umgezogen.

24. Juli

Das Gericht hat mit der Vernehmung der Zeugen begonnen. Es sind Dutzende, die uns bevorstehen, und nur noch drei Termine bis zu den Sommerferien.

Zunächst alle, die bei dem Nikolausessen im *Trollinger* dabei waren. Ich sehe die gesamte Führungsriege von Peofis in den Zeugenstand treten, sogar den GF, der nichts Relevantes zu sagen hat und gleich wieder entlassen wird. Er schaut mich an. Die anderen versuchen es zu vermeiden, nur manchmal sind ihre

Augen vorwitziger als die Selbstkontrolle. Das Gericht will herausfinden, wann genau Till die Feier im *Trollinger* verlassen hat. So gegen halb zwölf. Da war nämlich allgemeiner Aufbruch.

Frau Dr. Ursula Seitz behauptet dann auf einmal steif und fest, sie habe mich gegen halb zwölf gesehen, und zwar mit Till auf dem Weg zu dessen Auto, wie sie angenommen habe. Das stand so nicht im Vernehmungsprotokoll. Der Richter fragt deshalb nach. Sie beteuert, sie erinnere sich genau, wie sie gedacht habe, hoffentlich fährt nicht er, Till, sondern ich, so viel, wie er getankt hatte. Ja, natürlich hat sie mich als Mitarbeiterin ihres Betriebs erkannt, sagt sie.

Sie lügt, wispere ich Onkel Gerald zu. Warum tut sie das? Ich habe ihr doch gar nichts getan.

Er brummt. So was kommt bei Zeugen immer wieder vor. Dr. Seitz hat mein Bild als Täterin inzwischen so oft in der Zeitung und im Fernsehen gesehen, dass es ihre Erinnerung plattmacht. Wen auch immer sie am Freitagabend tatsächlich mit Till am Feuersee gesehen hat, es ist nicht mehr herauszufinden. Denn inzwischen haben sich mein Bild und Name komplett über das vage Bild geschoben, das sie anfangs von der Person noch gehabt hat.

Er fragt alle Peofis-Zeugen, was Till an jenem Abend angehabt hat. Sie sagen: einen Mantel. Keiner sagt: eine Lederjacke.

Onkel Gerald stellt Antrag, die Polizei zu beauftragen, Zeugen zu suchen und zu finden, die mich bis spät in die Nacht in der *Roten Kapelle* gesehen haben. Er erhält eine Rüge, weil er damit erst jetzt kommt. Die Ermittlungsakten lägen ihm seit Monaten vor. Wenn bis Prozessende keine entsprechenden Zeugen vorgeführt werden, wird er das in die Begründung für den Revisionsantrag schreiben. Zumindest verstehe ich das so.

Haftbuch, Donnerstag, 25. Juli

Und heute ist allen im Saal klar geworden, dass der *Trollinger* und die *Rote Kapelle* beide am Feuersee liegen, das eine auf der einen, das andere auf der anderen Seite, nur hundert Meter voneinander entfernt. Denn meine Schulfreundin Filiz war im Zeugenstand. Sie wird ermahnt, die Wahrheit zu sagen, weil sie im Anschluss vereidigt werden könnte. Ob sie will oder nicht, sie muss bezeugen, dass ich gegen zweiundzwanzig Uhr in der *Roten Kapelle* aufgekreuzt bin. Sie muss zugeben, dass sie früher gegangen ist als ich. Den Mann, mit dem ich bis zwei Uhr nachts getanzt und geredet habe, hat die Polizei nicht aufgetrieben. Auch Onkel Gerald nicht. Lisa Nerz offenbar ebenfalls nicht. Wer weiß, ob er sich an mich erinnert hätte.

Nachmittags geht es um meine Tübinger Zeit, mein Verhältnis zu Till. Ich sehe Meta wieder. Sie trägt immer noch vegane Kleidung. Sie erzählt, dass Till und ich in Tübingen ein Paar waren. Ich hätte mich dann von ihm getrennt. Warum, weiß sie nicht. Für Till, sagt sie, war es eine schwere Zeit.

Tills Mutter will schon immer der Meinung gewesen sein, dass ich Till nur ausgenutzt und ihm nicht gut getan habe. Draußen Backofenglut.

Samstag, 27. Juli

Ein Gerichtsverfahren ist wie eine Krankheit. Ich kann an nichts anderes denken. Wenn keine Verhandlung ist, wie heute, muss ich mich erholen, bin rekonvaleszent. Ich liege auf dem Bett, starre in den Fernseher, bin wie in Trance, benebelt. In meinem Kopf tobt es.

Dienstag, 30. Juli

Das Gutachten eines Biologen und Affenforschers kommt zu dem Schluss, dass zu erwarten war, dass Bonobos ihr Revier ebenso wehrhaft wie Schimpansen verteidigen. Der Gutachter zitiert sogar aus meiner Bonobostudie, wenngleich ohne mich als Autorin zu nennen. Offenbar aus Unkenntnis. Sie lasse bei aller gebotenen Skepsis die Vermutung zu, dass Bonobos absichtsvoll töten können. Auch wenn sie es ja, laut rechtsmedizinischem Gutachten, in diesem Fall gar nicht getan haben.

Doch an dieser Stelle entscheidet sich, dass ich – wenn nicht ein Wunder geschieht – wegen heimtückischen Mordes verurteilt werde. Dem Gericht ist ja bekannt, dass ich diese Studie erstellt habe. Nur der Gutachter hat es nicht gewusst. Er reißt ziemlich erstaunt die Augen auf. Er hat über sie in einer soziologischen Fachzeitschrift aus dem Jahr 2008 in einem Aufsatz von Prof. Dr. Schmaleisen gelesen.

Haftbuch, Mittwoch, 31. Juli

Die Facebooksuche nach einem Jugendfoto von mir in der Lederjacke hat keinen Erfolg. Onkel Geralds junger Kanzleikollege hat außerdem etliche meiner ehemaligen Klassenkameraden angerufen, sofern er sie finden konnte. Aber niemand besitzt ein Foto von mir. Ich habe mich nie gern fotografieren lassen. Nicht erkannt werden, unsichtbar bleiben. Jetzt ist es ein Fluch.

Ich heule. Dekompensation.

Haftbuch, Donnerstag, 1. August

Das psychologische Gutachten hat mich vernichtet. Damit gehen wir in die Sommerpause, die draußen in den Urlaub, ich in wochenlange Klausur. Wie wenig doch genügt, um jemanden zu verurteilen: nur Worte und eine in sich schlüssige Fiktion.

Mit mir hat die Psychologin nie gesprochen. Onkel Gerald hatte mir davon abgeraten. Aber sie saß die ganze Zeit im Gerichtssaal – eine ältere Frau mit langen grauen Haaren in weiten Baumwollsachen – und hat mich beobachtet. Das wird mir erst jetzt klar. Ich hatte sie für eine Journalistin gehalten, weil sie sich Notizen machte.

Gesagt habe ich jedoch nichts, was sie hätte aufschreiben können. Vielleicht hat sie meine Mimik protokolliert. Rümpft die Nase, lächelt arrogant vor sich hin, zeigt keine Signale des Mitgefühls. Interpretation von Grimassen und Körpersprache, wie ich sie einst bei den Bonobos angestellt habe. Mara freut sich. Alma ist genervt. Heri himmelt Männer an.

Mit leiser Stimme bezeichnet sie meine tagebuchähnlichen Äußerungen, die ihr die Staatsanwaltschaft zugänglich gemacht hat, als Versuch einer Selbstentledigung von Verantwortung. Ich hätte das Trauma, Tochter einer Kindsmörderin zu sein, nie bewältigt. Auch nicht bewältigen wollen. Ich hätte keinen Versuch unternommen, den von mir empfundenen Makel zu relativieren. Hätte mich reingesteigert in ein Anderssein und diffuse Schuld- und Schamgefühle. Weder zu meinen Pflegeeltern, die ich niemals Mama und Papa genannt habe, noch zu deren Sohn hätte ich eine vertrauensvolle Bindung aufgebaut. Sie befindet: Ein Wille, Verantwortung für das eigene Leben zu übernehmen, ist nicht erkennbar. Wiederholt müssen allgemein ins Raster von Feminismus und Patriarchat eingeordnete Umstände für mein Scheitern herhalten. Wo das nicht gelingt, stilisiere ich das Verhalten beispielsweise meines Professors als persönlichen Vernichtungsfeldzug, der mir als Begründung ausreicht, das Studium abzubrechen und die Liebesbeziehung zu Till Deutschbein zu beenden.

Mein nach außen kühles und kontrolliertes Verhalten macht es, sagt sie, für mich selbst und andere schwer erkennbar, dass in meinem Unterbewussten lebensbestimmende Gefühle wie Angst, Kränkung, Hass und der Wunsch nach Rache toben. Deren Ausbruch verstehe ich regelmäßig nicht und reagiere deshalb im Anschluss mit ausgeprägten Schamgefühlen, die durch die Scham, Tochter einer vermeintlichen Kindsmörderin zu sein, eine immer größere und quälendere Dimension bekommen haben.

Das sagt sie öffentlich. Alle können es hören. Ab jetzt gelte ich als krank, als pervers, als verrückt. So wird es in den Zeitungen stehen.

Um mich vom Schatten meiner Mutter zu befreien, behauptet sie, habe ich mein Heil immer wieder in radikalen Schnitten gesucht, die meine Umgebung nicht nachvollziehen konnte. So mein Auszug von zu Hause mit achtzehn. Und mein Studienfach Soziologie, eine Überraschung für meine Pflegeeltern, die dachten, ich würde BWL studieren und das Geschäft übernehmen. Dann der Abbruch all meiner Verbindungen zu Tübingen. Daraufhin schnell wechselnde Jobs. Freundschaftliche Beziehungen zu anderen Menschen habe ich, sagt sie, nicht aufgebaut.

Und Filiz?, frage ich mich. Was ist sie, wenn nicht Freundin? Und was soll das mit den radikalen Schnitten? Was für eine absonderliche Idee. Aber sie braucht sie, um mich zur Mörderin zu deklarieren. Denn, erklärt sie leise, aber öffentlich hörbar, das Angebot von Till Deutschbein, mir einen Job zu verschaffen, ist für mich schicksalhaft gewesen. Es hat in mir das Gefühl ausgelöst, ihm genauso wenig wie dem Schatten meiner Mutter entkommen zu können.

Dummes Zeug. Warum stoppt sie niemand?

Die Arbeit bei Peofis habe ich, sagt sie, als Gefangenschaft in betrieblichen Regeln erlebt, für deren Durchsetzung in meiner Vorstellung Till allein verantwortlich war. Nach dem Fund eines Speichermediums mit den Notizen einer schwer depressiven Kollegin habe ich ihn zum teuflischen Bösewicht stilisiert. Ein radikaler Schnitt in Form einer Kündigung war mir hier jedoch nicht möglich, behauptet sie, vielmehr habe ich mein Heil darin gesehen, Manuela zu rächen, stellvertretend für mich und alle anderen Frauen. Das Matriarchat tötet das Patriarchat.

Onkel Gerald greift laut protestierend ein. Die Gutachterin gehe von der keineswegs bewiesenen Voraussetzung aus, dass ich die mir zur Last gelegte Tat begangen hätte. Das sei unzulässig.

Die Psychologin wird ermahnt. Aber gesagt ist gesagt. Sie traut mir die Tat zu. Nicht nur das, sie glaubt, dass ich sie begangen habe. Es nistet sich in den Köpfen meiner Richter ein. Auch wenn es aus dem Protokoll gestrichen worden ist.

Onkel Gerald stellt gegen sie ein Ablehnungsgesuch und verweist auf ein Radiointerview Anfang April. Darin hat sie es zwar zurückgewiesen, zu meinem Fall etwas zu sagen, sich aber im Anschluss daran über das kommunikative Geschick bestimmter

Serienkiller verbreitet. Mit ihrem Charme können sie ihre Opfer dazu bringen, jegliches gesunde Misstrauen über Bord zu werfen und mit ihnen mitzugehen.

Freitag, 2. August

Ich sehne mich nach der Ruhe vor dem Prozess zurück. Als ich noch Zukunft hatte.

Am letzten Verhandlungstag vor der Sommerpause hat Onkel Gerald beantragt, die Vergangenheit von Till zu durchleuchten, und entsprechende Zeugen vorgeschlagen, darunter Kolleginnen von mir und Mitglieder radikaler Tierschutzgruppen. Er vermisst die Klärung der Frage, warum Deutschbein in die Wilhelma eingestiegen und ins Menschenaffenhaus eingedrungen ist.

Der Richter lehnt das zwar nicht ab, der Verteidiger könne ja nach der Sommerpause die Beweisanträge stellen. Aber er bemerkt, er könne nicht recht erkennen, inwieweit dies der Klärung des Sachverhalts und der konkreten Tat dient. Meine Anwesenheit am Tatort ist ja hinlänglich bewiesen. Und der Leumund Deutschbeins steht hier nicht zur Debatte. Genauso wenig wie Fragen des Tierschutzes.

Samstag, 3. August

Meine Pflegemutter war gestern nach langer Zeit wieder einmal hier. Wir wissen nicht mehr, was wir miteinander reden sollen. Über den Prozess darf ich nicht sprechen. Also nicht über das, was mich umtreibt. Sie berichtet mit leerem Blick von Nachbarn, Verwandten, Freunden, entfernten Bekannten und schaut ständig verstohlen auf die Uhr. Sie werden den Laden wie immer im August für drei Wochen dichtmachen und zu Freunden an den Bodensee fahren.

Damit ist mein Besuchskontingent für die kommenden zwei Wochen auch schon ausgeschöpft. Zwei Wochen ... ich weiß nicht, wie ich sie überstehen soll.

Haftbuch, Sonntag, 4. August

Der Baum lässt die vom letzten Hagelsturm zerfetzten Blätter hängen. Es ist schon wieder glutheiß. Hitzerekorde. Ich habe sechs Wochen Zeit, mir zu überlegen, ob ich das Recht der Angeklagten wahrnehme, das letzte Wort zu haben. Ich male mir Reden aus, bei denen ich sage, wie ich den Prozess erlebt habe und wie ich mich fühle angesichts des Urteils, das über mich gefällt werden wird. Aber Onkel Gerald rät mir von Lyrik ab, wie er es nennt. Es wird mir nur schaden, wenn ich als Intellektuelle auftrumpfe und damit implizit das Gericht zu einer Versammlung von Scharfrichtern degradiere, die ein Fehlurteil fällen werden. Das letzte Wort des Angeklagten wird in der Regel dafür genutzt, die Angehörigen des Opfers um Verzeihung zu bitten. Weine ein bisschen, empfiehlt er mir. Das verstehen die Leute.

Damit verabschiedet sich auch Onkel Gerald in den wohlverdienten Sommerurlaub. Er wird ihn mit seiner Familie in Norwegen verbringen.

Und was tue ich?

Haftbuch, 5. August

Ich mache mir einen Tagesplan, schriftlich. Darauf steht mit genauen Uhrzeiten, wann ich Gymnastik mache und wann ich jogge (beim Hofgang). Zwei Stunden am Tag, von 13:30 Uhr bis 15:30 Uhr, werde ich mich mit der Verbesserung meiner mathematischen Kenntnisse beschäftigen, Differenzialgleichungen, Wahrscheinlichkeitsrechnung, Geometrie. Zwei weitere Stunden – eine von 7 bis 8, die andere von 10 bis 11 Uhr – werde ich Informatik lernen. Fürs Lesen setze ich insgesamt sieben Stunden an. Um das zu schaffen, muss ich alle noch nicht verplanten zehn Minuten und halben Stunden nutzen. Ich knalle mir den Tag so zu, dass ich in Zeitnot gerate. Und schreiben muss ich ja auch noch.

Haftbuch, 6. August

Und ich brauche Bücher. Meine Liste endet aber viel zu früh dort, wo ich erst einmal nachschauen müsste, welche Bücher es zu meinen Themen überhaupt gibt. Ich beantrage, dass ich Gelegenheit bekomme, über den Online-Katalog der Landesbibliothek nach geeigneter Literatur zu suchen. Das wird abgelehnt. Das hat man noch nie gemacht, so was gibt es nicht, und sowieso fehlt das Personal, mich dabei zu überwachen. Man verweist mich an die Anstaltsbibliothek, die ich aber nicht aufsuchen kann. Ich kann nur der Frau, die einmal in der Woche mit den Büchern kommt, meine Wünsche mitteilen. Sie gibt sich Mühe.

Haftbuch, 10. August

Manchmal denke ich jetzt: Was, schon 16 Uhr? Der Tag ist schnell herumgegangen.

11. August

Ich bin erkältet. Halsschmerzen, Kopfweh. Mein Tagesplan ist zusammengebrochen.

14. August

Elli dreht ziemlich am Rad. Sie vermutet Gift im Essen. Sie meint, der Bruder des Toten, ja dessen ganze Familie trachtet ihr nach dem Leben, weil man ihr den Mord an ihrem Mann nicht nachweisen kann. Nachts wirft sie hundert Mal die Klappe. Sie denkt, sie wird auf der Hütte vergast.

16. August

Heute gab es wieder ein Gewitter. Der Blitz hat eingeschlagen. Dann war der Strom weg. Die Schlusen waren irre aufgeregt. Lustig, ihre Angst zu sehen.

17. August

Elli ist total schizo geworden, hat gezündelt. Jetzt ist sie zum Auswuchten auf der Gummihütte.

Ich bin immer noch erkältet, Husten ist dazugekommen. Ich liege auf dem Bett, kann nicht lesen, nicht denken.

20. August

Meine Mutter hat mir geschrieben. Man hat mir den Brief nicht ausgehändigt, als der Postwagen kam, sondern mich ins Büro gerufen. Die Abteilungsbeamtin überreicht ihn mir mit strengem Gesicht. Ich frage sie, was drinsteht. Muss ich ihn lesen?

Sie hätten uns mitteilen müssen, dass Frau Vieregg Ihre Mutter ist, antwortet sie. Ich frage, warum? Hätten Sie uns dann getrennt? Außerdem hat es der Vorstand doch gewusst. Reden Sie nicht miteinander? Anscheinend wissen hier die einen nicht, was die andern tun.

Sonntag, 25. August

Ich habe den Brief noch immer nicht gelesen. Ich habe keine Lust. Es ist mir alles widerlich. Es ist alles so falsch.

26. August

Ich mag nicht mehr.

```
   \"|||||||||||"/

      ^   ^

      ☺   ☺

{       /|\       }

      «——»
        o

        ¡
```

1. September

Wieder ein Monat rum. Was machen eigentlich Lisa und Weber? Urlaub?

6. September

Ich möchte mein Urteil. Dann rüber zu Yvonne in den Regelvollzug. Die haben ein Recht auf Arbeit, auf Freistunden. Es gibt eine Band, eine Gefängniszeitung, einen Fitnessraum. Im Priorhaus soll eine Weiße Frau spuken.

Montag, 9. September

Morgen geht es nun also weiter. Die Plädoyers und das Urteil. Aber vielleicht geht es auch noch mal in die Beweisaufnahme. Oder Onkel Gerald verzögert alles noch einmal mit Anträgen. Aber was bringt das?

Dienstag, 10. September

Nichts. Das Urteil ist gefallen: lebenslänglich. Hatte ich ernsthaft auf etwas anderes gehofft? Dem Antrag der Staatsanwaltschaft auf eine Feststellung der besonderen Schwere der Schuld wurde immerhin nicht stattgegeben.

Warum bin ich nicht einmal zornig? Ich sitze wieder am Tisch. Nichts ist mehr so wie gestern, mein Leben hat sich total verändert, aber ich spüre es nicht. Die Knastgeräusche sind dieselben. Der Baum stand gestern so wie heute. Er wirft propellerähnlich geflügelte Früchte ab.

Haftbuch, 11. September

Nein, keine Vergebung für Lisa Nerz. Never. Vielleicht schämt sie sich, vielleicht quält es sie. Sie wird damit in Freiheit leben können. Ich nicht. Sie hat die Wahl, sich mir zu stellen oder nicht. Ich habe keine Wahl. Weder die, sie aufzusuchen und zur Rede zu stellen, noch die, es nicht zu tun. Ich kann nicht mal schriftlich mit ihr Kontakt aufnehmen, um ihr mitzuteilen, wie sehr ich sie verachte. Ich habe keine Adresse. Im Telefonbuch, das wir im Abteilungsbüro einsehen können, steht keine Lisa Nerz.

Sonntag, 15. September

Als verurteilte Mörderin kann ich nicht in Berufung gehen. Mein Verfahren hat nicht vor dem Amtsgericht, sondern bereits vor dem Landgericht stattgefunden. Drei Richter und zwei Schöffen haben geurteilt. Und die können nicht irren. Onkel Gerald kann nur innerhalb einer Woche nach dem Urteil beim Bundesgerichtshof in Karlsruhe Revision beantragen. Das tut er. Für die Begründung hat er einen Monat Zeit. Er sagt, bei Strafsachen werden Revisionsverfahren in 75 Prozent der Fälle innerhalb von drei Monaten abgeschlossen. So lange bleibe ich in U-Haft.

Die Revision ist kein Prozess, wo wir alles noch mal darlegen und neue Entlastungsbeweise vorlegen könnten, falls wir welche hätten. Der Erste Strafsenat des BGH in Karlsruhe prüft keine Tatsachen, nur Verfahrensfehler. Und als Verfahrensfehler gelten solche Sachen, die nie vorkommen, etwa, das Gericht wäre nicht vorschriftsmäßig besetzt gewesen oder der Staatsanwalt war nicht dabei, die Öffentlichkeit wurde nicht hergestellt. Der einzige reelle Ansatzpunkt ist der, dass die Verteidigung durch einen Beschluss des Gerichts unzulässig beschränkt worden ist. Beispielsweise, weil das Gericht irgendwelche Beweisanträge abgewiesen hat. In 98 Prozent der Fälle bestätigt der BGH das vom Landgericht gefällte Urteil.

Ich erinnere mich, dass Thomas Mann mal was über die Zeit geschrieben hat. Dass sie bei Gleichförmigkeit und Langeweile kaum zu vergehen, im Rückblick aber verflogen zu sein scheint. Jeder Strafgefangene macht genau diese Erfahrung.

Ich schaffe es nicht, meinen Tagesplan wieder aufzunehmen. Ich kann mich nicht konzentrieren, kann nicht lesen, nicht rechnen, bin zu schwach für meine Gymnastik. Tag für Tag frage ich mich nach dem Aufstehen, nach dem Hofgang, nach dem Mittagessen und dem Abendeinschluss, ob ich Onkel Gerald morgen oder übermorgen bitte, auf die Revision zu verzichten. Da könnte ich jetzt einmal eine Entscheidung treffen und bringe es nicht mehr fertig.

Haftbuch, 1. Oktober

Sie sind gnädig, ich darf wieder im Hausdienst arbeiten. Selina ist nicht mehr da. Mit mir putzt Iteri. Warum gerade sie eine Genehmigung hat, keine Ahnung. Sie ist eine scheue junge Türkin mit Kopftuch, die nach acht Jahren Ehe ihren Mann mit einem Küchenmesser erstochen hat. Sie macht kein Hehl daraus. Er ist ihr widerlich gewesen. Das Leben in seinem Haus bei einer tyrannischen Schwiegermutter und einem übergriffigen und paschahaften Schwiegervater, einem herrschsüchtigen Schwager und einer intriganten Schwägerin war nicht auszuhalten.

Ob es eine andere Lösung gegeben hätte, frage ich nicht. Wo hätte sie hingehen können? Zurück zu ihrer eigenen Familie jedenfalls nicht. Die haben sie ja in diese neue Familie verheiratet. Und der Totalausbruch aus der türkischen in unsere westliche Welt war Iteri nicht möglich.

Sonntag, 6. Oktober

Raureif umhäkelt die Blätter des Ahorns. Sie verfärben sich schon. Eifrig wirft er seine geflügelten Samenkörner in den Wind. Im Fernsehen zeigen sie Menschen, die den goldenen Oktober genießen.

Sonntag, 13. Oktober

Die ersten sieben Jahre steht man durch, hat uns Uschi beim Mittagessen erzählt. Sie sitzt zum zweiten Mal in U-Haft wegen eines Gewaltdelikts und hat schon einmal fünf Jahre abgerissen.

Dann passiert etwas mit einem. Die Kraft ist weg, sagt sie. Man wird zum Knastzombie, zum Schlurfer. Sie haben hier einige im Bereich für die Lebenslänglichen, eine ist 76 Jahre alt.

Die Schlurfer träumen zwar noch routinemäßig von der Freiheit, aber raus wollen sie nicht mehr. Sie haben Angst. Überall Automaten und dann das Internet, und so viel Gewalt auf den Straßen. Man kann nicht mehr einkaufen gehen, meinen sie, man muss sich die Sachen per Handy bestellen. Und das werden sie nicht mehr lernen. Wir lachen. Weil es nicht zum Lachen ist.

Sonntag, 20. Oktober

Eben habe ich Yvonne getroffen und mit ihr gesprochen. Nach dem Gottesdienst. Die Schlusen hatten mit einer anderen zu tun, die Stress gemacht und herumgeschrien hat. Wir hatten eine Zigarettenlänge vor der Kirche.

Welche Rechte habe ich, um die Anstalt zu bewegen, mich ins Internet zu lassen?, fragt sie mich. Sie hat zwar einen getunnelten Zugang zur Fernuni Hagen. Aber sie würde gern mal was im Internet nachgucken. Es ist ihr zu wenig, was im Lehrmaterial der Uni steht.

Auch für andere wäre das gut, findet sie. Wenn sie Bewerbungen schreiben, nach Stellen suchen, Kontakte knüpfen wollen zu Berufsnetzwerken, zu zukünftigen Kollegen. Oder wenn sie sich einfach nur schlau machen, ihre Neugierde befriedigen wollen. Aber immer heißt es, das ganze Strafvollzugssystem würde zusammenbrechen.

Ich werde mir Gedanken machen, verspreche ich ihr. Wenn ich erst bei dir drüben bin, dann kämpfen wir fürs Internet. Ich werde Jura studieren. Das Internet für Strafgefangene, das wird mein Projekt.

Haftbuch, 21. Oktober

Ich muss mich zwingen, den kastrierten Computer aufzuklappen. Ja, das Schreiben hat mich mal stabilisiert. Es hat mich in Monaten des Wartens und Hoffens glauben lassen, ich sei ein Mensch, nicht eine Mörderin. Jetzt bin ich eine Mörderin. Und ein anderer Mensch.

Früher war ich schüchtern, ständig beschämt und schweigsam. Jetzt bin ich schnell, clever und realistisch. Ich weise die Neuen ein, organisiere ihre Erstversorgung mit Tabak, Keksen, Instantkaffee und Tauchsieder, ich sage ihnen, was für Anträge sie stellen müssen, wogegen man sich wehren kann und wogegen nicht. Wenn es Streit gibt, greife ich ein, falls es mir notwendig erscheint. Sie hören auf mich. Es wundert mich immer noch jedes Mal.

Die Verbindung nach draußen habe ich verloren. Ich denke nicht mehr daran, was Filiz wohl macht oder was bei Peofis los ist. Ich werde mich in frühestens fünfzehn Jahren wieder draußen orientieren müssen. Wer weiß, wer ich dann bin.

»Die schönsten Träume von Freiheit werden im Kerker geträumt.« Schiller, *Briefe über Don Carlos*.

Stimmt nicht. Freiheit ist ein Wort ohne Sinn. Es foltert den Verstand.

//Haftbuch, 15. November

Hilfe! Babsi, die Essensausträgerin, hat mir einen Brief von Yvonne zugesteckt. Und ich kann nichts tun, sie nicht einmal trösten.

Sie schreibt, die beiden, mit denen sie im Langstrafenbereich auf der Hütte sitzt, haben sie bei der Anstaltsleitung denunziert. Sie würde ihre Drogengeschäfte am Telefon abwickeln. Yvonne und Drogen! Absurd. Man hat ihr die Trennscheibenaufhebung bei Besuchen gestrichen. Daraufhin hat Yvonne die beiden Zellengenossinnen zur Rede gestellt. Wie sie dazu kämen, so was zu behaupten? Die sind wieder zur Anstaltsleitung gegangen, und jetzt heißt es, Yvonne würde Zeugen beeinflussen. Sie ist zu uns ins Haus 5 verlegt worden, nach unten in den Kurzstrafenbereich.

Hier kann sie nicht mehr arbeiten gehen, verdient kein Geld für die Kirmes. Der Computerkurs, den sie begonnen hat, ist gestrichen. Man kann oder will sie nicht rüberschließen ins andere Haus. Außerdem hat sie Angst, dass man ihr was tut. Eine ist ihr schon an die Gurgel gegangen. Sie hat die Verletzungen vom Anstaltsarzt dokumentieren lassen und Anzeige bei der Polizei gestellt. Jetzt möchte sie in eine andere JVA verlegt werden. Nach Frankfurt.

Panik! Was mache ich, wenn Yvonne weg ist? Ich komme rüber, und sie ist nicht mehr da? Dafür aber diese Intrigantinnen. Ich bin auch anders. Mich werden sie auch mobben.\\

19. November

Ich hatte wieder einen Verzweiflungsschub. Ein paar Tage sind weg. Blackout. Ich weiß nicht, was ich gemacht habe. Gestern dachte ich dann: Freiheit ist die Einsicht in die Notwendigkeit. Hegel, glaube ich. Mein Gedächtnis zerbröselt.

20. November, Buß- und Bettag

Wenn du dich nicht einlässt auf die Spielregeln und nicht schaust, wie du dabei auch mal gewinnen kannst, dann gehst du kaputt. Verlierst die innere Freiheit. Wie Manuela. Spielregeln kannst nie du selbst bestimmen. Wenn du sie nicht akzeptierst, gehst du als Individuum unter. Das ist paradox.

Samstag, 23. November

//Die Anstalt hat Yvonne einen Neuanfang versprochen. Kein Witz. Als ob sie irgendetwas angestellt hätte. Es hat ein Gespräch gegeben, schreibt sie mir. Die Vorwürfe sind ausgeräumt. Sowieso hat die Staatsanwaltschaft Ellwangen – für Schwäbisch Gmünd zuständig – die Ermittlungen gegen die Frau, die Yvonne an die Gurgel gegangen ist, eingestellt. Yvonne wird keine Beschwerde dagegen einreichen. Sie darf in den Roten Zellenbau umziehen.\\

Der Baum, auf den ich schaue, steht nun wieder so kahl da, wie ich ihn vor einem Jahr zum ersten Mal gesehen habe. Er verrät nicht, was er für einer ist. Ich weiß es nur inzwischen. Er ist das Einzige, was ich vermissen werde, wenn ich in den Langstrafenvollzug komme. Ich kann es kaum erwarten.

Und jetzt das:

Von: lisanerz@gmail.com
Betreff: Camilla
Datum: 23. November 2013 04:36 MEZ
An: Richard Weber <R.Weber@stg-staatsanwaltschaft.de>

Lieber Richard,
geh doch bitte mal ans Telefon. Mein Flug geht in drei Stunden. Weißt du, wann der BGH seinen Beschluss zur Revision verkündet? Können die den eventuell aufschieben? Du kennst doch sicher die Karlsruher Richter. Und sag diesem rauschebärtigen Verteidiger von Camilla, er soll sich unbedingt mal die Liste der E-Mails von Deutschbein anschauen. Es kann nicht sein, dass Till an seine Ex in Australien so gut wie keine Mail geschrieben und von ihr keine einzige bekommen hat. Leider antwortet die Tussi nicht auf meine Mailanfragen. Und ich finde sie auch im Telefonbuch von Longreach nicht. Also fliege ich jetzt hin. Wünsch mir Glück. Und sei so nett und guck regelmäßig in deine E-Mails. Ich melde mich. Grüßle, L.

Diese Mail hat Weber mir heute gezeigt. Sein Blick ist lebhaft und scharf, voller Kraft, die man draußen hat, wenn das Leben läuft und Menschen um einen sind, die einen schätzen oder gar lieben. Er streckt mir die Hand hin, als ob er mir sein Beileid ausdrücken wollte zum Tod von Camilla Feh. Ich soll Sie ganz lieb von Ihren Pflegeeltern grüßen.

Wie geht es ihnen?

Nun ja, nicht gut, wie Sie sich denken können. Die Situation überfordert sie.

Ich kann es mir denken.

Weber bittet um Entschuldigung, weil ich so lange nichts von ihm gehört habe. Während des Prozesses schien ihm ein Besuch nicht hilfreich, und danach hat er ihn von Woche zu Woche verschoben, in der Hoffnung, mir bald einen Erfolg von Lisas Recherchen melden zu können. Wenigstens einen kleinen.

Und hat er jetzt einen?, frage ich mich.

Er zündet sich eine Zigarette an. Der Rest der fast vollen Packung ist wie immer für mich. Dann greift er sich ins Jackett und legt diese E-Mail vor mich hin. Während ich den Text zu erfassen versuche, sagt er: Lisa hat mich heute früh um drei angerufen. Sie kommt übermorgen zurück.

Sie hat tatsächlich Tills Ex besucht?

Er nickt. Und sie hätte sich in den Arsch beißen können – um es mal mit ihren Worten auszudrücken –, dass sie so spät darauf gekommen ist, Deutschbeins E-Mails zu überprüfen. Mit ihnen stimmt etwas nicht.

Es stimmt überhaupt nichts, sage ich und höre, wie erbittert ich klinge. Das ganze Verfahren ist falsch.

Er blinzelt meinen Anwurf weg und berichtet, dass Lisa annimmt, Till müsse die Korrespondenz mit seiner Ex gelöscht haben. Und dafür muss es einen Grund geben. Nur zwei Mails an Brigitte Crawson hat sie auf der Liste in den Ermittlungsakten entdeckt. Eine ist älter, die andere hat Till einen Tag vor seinem Tod geschrieben. Sie lautet ... Weber zieht ein paar Blatt Papier aus seinem Jackett, entfaltet es und liest vor: »My love, ich habe dich sehr gut verstanden. Ich begreife mich selbst nicht mehr. Und wenn du mir einen Dienst erweisen willst, dann lösche meine E-Mails. Und ich bitte dich inständig, verwahre den Umschlag gut, nimm unserer gemeinsamen Tochter nicht die Möglichkeit, sich zu gegebener Zeit eine eigene Meinung über mich zu bilden. Das ist das Letzte, worum ich dich bitte. In ewiger Liebe und Treue, T.«

Weber schaut mich an.

Ich kann kaum atmen. Selbstmord?

Er hebt die Hand. Gemach, gemach! Nur Lisa ist verrückt

genug, kurzerhand anzunehmen, dass Deutschbein seiner Exfrau eine Art Lebensbeichte überlassen hat, die sie später der gemeinsamen Tochter geben soll. Und ebenso kurzschlüssig ist sie nach Queensland geflogen. In seiner Stimme schwingt Stolz auf seine irre Freundin.

Einfach ist es nicht gewesen, Brigitte im Outback von Queensland zu finden. Als Lisa endlich auf der Veranda einer Rinderfarm in der Gegend von Longreach stand, traf sie nur einen mürrischen Ehemann an. Brigitte war mit dem kleinen Kind vor der sommerlichen Gluthitze an die Küste geflohen, und zwar in einen Ort namens Airlie Beach.

Dort hatte sie natürlich keinerlei Zugriff auf die Mails von Till. Aber an den ominösen Umschlag erinnerte sie sich. Till hatte ihn ihr mit großer Geste bei seinem Besuch Anfang des vergangenen Jahres übergeben. Sie sollte ihn aufheben für den Fall, dass ihm was zustößt. Damit ihre gemeinsame Tochter später weiß, wer ihr Vater war. Typisch Till, immer so melodramatisch. Brigitte legte den Umschlag irgendwohin und dachte nicht mehr an ihn, auch nicht, als sie erfuhr, dass Till tot war. Sogar vermutlich ermordet. Als die Polizei sie nach ihrem Alibi fragte, hatten sie gerade andere Sorgen. Unter den Rindern grassierte irgendeine Krankheit. Brigitte hatte keine Ahnung, wo sie den Umschlag hingetan hatte.

Lisa musste sie überreden, mit ihr auf die Farm zurückzukehren und zu suchen. Sie fanden den Brief nach einigen Tagen schließlich in einem Schuppen in einem Koffer mit alten Winterklamotten, noch aus Deutschland. Seitenweise Papier, eng bedruckt und von Till Deutschbein handschriftlich unterschrieben.

Weber macht eine Kunstpause, und ich habe Schnappatmung.

Nach dem, was Lisa mir heute früh am Telefon erzählt hat, fand sich in dem Umschlag auch ein Speicherstick, der nach ihrer Einschätzung Daten zu Geldverschiebungen auf Stiftungskonten in Steueroasen enthält. Wir sind da seit längerem dran.

Oh! Deshalb ... meine Gedanken überholen sich gegenseitig ...

deshalb also hat sich der Wirtschaftsstaatsanwalt ursprünglich einmal für Till Deutschbein, das Opfer der Bonoboattacke, interessiert. Und es könnte nun doch jemand aus dem Betrieb gewesen sein, der …

Und außerdem, unterbricht Weber meinen Gedankenzyklon, befand sich in dem Umschlag der Brief an die Tochter. Ein fürchterlicher biografischer Erguss, meint Lisa. Interessanter sind offenbar die E-Mails, die Deutschbein seiner Frau geschrieben hat.

Und die sie nicht gelöscht hat?

Nein. Sie hat die meisten nicht einmal gelesen. Die Internetverbindungen im Outback sind ziemlich langsam. Und sie lebt jetzt, meint sie, ein anderes Leben.

Was steht denn in den E-Mails?

Er seufzt. Lisa hat mir heute Nacht einige gemailt. Sie enthalten eine Rechtfertigung der Zoophilie.

Ich schlucke.

Das war auch der Grund, fährt er fort, warum Brigitte ihn verlassen hat. Sie fand ein halbes Jahr nach der Hochzeit auf Deutschbeins Computer Bilder von einer Reise in den Kongo, die ihr … sagen wir mal so … überhaupt nicht gefallen haben.

Also doch?

Deutschbein hat seiner Frau wohl geschworen, dass es anders ist, als sie denkt. Er hat die Reise im Glauben unternommen, Bonobos in freier Wildbahn beobachten zu können, ist nach seiner Aussage dann aber auf einer Ranch mit gefangenen Affen gelandet, die eben in besagter Weise missbraucht wurden. Er erklärte, er habe das fotografisch dokumentieren wollen.

Klingt doch ganz plausibel, sage ich.

Seine damalige Frau hat ihm aber offenbar nicht geglaubt. Fragen Sie mich nicht, warum. Sie war schockiert, hat mir Lisa erzählt, und hat sofort die Scheidung eingereicht. Und Lisa hat sich ja nun jetzt monatelang darum bemüht, in der Tierrechtsszene jemanden zu finden, der Till Deutschbein kannte. Aber außer Sally und Andrea hat sie niemanden gefunden, und bei denen ist der Kontakt Jahre her. Es gibt jedoch ein Zoophilie-Forum, in dem ein gewisser Tibone auftaucht.

T-Bone, Tills Kriegsname. Mir ist schlecht.

Und seine E-Mails deuten ebenfalls auf diesbezügliche Aktivitäten hin. In einigen erklärt er seiner Exfrau, er habe sein Leben lang Tiere mehr geliebt als Menschen. Anscheinend kann man sich auch in ein Tier regelrecht verlieben. Und offenbar hatten es ihm schließlich die Bonobos angetan, besonders wohl Mara.

Die kleine Schwestermörderin, denke ich. Das passt.

Wie dem auch sei, meint Weber angewidert, solche Gefühle sind das eine, ihre Rechtfertigung ist wenig hilfreich und Deutschbein tut es darüber hinaus noch reichlich verquast. Demnach will er Zoophilie tatsächlich als Angriff auf die öffentliche Moral und die staatliche Ordnung verstanden wissen. Zoophilie packe die heuchlerische bürgerliche Moral dort, schreibt er an Brigitte, wo es die Gesellschaft am meisten schmerzt: bei ihrem irrationalen Verhältnis zu Tieren.

Weber hat den Ausdruck einer Mail auseinandergefaltet und liest die Phrasen vor, die Lisa ihm geschickt hat. »Während wir einerseits gefühlsduselig unser privates Haustier verhätscheln und überfüttern, ignorieren wir andererseits komplett die industrielle Folter und Ausbeutung von Tieren. Skandale in der Tierhaltung dienen uns lediglich dazu, die Massentierquälerei am besonders krassen Beispiel zu geißeln. Nach der Schließung des Betriebs sinkt man zufrieden zurück und glaubt, alles andere sei in Ordnung und unser Steak oder Schweineschnitzel käme tierfreundlich zustande.« Und weiter: »Zoophilie als Protest gegen die staatliche Ordnung, welche es sich zur Aufgabe gemacht hat, über die Sexualmoral ihrer Bürger zu wachen und abweichendes sexuelles Verhalten mit dem Begriff des Schädlichen zu versehen.«

Ich höre Till förmlich reden, habe aber Mühe zu folgen. Ich habe irgendwann auf meinem langen Weg durch die Haft die Fähigkeit verloren, mich länger auf etwas zu konzentrieren. Meine Gedanken fangen an zu baumeln, während Weber mit gerunzelter Stirn fortfährt. Sein Ton ist verwundert und ablehnend, während er zitiert.

»Nach der oberflächlichen und von heimlichem Widerwillen begleiteten Legalisierung der Homosexualität bleibt nurmehr die Zoophilie, um den Staat herauszufordern und seine unverändert patriarchalen und autoritären Züge zu entlarven. Nicht mehr der homosexuelle, sondern nur noch der zoophile Mensch kann in einer heuchlerisch sich aufgeklärt gebenden Gesellschaft aufzeigen, dass wir auf sexuelles Handeln immer noch entsetzt, angewidert, verurteilend und kriminalisierend reagieren, wenn es nicht der Gründung einer Familie dient.«

Stimmt irgendwie schon, denke ich. Will es aber nicht denken.

Weber schiebt mir die Blätter über den Tisch zu, und ich lese Tills Worte halbbewusst in mein fotografisches Gedächtnis ein. Dort befinden sie sich jedenfalls noch.

Und was bedeutet das?, frage ich. Kann der BGH das bei seiner Entscheidung über eine Revision noch berücksichtigen?

Nein, antwortet Weber. Der BGH macht keine Feststellungen zu Tatsachen. Er prüft nur, ob das Urteil ordnungsgemäß zustande gekommen ist.

Aber ...

Frau Feh, unterbricht er mich, ich bin gekommen, um Sie zu unterrichten und von Ihnen die Erlaubnis einzuholen, mich zusammen mit Lisa schnellstmöglich mit der zuständigen Staatsanwaltschaft und der Polizei in Verbindung zu setzen.

Die Erlaubnis gebe ich ihm. Hoffnung springt auf. Und dann kann Onkel Gerald eine Wiederaufnahme des Verfahrens beantragen, ja?

Weber blickt skeptisch drein. Deutsche Gerichte entscheiden sich nur ungern und äußerst zögerlich für ein Wiederaufnahmeverfahren. Es widerspricht unserem Prinzip der Rechtsklarheit. Urteile müssen gelten, auch wenn sie fehlerhaft sein sollten. Hier befinden sich unsere beiden wichtigsten Rechtsstaatsprinzipien der Gerechtigkeit und der Rechtssicherheit in einem Konflikt.

Die Hoffnung knickt um. Ich kann dieses Rechtsstaatsgerede nicht mehr hören. Ja, was denn nun? Kein Wiederaufnahmeverfahren?

Ich meine nur, sagt er, überlassen Sie die nächsten Schritte der Staatsanwaltschaft und der Polizei. Die können neue Ermittlungen aufnehmen. Lisa hat nach meinem Dafürhalten einiges herausgefunden, was geeignet sein könnte, ein neues Licht auf die Sache zu werfen. Allerdings kann ich noch nicht erkennen, wie der Umstand Sie entlasten könnte, dass Deutschbein ein Zoophiler war.

Glauben Sie eigentlich, dass ich es getan habe?, frage ich ihn. Glauben Sie, dass ich Till den Bonobos zum Fraß vorgeworfen habe?

Weber lässt mich offen in seine eigenartig hellbraunen Augen blicken und sagt: Wenn Sie mich als Freund Ihres Pflegevaters fragen, dann antworte ich: Nein, ich glaube nicht, dass seine entzückende Tochter Camilla eine Mörderin ist. Als Staatsanwalt vertraue ich der Strafprozessordnung. Demnach sind Sie schuldig. Aber genau jetzt, wo ich vor Ihnen sitze und Sie vor mir, versuche ich, gar nichts über Sie zu denken. Nur so kann ich vermeiden, dass mich meine Gefühle beeinflussen, insbesondere meine Abscheu vor Mord.

Sie können überhaupt nicht verstehen, warum jemand einen anderen tötet?, erkundige ich mich.

Doch. Er weicht meinem Blick aus.

Ich warte, bis er sich sortiert hat.

Es gibt eine Form der ... ja, der Ohnmacht, redet er schließlich stockend weiter, die ein ... einen Anschlag als einzige Lösung erscheinen lässt. Weil man glaubt, nur so Schlimmeres ... etwas wirklich Schlimmes ... verhüten zu können. Vermutlich gäbe es auch in so einem Fall eine andere Lösung. Sie liegt nur außerhalb des eigenen Machtbereichs. Sie wäre mühsamer, langwieriger ... sie würde das gemeinsame Handeln ... ein vernünftiges demokratisches Handeln der ... der Massen erfordern.

Die Masse wird ebenso leicht heldenhaft wie verbrecherisch, sage ich.

Und als Teil der Masse wird der Einzelne zum Mörder. Weber schaut mich an. Oder er lässt sich für eine Idee in den Tod schicken. Oder beides.

Was ist passiert?, frage ich.

Er schaut mich etwas verwundert an. Sie haben doch sicher mitbekommen, was vor zwei Jahren los war. Diese Hysterie wegen diesem ... diesem Telekinesemörder.

Ach so, das! Auf einmal weiß ich, woher ich Lisa hätte kennen müssen. In der Tat, sie ist berühmt ... zumindest gewesen. Die Medien lassen einen ja genauso schnell fallen, wie sie einen puschen. Und ich bin seit jeher unempfindlich für allgemeine Aufregungen und Hypes. Ich bin kein Massentyp.

Übrigens, sagt Weber, was dieses Buch von Le Bon betrifft ... Er unterbricht sich und lächelt pfiffig, was gar nicht zu ihm passt. Nur Lisa ist der Realität gegenüber so ignorant, gewissermaßen vom Ergebnis her auf einen Sachverhalt zu schließen. Sie hat die Hypothese aufgestellt, dass Sie bei Ihrem letzten Gespräch mit Deutschbein in dessen Büro dieses Buch gesehen haben.

Ich bin perplex. Eine Tür platzt plötzlich auf. Ja, rufe ich, ja, das schwarze Buch, das habe ich gesehen. Ja, genau! Oder bilde ich es mir nur ein?

Allerdings, dämpft Weber, wissen wir das erst, wenn wir die Frau gefunden haben, die es ins Antiquariat gebracht hat.

Mittwoch, 4. Dezember

Die Gedanken bilden sich selbsttätig. Ich kann sie nicht stoppen. Till hat Professor Schmaleisen zuletzt gesehen. Aber bedeutet es zwingend, dass er den Alten in den Neckar geschubst hat? Und warum? Im Streit? Worüber könnten sie gestritten haben?

Etwa über mich? War Till am Ende eifersüchtig auf den Professor? Immer schon, und ich habe es nur nie gemerkt? Und dann erzählt Schmaleisen ihm, er habe sich gerade mit mir getroffen.

Aber hätte Schmaleisen Till so etwas erzählt, dem Studenten, der ihn immer wieder verbal angegriffen hat? Dem er mehr als einmal mit Exmatrikulation gedroht hat? Oder gilt hier, dass der Silberrücken seine unartigen Studenten schätzt, solange sie ihm mit ihren Attacken die Möglichkeit geben, seine Stärke zu beweisen? Männer kämpfen anders. Spielerischer, sportlicher. Doch an diesem Abend am finsteren Neckarufer ist das Kräfteverhältnis gekippt. Schmaleisen hat zu sehr triumphiert, mich erobert zu haben, hat überreizt, seine einschüchternde Wirkung überschätzt, hatte keinen Sicherheitsdienst in Rufweite, um Till wegbringen zu lassen. Und Till ist handgreiflich geworden. Hat seine jugendliche Kraft ausgespielt. Oder hat Schmaleisen auf dem verschneiten Damm nur einfach das Gleichgewicht verloren?

Was hatte Till überhaupt an diesem 23. Dezember in Stuttgart zu suchen? Aber klar doch: Weihnachten daheim bei seinen Eltern feiern. Die allerdings wohnen in Degerloch oben auf den Fildern, nicht in Cannstatt am Neckar. Till muss auf dem Weg zu mir gewesen sein. Unsere Beziehung klären. Mich zurückholen. Und dann hört er Schmaleisen sich damit brüsten, mich als seine beste Studentin zurückgewonnen zu haben, und rastet aus. Aber war ich denn für ihn wirklich so wichtig? Ich kann es mir nicht vorstellen. Ich bin nicht wichtig für irgendwen. Oder doch?

War das mein Fehler? Dass ich nicht kapiert habe, dass Till unsere Trennung – meine Trennung von ihm –, die wir am zweiten Weihnachtsfeiertag schließlich vollzogen haben, nicht verwinden konnte?

Donnerstag, 5. Dezember

Ich warte.

Sonntag, 8. Dezember

Heute vor einem Jahr haben die Bonobos Till totgebissen.

Mittwoch, 12. Dezember

Es ist aus. Vorbei. Ende. Die Revision ist abgewiesen. Onkel Gerald hat mir gerade den Beschluss überbracht.

Aber es wird doch ein Wiederaufnahmeverfahren geben, sage ich, närrisch wie ich bin.

Onkel Gerald schnaubt. Aufgrund wovon denn? Diese Frau Nerz hat sich ja recht viel Mühe gegeben. Wir wissen jetzt, dass Deutschbein ein Zoophiler war. Und nun? Es erklärt bestenfalls, warum du ihn dazu bringen konntest – oder leicht hättest dazu bringen können –, dir ins Menschenaffenhaus zu folgen. Mein liebes Kind, ich habe dir schon einmal gesagt, Deutschbeins Beziehung zu seiner Exfrau Brigitte Crawson ist nicht relevant für das Verfahren.

Ist mein Verteidiger gegen mich?, frage ich mich. Muss ich mir einen neuen suchen? Ich verstehe, dass er stocksauer ist, weil ich alle seine Ratschläge in den Wind geschlagen und mich diesen beiden Gestalten anvertraut habe. Und angepisst, weil er überdies feststellen muss, dass sie besser waren als er.

Bitte, versteh mich doch, sage ich. Ich greife nach Strohhalmen.

Onkel Gerald seufzt. Camilla, ich will dir wirklich nicht die letzte Hoffnung nehmen, aber diese Lisa Nerz hat sich geirrt. Wieder einmal. Sie dachte, sie fände einen Abschiedsbrief von Deutschbein, mit dem sich eine suizidale Absicht belegen lässt. Hat sie aber nicht gefunden. Und selbst wenn es diesen Brief gäbe, er entkräftet nicht den DNS-Beweis für deine Anwesenheit am Tatort. Und solange brauchen wir uns den Kopf nicht über ein Wiederaufnahmeverfahren zu zerbrechen. Abgesehen davon dauert so etwas Jahre.

Okay. Strich drunter. Lebenslänglich. Das ist jetzt deine Welt.

Samstag, 14. Dezember

Ich bin in den Roten Zellenbau umgezogen. Fünfundvierzig Einzelzellen, ein Gemeinschaftsraum, ein Aufenthaltsraum mit Küche. Wow! Meine Hütte hat eine kleine Toilette mit Wänden und Tür. Die Wände sind cremegelb gestrichen, die Vorhänge orangefarben. Vom Fenster aus sehe ich den Lotusbrunnen, ein unten tropfenförmiges, oben penisartig auslaufendes Bronzeungetüm in einer runden Steinschale. Hier soll es auch, hat mir Yvonne erzählt, eine *Nana* von Niki de Saint Phalle geben. Das ist eine von diesen wie aufgeblasen dicken und krachbunten Frauenfiguren.

Der Regelvollzug ist schön. Morgens bleiben die Türen offen, ich kann mich im Schließgang frei bewegen. Kann mir Teewasser in der Küche kochen. Ich lerne die Frauen kennen und treffe Rabia wieder. Sie schimpft über die grauenvollen Tattoos, die sich die Mädchen von einer anderen haben stempeln lassen. Ja, und ich sehe Yvonne wieder.

17. Dezember

Mittags essen wir im Speisesaal aus Porzellangeschirr. Gestern hat man mich zum ersten Mal zur Arbeit umgeschlossen. Wir sitzen an Tischen und setzen Mappen zusammen. Man muss einen Plastikschlauch durch Löcher fädeln und damit eine Plastikschiene befestigen. Die Enden des Schlauchs werden unter die Schiene gedrückt, darüber kommt eine Plastikklemme. Die Mappen dürfen dabei nur vorsichtig aufgebogen werden. 117 Stück pro Stunde erwartet man von mir. Aussichtslos. Mir tut die Hand weh. Den Leistungslohn bekomme ich aber nur, wenn ich es schaffe. Und wir dürfen nicht reden während der Arbeit. Dafür gibt es eine Kaffeepause um neun.

Die Pappdeckel verraten nicht, für welche Firma wir da fummeln. Es sind Patientenakten, sagt die Oma beim Mittagessen. Sie ist 63. Sie muss nur noch zwei Jahre arbeiten. Dann geht sie in Knastrente. Sie hat schon alles Mögliche gemacht, Papierrosetten gefaltet, für 50 Cent pro Tausend gefalteter Rosen.

Ja auch Tüten geklebt hat sie schon, wenn auch nicht aus Papier, sondern aus Plastik.

Muss ich eigentlich so einen Scheiß machen? Ich lese im Strafvollzugsgesetz nach. Strafgefangene erarbeiten sich einen Anspruch auf den sogenannten nicht monetären Teil. Draußen nennt man das Urlaub. Nach zwei Monaten kann ich einen Antrag auf einen freien Tag stellen. Nach einem Jahr stehen mir achtzehn Tage Freistellung von der Arbeitspflicht zu. Aber diese Arbeit will ich keine zwei Wochen machen. Nach Paragraph 41 StVollzG ist der Gefangene verpflichtet, eine ihm zugewiesene, seinen körperlichen Fähigkeiten angemessene Arbeit auszuüben. Er kann jährlich bis zu drei Monaten zu Hilfstätigkeiten in der Anstalt verpflichtet werden. Wenn er zustimmt, auch länger. Ich würde sofort zustimmen.

18. Dezember

Man hat mir schon von Pepita erzählt. Sie macht AV, also Arbeitsverweigerung. Sie lehnt es ab, Sklavenarbeit für das kapitalistische System zu leisten. Den Hausdienst will sie auch nicht machen. Das ist typische Frauenarbeit, Essen austeilen, Klos putzen, dienen. Vorhin hat sie mich in der Küche angesprochen. Sie sieht schlecht aus, ist käseweiß und dünn, bewegt sich langsam, als hätte sie eine schleichende Krankheit.

Du bist doch die Juristin, fragt sie mich.

Bin ich nicht, antworte ich, aber ich habe jede Menge Gesetzbücher auf der Hütte.

Pepita zeigt mir einen Brief der JVA. Darin steht, dass sie rückwirkend ab 1. Dezember einen Haftkostenbeitrag von 368,25 Euro für Kost und Logis bezahlen muss. Weil sie nicht arbeitet. Außerdem hat die Abteilungsbeamtin sie angeblafft, die Zweidrittelstrafe könne sie auch vergessen. Ohne Kooperation keine Hafterleichterungen. Dürfen die das?, fragt sie mich.

Ich schlage nach, und wir erklären uns das. Demnach erhebt die JVA vom Gefangenen immer einen Haftkostenbeitrag. Nur lässt sie ihn sich nicht auszahlen, wenn er arbeitet oder krank oder über 65 Jahre alt ist.

Das heißt, wir zahlen auch noch für den Knast? Wie für ein Hotel?

So ist das wohl, antworte ich. Und Kost und Logis werden uns vom Arbeitslohn abgezogen.

Weil sie nicht arbeitet, fehlt Pepita nun das Geld für die Kirmes. Denn für den Einkauf darf nur der Arbeitslohn verwendet werden. Pepita muss aber einkaufen, denn sie ist Veganerin. Ab und zu bekommt sie zwar Nüsse oder eine frische Paprika von einer von uns zugesteckt. Aber sie muss sich darüber hinaus mit Eiweiß und Vitaminen versorgen. Sie hat schon Mangelerscheinungen, die Darmflora geht kaputt, sie ist müde und hat Entzündungen in den Mundwinkeln.

Man müsste eine Versorgung für Veganer aufbauen, denke ich. Das ist wie eine Religion (eine Art moderner Naturreligion), und die muss die Anstalt respektieren. Unsere Muslimas müssen ja auch kein Schweinefleisch essen.

Pepita erzählt, sie ist verurteilt worden, weil sie bei ihrer Festnahme während eines Atomtransports einer Polizistin gegen das Knie getreten haben soll. Hinterher hat es geheißen: Kreuzbandriss. Die Polizistin kann angeblich nicht mehr richtig laufen. Hat Atteste vorgelegt. Pepita wurde – wie sie es ausdrückt – in einem Schnellprozess zu anderthalb Jahren verurteilt, und zwar ohne Bewährung, weil sie bei der Urteilsverkündung nicht aufgestanden ist.

Immerhin hat sie jede Menge Freunde, Kampfgenossen und Unterstützer, die ihr pausenlos schreiben. Jeden Abend bekommt sie eine Handvoll Briefe ausgehändigt. Sie braucht den Tag auf der Hütte, um sie alle zu lesen und zu beantworten. Außerdem schreibt sie ein Knasttagebuch. Wie Gramsci, sagt sie. Ob ich Gramsci kenne?

»Dass es objektive Möglichkeiten gibt, nicht Hungers zu sterben, und dass dabei Hungers gestorben wird, hat anscheinend seine Bedeutung. Die Existenz der objektiven Möglichkeiten oder Freiheiten reicht noch nicht aus: Es gilt sie zu erkennen und sich ihrer bedienen zu können. Sich ihrer bedienen zu wollen.«

Pepita lächelt und umarmt mich.

Ich verrate ihr nicht, dass ich diese Passage – hoffentlich halbwegs richtig – auswendig weiß, weil mir schien und scheint, dass meine Mutter vor allem das nicht geschafft hat: zu wissen, welche Möglichkeiten sie gehabt hätte. Es nicht wissen wollte.

20. Dezember

Heute war Konferenz mit der Anstaltsleiterin, der zuständigen Abteilungsleiterin, dem Sozialarbeiter und dem Leiter der Sicherheitsabteilung. Sie entschuldigen sich, dass das Gespräch erst jetzt stattfindet. Offenbar hätte man es unmittelbar nach meinem Haftantritt im Regelvollzug mit mir führen müssen. Geschenkt.

Es geht um meinen Vollzugsplan. Sie wollen von mir wissen, aus was für Familienverhältnissen ich komme und wie meine finanzielle Lage ist, vor allem ob ich Schulden habe, und wie ich mir vorstelle, meine Haftzeit zu absolvieren.

Ich bin es nicht gewöhnt, über mich zu reden. Sie bemühen sich angestrengt um eine lockere Atmosphäre. Es klingt, als wollten sie mir wirklich die Chance geben, über meine Haftzeit mitzureden. Ich erkläre, dass ich Jura studieren möchte. Und ich möchte bei der Anstaltszeitung *Die wei(s)se Frau* mitmachen. Und ich würde auch CMS und Excel unterrichten. (Sie schmunzeln verkniffen.) Und bitte keine Tüten kleben oder Patientenaktendeckel zusammenbasteln. Ich mache dafür Hausdienst.

Der Vollzugsplan wird dann ohne mich erstellt, höre ich. Aber ich soll ihn dann irgendwann von meiner Abteilungsbeamtin in einer Sprechstunde erläutert bekommen und kann Ergänzungen beantragen und Kritik äußern.

Das Leben im Vollzug, heißt es in Paragraph 3 StVollzG, soll: 1. Den allgemeinen Lebensverhältnissen so weit als möglich angeglichen werden. 2. Schädlichen Folgen des Freiheitsentzugs ist entgegenzuwirken. 3. Der Vollzug ist darauf auszurichten, dass er dem Gefangenen hilft, sich in das Leben in Freiheit einzugliedern.

Montag, 23. Dezember

Onkel Gerald hat sich in den Skiurlaub in Sankt Moritz verabschiedet. Früher sind wir dort alle zusammen gewesen.

Für uns beginnt wieder einmal die Lange-Riegel-Zeit. Es wird kaum Besuch kommen. Arbeit findet fast keine statt. Denn dieses Jahr fällt Heiligabend auf den Dienstag. Es gibt in vierzehn Tagen nur fünf Arbeitstage. Unser Stammpersonal macht auch Urlaub, die Vertretungen - mehr Männer als sonst - sind ängstlich korrekt.

Dienstag, 24. Dezember

Das wird wohl nichts mehr mit meinem Vollzugsplan vor dem neuen Jahr. Pepita hat mich eindringlich gewarnt. Die legen einfach so fest, was du arbeiten musst und ob sie dich für gefährlich halten. Sie hat ihren Vollzugsplan abgelehnt. In jedem Punkt.

Theoretisch könnte ich in Gotteszell eine Ausbildung zur Modenäherin machen, außerdem zur Malerin und Lackiererin, Tischlerin, Hauswirtschafterin, Gebäudereinigerin und Bauten- und Objektbeschichterin. Auch die Wäscherei bietet eine Lehre an. Ich könnte außerdem den Hauptschul- oder Realschulabschluss machen. Offensichtlich haben verurteilte Mörderinnen, Betrügerinnen und Räuberinnen keinen Schulabschluss. Strafgefangene wie ich sind eher nicht vorgesehen.

Ich würde gern als Lehrerin arbeiten, sage ich noch einmal. Ich könnte den Mädchen CMS, Excel und Datenmanagement beibringen. Braucht man ja auch im Leben draußen. Aber eine Lehrtätigkeit ist für Strafgefangene nicht vorgesehen. Eigentlich Verschwendung. Warum sollte ich nicht eine Lohnarbeit leisten, die nicht nur meinen körperlichen, sondern auch meinen geistigen Fähigkeiten angemessen ist? Gibt es nicht. Also muss ich studieren. So wie Yvonne. Sie ist von der Arbeitspflicht weitgehend freigestellt und erhält eine Ausbildungsbeihilfe.

Mittwoch, 25. Dezember

Krisenstimmung. Der Hofgang fällt aus, für den Fitnessraum gibt es keine Aufsicht. Die Proben für die Band fallen auch aus. Pepita bekommt keine Post, heult und klappt zusammen. Sicher auch wegen des Vitamin-B12-Mangels. Sie kommt auf die Krankenstation.

Rabia schimpft und jammert, weil sie ihre Kinder nicht sehen darf. Kein Weihnachtsbaum, keine leuchtenden Kinderaugen. Sie hat ein Bild von Weihnachten, wie sie es wahrscheinlich selbst nie erlebt hat. Sie weiß nicht einmal, wo ihre Kinder genau sind. Sie vermutet sie in einer Pflegefamilie. Vor lauter Denken an sich selbst und ihr Unglück hat sie sich nie wirklich für ihren Verbleib interessiert. Einige von uns reden auf sie ein, versuchen ihr das klarzumachen. Sie heult, und wir trösten sie.

Wir trösten uns überhaupt viel. Zwischendurch gibt es Gekeife. Die Hälfte wirft Glückspillen ein oder grast. Das Zeug kommt über eine Straße nach draußen herein. Ich weiß nicht, wer der Bedienstete ist, der da gegen Geld Sachen reinschmuggelt. Und wenn ich es wüsste, würde ich es hier nicht sagen.

Yvonne und ich brauchen das nicht. Wir unterhalten uns, wir liegen nebeneinander auf dem Bett und erzählen uns unser Leben. Und manchmal fummeln wir auch.

Dienstag, 7. Januar

Ich hatte Besuch. Lisa Nerz. Sie ist allein gekommen. Das geht ja jetzt. Niemand muss mehr meine Besuche genehmigen. Und ich darf mit jedem über mein Verfahren reden.

Hi, meine Schöne, begrüßt sie mich munter. Sieht aber müde aus. Sie legt mir zuerst ein Päckchen Zigaretten hin, das ich behalten kann. Der Knastzoll. Dann legt sie mir Fotos vor.

Ein Foto meiner Klasse. Wir stehen zwischen den wuchtigen Pfeilern eines steinernen mittelalterlichen Saals. Kloster Bebenhausen. Ich stehe hinten, halb verdeckt.

Na, fragt Lisa, was sagst du dazu?

Ich begreife die Sensation: Da trage ich ja die schwarze Lederjacke. Leider bin ich nur daumennagelgroß zu sehen, und die Jacke ist nur ein schwarzer Fleck. Auf der Vergrößerung, die Lisa mir zeigt, verschwimmt sie in Pixeln.

Wo hast du das auf einmal her?, frage ich.

Ich habe halt danach gesucht, antwortet sie. Nachdem dein ziemlich unwirscher Onkel uns mitgeteilt hat, dass seine Kanzlei nach einem solchen Foto von dir in dieser Jacke gefahndet hat, wenn auch vergeblich. Die Kanzlei hat es leider nur mit deiner Abiturklasse versucht. Aber mir hat der ausgesprochen souveräne Schulleiter des Johannes-Kepler-Gymnasiums die Listen deines ganzen Abiturjahrgangs überlassen und die des Jahrgangs davor und danach. Datenschutz hin oder her. Zweihundert Namen mit den Adressen der Elternhäuser. Die habe ich dann alle abgeklappert. Es gibt verdammt wenige Fotos, wo du drauf bist, mein Herz.

Ich habe eben zu den eher unsichtbaren Menschen gehört.

Sie lächelt verlegen. Sie schaut mir überhaupt nicht gern in die Augen. Immerhin habe ich zwei Fotos gefunden, fährt sie fort, auf denen du mit dieser Jacke zu sehen bist. Stella Wallisch, geborene Blagojevic, hat sie gemacht.

Die war einen Jahrgang über mir. Ich erinnere mich an Stella, die kleine Dicke mit den leuchtenden Augen und dem großen Fotoapparat. Sie wollte immer Fotografin werden. Warum sie in Bebenhausen mit dabei war, weiß ich nicht mehr.

Sie ist inzwischen in Wuppertal verheiratet, zwei Kinder, informiert mich Lisa. Und es war ein Mordsakt, bis ich sie hatte. Ich bin nämlich erst einmal nach Sarajewo gedüst, weil mir eine ihrer Klassenkameradinnen erzählt hatte, sie sei mit ihren Eltern nach Bosnien zurückgekehrt. Das war sie wohl auch, aber dann sind ihre Eltern bei einem Verkehrsunfall ums Leben gekommen, und sie ist nach Deutschland zurückgegangen. Sie hat eine Weile auf ihren Datenspeichern gesucht und genau zwei Fotos gefunden.

Sie zeigt mir das zweite Foto. Auch das stammt aus Bebenhausen. Meine Schulter ragt in das Bild von der Kanzel der Klosterkirche. Deutlich sieht man im Vordergrund die Schulterklappe, ein Stück Kragen und eine abgeschabte Ecke des Ärmels, von mir selbst aber nichts.

Ich bekomme Herzklopfen.

Eigentlich Ausschuss, bemerkt Lisa. Ein Wunder, dass Stella es nicht von ihrer Festplatte gelöscht hat. Aber sie hebt alle Fotoserien auf, egal, wie viel Müll darunter ist. Unser Glück.

Aber man sieht mein Gesicht nicht, wende ich ein. Und auf dem anderen kann man keine Details erkennen.

Richard meint, antwortet Lisa, auch wenn du auf dem Foto nicht als Person zu identifizieren bist, belegt es im zeitlichen und räumlichen Zusammenhang mit dem anderen Klassenfoto, dass sich diese Lederjacke in deinem Besitz befand. Ein forensischer Vergleich mit der Jacke, die Till getragen hat, sollte möglich sein.

Ich wage nicht zu atmen.

Damit wären die Beweismittel der Anklage, die sich auf deine Genspuren am Ort des Geschehens gründen, erheblich in Zweifel gezogen, vollendet sie. Und beachte, Richard spricht nicht mehr von Tatort. Gratuliere, meine Schöne.

Ich schlucke, obwohl mein Mund trocken ist. Reicht das für eine Wiederaufnahme?

Die Juristen streiten sich noch, antwortet Lisa. Richard meint zwar, es beweise nicht zwingend, dass du in jener Nacht nicht im Menschenaffenhaus warst, aber es seien jetzt wohl neue Ermittlungen notwendig. Es bleibt vorrangig die Frage zu klären, wer Till die Ladung Pfefferspray verabreicht hat. Denn das Spray wurde am Ort des Geschehens nicht gefunden. Es muss von jemandem wieder mitgenommen worden sein.

Also reicht es wieder nicht. Ich könnte heulen. Dekompensation. Ich kann meine Stimmungsabstürze nicht ausgleichen. Hätte ich Weber und seine Hyäne doch nie kennengelernt. Und vor allem: Hätte ich Lisa nie mit meinem Pfefferspray traktiert. Dann hätte sie mich nicht so lange verfolgt, bis sie die Verbindung von mir zu Till herausbekam. Egal, ob diese Fotos als entlastend akzeptiert werden, ich bleibe im Spiel. Aber verdammt, ich muss doch meine Unschuld nicht beweisen. Die müssen mir doch beweisen, dass ich es war.

Schätzchen, das ist bewiesen, sagt Lisa sanft. Du bist rechtskräftig verurteilt.

Und was machst du dann hier? Eine kleine Verarschungsstunde für eine hoffnungslos Verurteilte?

Scht!, macht Lisa. Ganz ruhig, mein Herz. Niemand will sich über dich lustig machen. Am wenigsten ich. Es wird neue Ermittlungen geben. Richard hat Meisner so weit. Und wir brauchen die Polizei. Du brauchst sie. Als Privatperson komme ich nicht an den Klarnamen des Kontos von Tibone bei diesem Zoo-Forum heran.

Aber was hilft uns das denn?, frage ich.

Es ist die einzige noch übrige Spur, sagt sie. Übrigens wäre es günstig, wenn du auf deinen Onkel Rauschebart einwirken könntest, dass er vorerst nicht so viel Wind macht. Vor allem nicht an die Presse geht. Noch nicht. Ich würde es zwar tun, aber Richard meint, man soll der Staatsanwaltschaft die Gelegenheit geben, selbst ein Wiederaufnahmeverfahren zu beantragen, wenn es so weit ist. Das lässt die Stuttgarter Staatsanwaltschaft in der Sache besser aussehen …

Wie bitte? Diese Gestalten möchten die Staatsanwaltschaft gut aussehen lassen? Und sich selber vermutlich gleich mit. Ich möchte explodieren. Am Ende soll ich ihnen auch noch dankbar sein?

… und würde das Verfahren deutlich beschleunigen, vollendet Lisa. Auf ein paar Wochen kommt es doch jetzt nicht mehr an.

Hast du eine Ahnung.

Sonntag, 12. Januar

Rosemarie sitzt jeden Abend nach der Arbeit auf der Zelle und wälzt Akten. Seit elf Jahren kämpft sie mit allen juristischen Mitteln um Anerkennung ihrer Unschuld. Jetzt hat sie eine Eingabe beim Europäischen Gerichtshof für Menschenrechte gemacht. Sie ist wegen gemeinschaftlichen Mordes mit ihrem Geliebten an ihrem Mann zu lebenslänglich verurteilt worden.

Ich habe es aber nicht getan, sagt sie. Ich habe auch nichts von den Plänen meines Geliebten gewusst.

Sie hat sich noch nicht aufgegeben, zieht sich immer ordentlich, sogar elegant an, legt Lippenstift auf, zupft sich die Brauen, frisiert ihr Haar mit Haarfestiger, überdeckt die Falten mit Make-up. Typ Chefsekretärin.

Montag, 13. Januar

Freiheit ist, oh Weib, wo du nicht bist, Karl Marx, sagt die Oma. Ich kann es nicht nachprüfen. Und wer will schon bei diesem Sauwetter draußen sein? Ich habe die Unterlagen von der Uni Hagen bekommen. Meine Knastzukunft kann beginnen.

Freitag, 28. Februar

Ich habe Marion, Edda und Fatime weggeschickt, die mich zum Fitness abholen wollten. Jetzt nicht. Ich muss nachdenken. Ich habe meine Zellentür zugemacht. Wo soll ich anfangen? So zittrig bin ich immer noch, dass ich die Tasten des Laptops nicht richtig treffe.

Diesmal waren sie zu viert da: Onkel Gerald, Staatsanwältin Meisner, Oberstaatsanwalt Weber und Lisa. Gerald blickt grimmig drein, kann aber eine gewisse Altherrenrührung nicht verhehlen, Webers schräge Augen glitzern, Meisner lächelt zufrieden, und Lisa ist zappelig und aufgeregt.

Wir haben ihn, mein Herz, sagt sie. Sie redet am schnellsten. Die anderen geben auf und überlassen es ihr, mir alles zu erklären.

Per Gerichtsbeschluss ist der Betreiber des Zoophilie-Forums zur Herausgabe der Zugangsdaten für den Nutzer Tibone verpflichtet worden. Und in der Tat, es ist ... es war Tills Account. In dem Forum gibt es wie beispielsweise auch bei Facebook die Möglichkeit, dass sich ein Mitglied über eine Direktnachricht mit einem anderen in Verbindung setzt. Und siehe da. Lisa legt mir Ausdrucke vor. Im August vorvergangenen Jahres schickt Tibone eine Direktnachricht an einen gewissen Ape-Redeemer. Sie lautet: »Ich könnte dir eventuell weiterhelfen. Was willst du denn mit dem Bonobo?« In seiner Antwort behauptet dieser Ape-Redeemer (Affen-Erlöser), er fühle sich der faszinierenden Menschenaffenrasse emotional verbunden und habe sein Leben ihrer Befreiung aus Gefangenschaft gewidmet. Er bietet Till fünfzigtausend Euro für ein Bonobokind unter sechs Jahren an. Till fragt zurück, was er mit dem Tier vorhat, und bekommt zur Antwort, es solle auf eine Auswilderung im Kongo vorbereitet werden. Ihm stehe ein großes Anwesen in Vorpommern zur Verfügung. Dort werde der junge Bonobo ein Leben fast wie in Freiheit führen.

Hat Till das wirklich geglaubt?, frage ich mich. Oder hat er es vor allem glauben wollen? Egal jetzt.

Nach einigem terminlichen Hin und Her kommt es zu einer Verabredung, und zwar am 8. Dezember um 24 Uhr, Ecke Wilhelmaparkhaus, Rosensteinpark.

Wir wissen natürlich nicht, sagt Meisner freundlich, ob die beiden sich auch getroffen haben, und wir haben auch diesen Ape-Redeemer noch nicht identifiziert. Er hat sich, wie wir rekonstruieren konnten, vor gut einem Jahr aus diesem Forum abgemeldet. Sein Account wurde gelöscht und mit ihm alle personenbezogenen Daten. Falls er die Nacht des 8. Dezember in einem Stuttgarter Hotel verbracht hat, werden wir ihn bald haben. Die Behörden in Mecklenburg-Vorpommern sind ebenfalls informiert und hören sich nach eigenartigen Tierfarmen um.

Endlich kapiere ich, was sie mir sagen wollen. Und wenn man

diesen Mann findet, sage ich, dann ... dann hat man Tills ... Mörder?

Nein, nicht notwendigerweise seinen Mörder, widerspricht Weber, aber wahrscheinlich einen sehr wichtigen Zeugen.

Nun sitze ich allein auf der Hütte. Es ist tiefe Nacht. Meine Gedanken rasen immer noch. Wenn ich einen zu fassen kriege, erscheint mir jedes Mal völlig klar, was passiert ist. Dann wieder nicht. Es ist in sich so widersprüchlich wie all diese Taten, die ich inzwischen kennengelernt habe und immer noch nicht verstehe.

Dieser Affenerlöser hat Till fünfzigtausend Euro geboten. Dafür hat Till sich der Fiktion hingegeben, er befreie einen Bonobo aus dem grün gekachelten Zoo für ein glückliches Leben im kongolesischen Urwald. Besser konnte es nicht zusammenpassen für den einstigen Anarchoveganer, Tierrechtler und Tierbefreier, der dabei immer auch ein Zoophiler gewesen war. Als ob er nur auf diesen Fremden gewartet hätte, um sich endlich eine junge Bonobofrau zu greifen. Zuletzt wahrmachen, wovon er geträumt hatte seit den Zeiten meiner Bonobostudie.

Kann Liebe – nein, sexuelle Gier – einen wirklich derartig blind machen, so bescheuert? Wie hätte der Affenerlöser einen gestohlenen Bonobo jemals über die Grenzen in den Kongo schaffen können? Mit welcher Tierschutzorganisation denn?

Wie dem auch sei. Sie haben sich am Rosettenfries der finsteren Wilhelma getroffen und sind über den Betriebshof eingestiegen. Einer von beiden hat ein Pfefferspray in der Tasche. Ich vermute, Till. Als Punk ist er einmal auf einem Bahnhof von Nazis zusammengeschlagen worden. Seitdem hatte er fast immer ein Pfefferspray einstecken. Ich habe es ihm nachgemacht.

Außerdem war ihm bekannt, wie gefährlich Affen werden können. Ich habe es ihm oft genug erzählt. Eigentlich hätte Till wissen müssen, dass man den Bonobos nicht einfach ein Kind stehlen kann. Vielleicht glaubte er, sie mit dem Spray kampfunfähig machen zu können. Aber wie wollten sie das Bonobokind dann transportieren? Mokili und Deko waren zu der Zeit fünf Jahre alt und durchaus wehrhaft. Die Männer hätten was dabeihaben müssen, um den Affen zu betäuben. Aber vielleicht hatte ja der Affenerlöser ein Betäubungsmittel mitgebracht. Womöglich war es nicht seine erste Entführung eines Affen aus einem Tierpark.

Es ist tiefer Winter, beide sind warm angezogen, haben Handschuhe an, eine Mütze auf. Vielleicht sind sie sogar mit Skimützen vermummt. Und Till trägt meine alte Jacke.

Warum? Weil die Bonobos und ich für ihn zusammengehören? Weil er hofft, dass die Bonobos wie Hunde meinen Geruch erinnern und sich deshalb weniger aufregen werden? Dabei bin ich doch während der Studie nur ein einziges Mal im Nachtgehegebereich gewesen. Oder ist Till so schlau und bösartig, die Spurensucher der Polizei, die nach dem Einbruch und Diebstahl alles abpinseln werden, mit meinen Genspuren auf eine falsche Fährte führen zu wollen? Kann man sich so etwas ausdenken? Immerhin hatten wir uns am Tag zuvor gestritten, und ich hatte ihn dabei unerwartet tief gekränkt.

Jedenfalls hinterlassen sie beide auf dem Tor und am Fenster zum Affenhaus nur Faserspuren, keine eigenen Genspuren. Ausschließlich meine sind vorhanden, weil das alte Schnupfentaschentuch am Tor aus der Jacke gefallen ist. Wahrscheinlich hat Till hineingegriffen, und es ist rausgerutscht, als er die Hand im Handschuh wieder aus der Tasche gezogen hat. Aber warum steckt er die Hand in die Jackentasche? Um etwas hineinzutun, weil er beide Hände braucht, um das Tor zu überklettern. Zum Beispiel den Schlüssel für die Nachtgehege. Ja, genau. Deshalb befand sich an diesem Schlüssel ebenfalls meine DNS. Er hat sich einige Zeit am Stoff der Jackentasche gerieben, in der mein vollgeschnäuztes Taschentuch gesteckt hatte, und unzählige Male auch meine Hand.

Endlich habe ich nun auch dafür die Erklärung. Es ist alles ganz einfach, wenn man einen Zipfel der Geschichte hat. Es erzählt sich von selber. So wie sich die Geschichte von Camilla der Mörderin erzählt hat. Man braucht nur wenige Anhaltspunkte, um jemanden zu verurteilen.

Aber was für ein Irrsinn! Ich sitze da und schüttle den Kopf. Was haben die sich nur gedacht, diese Jungs? Vor den Gorillas und ihrem Weißrücken hatten sie Respekt, ja. Aber nicht vor den Bonobos, der Weibergruppe mit ihrem fantastischen Versprechen sexueller Offenheit.

Sie steigen ein, dringen vor, machen Licht. Aber was genau haben sie dann vor? Wer geht rein? Sicher Till. Er gibt den Mann, der sich auskennt. Er hat den Schlüssel. Eigentlich hätten sie es da schon beide mit der Angst bekommen müssen angesichts einer mit offenen Mäulern kreischenden langarmigen Horde. Aber Till vertraut seinem Pfefferspray: einmal in die Runde und dann rein, einen der Kleinen packen, Deko oder Mokili, und wieder raus.

Es hat nicht geklappt. Till hat selbst Capsaicin in die Augen bekommen. Zete und Oicha sind durch die Tür entwischt, und die anderen sind über Till hergefallen. Geblendet und schmerzwahnsinnig hat er aus dem Nachtgehege nicht mehr herausgefunden.

Der Affenerlöser bekommt Panik. Er schmeißt das Tor zu, schiebt den Riegel vor und hängt das Schloss ein. Zete und Oicha springen ihn an, es herrscht ein Riesengeschrei. Er kann nicht mehr klar denken. Flüchtet.

Dann allerdings muss er das Pfefferspray in der Hand gehabt haben. Genau. Wahrscheinlich sollte er die Affen in Schach halten und hat dabei auch Till geblendet. Dummköpfe. Aber so könnte es gewesen sein.

Nein, halt! Was ist mit dem Tilidin in Tills Blut? Ein Schmerzmittel, von dem ich im Fernsehen gesehen habe, dass es sich die männliche Diskojugend einwirft, um sich auf eine Schlägerei vorzubereiten. Tilidin nimmt man doch nicht wirklich wegen Arthrose im Knie. Meine Pflegemutter hat immer Ibuprofen genommen.

War Till etwa auf Schmerzen gefasst?

Wollte er am Ende gar ...

Kann das sein? Wollte er sterben da drinnen unter den Bonobos? Hat er den dummen Affenerlöser dafür missbraucht? Ihm falsche Anweisungen gegeben? War das der wahre Plan?

Nachdem alles kaputt war. Die Peofis kurz vor dem Ende wegen einer großen Steuerermittlung, und er selbst ebenfalls wegen eines allzu frechen Spesenbetrugs, von mir hämisch abgemeiert, in der Ehe und an der Karriere gescheitert, weder Anführer einer Revolution noch Chef einer großen Organisation oder Firma, eben kein Held geworden.

Er löscht alle E-Mails an Brigitte, in denen er um Verständnis für seine Tierliebe bettelt, er zieht sich meine alte Jacke an, um mir zu zeigen, wer sein wahrer Mörder ist, und geht zu den Bonobos, damit sie ihn umbringen.

Aber brauchte er dafür wirklich einen zweiten Mann? Das hätte er auch allein tun können. Nein, eben nicht. Er brauchte jemanden, der den Riegel von außen zuschiebt und das Schloss zudrückt, damit die Bonobos nicht in den Gang entkommen und ihn womöglich gar nicht mehr angreifen.

Ja, so könnte es auch gewesen sein.

Pervers. Kann man sich so was wirklich ausdenken? Wenn, dann Till.

Jetzt muss die Polizei nur noch den anderen finden. Diesen Zeugen. Aber noch bevor man ihn findet, wird die Staatsanwaltschaft ein Wiederaufnahmeverfahren beantragen, weil sich ein gänzlich neuer Sachverhalt ergeben hat, der mich zweifelsfrei entlastet. Ein Freispruch in der Hauptverhandlung ist nur noch Formsache, hat mir Meisner versichert, und Weber hat dazu genickt. Und lange vorher – womöglich schon in ein paar Tagen – wird der Haftbefehl gegen mich aufgehoben werden, und ich bin frei.

Warum freue ich mich nicht? Warum sitze ich jetzt hier und heule?

Donnerstag, 6. März

Morgen ist Haftprüfung. Wenn ich nachher den Computer heruntergefahren und zugeklappt habe, ist das Haftbuch zu Ende. Und nie wieder werde ich irgendeine Form von Tagebuch schreiben. Tagebücher sind Zeugen einer Gefangenschaft. Jugendliche schreiben sie, wenn sie ausbrechen wollen, aber nicht können, und nicht wissen, wohin. Oder Häftlinge in ihrer Muße, die sie nicht gesucht haben. Ohnmächtige in ihrem Zorn auf die Anforderungen, denen sie nicht gewachsen sind. Schmerzpatienten schreiben gegen ihren Schmerz. Wenn ich Gotteszell verlasse, bin ich frei. Zur Freiheit verpflichtet. Wenn ich etwas zu sagen habe, soll es ausgesprochen werden. Meine Worte seien Rede statt Rückzug in Klugheit, die sich im Text bespiegelt, dem niemand widersprechen kann, weil er dem Widerspruch keinen Raum gibt. Das Leben unter Menschen ist Verhandlung, Auseinandersetzung und Selbstbehauptung. Und ich will endlich leben. Ich habe Mut zum Streit, Kraft zum Disput. Es wird mich nicht umwerfen, wenn ich ein Wortgefecht verliere. Schon morgen bekomme ich eine neue Chance.

Notiz von Lisa Nerz

Camilla hat über ein Jahr an den Knast verloren. Das ist meine Schuld. Aber wer weiß, wozu es gut ist, pflegt meine Mutter mit dem Zynismus der unerschütterlichen Katholikin zu sagen. Wen Gott liebt, den züchtigt er. So tief bin ich gesunken, dass ich geneigt bin, meiner Mutter recht zu geben, bloß um mich selbst zu entlasten. Denn Camilla verzeiht mir nichts, die undankbare Krott. Sie hat vielleicht ein Jahr verloren, aber alles gewonnen. Ich habe ihr Mutterproblem gelöst. Ich habe ihr Freiheit verschafft. Ihr Dank klang dennoch verkniffen. Es war meine Pflicht und Schuldigkeit, das Mindeste, was ich tun konnte.

Aber ich verzeihe dir auch nicht, liebe Camilla. Du hast mir doch praktisch keine andere Wahl gelassen. Auch wenn ich mit dieser Behauptung in deinen Ohren wie deine Haftgenossinnen klinge, die die Verantwortung für ihre Taten ihren Opfern zuschanzen. Blendest mich mit Pfefferspray. Ja geht's noch. Gibst die feine Teetrinkerin. Und da soll ich mich nicht fragen, welche Tränke zu brauen du imstande bist, wenn jemand deine Kreise stört? Nein, Camilla, fair warst du nicht. Du wusstest doch, dass ich dein Bett und deine Wohnung in der Gewissheit verlasse, Till Deutschbeins Mörderin gefunden zu haben. Du füllst mich mit Tee ab, erzählst mir von deiner Mutter der Kindsmörderin und verführst mich anschließend. Wozu denn, wenn nicht, weil du hofftest, die Liebe werde mich zur Närrin machen? Und später könntest du mich irgendwie loswerden. So wie den Professor und deinen Exfreund. Aber du hast dich verrechnet, mein Herz. Ich bin doch noch ein gutes Stück abgebrühter als du. Ich habe dich sofort an die Staatsanwaltschaft verraten.

Okay, ich lag falsch. Ich hatte mich geirrt. Die dumme Hyäne mit ihrem Jagdinstinkt. Erbärmlich noch dazu in meiner Scheißangst, ich könnte dich nicht wieder rausholen aus Gotteszell, ohne den Laden zu sprengen. Nee, stimmt schon, eine Heldin war ich nicht. Dafür hast du die Chance bekommen, dich zum tapferen Opfer meiner Umtriebe zu stilisieren. Glückwunsch, meine Liebe.

Du hast dich also entschlossen, deine Haftbücher in Auszügen zu veröffentlichen. Okay. Du brauchst Geld. Und was der Staat den Opfern seiner Justizirrtümer gewährt, ist ein Witz. Du hast Job und Wohnung verloren, du willst dir ein Zweitstudium finanzieren. Aber ich fürchte, du überschätzt die Reichtümer, die einem ein Buch beschert. Wer will denn so was lesen? Na gut, vielleicht hast du sogar einmal Glück. Aber diesen Ruhm willst du nicht. Sie werden dich eine Weile durch die Talkshows reichen als Tochter einer Kindsmörderin, die unschuldig im Gefängnis gesessen hat. Und wenn das langweilig geworden ist, machen sie kurzen Prozess mit dir. Einen gibt es immer, der Zweifel sät an deiner Geschichte, die du in die Öffentlichkeit trägst. Deinen Freispruch aus erwiesener Unschuld machst du zunichte, wenn du daraus öffentlich Kapital schlägst. Das ziemt sich nicht für ein Opfer. Später wird es heißen: Sie hat uns alle an der Nase herumgeführt, hat die Taten vermutlich doch begangen, der Engel mit den Eisaugen. Hättest du mich mal gefragt … ich habe Geld. Ich wäre zur Entschädigungszahlung bereit gewesen.

Aber das mit uns beiden hat nicht sollen sein. Du hast keinen Zweifel daran gelassen, dass du mit mir nichts mehr zu tun haben willst. Doch ohne das Unrecht, das ich dir getan habe, wärst du nicht als freie Frau aus deinem düsteren Cannstatter Pelzladen herausgekommen. Du wärst heute noch die stille Camilla mit dem Faible für grünen Tee, die Schöne, die sich schämt. Dein Dank war höflich, als wir uns zum letzten Mal nach dem Haftprüfungstermin sahen. Du standst zwischen Richard und Meisner. Einen Moment lang wirktest du, als wolltest du dich zurückfallen lassen in die Unsichtbarkeit von früher, aus der ich dich herausgeholt habe. Doch dann hast du dich entschieden, herauszutreten in die Welt. Als Siegerin. Und mein seien Schuld und Scham. Das ist die Rolle, die du mir mit strengem Blick aus blauen Augen zugewiesen hast. Ja, von Scham verstehst du was. Auch davon, wie man ihn in andere einpflanzt. Meine Verteidigung wird immer vergeblich sein. Vor allem vor mir selbst.

Deine Gefühle gehören jetzt Yvonne. Du wirst sie nicht vergessen im Knast, du wirst ihr schreiben, sie besuchen, ihr in ein paar Jahren bei der Rückkehr in die Freiheit helfen. Da bin ich mir deiner sicher, meine Schöne. Viel Glück euch beiden.

Bleibt mir nachzutragen, dass die Umstände von Till Deutschbeins Tod nur ungefähr geklärt worden sind. Denn Camillas Haftbuch endet ohne Auflösung. Das Verbrechen an sich interessiert sie nicht. Camilla hat sich damit nur so lange auseinandergesetzt, wie man sie selbst damit in Zusammenhang gebracht hat.

Die Polizei hat an der polnischen Grenze tatsächlich eine Tierfarm ausgehoben, auf der neben Ziegen, Ponys, Hunden und Katzen auch einige Halbaffen unter zweifelhaften Bedingungen gehalten wurden. Der Besitzer wirkte wie erlöst. Er hatte den Prozess gegen Camilla in den Medien verfolgt und sich gequält, nachdem sie verurteilt worden war, unfähig, zur Polizei zu gehen und die Verantwortung zu übernehmen. Der Mensch hängt halt an seinem Suchtgefängnis. Als die Polizei kam, hat er klugerweise sofort eingeräumt, was offensichtlich war. Er wollte einen Bonobo besitzen, weil er gehört hatte, sie würden ständig Sex machen. An die Ereignisse im Menschenaffenhaus der Wilhelma wollte er sich dann aber nicht mehr so genau erinnern können. Er redete sich auf Schock hinaus. Mit so viel Geschrei und Aggressionen hatte er nicht gerechnet. Die Entführung eines Affen sei ihm viel harmloser dargestellt worden. Den Namen des Mannes, der ihn eingeschleust hatte, habe er erst aus dem Prozess erfahren. Er habe ihn nur unter Tibone gekannt. Der habe das Kommando geführt. Es sei so geplant gewesen, dass Tibone in den Nachtkäfig geht und er, der Affenerlöser, die Tür zumacht und davor mit dem Pfefferspray steht und eingreift, falls etwas aus dem Ruder läuft. Das habe er auch getan, als die Tiere über

Tibone herfielen. Es sei alles sehr schnell gegangen, Tibone habe gleich am Boden gelegen und sich nicht mehr gerührt. Er habe ihn ja retten wollen, behauptete der Affenerlöser, aber es seien ihm gleich zwei Affen entwischt, als er die Tür öffnete. Er habe gefürchtet, sie würden auch über ihn herfallen, machte die Tür wieder zu und flüchtete. Er habe keine Erinnerung mehr daran, wie er aus dem Affenhaus hinausgekommen sei. Dann sei er durch den nächtlichen Zoo geirrt, ohne den Ausgang zu finden. Schließlich wartete er hinter einem Bauzaun, bis es hell wurde und der Zoo öffnete. Seine Version wird man nicht widerlegen können. Man wird ihn in dieser Sache nur wegen unterlassener Hilfeleistung anklagen. Immerhin könnte Till noch leben, hätte er sofort die Polizei und mit ihr den Notarzt gerufen. Er habe unter Schock gestanden, erklärte er. Dass Camilla der Prozess gemacht wurde, habe ihn schon sehr belastet. Aber was hätte er denn machen sollen? Er hatte Angst davor, seinen Namen in der Presse zu lesen, wollte seine kleine Farm für extravagante Sexspiele nicht gefährden. Wollte behalten, was er sich zur Befriedigung seiner sexuellen Bedürfnisse aufgebaut hatte. Dafür hat er nun den Tod eines anderen in Kauf genommen. Und fühlt sich nicht mal schuldig. Dieser Till Deutschbein, der habe es doch provoziert, behauptete er. Der habe doch gewusst, was er tat. Der habe das so gewollt. Der sei wirklich pervers gewesen. Davon sei er überzeugt, aber beweisen könne er es nicht. Nichts wird mehr bewiesen in diesem Fall. Und Schluss.

Übrigens war es tatsächlich Frau Dr. Seitz, die das Buch von Le Bon zusammen mit zwei Kisten anderer Bücher aus Tills Büro ins Antiquariat brachte. Als Schwabenreporterin Lisa Nerz habe ich mir bei ihr einen Termin geben lassen und sie gefragt. Wir saßen in seinem ehemaligen Büro mit dem Blick über Cannstatt hinweg bis zu den Anhöhen vom Frauenkopf und auf die gewaltige Anlage des Kraftwerks Münster. Sie hat es sich neu einrichten lassen. Tills Eltern hatten die Bücher nicht haben wollen und in die Altpapiertonne wollte sie sie nicht werfen. »Ich gehöre zu der Generation, für die Bücher noch einen Wert haben. Und wenn ich Frau Feh auf die Weise noch etwas nützen konnte, umso besser.« Sie lachte verlegen. Auch eine, bei der die schöne kühle Camilla Unbehagen hinterlassen hat. Dr. Seitz knabbert an ihrer falschen Zeugenaussage vor Gericht, für die sie keine andere Erklärung findet als Missgunst und Lust an der Vernichtung einer schönen Blondine. »Ich war mir so sicher, dass ich sie gesehen hatte.« Ihr Chefinnenblick forderte mich auf, ihr zu bestätigen, dass man sich ja mal irren kann. »Irren ist menschlich.«

»Vielleicht sollten Sie Affe werden«, antwortete ich. »Dann müssten Sie sich jetzt nicht vorwerfen, sie hätten Camilla Feh für eine Mörderin gehalten und dazu beitragen wollen, dass sie verurteilt wird.«

»Ich habe wirklich gedacht, sie gesehen zu haben. Das müssen Sie mir glauben.«

»Sehen Sie, darum wären Sie als Affe besser dran. Menschen glauben alles, was sie selbst denken. Und nichts, was ein anderer sagt. Damit müssen Sie jetzt leben.«

Sie verabschiedete mich an der Tür kühl und froh, dass ich nicht zu ihren Mitarbeiterinnen – oder besser Untergebenen – gehöre, die sie mit Machtinstrumenten zurechtstutzen muss, damit sie unangefochten bleibt. Vermutlich sieht sie meiner Nasenspitze an, dass ich beim Chef-Spiel nicht mitmache.

Gegen Tote wird nicht ermittelt. Aber die Polizei hat zu den Akten genommen, dass ein Buch, das Schmaleisen am Todestag gekauft hatte, im Besitz von Till Deutschbein wieder aufgetaucht ist. Ob Till nachgeholfen hat oder Schmaleisens Tod ein Unglück war, bleibt offen. Wie so vieles. Und wen interessiert's eigentlich noch wirklich?

Gegen den Geschäftsführer von Peofis laufen inzwischen Ermittlungen wegen Untreue und Steuerhinterziehung. Richard will darüber nichts sagen. Aber die Daten, die Till nach Australien verbracht hat, waren wohl ziemlich aufschlussreich. Seltsam, dass Till sie hatte. Und wozu wollte er sie wohl verwenden? Auch das wird offen bleiben. Ich glaube ja, die Daten stammten ursprünglich von Arne, diesem Kauz, der im Zentralrechner von Peofis mehr zu Hause ist als in den lustig gestalteten Büroräumen. Aber das ist nur so eine Vermutung. Und damit sollte ich wohl etwas vorsichtiger sein.

Camilla studiert inzwischen Jura in Tübingen. Richard hat ab und zu noch Kontakt zu ihr. Sie verzeiht Männern offenbar leichter als Frauen. Eigenartig. Nein, eigentlich typisch Frau. Ich bin sicher, die gute Camilla wird letztlich alle veganen und feministischen Irritationen ihres Weltbilds von sich abperlen lassen und eine exzellente Karrierejuristin werden, die die Spielregeln perfekt beherrscht.

Aber vielleicht irre ich mich erneut in ihr. Denn ich grolle ihr noch immer. Hätte sie die Polizei bei der ersten Befragung nur nicht hinters Licht geführt, hätte sie mich nicht mit dem Pfefferspray traktiert, hätte sie sich nur nicht so verschlossen und geheimnisvoll verhalten. Hätte sie mich nicht verrückt gemacht mit ihrer schwäbischen Schönheit. Und wäre ich nur nicht so darauf erpicht gewesen, besser zu sein als die Polizei, den Fall zu lösen, bevor irgendjemand etwas ahnt, weil es Spaß macht, weil ich nichts anderes kann als das mit meinen Methoden, unorthodox, übermütig, riskant und illegal. Leider auch anfällig für Irrtümer.

Camilla meint, ich würde Detektiv spielen, weil in mir Leere herrscht, und die anderen müssten die Konsequenzen tragen. Ich habe bisher gedacht, dass ich es gut mache. Wenigstens das. Aber es ist offenbar nicht so. Vielleicht sollte ich es künftig besser sein lassen.

Danksagung

Mein besonderer Dank gilt Rechtsanwalt Frank Theumer, der mir geduldig auf alle juristischen Fragen – die mir eingefallen und solche, die mir selbst gar nicht eingefallen sind – Antwort gegeben hat. Ohne ihn wäre ich in etlichen Punkten auf meine bloße Vorstellungskraft angewiesen gewesen, und die hätte mich zuweilen total in die Irre geführt. Für alle Verfahrens- und Strafprozessordnungsfehler, die dieses Buch dennoch enthalten mag, ist nicht er, sondern bin ich allein verantwortlich, weil ich mich wie so mancher Delinquent dann doch nicht immer an die Ratschläge meines Rechtsbeistands gehalten habe.

Ich danke außerdem den vielen mehr oder minder anonymen Hafterfahrenen, die freimütig im Internet berichtet haben, beispielsweise im Knast.net. Über Gotteszell gibt es jedoch nur wenige Insiderberichte, was auch daran liegt, dass Frauen unter den Häftlingen nur fünf Prozent ausmachen.

Es geht in diesem Roman nicht darum, die Verhältnisse in der JVA Schwäbisch Gmünd darzustellen, sondern nur darum, das Leben in U-Haft realistisch erscheinen zu lassen. Deshalb möge keiner die Schilderungen auf dieses Frauengefängnis beziehen. Ich bedanke mich aber auch bei der JVA Schwäbisch Gmünd und ihrer Leitung, die nach anfänglicher Skepsis einer Abteilungsbeamtin die Erlaubnis erteilt hat, mir ein paar Fragen zu beantworten, damit Camillas Aufenthaltsort Farbe bekommt.

Außerdem bin ich der Wilhelma für die Bereitschaft dankbar, mir sehr rasch den Zugang zu Informationen zu erleichtern. Ich danke Karin Herczog von der Öffentlichkeitsarbeit, die sich um Termine bemüht hat, und der Pflegerin Lesley Kircher, die mir Fotos von den Nachtgehegen geschickt und freudig meine Fragen zur Arbeitsorganisation der Pfleger und den Eigenheiten der Stuttgarter Bonobogruppe im alten Menschenaffenhaus beantwortet hat. Wobei Camillas Bonobos völlig andere sind als die, die in der Wilhelma leben. Und im neuen geräumigen Menschenaffenhaus ist noch einmal vieles anders geworden. So wie beschrieben kommt man da nicht mehr hinein.

Christine Lehmann, Stuttgart, Juli 2013

Christine Lehmanns gesamte Lisa-Nerz-Serie (neueste zuerst)

Totensteige (Lisa Nerz 10 · Ariadne Kriminalroman 1189)
Ein ermordeter Parapsychologe, eine ungreifbare Verschwörung: Lisa Nerz stößt auf unsichtbare Mächte. Ein Quantum Zweifel!

Malefizkrott (Lisa Nerz 9 · Ariadne Kriminalroman 1185)
Lisa Nerz findet ein Buch – und mischt den deutschen Literaturbetrieb auf! Dreist, clever, raffiniert, wahr.

Mit Teufelsg'walt (Lisa Nerz 8 · Ariadne Kriminalroman 1179)
Stress mit dem Jugendamt? Lisa stößt auf blinde Flecken im Sorgerecht und hakt nach. Kinder verschwinden, eine Richterin stirbt ...

Nachtkrater (Lisa Nerz 7 · Ariadne Kriminalroman 1173)
Mord und Mondstaub: Wo Menschen sind, gibt es Spekulantentum, Eifersucht, Gewalt ... Ein total realistischer Mondkrimi.

Allmachtsdackel (Lisa Nerz 6 · Ariadne Kriminalroman 1169)
Mit wilden Kühen: »Lehmanns Schwaben-Western!« (T. Gohlis)

Höhlenangst (Lisa Nerz 5 · Ariadne Kriminalroman 1161)
Tief sind die Höhlen der Alb: Lisa Nerz stöbert in Abgründen.

Harte Schule (Lisa Nerz 4 · Ariadne Kriminalroman 1157)
Ein toter Lehrer, die Spur führt in höchste Kreise: zynisch, treffsicher.

Pferdekuss (Lisa Nerz 3 · Ariadne Kriminalroman 1171)
Vollblüter sind kostbar – wer wird dafür zum Killer? Lisa Nerz reitet!

Gaisburger Schlachthof (Lisa Nerz 2 · Ariadne Kriminalroman 1167)
Fitness im Schlachthof: Nerz prüft, ob Sport Mord ist. Mit Wucht.

Vergeltung am Degerloch (Lisa Nerz 1 · Ariadne Kriminalroman 1165)
Mädchen nimmt Mord auf sich. Warum? Lisa Nerz' erster Fall: Emanzenalarm!